길 위의 김수영

길 위의 김수영

2021년 11월 15일 초판 1쇄 펴냄

펴낸곳 도서출판 **삼인**

지은이 홍기원
펴낸이 신길순
편집 박장호

등록 1996.9.16 제25100-2012-000046호
주소 03716 서울시 서대문구 성산로 312 북산빌딩 1층

전화 (02) 322-1845
팩스 (02) 322-1846
전자우편 saminbooks@naver.com

디자인 디자인 지폴리
인쇄 수이북스
제책 은정제책

ISBN 978-89-6436-208-2 93810

값 22,000원

길 위의 김수영

홍기원 지음

삼인

서문

김수영 시인은 산문 「글씨의 나열이오」에서 "아침에 깨어 보니 또 요에 오줌을 쌌구려. 지금 이 글을 그 축축한 요 위에 팔을 비벼 대면서 쓰는 거요."라고 썼다. 보통 사람 같으면 이런 창피한 이야기는 제일 친한 술친구에게도 비밀로 하고 싶어 한다. 하지만 김수영 시인은 인간이라면 누구나 숨겨 두고 싶은 비밀스런 이야기조차 숨기는 법이 없이 산문으로, 시로 썼다. 김수영 시인이 원했던 사회는 자신이 쓰고 싶은 글을 누구의 눈치도 보지 않고, 아무런 제약 없이 쓸 수 있는 사회였다. 그래서 언론 자유를 외쳤다. 언론 자유도 그냥 언론 자유가 아니었다. 김수영 시인은 산문 「창작 자유의 조건」에서 "창작의 자유는 백 퍼센트의 언론 자유가 없이는 도저히 되지 않는다. 창작에 있어서는 1퍼센트가 결한 언론 자유는 언론 자유가 없다는 말과 마찬가지다."라고 말했다. 백 퍼센트 언론 자유를 요구하는 김수영 시인 자신의 일상적 삶의 자세는 솔직한 글쓰기였다.

1960년, 언론 자유를 요구하며 쓴 「"김일성만세"」는 지금 읽어도 나태한 정신에 찬물을 쫙 끼얹는 강력한 기운을 가진 시이고, 1963년에 쓴

「죄와 벌」은 아내를 구타한 자신의 마음 한구석에 야수처럼 웅크리고 있던 마음의 그늘을 가감 없이 드러낸 시이다. 그리고 「어느 날 고궁을 나오면서」는 일상생활 속에 부지불식간에 나오는 소시민적 비굴함을 그대로 드러낸 시이고, 사고로 세상을 떠난 마지막 해에 쓴 「성性」은 누구나 가지고 있는 원초적 욕망을 다룬 시로, 시의 소재로 금기시되던 이야기를 꺼내어 시로 과감하게 형상화한 작품이다. 이런 김수영 시인의 솔직한 글쓰기를 두고 염무웅 평론가는 "속되게 말하면 그는 완전히 빨가벗고 자기를 드러냈어요. 그건 어쩌면 자기 존재의 근원으로 돌아가기 위한 '껍질 부수기' 같은 것이 아니었나 생각합니다."라고 평했다.

올해는 김수영 시인이 탄생한 지 100주년이 되는 해이다. 필자는 전문 문학가도 아니고, 문학평론가도 아니다. 하지만 사람은 본인의 의지와 상관없이 주어진 역할을 감당해야 할 때가 있다. 필자의 경우가 그렇다. 김수영 시인의 큰누이 김수명 김수영문학관 명예 관장께서 올해 미수연을 맞으셨다. 더 늦기 전에 김수영 시인의 삶과 관련된 잘못된 이야기를 바로잡아야 한다고 김수영문학관 내부에서 누차 이야기했다. 김수영문학관 운영위원회에는 김수영 연구 전문 교수이자 시인 및 문학평론가가 여러분 계시지만 필자가 김수영 삶과 부합하지 않는 잘못된 세간 이야기 '바로잡기' 사업을 맡게 되었다. 능력이 못 미치지만 그렇다고 마냥 빼는 것도 도리가 아님을 자각하고 과감하게 도전한 것이 이 책이다. 집필에 임한 필자의 일관된 정신 자세는 오직 김수영 시인의 '솔직한 글쓰기' 정신에 부끄러운 글쓰기는 하지 말자는 다짐이었다.

한편 김수영의 삶과 문학을 새롭게 조망한 최하림의 『김수영 평전』을 뛰어넘는 새로운 평전은 필자보다 뛰어난 연구자의 손을 기다리는 것이

옳다고 판단했다. 대신 김수영의 삶을 드러내는 장치로 필자는 '길'과 '장소'를 선택했다. 김수영의 삶의 궤적을 따라가면서 머문 장소마다 남긴 사연을 좇다 보면 자연스럽게 김수영 삶 이야기를 풀 수 있지 않을까 생각했다. 그래서 예순네 장소에 얽힌 김수영의 삶의 빛과 그림자를 좇아 보았다. 삶을 따라가는 글을 쓰다 보면 안타까운 것은 시간이다. '십 년만 일찍 시작했어도' 하는 후회막급이다. 하지만 소용없다. 시간은 흐르는 것이고, 그 흐름의 배를 우리는 모두 타고 있고, 빛바래지 않는 것은 이 세상에 아무것도 존재하지 않는다. 모든 삶이 그렇듯 지금에 최선을 다할 뿐이다. 지금에 남겨진 김수영에 대한 기억 한 조각 한 조각이 중요할 뿐이다. 필자는 할 수 있는 데까지 두레박질을 했지만 김수영의 삶이 고여 있는 달빛 모두를 퍼내지는 못했다. 어딘가 숨어서 지금도 조용히 달빛만 받고 바래져 갈 그 추억들은 개정판 약속을 기다려야 할 것 같다.

아직 우리들의 가슴에 그어진 휴전선은 지워지지 않았다. 6·25전쟁은 우리 국토에 155마일 휴전선이라는 물리적 철책만 남긴 게 아니다. 우리 마음에도 지워지지 않는 상처, 휴전선을 그어 놓았다. 6·25전쟁이 발발한 지 71년이 지났지만 마음에 그어진 휴전선은 아직 치유될 기미가 보이지 않는다. 오히려 마음의 생채기로 우리들 각자의 마음속에 생생하게 살아남아 있다. 김수영 시인 본가 가족도 누구 못지않게 6·25전쟁으로 많은 상처를 입었다. 김수영 시인은 의용군으로 끌려가 포로 생활 끝에 기적적으로 생환했지만, 결혼생활에 다시 없는 상처를 안고 재결합해야 했고, 셋째와 넷째 남동생은 6·25전쟁 때 의용군으로 북으로 끌려가 생사도 불명확하게 되어 버렸다. 나머지 동생들도 6·25전쟁으로 3년이나 학업이 늦어져 삶의 진행이 순탄하게 흘러갈 수 없었다. 이 때문에 김수영 본가 가족에게 6·25 이후 6·25와 관계된 이야기는 금기 사항이었다. 피난 이야기는 가족끼리 한 번도 한 적이 없었다고 한다. 이 책에 소환된 기억 중에는 70년 만에 처음 하는 이야기가 많다. 그만큼 필자가 '김수영 탄생 100주년'이라는 명분으로 본가 가족들에게 기억 상기 고문을 많이 했다는 이야기가 된다. 독자들은 본가 가족들의 좀 더 많은 '추억 소환'을 원하겠지만 부족한 부분은 필자의 진돗개 같은 집요함의 부족으로 이해해 주셨으면 좋겠다. 필자 나름으로 찰거머리 전략을 펼쳤지만 본가 유족 마음에 그어진 휴전선을 다 뛰어넘지는 못했다. 그 부분에 대해 독자의 이해를 바란다. 그래도 70년 만에 어렵게 마음의 문을 열어 준 김수명 김수영문학관 명예 관장과 김수환 선생께 고맙다는 절을 올린다.

이 책이 김수영 이전에도 김수영 이후에도 다시 올 수 없는 솔직한 글쓰기로 일관했던 김수영 시인의 삶을 세평에 얽매이지 않는 솔직한 시선으로 바라보고자 하는 독자에게 도움이 되는 책이길 간절히 바란다. 그리고 김수영 시인 탄생 100주년을 조용히 축하하길 진심으로 원했던 본가 유족에게도 이 책이 조그만 선물이 되기를 마음 깊이 기원한다.

2021년 김수영 시인 탄생 100주년을 축하하며

갈현동에서

홍기원

추천사

이토록 싱싱한 실록일 줄이야!
이토록 구석구석 찾아낸 한 생애 역정의 탐험일 줄이야!

안방이고 마루고 마당이고 막 달려온 조문객으로 서울 서강머리 구수동 단층 민가 안이 꽉 찼다. 문인들의 축도였다. 그런데 마루 건넌방에 하얀 이불 홑청에 덮인 고인의 시신은 적막하게 누워 있었다. 고인의 누이 수명 씨가 머리 쪽을 걷어 올려 줘 잠든 얼굴을 삼가 보게 되었다. 얼떨결에 나는 그 시신을 가족이 아닌 사람으로 유일하게 확인한 것이다. '눈 감은 김수영은 김수영이 아니다.'라고 나는 속으로 뇌까렸다. 그만큼 고인의 눈은 김수영 정신의 총량이었다. 나는 몸 한쪽이 벼락 맞은 듯 마당으로 내려섰다. 거기에 고인의 아우 수환 씨가 울음 가득한 얼굴로 서 있었다. "노상路上에서……"라고 나한테인가 누구에겐가 혼잣말처럼 내뱉었다. (왜 하필 길에서 죽어야 했단 말이야, 형!)

『길 위의 김수영』이라는 제목의 교정쇄를 펴자마자 오래전의 그 '노상에서'와 홍기원이 심혈을 바친 『길 위의 김수영』이 내 기억 속에서 자석으로 붙어 버린다. 그리하여 '길 위의 죽음'은 곧 '길 위의 삶'으로 환치되어 생전의 훤칠한 김수영으로 환원되고 있다. 무연고無緣故 같은 우수와 풍자를 씨줄 날줄로 삼은 시인의 초상은 신화적이었다. 그는 결코 나그네가 아닌데도 시대의 나그네로 동아시아 전역을 충전의 무대로 삼았다. 그의 산촌山村 테너의 변성기 없는 육성과 숫돌 갈아 낸 서슬 퍼런 감성과 은유 추방의 직설, 기교가 아닌 파격의 진술, 불협화음의 화음, 거기에 허망한 역설의 인식을 배태한 언어의 사금파리가 연달아 살아난다. 그리하여 어쩌면 '그의 죽음이 시의 죽음 그것이 아니었을까!'라는 틀려도 좋을 직감에 사로잡힌다. 이 정밀하고 성실한 발품의 다큐멘터리야말로 김수영 시세계를 매개하는 하나의 작품으로 성취되고 있다. 장하다.

고은(시인)

1부 떠오르는 태양

차례

2부 자유의지를 따라

3부 생환 기적

4부 낡아도 좋은 것들

5부 온몸으로 온몸을

부록

1부

떠오르는 태양

종로2가 김수영 생가

조선이 일제에 강제 합병되고 12년이 지난 1921년 11월 27일 오후, 김수영은 탑골공원이 마주 보이는 서울 종로2가 58-1번지(일제강점기 때 주소: 종로2정목鐘路二丁目 58-1번지) 할아버지 집에서 아버지 김태욱金泰旭과 어머니 안형순安亨順 사이에서 태어났다. 기다리고 기다리던 아들이었다. 세 번째 태어난 아들이었지만 위 두 아이가 태어나자마자 죽었기 때문에 김수영이 실질적인 장남이었다.

아버지 김태욱은 1901년생이고, 어머니 안형순은 1899년생으로 어머니가 두 살 많다. 1919년 6월에 결혼해서 1년 뒤인 1920년 6월에 종묘 서쪽 돈암문로 양쪽 주변 마을인 묘동으로 분가해 나갔기 때문에 김수영의 호적을 떼어 보면 본적이 묘동 171번지로 나온다. 하지만 김수영이 실제로 태어난 곳은 종로2가 58-1번지 할아버지 집이었다. 왜 이런 일이 생겼을까? 그것은 아버지가 결혼하면서 묘동으로 분가해 나갔지만, 며느리가 몸을 풀 때가 되자 할아버지가 본가로 들어와서 출산하라고 명령을 내렸기 때문이다. 할아버지 김희종金喜鍾은 사별한 첫째 부인 충주 지씨에게서 아들 하나, 딸 하나를 두었고, 둘째 부인 전주 이씨에게서 아들 하나를 두었다. 이 아들이 김수영의 아버지였다. 김수영 집안은 손이 정말 귀한 집안이었다. 손이 귀한 것은 할아버지 당대에서만 그치지 않았다. 첫째 부인에게서 얻은 아들인 장남은 결혼한 지 10년이 넘도록 아들이 없었다. 그러니 애가 탈 수밖에 없었다. 그런데 둘째 아들 김태욱도

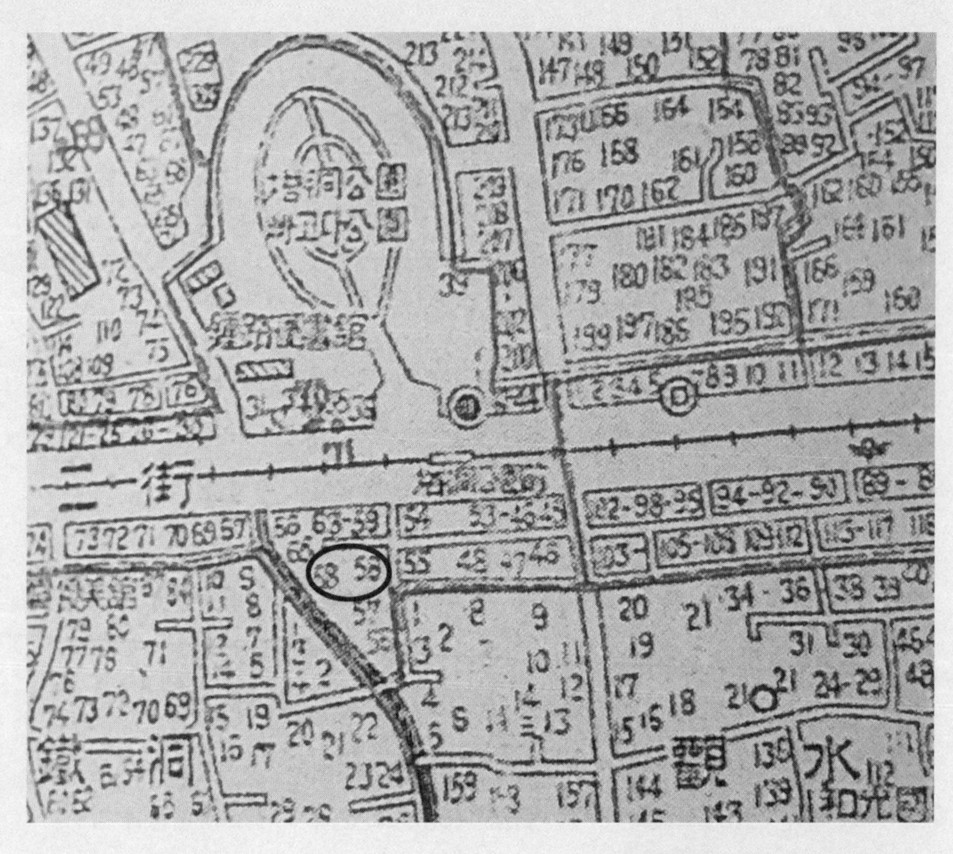

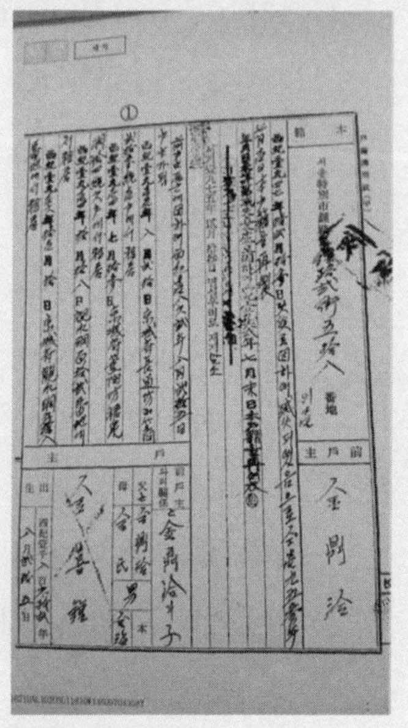

▲김수영이 태어난 종로2정목(종로2가) 58-1번지 위치
1947년 서울 지도상의 김수영 생가 위치로 집 앞에는 피맛골이 있었다. 1971년 종로 확장 공사를 할 때 종로 남쪽 피맛골은 없어졌고, 58-1 지번도 사라졌다. (허영환, 『서울지도: 정도 600년』, 범우사, 1994.)

▶김수영 할아버지 김희종의 제적 등본
김수영의 증조할아버지 김정흡이 호주로 되어 있고 할아버지 김희종의 본적이 종로2가 58-1로 되어 있다. (김수명 제공)

김수영 생가 터 표지석
탑골공원 건널목을 건너면 나타나는 버거킹 종로점 대로변에 있다. (2021년 촬영)

첫째, 둘째 아들을 일찍 잃었기 때문에 할아버지의 손자 열망은 더더욱 클 수밖에 없었다. 둘째 며느리가 자신의 눈을 벗어난 곳에서 몸을 풀게 내버려 둘 수가 없었다.

김수영이 태어났을 때 할아버지 김희종은 경기도 파주·문산·김포, 강원도 철원·홍천 등지에 상당한 토지를 가지고 있었다. 철원·홍천에서는 200석 정도, 문산에서는 100석 정도 거두었다. 다 합하면 500석이 넘는 규모였다. 가을 추수철이 끝나면 벼 가마를 싣고 오는 우마차들이 대문 앞에 줄을 섰다.

김수영 집안은 본관이 김해이다. 서울 도봉구 도봉동에 김수영 집안의 선산이 있었는데, 그곳에 증조할아버지와 할아버지 묘가 있었다. 시인의 증조할아버지 김정흡金貞洽의 묘 상석에는 '宣略將軍 行龍驤衛副司果 金海金公諱貞洽之墓선략장군 행용양위부사과 김해김공휘정흡지묘'라고 해

김수영 증조부 김정흡의 묘 상석
'宣略將軍선략장군 行龍驤衛副司果행용양위부사과 金海金公諱貞洽之墓김해김공휘정흡지묘 配淑夫人배숙부인 安東金氏祔左안동김씨부좌 卯坐묘좌'라는 문구가 새겨져 있어 김수영의 증조모 안동 김씨가 증조부 왼쪽에 합장되어 있음을 알 수 있다. 묘가 동쪽을 향하고 있으므로 묘좌卯坐라고 하였다. (김수명 제공)

서체로 단정하게 글씨가 새겨져 있었다. 조선 시대 '용양위 부사과'라는 벼슬은 종6품 무관직에 해당하는 관직이었다.

그리고 할아버지의 관 위에는 '正三品 通政大夫中樞議官정삼품 통정대부중추의관'이라고 쓰여 있었다. 1998년 도봉동 집에서 이사 갈 때 선산도 정리했는데 그때 할아버지 김희종의 관 위에 쓴 글씨가 또렷하게 남아 있었다. 묘를 조성한 지 68년이 지났는데도 흐트러진 글자가 하나 없었다. 통정대부通政大夫는 조선 시대 문신 정3품에게 주는 품계 명이었다. 그리고 중추의관中樞議官은 1895년(고종 32) 중추원 관제에 따라 의장·부의장 밑에 의관을 설치하였으며, 1·2·3등으로 구분하고 인원은 50인 이내로 정하였다. 자격은 칙임관·재직자·국가 유공자 및 정치·법률·이재利財 학식이 풍부한 사람으로서, 내각회의를 거쳐 내각총리대신이 추천하고 임금이 명하면 임용되었다. 1905년 찬의贊議로 개칭되면서 의관이라는 벼슬은 없어졌다. 중추의관中樞議官은 1894년 갑오개혁을 통해 조선 시대 관리를 뽑는 전통적인 방법인 과거제도가 폐지되고 난 후 생겨난 제도이기에 임용 과정이 자의적일 수 있었다.

실제로 김수영의 증조할아버지 이름은 『조선왕조실록』과 『승정원일기』에 나타나지 않는다. 하지만 할아버지의 이름은 『승정원일기』에 두 번 보인다. 『승정원일기』 첫 번째 기사는 고종 40년(1903) 윤5월 14일(양력 7월 8일) 중추원 의관에 임용되었다는 기사이고, 두 번째 기사는 고종 40년(1903) 윤5월 16일(양력 7월 10일) 중추원 의관에서 면직되었다는 기사이다. 우리는 위 『승정원일기』 기사를 통해 김수영의 할아버지가 정식으로 벼슬살이를 한 것은 아니라는 사실을 알 수 있다. 김수영의 집안에 이런 이야기가 전해 내려온다. 김수영의 할아버지가 이재에 밝은 분이라서 개항 시기에 부를 제법 모았다고 한다. 그리고 모은 부를 통해 나라가 어려울 때 여러 번 기부했다고 한다. 이런 기여를 인정받아 중추 의관이라는 벼슬을 나라로부터 하사받은 것이다. 할아버지가 벼슬을 하사받으니 자연히 그 아버지 되는 김수영의 증조부는 종6품 무관 벼슬을 사후에 얻은 것이다. 아들이 아버지를 높이는 효도를 한 것이라 추정할 수 있다.

종로6가 집

김수영이 두 살 되던 해인 1922년, 김수영의 할아버지는 종로2가 집을 처분하고 종로6가 116번지(일제강점기 때 주소: 종로6정목 116번지)로 이사를 단행하였다. 종로6가 집은 종로2가 집처럼 크지는 않았으나 대지 100여 평에 안채와 사랑채가 있었고, 큰길에 면한 쪽에는 가게가 붙어 있었다. 뒤에 김수영의 아버지는 그 가게에서 지전상紙廛商을 경영했다.

김수영이 어릴 때 종로6가 집에서 유명한 일화가 있다. 김수영 어머니가 한두 번 들려준 이야기가 아니었다. 집 안에 큰 배나무가 있었는데 그 배나무에서 딴 배를 먹고 김수영이 체해 버렸다. 이 소리를 들은 할아버지가 마름에게 당장 도끼를 가져오라고 해서 배나무를 쳐 없애 버렸다는 것이다. 할아버지의 손자 사랑이 얼마나 극진했는지 집안에 전설처럼 내려오는 이야기였다.

종로6가 집과 관계된 이야기 중 또 하나 애틋한 사연이 1966년 11월에 발표한 산문 「마당과 동대문」에 소개되었다. 구수동에서 개나리가 피어 있는 봄에 담배를 피우면서 마당을 보는데 부인이 마당을 장식해 놓은 돌이 보였다. 그때 김수영의 머리에 불현듯 옛날 종로6가 집에 있었던 고석이 떠올랐다. 할아버지가 사랑 뜰에 놓고 보던 금강석이라는 꺼먼 고석을 추억에서 불러내어 글을 썼다. 글은 이렇다.

호두알보다 약간 좀 큰 단 배가 열리는 배나무가에 채송화가 꽃멍석

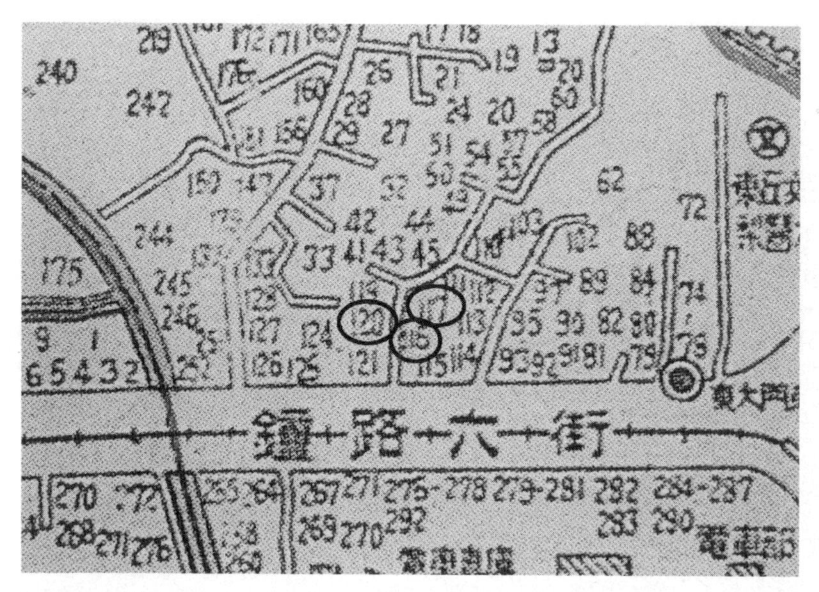

김수영의 종로6가 집 위치
1947년 서울 지도상에서 보이는 종로6가 116번지(현재 도로명 주소: 종로 267)에 김수영의 종로6가 집이 있었다. 117번지(현재 도로명 주소: 종로 269-3)에는 김수영의 고모 집이 있었고, 120번지에는 고광호의 집(현재 도로명 주소: 종로43길 3)이 있었다. (허영환, 『서울지도: 정도 600년』, 범우사, 1994.)

을 이룬 길 옆에 직경 1미터 반가량의 화강암 돌 대야 위에 얹힌 이끼가 낀 고석. 나는 이 고석을 통해서 글방에 다닌 너더댓 살부터 돌 숭배의 습성을 배우게 되었다. 반짝반짝한 하얀 이쁜 돌을 주워다가 그 위에 '신神'이라는 한문을 쓰느라고 번져서 고생을 하던 생각이 지금도 잊혀지지 않는다. 그렇게 써 놓고는 나는 아침저녁으로 거기에 기도를 드린 것 같다. 기도의 주문은 여러 가지 있었겠지만, 지금도 그중 강하게 기억되고 있는 것은 보통학교 2학년 때에 첫사랑을 한, 한 반 위에 있다가 낙제를 해서 같은 학년이 된 여자반의, 역시 같은 반에 있던 이모의 친구인 목사 딸과의 사랑을 성취시켜 달라는 것이었다.

김수영이 배를 먹다가 체하기 전 이야기이다. 꺼먼 고석 위에 반짝반짝한 하얀 이쁜 돌, 그 돌에다 글방에서 배운 '신 神' 자를 써 놓고 "비

1995년 김수영 고모 집 대문 모습
(김수명 제공)

나이다, 비나이다. 하얀 돌 신이시여, 목사 딸과의 사랑을 이루어 주시길 비나이다!" 하고 기도하던 아홉 살짜리 김수영의 귀여운 모습이 눈에 훤히 그려지는 글이다. 이모 친구이지만 공부는 별로인 열 살짜리 목사 딸이 이뻤던 모양이다. 목사 딸은 김수영이 사랑한 여자 리스트에 첫 번째로 올려진 이름이다.

종로6가 집에 붙어서 뒤쪽으로 집이 한 채 더 있었는데 그 집은 할아버지가 당신의 유일한 딸이었던 김수영 고모 소유로 만들어 주었다. 종로2가 집에서 종로6가 집으로 이사하면서 할아버지는 첫째 아들만 떨어져서 살고, 둘째 아들하고는 같은 집에, 하나뿐인 딸하고는 인접해서 살게 되었다. 앞뒷집이니 같이 사는 것과 다를 바 없었다. 종로6가 고모 집은 김수영은 물론이고 김수영 가족 모두에게 태어나면서부터 몸과 마음의 안식처가 되었다. 김수영은 1934년 종로6가를 떠나 동대문구 용두동으로, 1940년에는 용두동을 떠나 서대문구 현저동으로, 일제 말에는 현저동에서 만주 길림으로, 해방 후에는 충무로4가로, 그리고 6·25전쟁 이후에는 중구 신당동으로 성북동으로, 최종적으로 도봉동 묘지기 집으로 시대의 격랑 따라 이리저리 부평초처럼 떠다녔다. 그때마다 종로6가 고모 집은 헤어진 가족의 소식을 들을 수 있고, 만날 수 있으며, 마치 고향 집 느티나무처럼 언제나 그 자리에 있는 항성과 같은 장소였다. 1944년 2월 시인이 학병 징집을 피해 일본에서 돌아왔을 때 현저동 본가 가족들은 길림으로 떠나고 없었다. 하지만 시인에게는 종로6가 고모 집이 있었기에 가족 소식을 듣는 데 문제가 없었다. 당시 효제국민학교 6학년으로 경기중학교 시험 준비를 하려고 길림으로 가지 않았던 넷째 동생 김수경을 만날 수 있었고, 어머니가 길림과 서울을 오가며 장사를 하고 있다는 소식을 들을 수 있었다. 1944년 가을 무렵 어머니가 서울에 오셨을 때 어머니를 따라 국내보다 안전한 길림으로 몸을 피할 수 있었다.

6·25전쟁이 끝난 후 부산에서 서울로 돌아온 직후, 연말에 벌어진 이야기를 솔직하게 풀어낸 산문 「낙타과음」을 보면 시인의 잠재의식 속에 자리한 종로6가 고모 집의 존재감을 여실히 알 수 있다. 1953년 크리스마스 축하연에 참석했다가 엉망으로 취한 시인은 축하연 장소에서 어떻게 걸어 나왔는지 전혀 기억이 없는 상태에서 아침에 눈을 떠 보니 누워 있던 곳이 당시 가족이 살던 신당동 집이 아니라 종로6가 고모 집이었다. 눈자위와 이마와 손에 상처가 나고 의복은 말이 아닌 상태로 머리가 무겁고 오장이 뒤집힐 것 같아서 한참을 누워 있다가 나와서 낙타산이 보이는 다방에 앉아 썼다는 이 산문을 보면 종로6가 고모 집은 시인에게 고향 집처럼 영원한 마음의 귀향처이자 위로의 장소가 되어 주었음을 알 수 있다.

조양朝陽유치원

우리나라 유치원의 역사는 1913년에 설립된 경성유치원에서 시작되었다. 하지만 경성유치원은 귀족 자녀만 입학 가능했다. 외국 선교사가 설립한, 보통 아이들이 갈 수 있는 유치원의 시작은 1914년 이화학당 부설 이화유치원이었다. 한국인이 설립한 최초의 유치원은 3·1 독립선언문 민족 대표 33인 중 한 사람인 박희도가 1918년에 설립한 중앙유치원이었

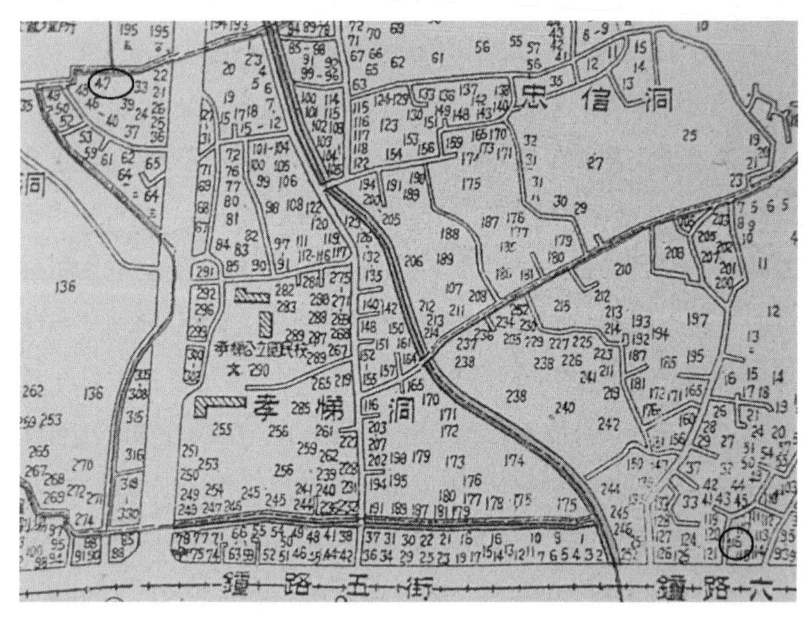

1924년 당시 조양유치원이 설립된 연동교회 자리
1947년 서울 지도상의 효제동 47번지에 1924년 당시 연동교회가 있었다. 여기 주일학교 건물에 1924년 조양유치원이 설립되었다. 지도 우측 하단의 종로6가 116번지는 김수영의 종로6가 집이다. 김수영의 종로6가 집에서 조양유치원까지는 걸어서 10분 정도 되는 거리다. (허영환, 『서울지도: 정도 600년』, 범우사, 1994.)

다. 유치원은 1921년까지 전국에 47개가 설립되었다. 김수영이 다닌 조양유치원은 1924년에 이강혁이 설립하였는데 종로구 효제동 연동교회 주일학교 건물을 빌려서 운영했으므로 사람들은 연동교회 부설 유치원으로 착각하는 경우가 많았다. 1924년 당시 연동교회는 지금 위치가 아니라 북쪽으로 150미터 정도 떨어진 효제동 47번지에 있었다. 효제동 47번지는 지번이 도로에 들어가는 바람에 지금은 없어졌는데 '한국 교회 100주년 기념관'에서 대학로 쪽으로 20미터 정도 떨어진 지점이다. 조양유치원은 1926년 8월 31일 연동교회 주일학교 건물을 떠나 독립했다.

김수영은 어려서부터 나가서 노는 것보다 방 안에서 책을 읽는 것을 좋아했다. 그래서 김수영 아버지는 김수영을 조기교육 시키기로 마음먹었다. 마침 집에서 10분 정도 걸어가면 도착할 수 있는 곳에 신식 아동 교육 장소인 조양유치원이 들어섰다. 그곳에 김수영을 보냈다. 네 살 때였다. 김수영은 유치원 창립 원생이라고 할 수 있다. 집에서 일하는 여자들이 아침마다 김수영을 업고 다녔다고 한다. 조양유치원생은 종로5가 주변의 상인 자녀와 관리 자녀 들이 주를 이루었는데 설립한 지 2년도 채

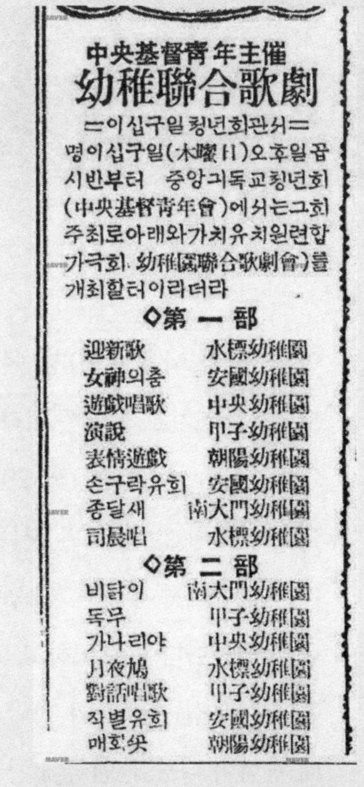

中央基督靑年主催
幼稚聯合歌劇
=이십구일청년회관서=
명이십구일(木曜日)오후일곱시반부터 중앙긔독교청년회(中央基督靑年會)에서는그회주최로아래와가치유치원련합가극회(幼稚園聯合歌劇會)를개최할터이라더라

◇第一部

迎新歌	水標幼稚園
女神의춤	安國幼稚園
遊戱唱歌	中央幼稚園
演說	甲子幼稚園
表情遊戱	朝陽幼稚園
손구락유희	安國幼稚園
종달새	南大門幼稚園
司晨唱	水標幼稚園

◇第二部

비닭이	南大門幼稚園
독무	甲子幼稚園
가나리야	中央幼稚園
月夜鳩	水標幼稚園
對話唱歌	甲子幼稚園
작별유희	安國幼稚園
매화꽃	朝陽幼稚園

중앙기독청년회(YMCA) 주최 유치원 연합 가극 순서
한겨울인 1월, 오후 일곱 시 반부터 1부, 2부에 걸쳐 가극을 열다섯 개나 했으니 적어도 밤 열 시는 되어서야 끝났을 것이다. 지금 같으면 학부모 항의가 빗발쳤을 일이다. (『동아일보』 1925년 1월 29일자.)

1925년 조양유치원생들 모습
(고춘섭 편저, 『연동교회 100년사』, 연동교회, 1995.)

안 돼 남자 아동이 50명, 여자 아동이 30명이 될 정도로 규모가 커졌다고 하니 '조기교육 열풍'이라고 불러도 될 정도였다.

동아일보 1925년 1월 29일 기사를 보면 중앙기독청년회(YMCA)에서 1925년 1월 29일 오후 7시 반부터 유치원 연합 가극회가 개최될 예정인데 조양유치원에서는 제1부에 〈표정유희〉 가극을, 제2부에 〈매화꽃〉 가극을 공연한다고 보도하고 있다. 김수영이 조양유치원에 다닐 때 일어난 일이므로 김수영도 이 가극 공연에 참여했을 가능성이 높다. 이런 어릴 때 경험이 나중에 연극에 관심을 갖는 계기가 되지 않았을까?

계명啓明서당

김수영은 조양유치원에 그렇게 오래 다니지는 않은 것 같다. 조양유치원을 보낸 다음 해(1925년) 집안에서 계명서당을 보냈다고 했으니 한 1년 정도 다니지 않았을까 싶다. 김수영이 종로6가로 이사 갔을 때 김수영 집 남쪽으로 좁은 골목을 마주하고 같은 또래 고광호가 살고 있었는데, 고광호 집안의 친척이 당시 순종이 거처하던 창덕궁 안에서 일했다. 그런 친척이 있던 관계로 고광호의 집안은 상당히 유복했다.

계명서당은 고광호의 아버지가 그의 집 사랑채에 훈장을 들여앉히고 문을 연 서당이었다. 그야말로 사립 중의 사립 서당이었다. 서당이 조선시대 유치원 구실을 했으므로 김수영은 시대에 역행해서 개화 유치원에서 전통 유치원으로 옷을 바꿔 입었다고 할 수 있다. 할아버지 김희종은 귀하디귀한 손자가 개화 바람을 타고 나타난 유치원에 가서 무슨 '가극' 같은 것을 한다고 딸아이들하고 같이 춤추며 노는 것보다 서당에서 배운 천자문을 '하늘 천 따 지' 하고 목소리를 높여 외울 때 훨씬 더 사는 보람을 느끼고 신이 났을 것이다.

김수영의 계명서당 동기 고광호 바로 아래에는 여동생이 있었다. 김수영은 계명서당을 다니면서 골목을 사이에 둔 옆집 고광호 집을 뻔질나게 드나들었을 것이다. 고광호 여동생하고는 매일 소꿉놀이를 하고 놀던 사이였을 거라는 짐작을 하고도 남는다. 고광호 여동생이 커 가는 과정에서 알 것, 모를 것 없는 사이로 자라났다. 그렇게 이웃집 오빠 동

고광호 집의 현재 모습
100년 가까운 세월 동안 옛 모습을 그대로 유지하고 있다. 도로명 주소는 종로43길 3이다. (2020년 촬영)

1938년 선린상업학교 전수과 3학년 시절 시인과 친구 고광호
(『김수영 전집』, 민음사, 1981.)

생 사이로 스스럼없이 자라다 어느 날 이성을 느끼게 되면 사랑이 된다. 이런 일은 인간사에 흔히 일어나고, 김수영의 경우에도 여기에서 예외가 아니었다. 고광호의 여동생은 김수영의 연인이었다. 김수영은 그 고백을 6·25전쟁 후 서울로 귀경한 직후에 쓴 산문 「낙타과음」 마지막 에필로그에 부록처럼 써 놓았다. "낙타산은 나와는 인연이 두터운 곳이다. 낙타산 밑에서 사귄 소녀가 있었다."라고 가슴 아픈 사랑을 회상하였다.

김수영은 계명서당에서 『천자문』, 『학어집』, 『동몽선습』을 읽었다. 김수영이 계명서당에서 배운 한문 교재 중 『학어집學語集』은 조선 후기 박재철朴載哲이 한문을 처음 배우는 아동을 위해 엮은 교재이다. 『사자소학四字小學』과 『추구推句』를 배우고 난 다음에 익히는 것이 보통이며, 『학어

집』을 배우고 『동몽선습』과 『격몽요결』로 넘어가는 것이 일반적인 과정이었다. 『학어집』은 모두 6장으로 구성되어 있는데 1장은 천지에서 일어나는 다양한 기상의 변화를 다루었고, 2장은 춘하추동, 3장은 산천초목, 4장은 여러 꽃, 5장은 다양한 짐승, 그리고 6장은 인륜·도덕을 다루었다. 그중 3장 산천초목 편에 '백柏-잣나무'를 묘사하면서 이런 구절이 나온다. "창염약극蒼髥若戟하고 백갑여상白甲如霜하야 풍우불능상風雨不能傷하고 상설불능변霜雪不能變하니 유군자지수절어난세야猶君子之守節於亂世也로다.(푸른 수염 같은 잎은 창과 같고 흰 갑옷 같은 나무껍질 색깔은 서리처럼 하얘서 바람과 비에도 상하지 아니하고 서리와 눈에도 변하지 않으니 군자가 어지러운 세상에서 절개를 지키는 것 같다.)"

김수영은 어릴 때부터 기억력이 비상했다고 한다. 계명서당에서도 그날그날 배운 한문을 잘 외워서 훈장님에게 항상 칭찬을 받아 할아버지 김희종이 손자가 나중에 크면 큰 관리가 될 수 있겠다는 기대를 단단히 가지게 했다고 한다. 그런 만큼 김수영은 잣나무를 볼 때마다 『학어집』에서 배운 구절을 가슴에 새기고 있었을 것이다.

김수영의 생활이 불안정하던 시기인 1954년 11월 31일~12월 3일 사이에 쓰인 「일기초」 마지막에 다음과 같은 구절이 나온다.

> 이름 팔려고 하지 않을 것이다. 그것은 값싼 광대의 근성이다. 깨끗한 선비로서의 높은 정신을 지키자.

겨울이 되어서야 소나무와 잣나무가 시들지 않음을 알 수 있다는 논어의 구절처럼 가장 어려운 시기에 김수영은 어릴 때 배운 군자의 절개에 어긋나지 않는 사람으로 살고자 다짐하고 다짐했다. 힘든 시기를 이겨 나가는 데 어릴 때 배운 잣나무의 군자 비유는 김수영에게 정신적으로 피가 되고 살이 되었을 것이다.

어의동보통학교於義洞普通學校

김수영 시인이 다닌 어의동보통학교(현재 효제초등학교)는 우리나라에서 가장 역사가 깊은 초등학교 중 하나이다. 갑오개혁으로 1895년 '소학교령'이 공포됨에 따라 같은 해 11월 15일 한성 창선방彰善坊 양사동(지금의 종로6가)에 설립된 관립 양사동소학교養士洞小學校가 어의동보통학교의 시작이다. 1907년에 지금의 종로5가 자리로 옮기면서 교명이 '관립 어의동보통학교'로 개칭되었다. 1910년 일제에 의해 강제 합병된 이후 1911년에 '조선교육령'이 공포되었는데, 이때 관립에서 공립으로 전환되어 '어의동공립보통학교'로 다시 교명이 변경되었다. 어의동보통학교라는 이름은 1938년 4월 경성효제공립심상소학교로 이름이 바뀔 때까지 유지되었다. 따라서 김수영 시인이 다닐 때 교명은 6년 내내 어의동보통학교였다.

김수영은 태생적으로 책을 좋아했고 기억력이 비상했다. 따라서 어의동보통학교에서도 탁월한 학업 능력을 보였다. 1학년부터 6학년까지 내내 반 1등을 놓친 적이 없었다. 김수영은 공부는 잘했지만 사교성은 별로 없었다. 덩치 큰 아이들은 김수영을 '겁쟁이', '샌님', '공붓벌레'라고 놀리기도 했으며 그에게 싸움을 걸기도 했다. 그럴 적이면 김수영보다 한 학년 위인 그의 막내 이모 안소선이 어느 틈에 나타나 평정해 주었다. 안소선은 어의동보통학교에서 공부도 잘하고 싸움도 잘하는 여걸로 소문나 있었다. 어머니의 막냇동생인 안소선은 김수영이 어의동보통학교에 다니던 당시 언니 집에서 얼마 멀지 않은 곳에서 언니의 도움을 받으면서 어의동보통학교를 다니고 있었다. 어머니 집안은 4형제였는데 어머니 아래로 외삼촌, 둘째 이모(어머니 바로 아래 여동생을 김수영 형제들은 이렇게 불렀다.), 막내 이모가 있었다. 이모들은 어릴 때 잘사는 언니로부터 도움을 받았고, 커서는 상황이 역전되어 형편이 어려운 언니를 돕고자 여동생들이 발 벗고 나섰다. 김수영 가족들과 이모들은 삶의 여러 구비에서 지대한 영향을 주고받았다. 김수영의 어의동보통학교 시절에 막내 이모는 김수영에게 수호천사 같은 보호막이 되어 주었다.

▶ 어의동보통학교 시절의 김수영과 가족들
1933년경, 어의동보통학교 시절에 찍은 사진으로 소년단 복장을 한 사람이 김수영이다. 김수영 왼쪽으로 수성, 수강이 있다. 아버지에게 안겨 있는 색동저고리 차림이 수경이다. (『김수영 전집』, 민음사, 1981.)

▼ 1912년 어의동보통학교 졸업 사진
사진 속 학교 건물에서 김수영이 수업을 들었을 것으로 추정된다. (김정화 님 기증, 서울역사박물관 소장)

동묘東廟

김수영이 다룬 소년 시절의 추억으로 '목사 딸 기억' 다음으로 남겨 놓은 것이 '동묘 기억'이다. 김수영은 「연극하다가 시로 전향」이라는 산문에서 『예술부락』에 자신의 등단작인 「묘정의 노래」가 실리게 된 배경을 설명하면서 동묘에 얽힌 어린 시절 추억을 끄집어냈다. 어른들을 따라 명절 때마다 동묘를 참배한 추억을 산문 속에 기록해 놓은 것인데 목사 딸 추억만큼이나 아름다운 김수영의 소년 시절 추억이 그려져 있다.

> 그때 나는 연현(조연현)에게 한 20편 가까운 시편을 주었고, 그것이 대체로 소위 모던한 작품들이었는데, 하필이면 고색창연한 「묘정의 노래」가 뽑혀서 실렸다. 이 작품은 동묘에서 이미지를 따온 것이다. 동대문 밖에 있는 동묘는 내가 철이 나기 전부터 어른들을 따라서 명절 때마다 참배를 다닌 나의 어린 시절의 성지였다. 그 무시무시한 얼굴을 한 거대한 관공의 입상은 나의 어린 영혼에 이상한 외경과 공포를 주었다. 나는 어린 마음에도 그 공포가 퍽 좋아서 어른들을 따라서 두 손을 높이 치켜들고 무수히 절을 했던 것 같다.

김수영은 어린 시절 종로6가에 살았기에 동묘는 걸어서 충분히 갈 수 있는 거리였다. 명절이 되면 어른들은 동묘를 찾아 관우상에 참배를 했던 모양이다. 동묘 주위에 사는 주민들의 명절 풍속의 하나였던 것 같다.

동묘, 김수영의 소년 시절 성지
김수영은 어린 시절에 자주 드나들었던 동묘의 이미지를 살려 훗날 「묘정의 노래」라는 시를 썼고, 이 시는 그의 등단작이 된다. 이 사진은 1892년 프랑스 공사관 이폴리트 프랑뎅Hippolyte Frandin이 찍었다. (『먼 나라 꼬레-이폴리트 프랑뎅의 기억 속으로』, 경기도박물관, 2003.)

'무시무시한 얼굴을 한 거대한 관공의 입상'은 실은 2.5미터 높이의 청동 관우상 좌상인데, 보통 옷을 입혀 놓으므로 어린 김수영이 보기에 거대한 입상으로 보였나 보다. 어른들 옆에서 거대한 관우상에 연신 절하는 어린 김수영을 상상하는 것만 해도 즐거운 일이다. 김수영은 이런 전통적 분위기 속에서 자라났다.

김수영은 자신의 마음속에 있는 동묘의 이미지를 살려 「묘정의 노래」라는 시를 만들어 냈다. 「묘정의 노래」는 모더니즘 시를 추구한 김수영다운 시가 아니라 '승무'의 시인 조지훈 같은 시인에게 더 어울리는 시이다. 염무웅은 「김수영과 신동엽」(『뿌리깊은나무』, 1977년 12월호)에서 "김수영은 철저한 도시 생활자이며, 그의 감성과 세계관도 이러한 도시적인 경험에서 태어난 것이다. 그는 평생 김소월이나 김영랑 또는 서정주와 같은 개념에서의 서정시를 단 한 편도 쓰지 않았다. 아마도 그는 자연을 자연 자체로서 완상하는 시를 쓰지 않은 극히 드문 한국 시인 중의 한 사람일 것이다. 이런 뜻에서도 그는 완강한 반전통주의자이다."라고 말했다. 김수영의 시 역사에서 전통주의라 이름할 수 있는 유일한 작품이 「묘정의 노래」라고 할 수 있다. 이 「묘정의 노래」라는 작품이 하필 조연현이 주간하는 『예술부락』에 등단작으로 뽑힘에 따라 김수영이 박인환에게 '낡았다'라고 놀림당한 치욕은 김수영을 더욱 분발하게 했고, 한국에서 모더니즘 시의 완성을 위해 누구보다 치열하게 고민하게 만들었다.

동묘, 정확한 이름으로 하면 '동관왕묘'는 1920년대 어린 김수영이 어른들을 따라 공포심 가득한 눈으로 거대한 관우상을 쳐다보면서 두 손을 높이 치켜들고 무수히 절을 올리며 전통적 분위기에 흠뻑 젖어 들었던 공간이었다. 우리는 100년이 가까운 시간 격차를 두고 같은 분위기를 아직도 동묘에 가서 느낄 수 있다. 이것이 전통문화의 위력이다. 전통문화의 힘이 있었기에 그것을 극복하려는 반전통주의적 실천도 가능했던 것이다. 김수영은 평생 누구보다 철저한 반전통주의를 실천했지만 전통의 힘을 누구보다 정확하게 이해하고 있었다. 그랬기에 김수영은 1964년 2월 3일 탈고한 시 「거대한 뿌리」에서 굴욕적인 한일협정을 맺으려는 군사정부를 향해서 '국가의 자존심' 문제를 환기·촉발하였다. 그래서 김수영은

> 버드 비숍 여사를 안 뒤부터는 썩어 빠진 대한민국이
>
> 괴롭지 않다 오히려 황송하다 역사는 아무리

더러운 역사라도 좋다
진창은 아무리 더러운 진창이라도 좋다
나에게 놋주발보다도 더 쨍쨍 울리는 추억이
있는 한 인간은 영원하고 사랑도 그렇다

라고 노래했다. 가난할지라도 자존심 하나만은 헐값에 넘기지 말라는 목소리를 "놋주발보다도 더 쨍쨍 울리는 추억"이라는 갓 잡아 올린 생선이 팔딱팔딱 뛰는 모습보다 더 생생한 언어에 집약시켰다. 우리가 현대를 살아가면서도 잊지 말아야 할 전통의 자존심을 지워지지 않는 시어로, 우리 가슴에 충격적 언어로 선사한 김수영의 시편 뒤에 '동묘의 추억'이 한 자리를 굳건하게 차지하고 있었다.

적십자병원, 순화병원

예기치 않은 일 때문에 인생이 꼬일 때가 있다. 김수영에게는 보통학교를 졸업할 때와 6·25전쟁으로 피난 갈 때가 그 경우라고 할 수 있다. 보통학교를 졸업하고 중학교로 진학할 때 갑자기 찾아온 전염병만 아니었다면 옆집에 살았던 절친 고광호처럼 경기중, 경기고보, 그리고 일본 유학이라는 당시의 엘리트 코스를 정상적으로 거쳤을 것이다. 하지만 전염병이라는 예상치 못한 변수는 김수영에게 정상 진로에서 이탈하여 야간 상업학교까지 다니게 하는 굴절을 안겨 주었다. 그리고 김수영 인생에서 최대의 인생 굴곡을 겪게 만든 6·25전쟁 때, 계획대로 막내 이모 트럭을 타고 피난을 갔다면 김수영의 인생은 많이 달라졌을 것이다. 정상적 우등생 코스를 밟았거나 조지훈, 서정주처럼 피난에 성공했다면 김수영은 위대한 시인이 될 수 없었을지도 모른다. 빛나는 보통학교 시절과 아무도 알아주지 않는 외톨박이로 지낸 야간 상업학교 시절. 명과 암으로 극명하게 갈라지는 학창 시절, 그 극적인 대비가 안겨 준 예민한 사춘기 시절의 다양한 마음의 갈피는 김수영의 마음 앨범에 차곡차곡 쌓여 있었고, 6·25전쟁 때 피난 가지 못하면서 겪은 포로 생활과, 포로 생활에 이어진 아내와 자신이 가장 존경하던 선린상업학교 선배의 동거가 안겨 준 김수영의 표현대로 '억만 개의 모욕'은 우리나라 현대문학사에서 더 이상 비참할 수 없는 나락으로 한 시인을 추락하게 만든 굴곡이었다.

일제하 조선에서는 전염병이 주기적으로 창궐하였는데, 1918년에 발

1937년 12월에 준공된 서울 적십자병원 옛 본관 건물 전경
김수영은 1968년 6월 16일, 이 건물에서 최후를 맞이하였다. (『민족문화백과사전』, 정신문화연구원, 1991.)

생해서 2년 동안 전 세계 최대 5천만 명의 목숨을 앗아 갔던 스페인 독감의 경우, 1918년 말에 조선에 유입되어 1919년 봄까지 750만 명을 감염시켰고 14만 명이나 되는 사람들의 목숨을 앗아 갔다. 주로 여름에 유행하는 콜레라의 경우는 1920년 7월~8월에 전국적으로 2만 명의 환자를 낼 정도로 유행하였다. 김수영이 보통학교 6학년 가을 운동회를 할 무렵 경성부에 신고된 전염병은 이질, 장티푸스, 발진티푸스, 성홍열, 디프테리아, 유행성뇌척수막염 등이었다. 보통학교 졸업 때 김수영에게 찾아온 전염병 이야기는 최하림의 『김수영 평전』에 자세히 기술되어 있다.

1933년 어의동보통학교 6학년 마지막 추계 운동회가 있던 날 아침, 김수영은 이미 몸이 좋지 않았다. 이마가 뜨겁고 어지러웠다. 하지만 보통학교 마지막 운동회인 데다 아버지가 학교 사친회장을 역임하고 있어서 운동회를 빠질 수가 없었다. 그때는 소작지로부터 올라오는 가을걷이도 넉넉하고, 지전상 경영도 양호하던 때라서 집안에 여유가 있었다. 그런 여유 속에 아버지는 그 귀하다는 바나나를 두 꾸러미나 사서 한 꾸러미는 선생님들한테 전하고 한 꾸러미는 가족들과 함께 먹었다. 김수영은 그 바나나를 먹고 나서 속이 이상하다고 말하며 오후 경기에 임했다. 밤에 열이 불같이 오르고, 먹은 것을 다 토하고, 정신을 잃은 채 헛소리를 했다. 식구들은 운동회 때문에 힘들어서 그런 모양이라 생각하고 일단 서대문 밖 옛 경기감영 자리 바로 옆에 있던 적십자병원에 데리고 갔다. 적십자병원 의사가 급성장티푸스라고 진단했다. 운동회로 힘들어서 발병한 것 같다고 말해 주었다. 즉시 입원 조치를 하고 치료에 들어갔지만 회복 기미는 보이지 않고 날로 악화되어 갔다. 장티푸스에 더해서 폐렴과 뇌수막염까지 찾아왔다. 병원에서도 무슨 수가 없어 보였다. 그때 누군가 경성부 내에서 유일한 전염병 치료 병원인 순화병원으로 가 보라고 귀띔해 주었다. 거기에는 장안에서 유명한 이을호 박사가 있었다. 하지만 순화병원에서도 별 뾰족한 수가 없었다. 경복궁 서쪽 동네인 옥인동에 있는 순화병원까지는 큰아버지의 수양딸 남편이 김수영을 업고 갔다. (큰아버지는 기생집 출입이 너무 잦아 몸에 이상이 생겨 후손을 전혀 둘 수 없어서 나중에는 아들 얻는 것을 단념하고 수양딸 하나를 두었다. 참하게 생긴 수양딸은 엘리트 남편을 얻었는데, 그 엘리트 남편이 해방되고 나서 북으로 올라가자 양아버지를 두고 남편을 따라가 버렸다. 그 결과 남쪽에는 큰아버지 후손이 아무도 남지 않아 나중에 김수영 집안에서 거두어 도봉동 선산으로 모셨다.)

순화병원에서도 기대를 할 수 없을 때, 누군가가 열병에는 고종 황제의 어의御醫였던 유기영 의원이 천하 약손이니 거기 가 보라고 했다. 또 김수영을 업고 유기영 의원을 찾았다. 유기영 의원은 진맥을 한 뒤, 약을 지어 주면서 몇 재는 더 지어 먹어야 할 것 같다고 했다. 세 달을 꼬박 약을 지어 먹었다. 세 달 뒤부터 조금씩 차도를 보이기 시작했다. 개화 바람을 타고 들어온 서양의학도 포기하다시피 한 병자를 전통 한방 신의가

김수영과 적십자병원

김수영과 적십자병원의 인연은 세 번 있었는데, 세 번 다 죽음의 문턱 가까이에서 맺어졌다. 적십자병원과의 첫 번째 인연에서는 죽음의 문턱 앞까지 갔지만 장안의 내로라하는 신의를 만나 돌아올 수 있었다.

적십자병원과의 두 번째 인연도 생과 사가 갈려도 아무 이상할 것이 없는 위기 상황 속에서 맺어졌다. 1950년 8월 3일 의용군으로 북한 북원리까지 끌려갔다가 탈출하여 10월 28일 오후 6시 서대문사거리에서부터 충무로4가 집으로 향하다 적십자병원 앞에 이르렀을 때였다. 산문 「나는 이렇게 석방되었다」에서는 당시 장면을 이렇게 묘사한다.

"살고 싶다는 의욕과 살 가망이 드디어 없어졌다는 새로운 절망의 인식이 동시에 직감적으로 나의 가슴을 찌르고 지나간다. 공연히 서울에 돌아왔다는 후회조차 드는 것이었다. 적십자병원 앞을 지나가는 수인의 대열-적구赤狗(빨갱이)다. 나는 몸이 오싹 추워졌다. 벌벌 떨리었다. 수인의 대열은 포탄에 얽은 이 빠진 가옥을 배경으로 영천 쪽으로 걸어간다. 나는 눈을 지그시 감았다. 다시 눈을 떠서 하늘을 보았다. 옛날 그 어느 순간과도 같은 착각의 불꽃이 이상야릇한 방면으로 머리를 스쳐 간다. 지나가는 사람들이 나를 쳐다본다. 남루한 한복, 길게 자란 수염, 짧게 깎은 머리, 1,500리 길을 오는 동안에 온몸에 배인 먼지, 나는 의심을 받을 수 있는 모든 조건을 구비하고 서울로 돌아왔다. 아니 나를 죽여 주십시오 하고 돌아온 사람이나 마찬가지다. 나는 적십자병원 맞은쪽 과실 가게 옆에 임시로 만들어 놓은 파출소로 들어갔다."

김수영은 두 번째 죽음의 문턱에서도 포로수용소 생활을 거쳐 생환할 수 있었다. 하지만 적십자병원과의 세 번째 인연, 그의 인생 40대 말에 또 한 번 찾아온 인연에서는 죽음의 문턱을 넘어가 다시 돌아오지 못했다. 1968년 6월 16일의 일이었다.

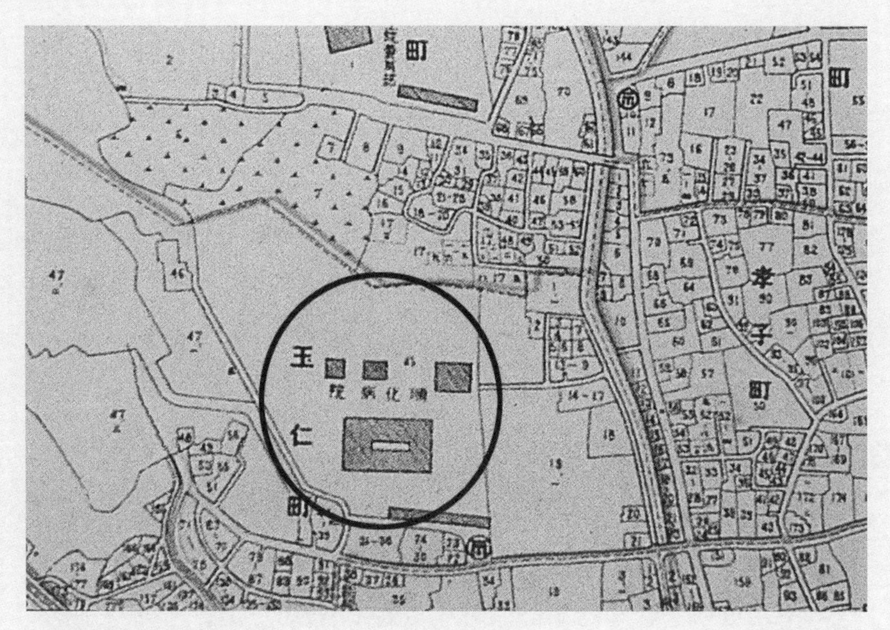

1936년 경성 전도에 나타난 순화병원 모습
옥인정 45번지를 다 차지했던 순화병원 자리에 지금은 종로구보건소, 아파트, GS건설연구소, 청운경로당 등이 들어서 있다. 순화병원은 전염병 환자 격리·수용 병원으로 1909년 준공되었다. (허영환, 『서울지도: 정도 600년』, 범우사, 1994.)

1909년 준공된 순화병원 모습
1934년 김수영 시인이 급성장티푸스로 입원했던 바로 그 건물이다. 이 순화병원 터는 조선 후기 진경산수화의 창시자 겸재 정선의 집터이기도 하다. (『사진으로 보는 서울 2권』, 서울특별시사편찬위원회, 2002.)

살려 낸 것이다. 하지만 김수영은 여전히 얼굴이 백지장 같고 머리칼이 죄다 빠져 허수아비같이 허약하기 짝이 없었다. 보다못한 아버지와 고모는 생전에 할아버지가 길어다 마시던 장안의 4대 약수라는 성북동 냉정 약수를 먹이려고 성북동 골짜기로 방을 얻어 나갔다. 아버지와 아들은 매일 아침 약수터에 올라 약수를 마셨다. 해가 바뀌어 1934년 4월 어의동보통학교 졸업식이 있었지만 김수영은 참석도 하지 못했다. 전 학년 1등이었던 김수영은 졸업식에서 시장상 내지 교육장상을 받는 것은 떼 놓은 당상이었다. 하지만 병마가 덮친 그에게는 그런 영광의 상복은 주어지지 않았다. 성북동의 약수가 효과가 있었던지 김수영은 서서히 회복했다. 김수영이 성북동에 아버지와 함께 따로 집을 얻어 나가서 병마와 싸우고 있는 동안 집안에 큰 변화가 있었다. 종로6가 집을 팔고 용두동으로 이사를 갔다. 아버지의 결단이었다. 종로2가에서 종로6가로 이사 와서 부동산이 뛴 경험을 했던 아버지는 가세가 기울자 아예 사대문 밖으로 눈을 돌려 용두동에 집 한 채를 짓고 두 채를 사들여서 종로6가 성공이 다시 일어나기를 바라면서 이사를 단행했던 것이다.

선린상업학교善隣商業學校

급성장티푸스로 거의 죽다 살아난 김수영은 보통학교 졸업 동기들보다 1년 늦게 1935년 중학교 진학 시험을 치렀다. 보통학교 다닐 때 내내 전교 1등을 차지할 만큼 학업성적이 우수했던 김수영이었지만 치료에 전념하면서 중학 입시 공부를 다시 해야 했던 영향은 상상했던 것보다 컸다. 김수영은 아버지의 희망대로 상업학교 시험에 응시했다. 1차 시험은 경기도립상업학교(현 경기상고)였다. 창의문 바로 아래에 있는 학교로 엄연한 사대문 안 상업 명문이었다. 1935년 김수영이 시험을 치를 때에도 지금과 똑같은 위치에 있었다. 집안에서는 큰 기대를 걸었지만 결과는 불합격이었다. 온 가족이 눈물바다가 되었다. 2차는 용산에 있는 선린상업학교에 응시했다. 2차에는 합격하기를 온 가족이 열망했다. 하지만 2차에서도 낙방했다. 병 치료를 겸하면서 시험을 준비하는 것은 예상보다 쉽지 않았다.

사실 당시 선린상업학교는 지금으로 치면 서울대 경영학과에 들어가는 것만큼이나 힘든 경쟁을 뚫어야 들어갈 수 있는 곳이었다. 당시에는 상업학교, 공업학교, 농업학교 대학 과정이 없어 경쟁이 치열할 수밖에 없었다. 선린상업학교 출신이라고 하면 은행이나 관공서에 진출한 선배들의 영향력이 막강했기 때문에 졸업 후 취직은 보장된 거나 마찬가지였다. 이 때문에 입시 경쟁률이 낮아도 15 대 1 정도였고, 높으면 20 대 1까지 올라갔다. 보통학교 전교 1, 2등도 합격이 보장되지 않는 경쟁률이

▶ 1930년 선린상업학교 전경
(선린동문회 편, 『선린80년사』, 제일정판사, 1978.)

▼ 선린상업학교의 현재 모습
김수영이 다니던 시절 선린상업학교 건물 중 중앙의 강당만이 현재 유일하게 본래 자리에 남아 있다. (2021년 촬영)

었다. 선린상업학교 1931년 입학생의 경우, 서울의 청운공립보통학교 일본인 가와하라 교사가 20년 동안 재직하면서 선린상업학교에 한 명의 합격자도 못 내다가 마침내 전교 1, 2등 학생 두 명을 응시시켜 그중 한 명이 합격하자 눈물을 글썽이면서 감격했다고 전할 만큼 입시 경쟁이 치열한 곳이었다.

김수영의 아버지는 또래보다 1년이 늦은 김수영을 또 한 해 재수하게 할 수는 없었다. 선린상업학교 야간부인 선린상업학교 전수과專修科라도 보내야 했다. 전수과에 다니던 학생들은 주로 주간에 은행이나 일반 회사 등에 취직하여 근무했는데, 그 학생들의 목표는 대부분 졸업한 뒤 다니던 은행이나 회사보다 더 나은 직장으로 옮기는 것이었다. 김수영은 아버지의 뜻대로 선린상업학교 전수과에 진학했지만 그의 목표는 은행이나 일반 회사 취직이 아니었다. 그래서 동료들과 어울리지 못하고 외톨이가 될 수밖에 없었다. 지금도 남아 있는 전수과 졸업 사진 뒤에는 WL이라는 학생이 김수영에 대해 쓴 글이 있는데, 이 글을 보면 김수영이 학교 동료들에게 어떻게 비쳤는지 알 수 있다.

> 오 가련한 영웅이여
> 애석한 것은 너의 자만이다
> 장소와 때를 보고
> 웃기도 하고 울기도 하여라
>
> 1938. 3. 25.
> 金洙暎 君

외톨이로 전수과에 다니고 있었지만 김수영에게는 절망보다는 미래를 향한 꿈과 희망이 있었다. 김수영의 꿈과 희망은 집안의 바람인 은행이나 회사 취직과 거리가 멀었다. 전수과를 졸업할 때인 1938년 3월에 나온 선린상업학교 전습과 교우회善隣商業學校專習科校友會에서 펴낸 『등우燈友』 특별호에 실린 일본어로 쓴 두 편의 시에서도 그런 김수영의 감정이 잘 나타난다. 바람에 흔들리는 포플러와 떠오르는 해에 기댄 미래의 희망은 은행과 번듯한 직장에 대한 기대보다는 문학청년의 꿈과 희망에 휩싸인 열정이었다. 그중에 「떠오르는 해[旭日]」라는 시를 보자.

장엄한 아침이었다

나는 언덕에 올라

융융하게 떠오르는 아침 해를 본다

보라!!

그 힘찬 모습을……

누구에게도 침범되지 않는 위용……

나는 견딜 수 없었다

그리고 소리쳤다

-아아 그것이다!

인생은 바로 그런 것이다!라고

떠오르는 해[旭日]

燈友

特別號

昭和十三年三月

善隣商業學校專修科校友會

『등우』 특별호 표지

김수영이 전수과를 졸업할 때인 1938년 3월에 선린상업학교 전습과 교우회에서 펴냈다. (김수명 제공)

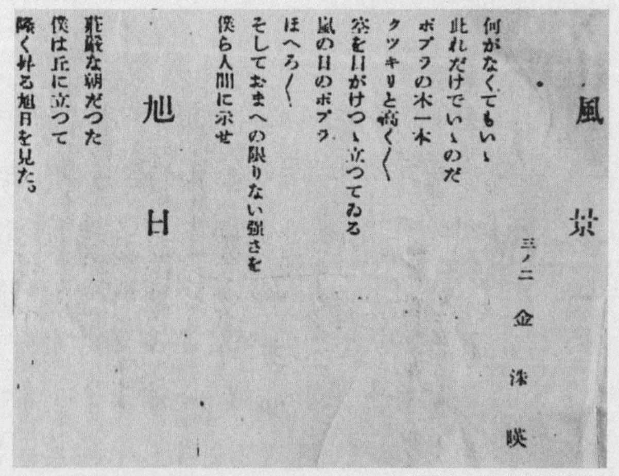

風景

三ノ二 金洙暎

何がなくてもいゝ

此れだけでいゝのだ

ポプラの木一本

クツキリと高く／＼

空を目がけつゝ立つてゐる

嵐の日のポプラ

ほへろ／＼

そしておまへの限りない強さを

僕ら人間に示せ

旭日

荘厳な朝だつた

僕は丘に立つて

隆く昇る旭日を見た。

『등우』 특별호에 실린 김수영의 시

김수영은 『등우』 특별호에 「풍경風景」, 「욱일旭日」 등 두 편의 시를 발표했다. 이름 앞에 3학년 2반이라고 표기되어 있다. (김수명 제공)

위 시를 보면 장엄한 일출 광경을 바라보는 피 끓는 청춘의 패기와 열정이 느껴진다. 이글거리는 해를 앞날의 꿈으로 자기 가슴에 품고 불안하고 불확실한 미래이지만 온몸으로 부딪쳐 그 꿈을 실현하고 싶은 욕망이 불타오르는 것 같다. 그 꿈이 부모님의 바람과 일치하는지 아닌지 심적으로 망설이는 지점이 존재하지 않는 것이 이 시의 특징이기도 하다.

김수영은 전수과를 3년 만에 졸업하고 본과 2학년에 진학했다. 김수영이 선린상업학교 다닐 때 학칙을 보면, 제7조에 "본교 전수과 졸업생으로 학업성적이 우수한 자는 인물, 체격 등을 고사考査한 후, 결원이 있을 때에 한하여 제4학년 이하에 편입할 수 있다."라는 조항이 있었다. 이에 따라 김수영은 본과 2학년에 결원이 생겨 편입할 수 있었다. 당시 선린상업학교 본과는 5년제였다. 본과에 다니면서 김수영은 공부를 게을리하지 않았다. 어릴 때부터 절친인 고광호와는 여전히 자주 만났다. 왜냐하면 김수영의 주 거처가 용두동 본가보다는 종로6가 고모 집 어두컴컴한 2층 다락방이었기 때문이다. 선린상고 시절 친구들도 김수영을 찾을 때는 종로6가 고모 집을 주로 방문했다. 종로6가 고모 집에서 선린상업학교를 다니다 보니 당시 경기고보에 다니던 고광호와는 자연히 공부도 같이 하고, 산보도 같이 하고, 사진 찍으러도 같이 다니게 되었다. 김수영을 가까이에서 지켜본 고광호는 "그의 영어 실력은 대단했어요. 경기고보 다니는 내가 따라가기 어려웠습니다. 일본어에도 뛰어났습니다. 그에게는 어학적 재능이 있었던 모양이에요. 그것이 그를 시인으로 만들었던 것 같습니다."라고 증언했다. 김수영은 타고난 문과 체질이었다. 예정대로였다면 김수영은 1942년 3월에 졸업해야 했다. 하지만 일제는 1941년 12월 7일 태평양전쟁을 시작하면서, 전쟁 수행에 필요한 인력을 원활하게 공급하려고 중등학교 이상의 각급 학교 졸업을 3~4개월 앞

선린상업학교 전수과 2학년(1936년) 사진
첫째 줄 왼쪽에서 두 번째가 김수영이다. (『김수영 전집』, 민음사, 1981.)

당겨 실시하게 하였다. 그래서 선린상업학교 35회 졸업생인 김수영도 3개월 앞선 1941년 12월에 졸업해야 했다.

김수영과 선린상업학교의 인연은 학교생활 7년이 전부가 아니었다. 김수영은 역사적 격랑 속에서 호구지책을 마련하다 다시 선린상업학교와 연을 맺었다. 선린상업학교 부산 피난 시절, 포로수용소에서 석방된 김수영은 문인 대부분이 임시 행정수도였던 부산에 와 있던 관계로 부산에서 시인으로서 재기를 노리고 있었는데 우선 먹고살 수 있는 수단을 마련해야 했다. 첫 번째 생계 수단은 박태진이 소개해 준 대구의 미군 수송 관계 부서 통역관 생활이었다. 그다음 선택한 생계 수단은 선린상업학교 영어 강사 자리였다. 아내가 떠나 버려 혼자였던 김수영은 학생들을 데리고 해운대해수욕장에 갔다가 우연히 만난 여성과 백사장을 스쳐 가는 바람 같은 사랑을 하게 된다. 이 이야기는 「해운대에 핀 해바라기」라는 콩트에 기술되어 있다. "나와 그가 알게 된 것은 해운대 넓은 바닷물 속에서였다. 어느 날 나는 학교의 학생들을 데리고 수영을 하러 나가게 되었다. 그때 S가 인솔하여 온 여학생들 중에서 자개바람(쥐가 나서 근육이 곧아지는 증상)을 일으키고 하마터면 큰일이 날 뻔한 것을 내가 데리고 간 학생 중의 제일 수영을 잘하는, 반에서도 제일 키가 크고 말썽도 제일 잘 부리는 학생이 구하여 주었다."라고 첫 만남을 기술하는 중년 여성과의 사랑 이야기가 선린상업학교 영어 강사 시절 이야기이다. 콩트이므로 허구일 가능성도 높다. 하지만 짧으나마 핑크빛이 돌았을 개연성도 충분히 있다. 진실은 김수영만이 가지고 갔으므로 영원히 저 하늘에 있다. 하지만 무채색 우울만이 지배했던 부산 피난 시절 김수영 삶에 옅은 핑크빛이라도 채색할 수 있으면 좋겠다. 선린상업학교 영어 강사 시절은 1953년 6월부터 같은 해 10월 김수영이 상경할 때까지 뜨거운 여름 한 철처럼 짧았다. 1953년 10월 김수영이 서울로 돌아와 기자로 직업을 바꾸면서 선린상고에서의 교편생활도 끝이 난다.

용두동 집

종로2가에서 종로6가로 옮긴 뒤 부동산이 뛴 경험을 했던 김수영 아버지는 다시 종로6가의 기적이 일어나기를 바라는 마음으로 1934년 6월, 당시에는 외곽이었던 용두동으로 이사를 단행했다. 이사 간 주소는 경성부 용두정 144-34번지였다. 현재 주소는 동대문구 왕산로77이다. 하지만 용두동으로 집을 옮기고 나서 정세가 급변하기 시작했다. 일제가 1937년부터 중일전쟁을 시작하면서 정세 불안이 부동산 경기에도 악영향을 미치기 시작했다. 집을 사려는 매수 분위기가 급격히 꺾이기 시작했다. 또다시 부동산 상승을 꿈꾸었던 아버지의 용단은 실패로 끝났고 아버지는 그 스트레스로 급기야 기관지천식이라는 병까지 얻게 되었다. 집을 세 채로 확장하면서 얻었던 빚이 이제 부담으로 작용하기 시작했다. 용두동 생활의 주요 경제적 기반은 양평과 천호동 등 소작지에서 올라오는 소작료였다. 그래도 할아버지가 물려준 재산이 용두동 시절까지는 위력이 꺾이지 않아 가족 생계를 유지하는 데에는 별 어려움이 없었다. 하지만 위험 요소가 도사리고 있었다. 큰아버지였다.

큰아버지는 아버지에게 끊임없이 땅문서를 요구했다. 아버지가 만약 딱 끊는 성격이었거나 자신의 재산은 자신의 재산이고, 큰아버지의 재산은 큰아버지의 재산이라는 관념이 확실한 분이었다면, 그래도 여기저기 산재해 있던 땅이 유지되었을 것이고 8남매가 먹고사는 데 큰 문제는 없었을 것이다. 하지만 아버지의 성격은 그렇지 못했다. 배다른 형이 요구

용두동 집터 현재 모습
현재 주소는 동대문구 왕산로77이다. 우석금속 주위가 용두동 집터였다. 김수영 막내 남동생이 거닐고 있다. (2020년 촬영)

하면 요구하는 대로 땅문서를 내주었다. 아버지가 주무시는 안방 머리맡에 땅문서 서류함이 있었는데, 어머니 생각으로는 그 통만 치워도 땅문서가 보존될 텐데 그 자리에 그대로 두더라는 것이다. 큰아버지가 아버지 이름을 부르며 방문하는 횟수가 잦아질수록 소작지는 줄어들었고, 소작지가 줄어든 만큼 가을에 들어오는 소작물 양이 눈에 띄게 줄어들기 시작했다. 집 세 채 용두동의 규모를 유지하기에는 점점 무리가 따랐다. 빚도 늘어났다. 어떻게 해서든 다른 방도를 찾아야 했다.

용두동 시절은 김수영이 선린상업학교 전수과에 입학할 때부터 선린상업학교 본과 4학년 때까지였다. 열다섯에서 스무 살까지 말하자면 김수영의 사춘기 시절이 용두동 시절이었다. 사춘기 시절은 누구나 그렇듯 부모의 간섭에서 벗어나고 싶어 한다. 김수영도 그랬다. 다행히 김수영에게는 피난처가 있었다. 종로6가 고모 집이었다. 고모는 일찍 남편과 사별하여 혼자 살고 있었다. 아들도 없고 딸 둘밖에 없으니 딸 둘이 출가하고 난 집은 고모 혼자였다. 간섭하는 사람 없이 혼자 있기 좋아하는 김수영에게는 다시 없는 환경이었다. 변두리이고 서먹서먹한 용두동 본가보다 어릴 때부터 자란 종로6가 고모 집이 훨씬 더 친숙했다. 서당 시절부터 단짝이었던 친구 고광호도 있었다. 그리고 무엇보다 김수영이 사귀던 소녀, 고광호의 여동생 고인숙을 가까이에서 볼 수 있는 곳이 종로6가 고모 집이었다. 김수영의 아버지는 김수영이 선린상업학교를 졸업하면 집안을 일으킬 수 있도록 번듯한 직장에 취직할 수 있게 공부에 열중하고 있는지 자신의 눈으로 확인하고 싶어 했다. 그런데 김수영은 본가보다 고모 집에 있는 날이 많았으니 장남에게 불만이 있을 수밖에 없었다. 드디어 사건이 터졌다. 최하림의 『김수영 평전』에 실감 나게 그려져 있는데, 어느 일요일 김수영과 고인숙이 북한산으로 캠핑을 간 사실을 안 아버지가 그날 밤 김수영을 불러다가 야단을 친 것이다. 여자 꽁무니나 따라다니면서 언제 공부하느냐, 고모 집에 그만 가고 본가에 들어와서 공부하라고 다그친 것이다. 이에 김수영은 '내가 언제 공부 안 한 적이 있었느냐, 고모 집이든 본가든 공부하는 데에는 상관없다'고 아버지에게 지지 않고 고개를 쳐들고 말대꾸를 했다. 용두동 집은 감수성이 예민한 사춘기의 김수영에게 안식처라기보다는 자신에게 맞지 않는 옷을 입히려 하는 아버지의 권위가 지배하는 심적 타지였던 것이다.

현저동 집

김수영의 아버지는 용두동 세 채 집을 조금 밑지고서라도 빨리 처분하여 규모를 줄여야 했다. 그와 동시에 소작지에서 들어오는 가을걷이가 눈에 띄게 줄어들어 가계 수입을 창출할 수 있는 장사를 할 수 있는 곳으로 옮겨야 했다.

김수영이 선린상업학교 본과 4학년이던 1940년, 용두동 세 채 집을 정리하고 용두동과 마찬가지로 외곽이던 현저동으로 집을 옮겼다. 이사 간 곳의 주소는 경성부 현저정 46-1418번지였다. 현재 주소는 종로구 통일로 262이다. 경성부 외곽에서 외곽으로 옮긴 것이었는데, 동대문 외곽에서 서대문 외곽으로 옮긴 것이 차이였다. 현저동 46-1418번지는 서대문형무소에서 무악재로 제법 올라가는 중간쯤이었다. 이 때문에 집이 앉은 터가 서쪽은 높고 동쪽은 낮은 경사지였다. 1940년 당시 서북쪽, 즉 오늘날 은평구나 홍제동에서 서울로 들어오려면 반드시 무악재를 넘어야 했다. 높은 고갯마루를 넘어가는 대중교통이 흔치 않던 시절이었다. 오늘날 홍제동까지가 당시 경성부에 속해 있어 홍제동까지 버스가 다녔지만 자주 운행하지 않았다. 전차도 독립문이 있는 서대문사거리까지만 들어왔다. 이 때문에 현저동 한길 가에는 무악재 밖에 사는 사람들의 왕래가 잦았는데 이들은 경제활동을 하려고 서울 시내를 오가는 사람들이었다. 유동 인구가 많으면서도 집값이 싼 현저동은 김수영 가족에게 최선의 선택이었다. 용두동 집을 처분해서는 8남매가 살 수 있을 정도의

현저동 집터 현재 모습
현저동 집터인 카페 예츠페리 앞에 서 있는 큰누이 김수명과 막내 남동생 김수환 (2014년 촬영)

넓은 공간에 가게까지 딸린 집을 사대문 안에서는 구할 수 없었고, 현저동이 제격이었던 것이다. 현저동 집은 독채였지만 평수가 상당히 넓었고 길가에 면해 있어 장사를 하기에도 용이했다.

이제는 장사를 해야 했다. 종로6가에서도 장사를 했지만, 그때 지전상 운영은 어디까지나 부수적 수입원이었다. 하지만 현저동에서의 장사는 가족이 생계를 유지하려면 반드시 해야 하는 일이었다. 이때부터 어머니가 전면에 나서 장사를 한 것은 아니지만 가족 생계를 위해 어머니가 아이디어를 내고 나섰다고 보는 게 옳다. 장남은 가족 생계 마련에 관심이 없는 사람이었기에 둘째 아들의 손을 빌릴 수밖에 없었다. 둘째 아들 수성은 당시 동숭동에 있던 경성고등공업학교를 다니고 있었다. 전기과, 건축과, 토목과 등 공업 과목을 가르치는 학교였다. 일제는 우리나라에 되도록 공업을 가르치는 학교를 세우지 않았다. 그런 점에서 경성고등공업학교는 공업을 가르치는 거의 유일한 학교로 입학의 문이 대단히 좁은 명문이었다. 일제강점기에는 상업대학, 즉 경영대학이 없었다는 것과 마찬가지로 공업대학이 없었다는 사실을 알면 왜 공업학교 경쟁이 그렇게 치열했는지 쉽게 알 수 있다. 유명한 이상 시인이 이 학교 건축학과 출신이다.

수성은 등교하기 전 가게에서 팔 물건을 받아 놓고 학교에 갔다. 가게는 잡화도 팔고, 수박·사과 등 과일도 팔았다. 요즈음 슈퍼마켓 개념의 가게라고 할 수 있다. 그리고 잡화점 옆에 양복지를 파는 가게도 함께 운영했다. 막내 남동생은 "수박이 실린 구루마가 오면 바퀴가 미끄러지지 말라고 어린 내가 돌로 받치면 둘째 형님이 수박을 내리던 모습이 기억난다."라고 현저동 시절을 회상했다. 최하림의 『김수영 평전』에는 집안이 기울어 곰보 마름 이병상을 현저동으로 오면서 내보냈다고 기술되어 있지만, 막내 남동생은 "갈비를 먹는데 마름으로 용두동 집에서부터 집안 일을 돕던 묘지기 아들 만석이와 병생이 아저씨가 한 상을 받았는데, 병생이 아저씨가 갈비에다 침을 다 발라 버리며 독차지하려 하자 만석이가 굴하지 않고 그 침 발린 갈비를 개의치 않고 먹던 모습이 지금도 눈에 선하다. 사실 둘째 형님이 학교에 가고 나면, 그 큰 가게를 만석이 혼자 관리해야 하는데, 그것은 불가능에 가까운 일이었다. 병생이 아저씨가 있었음이 분명하다."라고 증언하고 있어 마름 이병상은 현저동 집까지 김수영 집안과 같이했음이 분명하다.

집안이 기울어갈 때, 집안을 다시 일으킬 수 있는 공부 잘하는 아들에게 거는 기대감은 자연 무한대에 가깝게 커지게 마련이다. 보통학교 때부터 수재 소리를 듣던 김수영은 아버지의 기대뿐 아니라 온 집안의 기대를 한 몸에 받고 있었다. 하지만 졸업반이 되는 김수영에게는 자신이

은행 같은 곳에 빨리 취직해서 집안을 일으켜야 한다는, 집안의 장남이라면 당연히 가지는 책임감 같은 게 없었다. 자신이 가진 고민이 세계의 전부였으며, 그 외의 문제에는 눈길 한 번 주지 않았다. 김수영이 어떤 생각을 하든 김수영의 집안에서 김수영은 특별한 존재였다. 그의 방에는 다른 형제들이 함부로 들어갈 수 없었으며, 그가 집에 들어와 자기 방에 들어가면 다른 형제들은 크게 떠들 수도 없었다. 가세가 기울면서 기관지천식을 앓기 시작한 아버지는 장남이 자신의 기대에서 완전히 어긋나 버리자 실망감에 천식이 더 심해졌다.

2부

자유의지를 따라

일본 도쿄

관부연락선

김수영은 1941년 12월 선린상업학교를 졸업하자마자 뒤도 돌아보지 않고 1942년 2월 일본 유학길에 올랐다. 집안의 사정이 자신의 일본 유학비를 부담할 수 있는지 아닌지를 고려하는 김수영이 아니었다. 자신에게 닥친 자신의 문제만이 가장 크게 보였고, 그 문제를 푸는 데 모든 것을 집중하는 스타일이었다. 동생들에게는 이기적인 큰형으로 보일 수 있지만 할 수 없었다. 그래도 집안에 둘도 없는 장남이었기 때문에 모든 가족이 그 특별한 존재성을 받아들이는 수밖에 없었다.

김수영이 일본 유학을 왜 떠났는지 백 마디 다른 말보다 자신이 직접 밝혀 놓은 글이 가장 신빙성 있다. 김수영은 1953년 10월 피난 수도 부산을 떠나 상경한 이후 처음 기고한 산문 「낙타과음」에 자신이 일본 유학을 떠난 이유를 밝혀 놓았다. 친한 친구 Y 집에서 크리스마스이브 파티를 한 모양이다. 상경한 뒤 2개월간 술을 먹지 않던 김수영은 그 파티에서 엉망으로 취해 버렸다. 김수영의 표현대로 그야말로 뼈가 말신말신하도록 취한 상태에서 춤을 추고 미친 지랄을 하고 나서 어떻게 걸어 나왔는지 기억이 나지도 않고, 택시 기사와 싸웠는지 눈자위와 손에 상처가 있고, 의복은 길에 뒹굴었는지 엉망인 상태에서 깨어 보니 신당동 본가도 아니고 종로6가 고모 집이었다. 점심 넘어까지 속이 메스꺼워서 누워 있다가 겨우 나와 낙타산이 바라다보이는 이름 없는 다방 구석에 앉아 친구 Y에게 부치는 글을 쓰던 김수영은 낙타산이 연상시키는 한 여인을 떠올리게 된다. 「낙타과음」에서 김수영은 시에서나 산문에서나 그 어떤 글에서도 다시 쓴 적 없는 소녀와의 사랑을 언급하였다.

> 낙타산은 나와는 인연이 두터운 곳이다. 낙타산 밑에서 사귄 소녀가 있었다. 나는 그 소녀를 따라서 지금으로부터 약 10년 전에 동경으로 갔었다. 내가 동경으로 가서 얼마 아니 되어 그 여자는 서울로 다시 돌아왔고, 내가 오랜 방랑을 끝마치고 서울로 돌아왔을 때 그는 미국으로 가 버렸다. 지금 그 여자는 미국 태평양 연안의 어느 대도시에서 결혼 생활을 하고 있다. 영원히 이곳에는 돌아오지 않겠다는 편지가 그의 오빠에게로 왔다 한다. 나와 그 여자의 오빠는 죽마지우이다.

김수영은 일본 유학의 이유를 "나는 그 소녀를 따라서 지금으로부터 약 10년 전에 동경으로 갔었다."라고 밝히고 있다. 그 소녀는 김수영의 절친이자 어릴 때 옆집 친구인 고광호의 여동생 고인숙이다. 김수영과 고인숙의 나이는 세 살 차이가 난다. 선린상업학교 본과 4학년 때 김수영과 고인숙은 북한산에 캠핑을 같이 갔을 정도로 깊이 사귄 사이였다. 김수영은 전염병으로 1년 재수를 했고, 본과로 진학할 때 또 2년이 늦었다. 그런 연유로 경기여고보에 다니던 고인숙은 김수영이 졸업하기 1년 전 오빠가 유학 간 도쿄로 유학을 떠나 버렸다. 김수영의 선린상업학교 마지막 1년은 얼마나 고독했을까. 절친도 일본 유학을 가서 없고, 그리고 사랑하던 소녀도 일본으로 훌쩍 오빠 따라 유학을 떠나 버렸고. 연인을 1년 동안 보지 못한다는 것은 너무나 괴로운 일이었을 것이다. 김수영은

관부연락선 곤륜환
관부연락선 곤륜환은 1905년부터 1945년까지 부산항과 시모노세키항 사이를 정기적으로 운항했다. 1942년 2월 김수영도 이 같은 관부연락선을 타고 일본 유학길에 올랐다. (부산근대역사관 편, 『근대 부산항 별곡』, 신흥기획, 2016.)

선린상업학교를 졸업하자마자 만사를 제치고 관부연락선을 탔다.

일본에 간 김수영은 선린상업학교 1년 선배로 친했던 이종구를 찾아갔다. 김수영은 선린상업학교 제35회 졸업생이고, 이종구는 제34회 졸업생이었다. 당시 이종구는 동경상대 전문부에 다니고 있었다. 최하림의 『김수영 평전』에서 이종구는 이렇게 말하고 있다.

> 당시 김수영은 괴로워했어요. 고인숙 때문이었죠. 고인숙이 만나 주지 않았어요. 어느 날은 고광호가 집에 왔길래 "너희들은 어릴 때부터 죽마고우 아니냐? 수영이를 좀 도와주어라."라고 말했죠. 고광호는 "내가 어떻게? 나는 못 해." 한마디로 거절하더군요. 그런 일은 당사자들이 해결해야지 제3자가 할 수 없다는 것이었죠. 말은 맞는 거였죠. 우리는 그때, 수영이, 광호, 나 셋이 종종 자리를 함께하곤 했어요.

사랑하는 사람을 찾아 멀리 도쿄까지 갔지만 김수영은 고인숙을 만날 수가 없었다. 이종구를 졸라서 함께 고인숙이 다니던 일본여자대학日本女子大學 기숙사까지 찾아갔지만 허사였다. 편지를 부쳐도 답장이 오지 않았다. 김수영이 얼마나 답답했을까? 그리고 얼마 있지 않아 고인숙은 도쿄 유학 생활을 포기하고 서울로 돌아왔다. 김수영의 사랑은 처참한 실패로 끝나 버리고 말았다. 청춘들이 사랑하고 헤어지는 데에는 만물의 수만큼이나 다양한 이유가 있겠지만 김수영과 고인숙은 어디에서 무엇 때문에 틀어졌을까? 알 수 없지만 김수영 집안의 몰락이 영향을 크게 미쳤을 가능성이 높다. 고인숙 집안은 여전히 유복하고 잘나가는 집안이었고, 김수영 집안은 기울기가 갈수록 더해 가는 집안이었기에 고인숙 집안에서 반대가 심했을 것이라는 짐작이 충분히 간다. 김수영이 받았을 충격과 마음의 상처 깊이가 어느 정도였을까? 상상하기 어려운 정도였겠지만, 김수영의 어머니가 훗날 이런 말을 했다고 한다. "그 사람이 마음의 상처를 입었던 것 같애."라고. 이 말속에서 김수영이 받았을 마음의 생채기 깊이를 짐작할 수 있을 뿐이다.

첫 번째 하숙집, 두 번째 하숙집

김수영은 1942년 2월 도쿄에 도착하여 선린상업학교 1년 선배인 이종구가 하숙하고 있던 집을 찾아갔다. 이종구 하숙집은 도쿄 서쪽 지역으로 신주쿠 서쪽에 바로 붙어 있는 나카노에 있었다. 이 당시 상황 증언은 최하림의 『김수영 평전』에 인용된 이종구 인터뷰가 유일하다.

> 그때, 그와 나는 함께 있었지요. 우리 하숙은 동경의 서쪽에 있는 나카노(東京市 中野區 佳吉町 54 山口氏宅)에 있었는데, 그곳은 풍치 지구여서 사방의 경관이 매우 아름다웠습니다. 하숙집 주인인 야마구치 씨네가 사는 집은 2층 남향이고 우리가 사는 집은 동향의 2층 별채였습니다. 나와 김수영은 아래층에 살았습니다. 〈중략〉 1년 뒤, 김수영과 나는 야마구치 씨네 집보다 더 풍치 좋은 곳으로 이사 갔었습니다(東京市 中野區 高田馬場 350 望月氏宅). 언덕배기에 있는 그 집은 2층으로, 유리창을 열면 동남북 3면이 한눈에 들어오고, 멀리 간선철도로 열차가 지나가고, 그림처럼 포플러들이 드문드문 배열되어 있는 것이 보였습니다. 사철이 다 아름다웠죠. 하숙집 아주머니도 북해도 제국대학 교수 미망인으로 우리에게 친절한 편이었죠.

김수영이 도쿄에 가서 처음 기거했던 1942년 무렵의 이종구 하숙집의 주소, 즉 '나카노구 스미요시초 54中野區 佳吉町 54'는 현재 '나카노구 히가시나카노4가 7-9中野區 東中野4丁目 7-9'에 해당한다고 한다. 현재 주소는 김수영 시인 50주기를 맞아 2018년에 진행된 서영인, 김응교, 박수연, 오창은이 참여한 도쿄 답사에서 밝혀진 사실이다. 김수영의 첫 하숙집 자리에는 현재 고령자 재택 서비스센터가 들어서 있다. 김수영이 처음 하숙하던 '나카노구 히가시나카노4가 7-9'는 나카노구에서 가장 동쪽에 있는 곳이어서 바로 이웃한 신주쿠와 가장 가까운 위치가 된다. 도쿄 중심에서 보자면 서쪽 지역의 중심가인 신주쿠역에서 하숙집까지 직선으로 3킬로미터 정도 된다. 걸어서도 충분히 갈 수 있는 거리이다. 걷기 싫을 때 집 바로 앞에 있는 히가시나카노역에서 기차를 타면 불과 두 정거장 만에 신주쿠역으로 갈 수 있다. 신주쿠역 앞은 도쿄 서부 지역 중심이었기 때문에 백화점도 있었고, 영화관도 있었고, 서점도 있었다. 현저동 본가에서 부족하나마 유학비가 도착해서 주머니에 돈이 조금 생기면 1933년 개점하여 현재에도 그 위치에 그대로 있는 이세탄백화점伊勢丹百貨店 건너편에 있는 영화관으로 가서 영화를 봤다. 당시 일본에는 태평양전쟁 개전 당사국인 미국과 영국 영화는 수입 금지였지만, 삼국동맹을 맺고 있던 독일과 이탈리아 영화, 그리고 독일 점령하에 있던 프랑스 영화는 자유스럽게 들어오고 있었다. 김수영은 이들 영화를 보는 것을 좋아했다. 또 신주쿠 번화가에 갈 때 누린 큰 즐거움 중 하나는 서점에 들르는 것이었다. 김수영은 서점에 가서 비교적 저렴하게 구입할 수 있는 이와나미岩波 문고판 등을 주로 사 가지고 왔다. 김수영의 관심은 연극, 문학, 예술, 철학 등 그 범위가 다양하고 넓었다.

김수영이 도쿄에서 생활한 지 1년 후인 1943년 2월경 이종구는 하숙집을 '나카노구 다카다노바바 350번지中野區 高田馬場 350 望月氏宅'로 옮겼다. 2018년 서영은 등 도쿄 답사 팀은 이종구가 증언한 두 번째 주소의 현재 주소를 찾는 데 애를 먹었다. 마치 사설탐정이 미제 사건 실마리를 찾아 고생하는 것처럼 주소를 찾아 헤맸다. 먼저 나카노 구청 호적과에 물어보니 관할 지역의 당시 지명에는 다카다노바바가 없다는 것이다. 그래도 포기하지 않고 찾아보는 과정에서 나카노 인근 지역 역사나 지리를 연구하는 향토학자의 블로그를 알게 되어 문의한 결과 다카다노바바 지명에 얽힌 내력을 알 수 있었다. 그래서 '나카노구 다카다노바바 350번지'의 현재 주소를 추정한 결과, '나카노구'는 '신주쿠구'의 기억 오류이고, 나머지 주소는 다음과 같다. 즉, 두 번째 집의 현재 주소는 '신주쿠구 니시와세다3가 5-32東京市 新宿區 西早稻田町3丁目 5-32'에 해당한다. 첫 번째 하숙집에서 동쪽으로 4킬로미터 떨어진 지점이다. 두 번째 하숙집은 와세다대학 캠퍼스가 마주 보이는 곳에 있는 주택이었다. 서영은 등 도쿄 답사 팀은 두 번째 하숙집을 답사하고 받은 인상을 다음과 같이 남겼다.

> 하숙집이 있던 자리에는 현재 아담한 맨션 건물이 들어서 있는데, 언덕 위에 있는 집이어서 도로변에서 계단을 통해 축대를 올라야 닿을 수 있습니다. 멀리 보이는 간선철도는 다카다노바바역을 지나는 야마노테선이었을 것입니다. 서쪽으로는 주택가가 이어져 있고, 창을 통해 동쪽은 와세다대학 캠퍼스, 북쪽은 간다가와강神田川, 남쪽은 와세다 거리가 뻗어 나가는 길이었을 것입니다."
>
> 『세계의 가장 비참한 사람이 되리라』(서해문집, 2019)

김수영 자신이 산문 「낙타과음」에서 밝혔듯 김수영은 절친 고광호의 동생 고인숙을 따라 일본에 갔다. 김수영은 연인을 찾아, 여러 현실적 여건을 고려했다면, 결코 가지 못할 도쿄행을 결단하고 대한해협을 과감하게 건너간 입장이었다. 당연히 사랑하는 여인을 한번 보려고 여러모로 애를 썼다. 편지도 여러 번 보냈지만 답장이 오지 않았다. 머나먼 일본 도쿄까지 와서 고인숙 얼굴 한 번 보지 못한다는 게 말이 되지 않았다. 김수영은 답답해서 어느 날은 이종구를 앞세우고 고인숙이 다니던 일본여자대학 기숙사에 찾아가기도 했다. 하지만 그녀는 나오지 않았다. 김수영의 첫 번째 하숙집에서 일본여자대학까지는 4킬로미터 정도 된다. 젊은 김수영이 1시간이면 갈 수 있는 거리이다. 두 번째 하숙집은 일본여자대학까지 첫 번째 하숙집보다 반 정도나 더 가깝다. 걸어서 30분 내 거리이다.

두 번째 하숙집이 이종구 입장에서는 동경상대로 통학하기에 훨씬 불편했다. 그런데 왜 와세다대 맞은편에 하숙집을 구했을까? 김수영의 연애 사업을 돕고자 이종구가 통학의 불편을 무릅쓰고 일본여자대학에 더 가까운 장소로 옮긴 것일까? 만약 그랬다면 후배를 위한 눈물겨운 헌신이다. 하지만 김수영이 「낙타과음」에서 "내가 동경으로 가서 얼마 아니 되어 그 여자는 서울로 다시 돌아왔고,"라고 표현했는데, 여기서 '얼마 아니 되어'가 어감으로는 1년 이하일 것 같은데, 혹시 모른다. 김수영이 일본여자대학에 더 가까운 곳으로 하숙집을 옮기자 부담을 느낀 고인숙이 서울로 다시 돌아가 버렸는지도. 하여튼 이들 청춘 남녀는 우리가 알지 못하는 어느 지점에서 틀어져 버렸고, 둘 사이에 흐르는 강은 메우기에는 너무 넓은 대한해협만큼, 아니 나중에는 태평양만큼 아득하게 되어 버렸다.

동경성북예비학교東京城北豫備學校

김수영이 도쿄에 도착했던 1942년 당시 일본의 학제는 제2차 세계대전 전 학제이므로 일본에서는 이를 구제舊制라고 하는데, 구제는 복잡한 학제였다. 복잡한 곁가지를 최대한 쳐내고 가장 기본이 되는 뼈대만 제시하면, 소학교 6년, 중학교 4년, 고등학교 3년, 대학 3년이 기본 학제였다. 제2차 세계대전 이후에는 우리나라 현재 학제처럼 일본도 초등학교 6년, 중학교 3년, 고등학교 3년, 대학 4년 학제를 채택하고 있다. 대학 시험도 고등학교를 졸업한 뒤에 치러서 합격하면 입학하는 체제이다. 하지만 구제 시대에는 대학 입학시험을 치르고 대학에 들어가는 것이 아니라

일본 고등예비학교의 모습
고등학교에 해당하는 전수학교도 같이 있다. 이종구는 도쿄상대 부설 전수학교 격인 전문부에 다녔다. (일본 專修大學 홈페이지)

반드시 고등학교 졸업장이 있어야 대학에 들어갈 수 있었다. 구제에서 고등학교는 대학 예과豫科에 가까웠다. 이 때문에 고등학교 입학시험에서 대학이 결정된다고 해도 무방했다. 따라서 고등학교 입학시험이 어려웠고 경쟁이 치열했다. 경쟁이 치열한 만큼 준비도 남달라야 했다. 여기서 자연스레 고등학교 시험을 준비해 주는 예비학교의 필요성이 대두되었다.

김수영은 서울에서 선린상업학교 5년을 졸업하고 왔지만, 일본 학제에서는 중학교 졸업만 인정되었다. 따라서 일본에서 대학에 들어가려면 일본 고등학교 3년을 졸업해야 했다. 선린상업학교 1년 선배였던 이종구는 김수영이 도쿄에 도착한 1942년 당시 동경상대 전문부에 다니고 있었는데, 동경상대는 특이하게 대학 경영에 도움이 된다는 차원에서 전문부를 운영하고 있었다. 전문부 3년을 졸업하면 동경상대에 입학할 수 있는 자격이 주어지게 된다. 이종구는 일본 고등학교에 해당하는 전문부에 다니고 있었다. 김수영이 대학에 들어가려면 고등학교에 들어가야 했는데, 고등학교 입학시험이 어려워서 고등학교 입학시험을 준비하는 예비학교를 다니지 않으면 안 되었다.

이종구는 자신의 경험을 살려 김수영에게 예비학교 중에서 합격률이 높기로 유명한 동경성북예비학교를 소개해 주면서 거기에서 1년 정도 고등학교 입학시험을 열심히 준비해서 시험을 치를 것을 권고했다. 김수영은 선배의 권유대로 서너 달 성북예비학교에서 공부를 했는데, 영어와 수학에서는 일본 학생들과 비등했지만, 역사와 고대문은 일본 학생들에게 비교가 되지 않는 실력이었다. 그냥 떨어지는 것이 아니라 한참 뒤떨어지는 실력이었다. 당연한 결과였다. 자신의 나라 역사도 아닌 식민지 본국 역사, 그리고 외국어인 일본어, 그것도 고대문을 공부한다는 게 쉽지 않은 일인 것은 당연하다. 미국에서 한국에 유학 온 학생이 「용비어천가」 같은 한국어 고문을 배워야 한다고 생각해 보면 얼마나 힘든 일인가 상상이 간다. 김수영은 여기에서 회의가 들었다. 애초 일본에 올 때부터 꼭 대학에 들어가서 학위를 따야겠다는 동기부여가 분명치 않았다. 그리고 김수영이 해방되고 나서 연희전문학교 영문과에 들어갔다가 몇 개월 만에 학업을 포기하고 나온 사례에서도 보듯이 김수영은 졸업장 같은 것에 큰 가치를 두지 않았다. 김수영의 철학이랄까 생각 자체가 그랬으므로 성북예비학교 생활도 오래가지 못했다. 김수영은 자신의 인생에 도움이 되지 않는 공부를 참고 해내는 성격이 아니었다. 김수영은 자신의 향상에 도움이 되는 공부, 자기가 흥미를 가지고 할 수 있는 공부가 아니면 하지 않았다. 김수영은 어떤 관습보다, 어떤 사회적 평판보다 자신의 자유의지가 결정하는 방향으로 자신의 인생 항해 키를 움직였다. 김수영의 인생 전체를 지배하는 이런 면이 성북예비학교에서도 여지없이 드러났다.

성북예비학교가 있던 자리는 현재 주소로 신주쿠구 이치가야사나이초新宿區 市谷左內町 29-36이다. 성북예비학교는 현재 흔적도 없이 사라지고 그 자리에는 맨션아파트가 들어서 있다고 한다. 성북예비학교는 성북중·고등학교를 설립한 학교법인 성북학원이 1935년에 성북고등보습학교를 설립하여 고등학교 입학을 목표로 하는 입시생들에게 문호를 열면서 시작되었다. 따라서 성북예비학교 처음 이름은 성북고등보습학교城北高等補習學校였다. 성북예비학교는 입시 성적이 좋은 예비학교로 전국적으로 유명세를 타 전국의 입시생들이 몰려들어 학교 맞은편에 기숙사까지 갖추고 있었다. 김수영은 돈이 없었으므로 기숙사 생활은 못 했을 것이다. 첫 번째 하숙집에서 예비학교까지 거리가 고인숙이 다니던 일본여자대학 가는 거리와 비슷했다. 4.5킬로미터 정도 되는 거리였으므로 기차로 통학했을 가능성이 높다. 두 번째 하숙집과는 첫 번째 하숙집 거리의 반 정도밖에 되지 않으므로 충분히 걸어 다닐 수 있는 거리였다. 이종구 증언으로 보면 김수영이 서너 달밖에 다니지 않았다고 하니까 두 번째 하숙집에서는 다니지 않은 것으로 추정된다. 사실 두 번째 하숙집은 이종구의 통학 관점에서는 훨씬 불편하지만, 김수영의 관점에서 본다면 고인숙이 있던 일본여자대학과도 가깝고 성북예비학교와도 가까웠다. 그게 미스터리다. 두 번째 하숙집은 김수영의 편리만을 생각했다는 점에서 일반적인 경우와 많이 어긋난다. 보통 하숙비를 내는 사람의 이해관계가 지배적일 수밖에 없는데 이 경우는 하숙집 더부살이하는 사람의 이해가 지배적이어서 그게 의문으로 남는다.

미즈시나 연극연구소

김수영은 평생 자기가 좋아하는 일에 전력을 다하는 스타일이었다. 자신이 내키지 않으면 하지 않는 성격이었다. 선린상업학교를 졸업하고 가족 모두가 원하는 길인 은행에 취직하지 않았다. 대신 연인을 찾아 일본으로 건너가 버렸다. 일본에 가서도 대학에 들어가려면 예비학교에서 일본 역사와 일본 고문을 외워서 일본 학생과의 경쟁에서 이겨야 했는데 대학 진학을 위한 공부는 자신의 적성에 맞는다고 생각하지 않았다. 김수영은 해야만 하는 공부, 억지로 하는 공부는 싫어했다. 김수영은 공부에서도 진정한 자유를 추구했다. 자신의 인생에 도움이 되지 않는다고 판단하자 서너 달 만에 예비학교를 그만두고 진정한 공부를 찾았다. 그것이 연극이었다. 왜 연극이었냐고 묻는 것은 어리석은 질문이다. 왜냐하면 김수영은 자신의 자유의지의 끌림대로 산 사람이었기 때문이다. 김수영의 자유의지는 항로를 연극으로 잡았다. 왜 연극이었는지 모른다. 신주쿠 거리에서 영화도 보고, 연극도 봤는지 모르겠다. 그 당시 전시 상황에서 대부분의 연극이 군국주의를 찬양하는 국민 연극이었지만 간혹 휴머니즘을 강조하는 연극도 공연되곤 했다. 그런 휴머니티 강한 연극에 마음이 빠져 버렸을까? 하여튼 연극에 끌렸다. 김수영이 찾아간 곳은 미즈시나 하루키의 연극연구소였다.

미즈시나 하루키水品春樹를 알려면 일본 근대극의 진정한 출발이었던 쓰키지소극장 운동을 알아야 한다. 쓰키지소극장에 대해서는 현재 우리나라에 스가이 유키오의 책 『쓰키지소극장의 탄생』(박세연 옮김, 현대미학사, 2005.)이 유일하게 번역되어 있다. 이 책에 힘입어 쓰키지소극장의 대략을 정리해 보면 다음과 같다.

유럽의 근대 연극은 소극장 운동에서 출발했다. 형식이 고정되어 있는 전통극을 벗어나려면 형식의 자유를 실험할 수 있어야 하는데, 그러려면 근대 연극을 자유롭게 실험할 자신들 소유의 극장이 필수적이었다. 일본의 근대 연극도 소극장, 즉 쓰키지築地소극장이 만들어지면서 진정하게 출발했다. 쓰키지소극장 운동은 히지카타 요시土方與志가 근대 연극을 배우고자 독일 유학을 하다가 1923년 9월 1일 일어난 관동대지진 소식을 듣고 급거 귀국하면서 시작된다. 스물다섯 살의 청년 히지카타 요시는 귀국하자마자 일본에서 근대 연극의 주창자로 이름이 높았던 오사나이 카오루小山內薰를 찾아가 자신들만의 극장을 만들자고 제안한다. 히지카타 요시의 열정과 자금, 그리고 오사나이 카오루의 명성이 결합한 쓰키지소극장은 대지진으로 상당수 건물이 무너지고 불에 타 버린 도쿄를 재건할 때 도쿄 중심에 건평 80평의 근대 건축물로 1924년 6월에 출발하게 된다.

1925년 6월에 준공된 쓰키지소극장
쓰키지소극장은 일본 근대 연극의 산실이었다. (스가이 유키오, 『쓰키지소극장의 탄생』, 박세연 옮김, 현대미학사, 2005.)

미즈시나 하루키는 쓰키지소극장이 창설될 때부터 참가한 창설 멤버인데, 오사나이 카오루의 연출 조수로 참가했다. 1928년 말 오사나이 카오루가 급사한 뒤, 사상적 좌경화 지적을 받은 히지카타 요시가 쓰키지소극장을 탈퇴하자 히지카타 요시를 지지하는 사람들이 따라 나가서 1929년 3월 신쓰키지극단을 만든다. 이때 미즈시나 하루키는 쓰키지극장에 남아서 잔류파를 형성하게 되고, 잔류파의 극단 이름은 극단쓰키지소극장이 된다. 신쓰키지극단은 도쿄 좌파극단과 함께 일본에서 프롤레타리아 연극 운동을 주도하게 되고, 잔류파인 극단쓰키지소극장은 1930년 8월에 해체하게 된다. 잔류파는 1934년 '신협극단新協劇団'이 만들어질 때 다수 합류하게 되는데, 미즈시나 하루키도 신협극단에 합류한다. '신협극단'과 신쓰키지극단은 쓰키지극장 운영을 위해 양 극단의 중심 멤버에 의한 관리위원회를 구성하여 관리하게 된다. 1931년 만주사변 이후 사상 운동 탄압을 강화해 나간 일본 당국의 압력에 1934년 7월 일본 프롤레타리아 연극 동맹(프로트)은 동맹 해산 결정을 한다. 이 와중에서도 '신협극단'과 신쓰키지극단은 굳건히 버티는데, 1937년 중일전쟁 이후 일본이 사실상 전쟁 체제가 되면서 탄압은 더 극심해진다. 연극계 상황이 점점 악화되는 속에 미즈시나 하루키는 1938년 신협극단 연출부원, 연기연구소 주임이 된다.

하지만 1940년 8월 일본 경시청은 사회주의 색채가 농후하다는 이유로 신협극단과 신쓰키지극단 멤버 100명을 대량 검거하고 양 극단을 해산시켜 버리는 조치를 취한다. 양 극단이 해체된 이후, 쓰키지소극장은 이름이 고쿠민신극장國民新劇場으로 바뀐다. 자유정신이 꽃피는 근대 연극의 중심에서 일제 당국의 뜻에 따라 움직이며 국민 연극을 하는 극장으로 전락하게 된 것이다. 쓰키지소극장에서 더 이상 근대 연극의 이상을 펼칠 수 없게 되자 미즈시나 하루키는 따로 나와 자신의 고향인 나카노구에 미즈시나 하루키 연극연구소를 차린 것으로 추정된다. 김수영이 유학 갔을 때인 1942년 2월은 일본이 태평양전쟁을 막 시작한 시점이었기 때문에 연극도 전쟁에 봉사하는 국민 연극만 공연될 때였다. 이런 상황에서 근대 연극의 자유정신이 살아 있는 곳은 사설로 운영되는 미즈시나 하루키 연극연구소밖에 없었다. 김수영의 자유정신의 촉수가 움직인

공간은 성북예비학교도 아니었고, 국민 연극만 상영되는 옛 쓰키지소극장도 아니었으며, 근대 연극의 자유정신 맥을 이어 가던 미즈시나 하루키의 사설 연극연구소였다. 숨 막힐 것 같은 전시 체제 일본 제국주의의 억압적 분위기 속에 질식할 것 같았던 김수영의 자유정신은 미즈시나 하루키 연극연구소에서 숨 쉴 공간을 찾았다.

진명進明 고등여학교

일제는 1937년 중일전쟁을 일으키고, 1941년 12월 7일에는 미국을 상대로 진주만을 습격하여 태평양전쟁을 일으켰다. 태평양전쟁이 시작되자 병력 수요가 기하급수적으로 늘어났다. 일제는 먼저 일본 전문학생과 대학생을 동원하기 위해 1943년 학병령을 선포하고 일본 학생을 징집하기 시작했다. 그러나 전선戰線이 확대되면서 일본 학생을 징집하는 것만으로는 병력을 유지하기가 어려운 상황이 되자 조선인 학생을 동원할 조처를 마련하였다. 원래 일제는 조선인이 무장하는 것을 경계하여 조선인 학생은 징병의 대상에서 제외했었다. 일제는 이것저것 가릴 처지가 되지 못했다. 총동원 체제였다. 1943년 10월 육군성령陸軍省令 제48호로써 〈소와昭和 18년(1943)도 육군특별지원병 임시채용규칙〉을 공포해, 병역의무가 없는 조선 학생들에게도 고등·전문학교 이상 재학생 또는 졸업생의 병력 동원을 강행하였다. 이 조치로 국내외를 통해 4,385명의 해당자들이 1944년 1월 20일 일제히 일본군으로 끌려갔다.

김수영과 같이 하숙하던 이종구도 이때 동경상대 전문부에 다니다 1944년 1월 20일 학병으로 끌려갔다. 이종구가 끌려가면서 김수영에게 서울에 가면 서로 편지를 주고받고 있던 김현경에게 자신이 군대에 끌려갔다는 사실을 알려 주라는 부탁을 했을 것으로 짐작된다. 김수영은 도쿄에 더 있다가는 자신도 언제 징집되어 끌려갈지 모른다는 불안감에 일본 생활을 정리하고 1944년 2월 초 시모노세키를 통해 서울로 돌아왔다. 서울에 돌아온 김수영은 짐을 종로6가 고모 집에 풀고서 며칠 휴식을 취한 뒤 제일 먼저 진명고등여학교를 찾아갔다.

진명고등여학교는 엄 귀비와 밀접한 관련이 있는 곳이다. 아관파천의

1908년 진명여고 모습
진명여고는 우리나라 사람이 세운 최초의 여학교이다. 뒤로 경복궁 궁담이 보인다. (『진명75년사』, 정문사, 1980.)

실행 주역 엄 귀비가 고종의 계비가 되고 나서 획득한 재력은 자신의 궁인 경선궁 재산으로 되어 있었다. 하지만 을사보호조약으로 대한제국을 보호국으로 만든 일제는 왕족의 재산을 국유화하려는 조치를 착착 진행했다. 이에 엄 귀비는 자신의 재산을 다 빼앗겨 일제에 의해 국유화당하느니 육영 사업에 쓰겠다는 결심을 하게 된다. 타고난 과단성과 통 큰 뱃심, 그리고 날쌘 행동력을 가지고 있던 엄 귀비는 1906년 4월 21일에 진명進明여학교를 개교시키고, 한 달 후 5월 22일 명신明新여학교(숙명여학교 전신)를 개교시켰다. 진명여학교는 친정 남동생 엄준원嚴俊源이 설립자가 되어 제1대 교장이 되었다. 엄 귀비는 진명여학교를 위해 당시 전답 2백만 평을 하사했고, 명신여학교를 위해서는 전답 3백만 평을 하사했다. 기존의 사립 여학교들이 외국인 선교사가 세운 학교임에 반하여 진명여학교는 한국인이 설립한 최초의 여학교였다. 진명여학교는 1938년 신교

第34回　(1944年 3月18日)　107名

鄭瑪利阿	朱玉順	鄭輝禄	李英愛	朴禎淳	朴鎭姫	朴容女	朴貞淵
金東載	禹貞玉	李亨淑	張洛琫	李德淑	黃相淑	許鍾順	鄭英和
李英姫	崔淑子	劉仁淑	姜宇遠	金容淑	金營娥	金京淑	金貞淑
金福順	金良姫	金福順	金慶淑	金學麟	金元鈿	金　貞	金顯敬
金英仙	金泳菴	金貞圭	金鍾順	金福南	金春淑	金乙順	金英淑

진명여고 제34회 졸업생 명단

김현경은 진명고등여학교 제34회 졸업생이다. 졸업식은 1944년 3월 18일에 열렸으며, 졸업하기 한 달 전에 학교로 찾아온 김수영을 처음 만났다. (『진명75년사』, 정문사, 1980.)

김수영 가족사진

오른쪽부터 김수영, 김수명, 어머니, 김현경. 1961년 막내 여동생 졸업식 때 사진이다. 김수영과 김현경의 운명적 만남은 진명고등여학교 앞에서 시작된다. (『김수영 전집』, 민음사, 2018.)

육령에 의하여 교명이 '진명여자고등보통학교'에서 '진명고등여학교'로 변경되었다. 일제강점기 때 '고등여학교'는 중·고등학교가 합쳐진 학교였고 4년제였다. 김현경은 진명고등여학교를 1944년 3월 18일 졸업했다.

김수영과 김현경의 운명적인 첫 만남은 세 곳에서 다르게 서술되어 있다. 먼저 최하림의 『김수영 평전』에는 두 사람이 1944년 2월 진명여고 앞에서 처음 만난 것으로 서술되어 있다. 김현경이 졸업반 친구들과 함께 담임선생님을 만나고 나오다가 학교 수위로부터 찾아온 사람이 있다는 연락을 받고 교문 앞에 나가니 김수영이 서 있었고, 학교 앞 식당으로 가서 김수영이 김현경에게 이종구가 체포되어 강제 입대했다는 사실을 전해 주었다고 두 사람의 첫 만남을 기술하고 있다.

다음은 『가정조선』(1985년 5월호) 김현경의 기고에서 김수영과 처음 만나는 장면을 서술한 부분이다.

> 제가 김 시인을 처음 만난 것은 1942년 5월, 진명여고 2학년 15세 때였습니다. 나이 많은 일본인 교사가 가르치는 공민 시간이 너무 재미없고 짜증스러워 저는 수업도 받지 않고 땡땡이를 친 적이 있었습니다. 너무나 맑고 아름다운 찬란한 5월의 봄 하늘을 바라보며, 저는 효자동 전차 종점 부근을 책가방을 든 채 걸어갔습니다. 그런데 그 종점 부근에서 제 수양어머니의 남동생 되는, 제가 아저씨라고 불렀던 J 씨(이종구)가 김수영 시인과 함께 나란히 걸어오고 있었습니다. 그때 김 시인은 선린상업학교를 졸업하고 일본 동경 성북고등예비학교에 다니던, 스무한두 살 무렵이었으며, 학비 조달을 위해 J 씨와 함께 잠시 귀국했을 때였습니다.

김현경은 김수영을 처음 만난 때가 1942년 5월 무렵이라고 하는데, 그러면 김수영이 일본으로 유학 가고 나서 3개월밖에 안 된 시점에 다시 서울로 학비를 벌러 왔다는 말이 된다. 당시 서울에서 일본 도쿄까지 가는 길은 지금보다 훨씬 어려웠을 것이다. 어렵게 도착한 도쿄에서 3개월 만에 이종구와 함께 학비를 벌러 서울로 다시 왔다는 것은 상식적으로 쉽게 이해되지 않는다. 그리고 김수영이 실제로 서울에 왔다면 당시 현저동 본가에 얼굴을 보였을 가능성이 매우 높다. 하지만 그런 일은 없었다. 그리고 1942년에 김현경은 진명고등여학교 3학년이었다. 김현경의 기억 착오가 있는 것 같다.

또 다른 언급은 2020년 9월 발간된 김현경 산문집 『낡아도 좋은 것은 사랑뿐이냐』(푸른사상, 2020)에서 김수영과의 첫 만남을 기술한 부분이다. 이 산문집은 2013년에 나온 김현경 에세이 『김수영의 연인』(책읽는오두막, 2013)의 오류들을 바로잡아 새로 간행한 책이라고 서문에서 밝히고 있다. 김수영과의 첫 만남을 다음과 같이 기술하고 있다.

> 수영을 처음 만난 게 진명여고 2학년 어느 여름이었나 보다. 공민公民 시간이 너무 재미없고 따분해 창밖을 보니 하늘이 너무 푸르렀다. 어디선가 5월의 부드러운 바람결에 라일락꽃 향기가 불어오고 있었다. 오랜 시간이 지났는데도 왜 그때의 라일락꽃 향기가 잊히지 않는 것일까. 나는 몰래 교실을 빠져나와 집으로 걸음을 옮겼다. 그때 멀리서 두 남자가 나를 향해 손을 흔들며 걸어왔다. 이종구와 김수영이었다. 그 둘은 일본 유학에서 돌아오자마자 나를 찾아오는 길이었다. 수영을 직접 만난 것은 그때가 처음이었지만 사실 그전부터 이종구에게 들어 수영을 알고 있었다. 유년 시절부터 알고 지내던 이종구는 수영의 선린상

고 1년 선배이자 일본 유학 생활 내내 함께 기거한 막역지우였다. 이종구가 나와 수영 사이에 다리를 놓으면서 우리는 펜팔을 했다.

여기서도 『가정조선』(1985년 5월호)에서처럼 김수영과 처음 만났을 때가 '진명여고 2학년 때'라고 말하고 있다. '진명여고 2학년'이 '진명고등여학교 2학년'을 의미한다면 1941년이 되어 김수영이 일본 유학 가기 전이니까 아예 말이 성립되지 않고, '진명여고 2학년'이 '진명고등여학교 3학년'을 의미하면 1942년이 되고, '라일락 필 때 5월'이라고 했으니까 1942년 5월이라면 위에서 서술한 대로 김수영이 일본 유학 간 지 3개월밖에 안 된 시점인데, 더구나 연인 고인숙을 찾아 은행에 취직하기를 바라는 집안의 기대를 저버리고 어렵게 간 일본인데 이종구와 함께 서울에 3개월 만에 다시 온다는 것은 상황상 일어나기 어려운 일이다.

당시 상황과 본가 가족의 증언 등을 종합해 보면 김수영과 김현경의 첫 만남에 대한 서술은 최하림의 『김수영 평전』 서술이 실제 상황에 가장 부합한다고 판단된다. 김수영과 김현경은 1944년 2월 초에 진명고등여학교 앞에서 처음 만났다. 학병 징집을 피해서 일본에서 서울로 돌아온 김수영이 무시무시한 식민지 권력의 총본산 조선총독부 건물 바로 서편에 있는 진명고등여학교로 김현경을 찾아가는 길은 총독부 앞 대로가 아니라 샛길이었을 것이다. 가는 동안 얼마나 마음을 졸였을까? 그럼에도 이종구 선배에게서 부탁받은, 김현경이란 여학생에게 자신의 갑작스런 변고를 전달해 달라는 사항은 어떤 일이 있어도 수행해야 하는 선배와의 신의가 걸린 문제였다. 이러한 김수영의 절박한 마음이 응고되어 있는 곳이 진명고등여학교 옛터이다.

진명고등여학교는 해방 후 1947년 9월 교명을 진명여자중학교로 고

진명여중고교 터 표지석
현재 종로구 창성동 67번지(도로명 주소: 효자로57)에 가면 진명여중고교 터 표지석이 서 있다. 진명여고는 1989년 8월에 목동으로 이전했다. 지금 진명여고 자리에는 청와대 경호실 건물이 들어서 있다. (2021년 촬영)

치고 신교육 제도에 따라 수업 연한을 6년으로 연장했다. 그러고 진명여자중학교는 6·25전쟁 직전인 1950년 5월 현재처럼 진명여자고등학교와 진명여자중학교로 다시 개편해 수업 연한을 각각 3년으로 변경했다. 진명여고는 1989년 8월 목동으로 이전하기 전까지 종로구 창성동에 터를 잡고 있었다. 지금 진명여고가 있었던 장소, 즉 종로구 창성동 67번지(도로명 주소: 효자로57)에 가면 진명여고 옛터 표지석만이 김수영과 김현경의 첫 만남을 증언하고 있다.

부민관府民館(현 서울시의회)

부민관은 현재 프레스센터 맞은편에 있는 서울시의회 건물이다. 부민관 건물은 다목적 건물로 1935년에 준공되었다. 진명고등여학교를 찾아가 가장 급한 일을 처리한 김수영은 다음으로 부민관을 찾아갔다. 당시 부민관에는 연극 공연 극장이 있었고 거기에 가면 일본 미즈시나 연극연구소에서 소개받은 안영일安英一을 만날 수 있기 때문이었다. 김수영이 찾아간 안영일을 박영정의 『한국 근대연극과 재일본 조선인 연극운동』(연극과 인간, 2007)를 통해서 알아보면 다음과 같다.

안영일은 일본에 유학 가서 일본대학 공과에 학적을 두었으나 1931년 중도 퇴학하고 신극 연구에 몰두하였다. 공대와 연극은 잘 매치가 되지 않는다. 그런 면에서 상업학교를 나오고 연극에 뛰어든 김수영과 닮은 점이 있다. 안영일이 일본 극단에 배우로 출연한 것은 1932년 11월 좌익극장의 〈아사가와탄광朝川炭坑〉에서 '광부 2'라는 단역을 맡으면서이다. 이 공연은 좌익극장의 제3기 연구소의 졸업생 공연이었으므로 안영일도 이 연구소 출신이었을 것으로 추정된다. 1933년 2월부터는 쓰키지 소극장에서 분리되어 나온 신쓰키지극단의 공연에 단역으로 출연한다.

안영일이 신쓰키지극단에서 활동할 때 조선에서는 카프(KAPF, 조선프롤레타리아예술동맹)가, 일본에서는 코프(KOPF, 일본프롤레타리아문화연맹)가 문예 운동을 주도하고 있었다. 1932년 재일본 조선인 문예 운동 단체는 '동지사同志社'라는 이름으로 조직되어 있었는데, 당시 가장 큰

현안으로 제기된 문제는 동지사가 코민테른의 1국1당주의 원칙에 따라 '카프 동경지부'로서의 길을 가느냐, 아니면 '코프 내 조선협의회'의 길로 가느냐 하는 것이었다. 카프는 코민테른의 1국1당 원칙을 따르기로 결정했다. 1932년 2월 2일 카프에서는 중앙위원 안막을 동경에 파견하여 동지사를 해체시켜 코프 산하로 들어가게 했다. 이후부터 재일본 조선인 문화 운동은 일본 공산당의 지도를 받게 된다. 재일본 조선인 문화 운동 조직이 코프 산하로 들어가자 재일본 조선인 연극 운동 조직도 코프 산하에 있던 프로트(PROT, 일본프롤레타리아연극동맹)에 1932년 2월 8일 정식 가입을 하게 되는데, 이 과정에서 극단의 명칭을 '3·1극장'으로 바꾸게 된다. '3·1운동'에서 극장의 이름을 따왔다.

1933년 7월, 3·1극장 지도부가 재편을 하게 되는데 안영일은 3·1극장 16인 지도부의 한 명으로 참가하게 된다. 3·1극장은 1934년 7월 일제의 공산주의 운동 탄압으로 상급 단체인 프로트가 해산함에 따라 새 출발을 할 수밖에 없었다. 얼마 후에 3·1극장을 주도했던 세력들이 3·1극장이 가지고 있던 혁명성을 계승해서 '조선예술좌'라는 이름의 극단을 출발시키는데, 조선예술좌는 1935년 5월 3일 창립 총회를 열고 출범했다. 안영일은 조선예술좌에서도 간부진으로 참여한다. 하지만 조선예술좌도 네 차례 지구 공연 기록만 남긴 채 1936년 10월 28일 일제 경시청의 대규모 검거에 간부진이 대부분 구속되어 해체되고 만다. 안영일도 이때 구속되지만, 얼마 지나지 않아 풀려나게 된다. 이후 안영일은 1937년 1월부터 일본 신협극단 연출부에서 무대감독이나 조연출을 맡아서 활동을 재개하였다. 안영일은 신협극단에서 연출 수업을 받으면서 1938년 3월 쓰키지소극장에서 상연되었던 장혁주 작, 무라야마 토모요시 연출의 〈춘향전〉에서 조연출을 맡기도 했다. 안영일은 1940년 8월 24일

신협극단이 강제 해산될 때까지 신협극단에서 활동한 다음 비로소 귀국을 한다.

미즈시나 하루키가 신협극단이 만들어지던 1934년부터 신협극단이 해체되던 1940년 8월까지 신협극단에 있었으므로 1937년 1월에 신협극단에 들어간 안영일과는 3년 7개월 정도 같이 연출부에서 활동을 하였다. 안영일을 잘 알고 있던 미즈시나 하루키는 미즈시나 연극연구소에서 일 년 반 넘게 연극 수업을 한 제자 김수영에게 안영일 이야기를 하지 않을 수 없었을 것이다. 그리고 서울에 돌아간다고 마지막 인사를 하러 갔을 때 미즈시나 하루키는 서울에 가면 안영일을 찾아보라고 소개서 내지 편지 정도는 써 주었을 것이다.

안영일이 일본 신협극단이 강제 해산을 당한 후 귀국했을 때 식민지 조선의 연극계 상황은 조선총독부가 연극 통제를 강화하여 극예술 연극인들을 하나의 조직체로 묶어 일사불란하게 국책 연극을 시행하게 하는 전략을 진행하고 있었다. 조선총독부는 그런 정책을 원활히 수행하기 위해서 아예 공연법을 제정했다. 수개월간의 치밀한 준비 끝에 조선총독부는 1940년 12월 22일 서울 부민관에서 조선연극협회를 출범시켰다. 조선연극협회는 100여 개가 넘는 극단 중 9개만 산하 극단으로 인정하고서 출발했다. 이때부터 연극인들은 국민 연극이라는 하나의 기치 아래 친일 어용극만을 만들어 내기 시작한 것이다.

조선총독부는 국책극을 활성화시키려고 국민연극경연대회를 개최했는데 제1회 국민연극경연대회는 매일신보의 후원을 얻어 1941년 10월 6일부터 8일까지 부민관 무대에서 열렸다. 제1회 국민연극경연대회에는 모두 친일 국책극만 발표할 수 있었는데, 그중에서 작품상은 〈대추나무〉를 쓴 유치진이 받았고, 연출상은 안영일과 나웅이 공동 수상했다. 제2회

부민관을 중심으로 활동했던 연극인들 오른쪽부터 안영일, 박영호, 김일영. 안영일은 일본에서 귀국하자마자 연극 연출에서 조선 제일인자 자리를 차지한다. (『매일신보』 1941년 10월 23일자.)

국민연극경연대회는 1942년 9월에 실시됐다. 주제를 '생산 확충, 징병제도' 등으로 정하고 일본어극상을 신설하는 등 해를 거듭할수록 황국신민화 의식 운동으로 몰아갔다. 제3회 연극경연대회는 1945년 1월 25일부터 부민관 무대에서 펼쳐졌다. 제3회 경연대회에 작품을 낸 작가들을 보면 송영, 박영호, 조명암, 조천석, 김승구, 임선규, 함세덕 등으로 모두가 좌파 성향의 극작가들이었다. 연극경연대회 결과 단체상은 아랑이 받았고, 작품상은 〈산하유정〉을 쓴 김승구가 받았으며, 연출상은 안영일이 받았다. 그러니까 아랑의 〈산하유정〉(김승구 작, 안영일 연출)이 상을 휩쓴 것이다. 1944년 2월 김수영이 안영일을 찾아갔을 때, 안영일은 당시 연극계에서 자타가 공인하는 연출의 제일인자로 활약하고 있었다. 안영일은 일본에서 3년 반이 넘게 함께 활동한 미즈시나 하루키의 제자가 찾아왔을 때 무척 반가웠을 것이다. 그는 김수영을 자기 밑에 데리고 있으면서 연출 보조 일을 하게 했음이 틀림없다. 다음 날부터 김수영은 안영일의 연극 연습장으로 매일 출근했다.

김수영이 부민관에서 연출 보조를 하던 당시 일제가 일으킨 태평양전쟁은 점점 암울한 상황으로 빠져들었다. 1944년 7월 필리핀 동쪽 태평양에 있는 섬, 일본이 사활을 걸었던 전략적 요충지 사이판섬을 함락한 미군은 여기에 비행장을 건설하여 미군의 신형 비행기였던 B-29의 일본 본토 폭격이 가능하게 되었다. 일본 본토가 미군 공습 사정권에 들어가면서 식민지 조선의 경성도 미군 공습 사정권에 들어갔다. 공습 사이

1935년 12월에 준공된 부민관

부민관은 일제강점기 때 경성부京城府가 경성에서 강연회를 열거나 연극·영화·음악·무용 등을 공연할 목적으로 지은 극장이다. 대극장 1,800석, 중극장 400석, 소극장 160석 규모를 갖추고 있는 다목적 극장이었다. 당시로서는 드물게 냉난방 시설까지 갖추고 있었다. 부민관에서는 해방 직전까지 연극 공연이 활발하게 펼쳐졌다. (서울학연구소 편, 『서울20세기』, 서울시정연구원, 2000.)

렌이 울리기 시작하면서 사람들이 점점 일제가 언론을 동원해 나팔 불고 있던 전쟁에서 이기고 있다는 말에 의구심을 가지기 시작했다. 일제는 태평양전쟁 상황이 불리할수록 식민지 조선 통제를 더욱 강화했다. 전시 총동원 체제는 더욱 강화되었고 황국신민화 정책은 더욱더 식민지 조선인들의 삶을 옥죄었다. 학생들은 소학교 학생부터 대학생까지 매일 "우리들은 대일본 제국의 신민입니다."로 시작되는 황국신민의 서사를 외워야 했다. 직장인들도 마찬가지였다. 경성 시민들은 아침에 일어나면 일본 천황이 있는 동쪽을 향해 절을 하는 '궁성요배'를 해야 했다. 그리고 12시, 정오가 되면 모두 묵도를 올려야 했다. 김수영은 학병으로 징병되는 것은 피했지만 태평양전쟁 총동원 체제에서 언제 징용으로 끌려갈지 몰랐다. 김수영보다 한 살 많은 배인철 시인은 일본 유학을 중도에 접고 귀국한 후 일제의 징용을 피해 중국 상하이에서 무역업을 하던 큰형에게 몸을 의탁했다. 김수영은 숨쉬기도 쉽지 않은 분위기 속에서 일본 군국주의를 찬양하는 연극을 상연하기 위해 연출 보조를 하면서 징용의 악몽에 시달리기보다 분위기가 조금 더 나은 만주 쪽으로 눈길을 돌렸다. 마침 길림에서 장사차 서울로 어머니가 왔다. 어머니가 길림으로 돌아가는 길을 따라 김수영은 1944년 가을 무렵 서울을 벗어나서 만주로 향하는 기차에 몸을 실었다.

만주 길림

김수영의 외가는 어머니가 1919년 시집오고 나서 얼마 지나지 않아 외할아버지가 돌아가셔서 외할머니와 둘째 이모, 막내 이모, 외삼촌이 함께 살았다. 김수영 어머니와 둘째 이모와 막내 이모는 나이 차가 꽤 났다. 김수영과 막내 이모의 나이 차가 한 살밖에 나지 않는 것만 봐도 알 수 있다. 김수영 어머니가 시집올 때 김수영 외가는 경성부 숭3동崇三洞 129번지에 있었다. 숭3동은 오늘날 명륜동3가에 해당하는 성균관대학교 인접 지역으로 종로6가 김수영 집까지 걸어서 30분 정도 걸리는 거리이다. 김수영 외가는 김수영 외할아버지가 돌아가시고 나서 살림이 어려워졌다. 예전에는 관을 미리 짜서 집 뒤꼍에다 두는 관습이 있었다. 김수영 할아버지도 자신의 관을 집 뒤꼍에 미리 준비해 두었다. 김수영 어머니는 막내 이모 도시락을 그 관 위에 아침마다 올려놓으셨다고 한다. 둘째 이모와 막내 이모는 어릴 때 언니로부터 받은 은혜를 항상 기억하고 있었다. 둘째 이모의 첫딸이 김수명보다 한 살 아래니까 1935년생이다. 둘째 이모의 첫딸이 어릴 때, 둘째 이모네는 만주로 이주하여 길림에서 요릿집을 시작했다. 둘째 이모의 남편은 수완이 좋아서 요릿집은 날로 번창했다. 김수영가家가 만주 길림으로 이주할 당시에는 길림에서 제법 큰 요릿집을 운영하고 있었다.

둘째 이모와 김수영의 어머니는 인편을 통해 계속 연락을 취하고 있었기 때문에 둘째 이모는 언니 집안의 어려움을 잘 알고 있었다. 둘째 이모

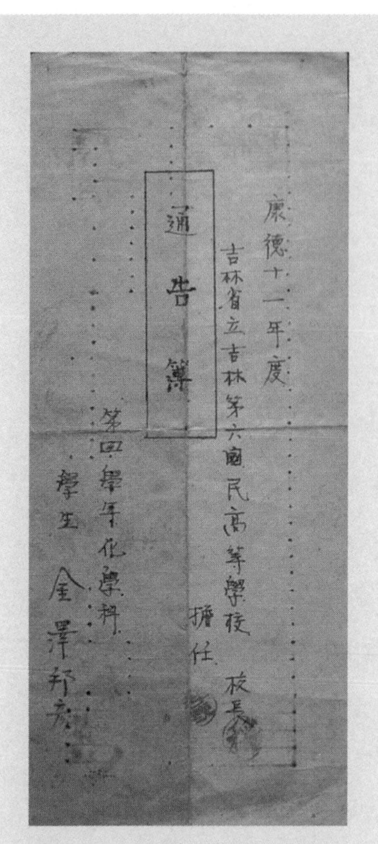
康德十一年度
吉林省立吉林第六國民高等學校
擔任 校長
通告簿
第四學年化學科
學生 金澤邦彦

길림성 길림 제6국민학교 통지표
통지표를 일제는 통고부通告簿라고 불렀다. 김수영 셋째 동생 김수강의 통지표인데, 김수강의 창씨개명 이름이 김택방언金澤邦彦으로 표기되어 있다. 김수강이 다닌 길림 제6국민학교가 김수영 길림 집과 바로 붙어 있었다. 강덕康德은 1931년 만주사변 이후 일제가 만주에 세운 괴뢰국인 만주국滿洲國에서 청나라의 마지막 황제인 선통제宣統帝 푸이溥儀를 1934년 황제로 즉위시키고 내세운 연호이다. 1934년~1945년까지 사용되었다. 강덕 11년康德十一年은 1944년이다. (김수명 제공)

가 언니에게 현저동 집을 정리해서 만주로 올 것을 제안했다. 김수영 어머니 입장에서는 경제적 여건도 현저동보다 낫다는 것에 솔깃했지만, 무엇보다 학병으로 간 둘째 수성이 만주 관동군에 배치받았기에 아들 가까이 갈 수 있다는 기대가 컸다. 용두동 집에서 현저동 집으로 이사할 무렵부터 기관지천식이 깊어진 아버지는 건강이 예전만 못하여 집안 경제를 아내에게 거의 맡기다시피 하고 있었다. 김수영의 어머니는 여동생의 제안을 받아 전격적으로 현저동 집을 처분하고 만주로 가기로 결정했다. 김수영 가족이 길림에 도착한 뒤에 조금 지나서 첫눈이 왔다고 하는데, 길림의 첫눈이 보통 10월 중순에 오니까 김수영 가족의 길림 도착 시점을 9월 말 내지 10월 초로 추정할 수 있겠다. 길림에 도착했을 때 둘째 이모가 이미 살 집을 마련해 놓아서 그들은 그냥 들어가기만 하면 되었다.

김수영은 식구들이 길림으로 떠나고서 1년 뒤인 1944년 가을 무렵 만주로 갔다. 김수영은 길림 집에서 식구들과 같이 살지 않았다. 그러면

최하림의 『김수영 평전』에서 말한 김수영이 하숙했다는 백계 러시아인 집은 어디에 있었을까? 둘째 이모네 요릿집 근처에 있었을 가능성이 매우 높다. 둘째 이모가 사정이 넉넉했고 하숙집을 구해 줄 여유도 충분했기 때문이다.

일제는 서울에서 일본 제국주의 선전을 위해 조선연극협회를 조직하게 하고 연극경연대회를 매년 열게 했듯이, 만주에서도 연극협회를 조직하고 연극경연대회를 열게 했다. 일본 유학 중 미즈시나 하루키에게서 연극 연출을 배웠고, 서울에서 안영일 밑에서 연출 조수로 발탁되어 연극 공부를 이어 갔던 김수영은 만주에 가서도 연극 단체와 자연히 연결이 되었다. 만주에서 연극을 하면서 만난 사람 중에 군산 사람이 있었는데 송기원이었다. 송기원은 만주상공회사에 다니면서 연극을 하던 사람이었다. 이때의 인연으로 송기원은 나중 1955년 김수영이 시인으로 점차 이름을 얻어 갈 무렵, 군산으로 문학 강연차 김수영을 초청하게 된다. 군산 문학 강연은 김수영에게 서울 환도 이후 첫 지방 여행을 가는 계기가 된다.

김수영이 속한 극단에서는 1945년 6월 이틀에 걸쳐 길림 공회당에서 〈춘수春水와 함께〉라는 연극 공연을 했는데, 이때 김수영은 시골 신부 역을 맡았다. 큰누이 김수명은 "검은 신부복을 입고, 로만칼라를 하고, 무대 위에서 조명을 받으며 오빠가 손을 들고 있는 모습이 너무 멋졌어요. 나는 오빠가 그렇게 멋있는 남자인지 몰랐어요."라고 회고했다. 길림 공회당에서 열린 김수영의 연극 공연을 가족 모두가 관람한 것은 아니었고, 어머니와 큰누이 정도가 관람한 것 같다. 아버지는 천식이 심해서 갈 수 없었고, 셋째 수강도 연극 공연에 가지 않은 것이 분명해 보인다. 막내 남동생 수환은 길림 공회당에서 하는 연극 공연에 자신은 간 기억이 없다

길림 시절 연극 무대에 선 김수영
1945년 6월 만주 길림 공회당에서 공연된 <춘수와 함께>라는 연극에서 김수영은 신부 역을 맡아 열연했다. (『김수영전집』, 민음사, 1981.)

고 했다.

1945년 7월이 지나면서 일제가 태평양전쟁에서 점점 패퇴하고 있다는 징후가 길림 거리의 불안으로 나타났다. 어머니는 가족 모두를 보호해야 한다는 모성 본능이 가질 수 있는 예리한 촉각으로 사태의 심각성을 점점 인지하기 시작했다. 길림을 떠나야겠다고 판단했다. 서울에 집이 없으므로 가족들에게 종로6가 고모 집에서 모이자고 약속했다. 먼저 남편과 큰딸 수명, 둘째 딸 수연을 기차에 태워 보냈다. 불안한 시국에는 젊은이들이 가장 불안하므로 셋째 수강, 따로 살고 있던 하숙집에서 집으로 달려온 큰아들 수영을 두 번째로 기차에 태워 보냈다. 그리고 마지막으로 가장 어린 막내아들 수환과 막내딸 송자를 데리고 기차를 탔다.

막내 수환은 일제가 항복 선언을 하고 난 뒤 중국인들이 일본인들을 참수해 머리를 대꼬챙이에 걸고 거리를 누비는 살벌한 장면이 지금도 생각난다고 했다. 혼란스러운 일촉즉발의 분위기 속에서 어머니는 길림 집 대문을 엑스 자로 못질을 하고 나서 어린 아들과 딸을 대동하고 어렵게 길림을 떠나는 기차에 몸을 실을 수 있었다. 전 재산이 길림 집에 남아 있었지만 우선 사람 목숨부터 살고 볼 일이었다.

마리서사

김수영은 박인환을 처음 만났을 때 인상을 산문 「마리서사」에서 다음과 같이 서술했다.

> 인환을 제일 처음 본 것이 박상진이가 하던 극단 '청포도' 사무실의 2층에서였다. 그때 '청포도'가 무슨 연극을 하고 있었는지는 기억에 없지만 인환이가 한병각의 천재를 칭찬하고 있던 것만은 지금도 생각이 난다. 또한 콕토의 「에펠탑의 신랑 신부」 이야기를 하면서 자기가 꼭 상연해 볼 작정이라고 예의 열을 올리기도 했다. 해방과 함께 만주에서 연극 운동을 하다가 돌아온 나는 이미 연극에는 진절머리가 나던 때라 그의 말은 귀 언저리로밖에는 안 들렸고, 인환의 첫인상도 그리 좋은 편은 아니었다.

해방이 되자 좌파 연극인들은 조선연극동맹을 1945년 12월 20일에 출범시켰다. 조선연극동맹의 서기장은 1944년 부민관에서 김수영을 연출 조수로 끌어 줬던 안영일이었다. 조선연극동맹은 미군정의 탄압을 받으면서도 1947년 여름 '대중 속으로' 운동을 펼치며 지방으로 소규모 이동극장 운동을 전개해 나갔다. 조선연극동맹은 남한 전체를 네 개 지역으로 나누어서 이동극장 문화공작대를 파견했는데, 제2대가 충청도에 파견되었다. 박상진은 제2대에 소속되어 충청도로 〈덕수궁 수술장〉이라는 가극을 들고 갔다. 김수영은 안영일에게서 연출을 배울 때 박상진을 알았던 것으로 추정된다. 박상진이 8·15 후에 '청포도' 극단을 운영했고, 김수영이 '청포도' 극단 사무실에 박상진을 만나러 갔을 때 박인환을 처음 만났다. 박인환이 얼마나 활동적이고 다방면으로 사람들을 만나고 다녔는지 짐작게 하는 장면이다.

박인환은 1926년 강원도 인제군에서 4남 2녀 중 맏이로 태어났다. 1933년 여덟 살 때 인제공립보통학교에 입학하였으나 열한 살 때인 1936년, 부친을 따라 서울로 올라왔다. 부친은 똑똑한 장남을 서울에서 공부시키고 싶어서 창덕궁 서쪽 원서동에 집을 구하고 장남부터 서울로 불러올렸다. 부친은 면사무소를 그만두고 강원도와 도시를 다니며 산판山坂(산에서 나무를 베어다 파는 업)을 했기에 박인환에게 넉넉하게 용돈을 줄 수 있었다. 박인환은 덕수공립보통학교에 4학년으로 편입하여 학업을 계속 이었다.

공부에 재능이 있었던 박인환은 기대에 어긋나지 않게 1939년 열네 살 때 5년제 경기공립중학교(현재의 경기고등학교)에 입학했다. 박인환은 중학교에 들어가면서부터 시와 영화에 관심을 갖기 시작했다. 영화를 좋아하면서 자신도 장 콕토Jean Cocteau 같이 시도 쓰고 문화 비평도 하고 영화감독도 하겠다는 꿈을 지니기 시작했다. 당시에는 학생들이 영화관에 자유롭게 출입할 수가 없었다. 영화관에 출입하다가 적발되면 학교로부터 정학이나 근신의 처벌을 받기도 했다. 이러한 문제로 1941년 3월 경기공립중학교 3학년을 그만둔 그는 한성학교 야간반으로 전학하여 잠시 다니다가, 아버지의 친지가 있는 황해도 재령에 가서 명신중학교에 시험을 치르고 4학년에 편입하였다. 이때가 그의 나이 17세가 되는 1942년이다.

박인환을 볼 때마다 아버지는 "머리가 좋은 너는 의사가 돼야 한다."라는 이야기를 주문처럼 되풀이했다. 마침내 그는 1944년 명신중학교 졸업과 동시에 관립 평양의학전문학교(3년제)에 입학하게 된다. 아버지의 권유에 따라 평양의전을 선택했지만 박인환은 결코 문학 열망을 버릴 수가 없었다. 일 년 정도의 평양의전 시절에 그가 주로 읽고 사들인 책들은 그의 전공과는 관계없는 문학 서적들이었다. 8·15 광복이 되자 박인환은 아버지의 간절한 기대를 저버리고 평양의전을 중퇴해 버렸다. 그리고 서울로 올라와서 자신의 길을 걷기 시작했다. 김수영이 선린상업학교를 졸업하고 가족 모두의 기대를 저버리고 도쿄로 유학을 떠났듯이 박인환도 앞날이 보장되는 평양의전을 버리고 돈과는 거리가 먼 시인의 길을 선택했다.

시인의 길을 걸으면서 그가 처음으로 착수했던 것이 '마리서사'라는 책방을 내는 일이었다. 장남이 책방을 낸다고 하니 아버지와 작은이모도 도움을 줄 수밖에 없었다. 아버지에게서 3만 원, 작은이모에게서 2만 원을 얻어 가지고 이모부 포목점 옆에 '마리서사'를 열었다. 탑골공원에서 동대문 쪽으로 조금 올라오면 낙원동 들어가는 입구가 나오는데 낙원동 입구에서 동대문 쪽 입구 자리, 즉 종로3가 2번지 지금의 대광보청기 자리가 '마리서사' 자리였다. 종로 대로변이었기에 서점을 열기에 좋은 자리였다. '마리서사'라는 이름은 박인환 유족 측에 따르면 프랑스 화가 '마리 로랑생'의 이름을 따왔다고 증언하지만, 김수영은 일본의 모더니즘 시인인 안자이 후유에의 시집 『군함마리軍艦茉莉』에서 '마리'를 따서 서점 상호를 정하게 한 사람은 초현실주의 화가 박일영이었다고 산문 「마리서사」에 적고 있다.

박인환은 1945년 말에 '마리서사' 책방을 열었는데, 박인환 나이 불

1947년 3월 마리서사 앞에서 임호권과 함께한 박인환
(『박인환 전집』, 실천문학사, 2008.)

과 20세 때였다. 너무 어린 나이가 사람을 사귀는 데 불리하다는 것을 알고 있었던 박인환은 항상 자신의 나이를 네댓 살 높여서 소개했다. 신시집 동인들도 박인환이 알려진 것보다 네댓 살 아래라는 것을 장례식장에서 처음 알았을 정도였다. 김수영도 박인환이 죽고 나서 자신보다 다섯 살 아래임을 알았을 것이다. 박인환은 우월의식이 매우 강했고, 사교성도 출중했다.

일제강점기 때 '남만서방'이라는 책방을 열었던 오장환을 따라 박인환이 '마리서사'라는 책방을 열었다는 말은 충분히 개연성이 있다. 박인환은 시인을 꿈꾸면서부터 오장환을 좋아했다. 오장환은 1937년 일본으로 가서 메이지대학 전문부에 입학하여 공부하다 1938년 중퇴한 후 귀

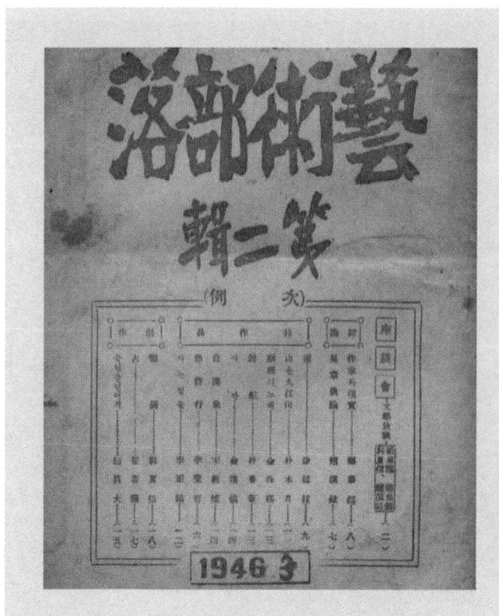
藝術部落
第二輯
1946 3

1946년 3월에 발간된 『예술부락』 제2집 표지
차례 중 '시작품' 세 번째에 김수영의 「묘정의 노래」가 보인다.

국하여 서울 관훈동에 '남만서방南蠻書房'이라는 책방을 열었다. 그때 오장환은 스물한 살이었다. 다니던 학교를 중퇴하고 서울에 와서 책방을 연 것은 오장환이 한 선례를 박인환이 그대로 따라 했다. 오장환이 책방을 연 장소도 관훈동이니까 인사동 거리였다. 박인환이 경기공립중학교에 다니던 시절 한 번쯤 들렀을 수도 있는, 원서동 집과 가까운 거리에 있던 서점이었다. 김수영의 증언에 의하면, '마리서사'는 점차 이름이 알려지면서 한국 모더니즘 1세대인 이시우, 조우식, 김기림, 김광균의 얼굴이 차차 보이고, 그밖에 이흡, 오장환, 배인철, 김병욱, 이한직, 임호권 등도 자주 나타나게 되어서 전위예술의 소굴 같은 느낌을 주게 되었다고 한다. 김수영 자신도 헌책을 팔기 위해 자주 '마리서사'에 들렀다고 하며, '마리서사'에 가면 박인환이 보여 주는 박인환의 자작시를 의무적으로 읽지 않으면 안 되었다고 한다. 박인환은 1946년 12월 '마리서사'를 통해 친분을 쌓았던 송지영 씨가 주필로 있는 『국제신보』에 「거리」라는 시로 문단에 데뷔했다. 김수영은 조연현이 주관으로 있던 『예술부락』 제 2집을 통해 1946년 3월 시인으로 데뷔했으니까 김수영보다는 9개월 정도 늦게 데뷔했지만 '마리서사'라는 공간이 형성한 인맥의 힘은 박인환이 시인으로 데뷔하는 데 강력한 작용을 했다.

김수영은 연극을 그만두고 혼자 시를 쓰기 시작했으나 시를 발표할 기회를 거의 얻을 수 없었던 해방 후 상황에서 모더니즘 시인들과 별로 친근성이 없는 조연현이 주관하는 『예술부락』을 통해 시인으로 데뷔하게 되는데, 이게 김수영에게 약점으로 작용하였다. 김수영 자신이 조연현에게 준 20편 시 중 가장 고색창연한 「묘정의 노래」가 실렸다는 것은 김수영에게는 아픈 구석이었다. 김수영은 산문 「연극하다가 시로 전향」에서 다음과 같이 말한다.

> 「묘정의 노래」가 게재된 『예술부락』의 창간호는 박인환이가 낸 '마리서사'라는, 해방 후 최초의 멋쟁이 서점의 진열장 안에서 푸대접을 받았고, 거기에 드나드는 모더니스트 시인들의 묵살의 대상이 되고, 역시 거기에 드나들게 된 나 자신의 자학의 재료가 되었다.

시인의 길을 막 시작한 김수영에게 '마리서사'의 푸대접은 가슴에 심한 수모감을 안겨 주었다. 김수영은 같은 산문에서, "「묘정의 노래」가 『예술부락』에 실리지만 않았더라도—「묘정의 노래」가 아닌 다른 작품이 『예술부락』에 실렸거나, 「묘정의 노래」가 『예술부락』 아닌 다른 잡지에 실렸더라도—나는 그 당시에 인환으로부터 좀 더 '낡았다'는 수모는 덜 받았을 것이라고 생각되고, 나중에 생각하면 바보 같은 콤플렉스 때문에 시달림도 좀 덜 받을 수 있었으리라고 생각된다."라고 썼다. '낡았다'는

김수영과 박인환
(조병화문학관 제공)

박인환의 말이 신인 시인이었던 김수영에게 얼마나 큰 상처였는지 글 속에 아프게 그려져 있다. 그리고 김수영이 '마리서사'에 가면 박인환은 이런 말을 했다. "초현실주의 시를 한번 쓰던 사람이 거기에서 개종해 나오게 되면 그전에 그가 쓴 초현실주의 시는 모두 무효가 된다."라고. 김수영은 이런 말을 들으면 박인환의 말을 해석하기 위해 얼마나 고민했는지 모른다고 고백했다. 이런 여러 가지 연유가 작용하여 김수영은 1948년 4월 20일 『신시론』 제1집 동인으로 참여한 박인환, 김경린, 김병욱, 김경희, 임호권 다섯 사람의 이름에 자신의 이름을 더하지 않았다. '마리서사'를 통해서 형성된, 좌우 정치 이념을 떠나 낡은 시대 정서를 그대로 답습하는 것이 아니라 새로운 시대에 맞는 새로운 모더니즘 시를 써야 한다는 문제의식을 공유한 젊은 시인 그룹이 펼친 동인 운동의 결실물인 첫 공동 시집에 김수영의 이름이 빠진 것은 의외라고 할 수밖에 없다. 아무래도 김수영이 '마리서사'에서 받은 소외감이 크게 작용한 것 같다.

하지만 모든 장소가 다 그렇듯 '마리서사'도 김수영에게 아픔만 준 곳은 아니다. 먼저 '마리서사'는 김수영에게 모더니즘 시란 무엇인가에 대한 인식을 깊게 할 수 있는 계기를 제공했다. '낡았다'는 비판 속에 무엇이 '낡은 시'이고, 무엇이 '새로운 시'인지 깊은 고민의 계기를 제공했다는 점이 컸다. 다음으로 '마리서사'는 김수영의 절친 김병욱을 만나게 해 주었고, 나중에 1949년에 사화집詞華集(명시 선집) 『새로운 도시와 시민들의 합창』을 같이 내는 동인들도 만나게 해 주었다. 그다음으로 김수영이 시인으로 등단한 후, 시 쓰는 작업도 포기하고 쫓아다니게 만든 초현실주의 화가 박일영도 '마리서사'를 통해 만났다. 그리고 또, 김수영이 힘주어 말한 "우리 문단에도 해방 이후 짧은 시간이기는 했지만 가장 자유로웠던, 좌우의 구별 없던, 몽마르트르 같은 분위기가 있었"던 곳이 바로 '마리서사'였다. 김수영은 좌익도 아니고 우익도 아닌 완전 중립이었지만, 좌우를 적대시하는 중립이 아니라 좌우의 공존을 바라는 중립이었다. 김수영의 이러한 입장은 평생 초지일관했다. 그런 점에서 김수영에게 진정으로 자랑하고 싶은 마음이 우러나오는 장소가 짧은 봄날 같은, 좌우가 동거했었던 몽마르트르 같은 '마리서사'가 아니었을까.

연희전문학교(현 연세대학교)

길림에서 서울로 돌아온 김수영은 자신의 진로를 연극보다는 시로 정해야겠다고 생각하면서 시를 쓰는 데 도움이 되는 영문학을 배우기로 결심한다. 그래서 개교를 서두르고 있던 연희전문학교에 입학원서를 냈다. 필자가 연세대학교 종합서비스센터에 문의하니 김수영의 학적부가 있다고 했다. 김수영 본가 유족의 가족관계증명서와 위임장을 가지고 오면 학적부를 떼어 줄 수 있다고 했다. 6·25 당시 연희대학교 직원들이 학적부 캐비닛을 부산까지 싣고 가서 다행히 학적부가 살아남았다고 종합서비스센터 과장님이 설명해 주었다. 그리고 김수영의 연희전문학교 학적부를 원본 그대로 복사해 주었다. 본가 유족에게 귀중한 자료를 전달해 줄 수 있어서 고마운 마음이 일었다. 그리고 6·25 당시 자신의 몸 하나 피하기도 쉽지 않은 피난 상황에서 학적부 원본을 부산까지 무사히 옮긴 이름 모를 연희전문학교 직원에게도 감사의 마음이 절로 일어났다.

학적부에는 아버지 직업이 피혁상皮革商으로 기재되어 있었다. 이 점을 본가 유족에게 확인해 보니 해방 후 아버지가 피혁상을 한 일이 없다고 했다. 김수영 시인이 연희전문학교 입학원서에 호주 직업란이 있으니까 그냥 생각나는 대로 쓴 직업이라 생각된다. 그런데 많고 많은 직업 중에 왜 하필 '피혁상'이었을까? '피혁상'이라고 하니 1964년 한일협정 반대 데모가 한창이던 시절에 쓴 시 「거대한 뿌리」의 시어 '피혁점'이 생각난다. '피혁상'과 얽힌 재미난 이야기라도 있었던 걸까? 학적부에 본적은

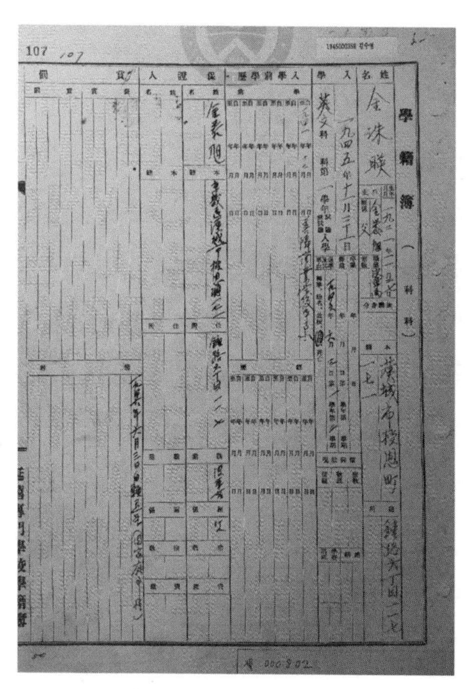

김수영 연희전문학교 학적부
(연세대학교 제공)

한성시漢城市 수은정授恩町 171번지로 기록되어 있었다. '한성시漢城市'는 서울의 명칭으로 처음 보는 것이었다. 조선 시대 서울의 행정명이 한성부漢城府였고, 일제강점기 때는 서울의 행정명이 경성부京城府로 바뀌었고, 해방 후 잠시 서울시 행정명을 한자로 쓸 때 '한성시漢城市'로 썼음을 필자도 김수영 학적부를 보고서 처음 알았다. '수은정授恩町'은 '묘동廟洞'을 일제가 1926년 4월에 '수은동授恩洞'으로 동 이름을 바꾼 후 1936년에 다시 '수은정授恩町'으로 바꾸었다. '수은정授恩町'은 1946년 10월부터 본래의 이름인 '묘동廟洞'으로 다시 돌아갔다. 그래서 지금 김수영의 본적은 '서울시 종로구 묘동 171번지'로 등본에 나온다. 그리고 김수영은 학적부에 거소居所(거주하는 곳) 주소를 종로6정목(종로6가) 117번지로 기록해 놓았다. 종로6가 117번지는 김수영 고모 집 주소였다. 1945년 11

월까지 김수영 본가는 충무로4가 적산 가옥을 구하지 못했음을 학적부를 통해 알 수 있다.

연희전문학교는 해방이 되자 1945년 10월에 유길준의 둘째 아들인 유억겸을 제5대 교장으로 선임하고 개교를 서둘렀다. 연희전문학교는 1945년 11월 6일 드디어 개교를 하였다. 연희전문학교가 개교하였다는 소식을 듣고 김수영은 연희전문학교에 입학원서를 낸 모양이다. 학적부에 영문과 1학년 입학 날짜가 1945년 11월 20일로 나와 있다. 개교하고서 14일, 즉 2주 지나서 입학한 것으로 보아 개교 소식을 소문으로 듣고서 입학원서를 낸 것 같다. 해방 후 『조선일보』는 1945년 11월 23일 복간되었고, 『동아일보』는 12월 1일 복간되었으므로 신문을 보고 입학 지원을 한 것 같지는 않다. 김수영은 연희전문학교 영문과에 오래 다니지 않았다. 학적부에 보면 1946년 6월 3일에 자원 퇴학으로 나와 있다. 한 학기를 다녀 보고 영문학을 더 공부해야겠다는 의욕이 없어진 것 같다. 김수영은 학위를 꼭 따야 한다는 의식이 없었다. 필요하면 공부하고 필요 없다고 생각하면 과감하게 그만두었다. 일본에서도 성북예비학교에 다니다 그만두고 연극을 선택하였고, 해방 후 연극에 흥미가 떨어지자 시로 방향 전환을 해 버렸다. 자신의 궁극의 욕구가 향하는 곳으로 움직임에 있어서 학위 따위의 형식은 중요하지 않았다. 이 같은 태도는 김수영의 인생에서 자주 보인다. 뒤에 결혼할 때도 일체의 형식에 구애받지 않았고, 부인과 재결합할 때도 당시 일반 남자들의 통상 관념에 따르지 않는 과감한 선택을 하였다. 중요한 것은 자신의 의지가 향하는 바였지 사회가 요구하는 바에 자신을 맞추려 하지 않았다. 자신의 선택이 중요했지 주위의 시선을 의식하여 눈치 보거나 주저하지 않았다. 그런 점에서 김수영은 자기 실존에 충실한 인간이었고, 자립한 근대인이었고 영원한 비제도권이었다.

한청빌딩

김수영이 임화를 처음 만난 장면에 대해 1953년 김수영이 쓴 미완성 자전소설 「의용군」에는 다음과 같이 쓰여 있다.

> 순오가 동경에서 학병을 피하여 학교에는 휴학계만 내놓고 서울의 집으로 돌아와 연극 운동을 해 보겠다고 극단을 따라다닐 때에 윤이라는 연출가를 알았다. 그 윤이라는 연출가를 통하여 부민관 무대 위에서 순오는 임동은을 안 것인데 임동은이가 좌익 시인이라는 것을 안 것은 8·15 때이었다.

여기서 순오는 김수영이고, 윤은 안영일, 임동은이 임화이다. 김수영이 임화를 본 것은 1944년 부민관 안영일 아래에서 연출 조수를 하고 있을 때이다.

임화는 보성고보를 중퇴한 1926년, 19세 때 조선프롤레타리아예술동맹, 즉 카프에 가입한 후 1928년부터 1929년까지 2년 동안 영화배우로 활동했다. 영화 〈유랑〉과 〈혼가〉에서는 남자 주인공으로 활약해서 당시 언론의 주목을 받기도 했다. 두 편의 영화에 출연하면서 임화는 1920년대 할리우드에서 아이돌 배우로 인기를 끈 이탈리아 출신 배우 루돌프 발렌티노Rudolph Valentino를 떠올린다며 언론으로부터 '조선의 발렌티노'라는 별명을 얻었을 정도로 제법 배우로 유명세를 탔다. 1932년에

1920년대 말 영화배우 시절 임화
임화는 조선의 발렌티노라는 별명이 붙을 정도로 꽃미남 배우였다. (『임화문학연구1』, 소명출판, 2009)

는 보성전문학교 연극부 지도 교수였던 유진오의 부탁을 받고 연극 〈삼등수병 마틴〉 연출을 맡았고, 1933년에는 같은 연극부에서 고리키의 〈밤 주막〉 연출을 맡았다. 총독부의 탄압을 받아 연극계가 목소리를 제대로 내지 못할 때 프롤레타리아 정신이 강하게 표출되는 연극 두 편을 연출한 임화였다. 그리고 영화에도 지속적인 관심을 가져 1940년부터는 고려영화사에서, 1941년부터는 고려영화사의 조선영화문화연구소에서 일했다. 그리고 「조선영화발달소사」(1941), 「조선영화론」(1941) 같은 이론 작업도 계속하고 있었다. 임화는 영화·연극에 지속적인 관심을 가졌기 때문에 영화인·연극인 들과의 교류가 자연 많을 수밖에 없었다. 이런 임화가 일본에서 신쓰키지극단에서 활동하고 1940년 국내로 들어와 조선 제일의 연출가로 이름을 날린 안영일과 만남을 가진다는 것은 지극히 자연스런 일이었다. 1944년 부민관에서 당시 가장 유명한 연극단인 '아랑연극단' 연출을 맡고 있던 안영일이 단원들에게 연극 연습을 시키던 시간에 임화가 부민관에 찾아왔다. 임화가 안영일과 만날 때, 안영일은 연출 조수였던 김수영을 얼굴 인사 정도는 하게 했을 것이다. 1908년생인 임화는 김수영보다 열세 살 위였고 배우, 연출가, 작가, 이론가 등 다방면으로 이름 있는 사람이었기에 청년 김수영에게는 대단한 사람으로 보였을 것임을 미루어 짐작할 수 있다.

태평양전쟁 이후 황국신민화 정책이 극단적으로 치닫는 상황 속에서 친일 어용 단체들만이 활개를 치고 있었다. 임화도 친일 어용 단체에 이름을 걸고 암울한 상황을 견딜 수밖에 없었다. 8·15광복이 되자 임화는 재빨리 행동에 나서 8월 16일 새벽에 벌써 조직의 재건에 착수하여 주요 문인들을 찾아다니기 시작했고, 다음 날 8월 17에는 김남천, 이원조, 이태준 등 30여 명과 함께 '조선문학건설본부'를 결성하였으며, 8월 18일에는 미술, 음악, 연극 등 타 장르도 끌어들여 '조선문화건설중앙협의회'를 조직하였다. 그리고 12월 13일 '조선문학건설본부'는 노선이 다른 그룹과 통합을 위해 발전적으로 해체하여 '조선문학가동맹'이라는 이름으로 재탄생되었다. 조선문학가동맹은 1946년 2월 24일에 과학자동맹, 진단학회 등 25개 문화 단체와 함께 전국문화단체총연맹을 결성하고 민주주의민족전선에 참여하였다.

김수영은 8·15 이후 만주에서 서울로 돌아오고 나서 임화를 다시 만났다. 김수영이 임화를 다시 만난 장면을 자전적 소설 「의용군」에서는 다음과 같이 묘사하고 있다.

> 순오는 해방이 되자 서울로 돌아왔다. 임동은은 순오를 ○○○동맹에 소개하였다. 순오는 전평 선전부에서 외신 번역을 맡아보기도 하였고 동대문 밖 어느 세포에 적을 놓고 정치 강의 같은 회합에는 빠짐없이 출석하였다. 그러다가 임동은은 어느덧 이북으로 소리도 없이 사라지고 말았다. 윤이라는 연출가도 임동은이 없어진 후에 순오와 서대문 안 어느 조그마한 다방에서 차이콥스키의 〈비창〉을 마지막으로 듣고 나서 그 후 서글프게 종적을 감추었다. 순오가 아는 김 모, 최 모, 심 모 같은 유명한 배우들도 하나둘 닭의 털 뽑히듯이 눈에 볼 수 없게 되었다. 순오는 그것을 쉽고 용감하다 생각하면서도 자기는 차마 이북

으로 건너갈 용기가 나지 않았다.

여기 나오는 '○○○동맹'이 '조선문학가동맹'이다. 조선문학가동맹은 종로 보신각 바로 옆에 있던 4층짜리 한청빌딩에 본부를 두고 있었다. 한청빌딩은 일제의 강압과 협박에도 굴하지 않고 을사보호조약에 반대했던 대한제국 참정대신 한규설의 손자 한학수가 지은 건물로 1935년 7월에 준공됐다. 유명한 『문장』지가 이곳에서 발간되었다. 하지만 일제는 태평양전쟁 말기에 끝내 한청빌딩을 빼앗아 친일 단체 조선문인보국회를 두고, 이광수 등을 보국회 이사로 앉혀 문인의 친일을 강요하는 본산으로 삼았다. 해방 후 일제가 물러가고 무주공산이 된 그 건물은 건국준비위원회 건물로 쓰이다가 '조선문학가동맹' 본부 건물로 주인이 바뀌었다. 김수영도 이 건물에 자주 얼굴을 내밀었을 것이다. 김수영은 문학가동맹에 소속되어 전평 선전부에서 활동하며 외신 번역을 맡아보고, 남로당 세포 조직에 들어가 정치 강의도 빠짐없이 출석했다고 자전적 소설에서 말하고 있다. 상당히 열심히 활동한 것으로 보인다. 1947년 11월 임화가 월북하고 나서 김수영의 연극 스승 안영일은 김수영과 서대문 안 어느 조그마한 다방에서 차이콥스키의 〈비창〉을 같이 듣고 헤어졌다고 한다. 이것을 보면 해방 후에도 김수영과 안영일의 끈은 생각보다 튼튼하게 이어져 있지 않았나 생각된다.

당시 인맥이나 상황으로 보면 김수영은 충분히 좌익이 되고도 남음이 있는데, 왜 좌익이 되지 않았을까? 그는 자신이 좌익이 되지 않은 이유를 산문 「연극하다가 시로 전향」에서 "당시의 나의 자세는 좌익도 아니고 우익도 아닌 그야말로 완전 중립이었지만, 우정 관계가 주로 작용해서, 그리고 무엇보다도 줏대가 약한 탓으로 본의 아닌 우경 좌경을 하게 되

한청빌딩

'韓靑한청'이라는 빌딩 이름이 의미심장하다. '대한민국은 죽지 않고 영원히 푸르다'는 뜻을 담고 있는 빌딩 이름에 을사보호조약에 반대했던 한규설의 기개가 스며 있는 듯하다. (사종민, 『이방인의 순간포착, 경성 1930』, 서울청계문화관, 2011.)

었다고 생각된다."라고 밝히고 있다. 우정 관계에 따라 우경 좌경을 한 적은 있지만 중립을 떠난 적은 없다는 것이다. 그리고 같은 산문에서 자신이 실질적으로 첫 작품이라고 생각하는 「거리」라는 시를 소개하면서 시 말미의 "귀족처럼 이 거리 걸을 것이다"라는 구절을 두고, 마리서사에서 알았던 시단의 대선배인 김기림이 '귀족'을 '영웅'으로 고치면 어떻겠냐는 제안을 하자 며칠을 두고 고민한 끝에 기어코 고치지 않기로 결심을 했다고 하면서, "그것은 모독이었다. 앞으로 나의 운명이 바뀌면 바뀌었지 그 말은 고치기 싫다고 생각했다. 이러한 나의 체질과 고집이 내가 좌익이 되는 것을 방해했다."라고 고백하고 있다. 김수영은 자신의 '체질과 고집'이 자신이 좌익이 되는 것을 방해했다고 말했다. 사실 김수영의 인맥을 보면 좌익 쪽으로 갈 수 있는 기회가 더 많았다. 하지만 결국 김수영의 '체질과 고집'이 그리로 가는 길을 막았다. 그 '체질과 고집'이 없었다면 김수영은 해방 후 극심한 좌우 대립 속에서 거대한 역사의 격류에 휩쓸려 간 많은 문인과 예술가들처럼 분단의 희생자가 되었을 것이다.

한청빌딩은 1950년대~1960년대를 걸쳐 가장 영향력 있는 잡지였던 『사상계』가 1953년 4월 장준하에 의해 창간된 장소이기도 했다. 『사상계』는 『현대문학』 다음으로 김수영 시가 많이 실린 잡지이므로 김수영도 자연 '한청빌딩'을 자주 출입했다. 김수영과 인연이 깊은 역사적 건물 '한청빌딩'은 1979년 지금의 '보신각'이 2층 콘크리트로 거대하게 복원되면서 사라져 버렸다.

충무로4가 집

김수영 가족은 만주에서 돌아온 뒤 종로6가 고모 집에 잠시 기거한 후 충무로4가에 적산 가옥을 구해서 들어갔다. 충무로4가 집 주소는 일제강점기 지번이 변하지 않고 현재에도 그대로 쓰이고 있다. 일제강점기 때는 혼마치本町 사정목四丁目 36-17이었고, 해방 후에는 충무로4가 36-17번지이다. 김수영의 충무로4가 옛집 주위는 지번도 일제강점기 그대로이고 길도 변하지 않았다. 충무로4가 옛집은 일제 가옥의 기본 형태를 지금도 유지하고 있다. 김수영이 살았던 집 중 옛날 형태를 그대로 유지하고 있는 유일한 집이라고 할 수 있다. 6·25 때 폭격으로 김수영의 충무로4가 옛집이 불탔다는 말은 사실이 아니다. 6·25전쟁 때 충무로 4가 일대는 폭격을 받지 않았다. 필자와 같이 몇십 년 만에 충무로4가 옛집을 둘러본 막내 남동생은 "집은 그대로네. 다락방 창도 그대로 있어. 저 다락방에서 둘째 형, 셋째 형, 넷째 형이 그 더운 팔월 한더위 속에 저기서 지냈어. 어머니가 절대 못 내려오게 했지. 인민군에게 안 잡혀가게 하려고. 그런데 조금만 더 참으면 되는데 셋째 형하고 넷째 형이 그만 더 못 참고 내려오는 바람에 사단이 나 버렸지. 둘째 형은 끝까지 참아서 안 잡혀갔어."라며 좀처럼 입 밖에 내지 않는 6·25전쟁 때 이야기를 한 토막 들려주었다.

김수영은 산문 「연극하다가 시로 전향」에서 충무로4가 집 이야기를 유일하게 한 번 꺼냈다. 사화집 『새로운 도시와 시민들의 합창』에 수록된

시 「아메리칸 타임지」가 어떻게 탄생했는지 설명하면서 충무로4가 집을 언급한 것이다.

> 그 당시에 우리 집은 충무로4가에서 '유명옥有名屋'이라는 빈대떡집을 하고 있었는데, 치질 수술을 하고 중환자처럼 자리보전을 하고 가게 뒷방에 누워 있는 나는 벽지 위에다 「아메리칸 타임지」라는 일본말 시를 써 놓고 쳐다보고 있었다. 그때 자주 우리 집을 찾아온 병욱이가 어느 날 찾아와서 이 시를 보고 놀라운 작품이라고 칭찬하면서 무라노 시로村野四郎에게 보내서 일본 시 잡지에 발표하자는 말까지 해 주었다. 병욱이가 경상도 기질의 과찬벽이 있다는 것은 모르는 바 아니었지만 나는 그의 말을 듣고 눈물이 날 지경으로 감격했던 것 같다.

만주에서 겨우 몸만 빠져나오며 모든 재산을 잃게 된 김수영 어머니는 8남매를 먹여 살리기 위해 뭐든 해야만 했다. 이때 김수영 어머니에게 결정적 도움을 준 것은 둘째 이모였다. 둘째 이모의 권유로 현저동 집을 정리하고 만주로 이거를 결정했기 때문에 둘째 이모도 책임이 없지 않았다. 알거지가 된 것은 둘째 이모도 마찬가지였다. 길림에서 그렇게 잘나가던 큰 요릿집을 그야말로 통째로 남겨 두고 떠나야 했으므로 상심의 정도는 말로 할 수가 없었다. 하지만 둘째 이모는 장사의 노하우를 알고 있었다. 중구 초동, 예전에 스카라극장이 있었던 곳 근처에서 자본금이 없어도 할 수 있는 장사, 빈대떡 장사를 시작했다. 둘째 이모는 가족을 먹여 살리기 위해서 이리저리 궁리하고 있었던 언니에게도 빈대떡 장사를 권유했다. 빈대떡 장사를 어떻게 하는지 기초부터 하나하나 전부 코치해 주었다. 김수영 어머니는 충무로4가 집이 혼마치 길에서 주택가로

충무로4가 집 현재 모습
(2020년 촬영)

충무로4가 집 현재 모습
다락방 창문이 그대로 있다고 김수영 막내 남동생은 증언했다. (2020년 촬영)

조금 들어와 있는 위치였지만 집 앞 골목길이 혼마치 길에서 인현동으로 빠지는 지름길이어서 유동 인구가 많은 골목길이란 점에 착안해 집에서 빈대떡 장사를 하기로 마음먹었다. 충무로4가 집이 골목길과 면한 집이라 한쪽 면만 트면 바로 가게가 될 수 있었다.

해방 후, 모두가 가난하고 먹을 것이 귀하고 배고픈 시절이었기 때문에 먹는 장사는 잘될 가능성이 다분했다. 게다가 김수영 어머니는 음식 솜씨가 좋았다. 김일성종합대학을 다니다가 자유롭게 시를 쓰고 싶어서 1948년 1월 목숨을 걸고 삼팔선을 넘어 월남한 김규동은 자신의 자전적 에세이 『나는 시인이다』(바이북스, 2011)에서 이렇게 썼다.

> 시인의 어머니가 깨끗한 빈대떡집을 했어요. 제대로 녹두를 갈아 부침개를 부친 거죠. 어머니 음식 솜씨가 대단히 뛰어났어요. 전통 음식을 만드시는 걸 보면 송편 하나라도 제대로 빚고, 나물이며 김치도 진짜 서울식으로 담그시기로 유명했어요.

예나 지금이나 음식 맛이 좋으면 사람들이 찾아오게 마련이다. 빈대떡으로 유명해지자 간판 이름도 그냥 '유명有名하다'에서 '유명有名'을 따오고 집 '옥屋' 자를 붙여서 '유명옥有名屋'으로 했다.

산문 「연극하다 시로 전향」에서 김수영은 유명옥 가게 뒷방에서 치질 치료를 받을 때 시 「아메리칸 타임즈」를 썼다는 서술에 이어서 『새로운 도시와 시민들의 합창』에 참여할 때 사정을 설명했다.

> 그 후 인환이가 『새로운 도시와 시민들의 합창』을 계획했을 때 병욱도 처음에는 한몫 낄 작정을 하고 있었는데, 경린이와 헤게모니 다툼으로 병욱은 빠지게 되었다. 그러지 않아도 인환의 모더니즘을 벌써부터 불신하고 있던 나는 병욱이까지 빠지게 되었다는 말을 듣고, 나도 그만둘까 하다가 겨우 두 편을 내주었다.

그 두 편의 시가 「아메리카 타임즈」와 「공자의 생활난」이다.

『신시론』 1집의 동인인 박인환, 김경린, 김병욱, 김경희, 임호권 중 『신시론』 2집에 해당하는 사화집 『새로운 도시와 시민들의 합창』 동인에는 김병욱과 김경희가 빠진다. 현실 참여를 강조하는 김병욱과 문학의 예술성을 강조하는 김경린 사이의 노선 갈등이 주원인이었다. 김병욱과 친한 김수영도 빠질까 생각했지만 임호권이 강하게 만류하는 바람에 결국 시 두 편을 주게 된다. 김수영이 동인으로 가입할 무렵 양병식도 가입해서 『신시론』 1집에서처럼 동인은 다섯 명으로 『신시론』 2집 격인 사화집 『새로운 도시와 시민들의 합창』이 1949년 4월 출간된다. 김수영으로서는 유일한 동인 활동이었다. 하지만 동인 활동은 오래가지 못했다. 『새로운 도시와 시민들의 합창』 출간 이후에도 김수영은 박인환과 김경린이 주도하는 '신시론' 동인을 계속 비판적 시각으로 바라보고 있었고, 같은 시각을 공유하던 임호권과 함께 결국 '신시론' 동인에서 나오게 된다.

현실 참여적 모더니즘 시를 주장했던 김병욱, 김경희, 임호권은 6·25 전쟁이 터지고 나서 전부 월북하게 된다. 결국 '신시론' 동인 중에서 현실 참여적 모더니즘 시를 주장한 사람은 김수영만이 남한에 남아 현실 참여 문제로 나중에 이어령과 그 유명한 참여시 논쟁을 벌이게 된다. 시의 현실 참여 문제는 1948년 '신시론' 동인이 결성될 때부터 논쟁의 중심에서 벗어난 적이 없었다. 김수영은 이 문제를 한시도 방기한 적이 없었고, 끊임없이 고민하고 자신의 시론으로 삼기 위해 분투했다. 이 점을 이해해야 김수영이 박인환이 죽고 나서 추모 글을 대신해서 왜 그렇게 비판적인 글을 썼는지 이해되며, 그리고 4·19 이후 북한에 있는 김병욱 시인에게 『민족일보』 지면을 통해 보낸 편지의 의미를 이해할 수 있다. 연극에서도 시에서도 좋아했던 사람들이 전부 월북해 버리고 혼자 남았던 김수영의 외로움은 짐작하고도 남음이 있다.

김수영은 치질로 누워 있을 때만 충무로4가 집에 기거했다. 충무로4가 집은 일본식 가옥으로 집 안에 마당이 없었다. 우리나라 도시형 한옥은 반드시 마당을 두었는데 이에 비해 일본식 가옥은 그렇지가 않았다. 골목에서 현관문을 들어서면 신발을 벗는 현관만 있고 복도를 따라 집 안이 연결되었다. 충무로4가 집은 안방, 바깥방, 다락방과 지하실로 구성되었는데 바깥방은 대부분 터서 가게로 만들었고, 일부만 남겨 놓아 가게 뒷방으로 썼다. 이 가게 뒷방은 평상시에는 아버지와 어머니가 기거하는 공간으로 사용되었다. 김수영이 치질로 드러누웠던 방도 바로 이 가게 뒷방이다. 김수영은 이 가게 뒷방 벽지에다 「아메리칸 타임즈」라는 일본말 시를 써 놓고 쳐다보았다.

충무로4가 집 안방은 둘로 나누어 하나는 남자들 방으로 둘째 수성, 셋째 수강, 넷째 수경이 사용했고, 또 하나는 여자들 방으로 큰누이 수명, 둘째 누이 수연, 막내 여동생 송자가 사용했다. 막내 남동생 수환은 다다미가 깔린 다락방을 혼자 사용했다. 김수환은 6·25 때 인민군 치하에서 어머니가 다락방에 구멍을 내서 천장 속에다 형제 셋을 넣어 보호하려 했다고 회고했다. 충무로4가 옛집에는 지하실도 있었는데 막내 이모를 기다리다 피난도 가지 못한 가족들이 인민군이 서울에 입성할 때 전부 지하실에 웅크리고 있었다.

김수영은 가족이 충무로4가 집에 들어갔을 때, 자신만의 공간이 필요하다고 어머니를 졸랐다. 장남이 따로 공부할 방이 필요하다는데 어머니는 어떻게 해서든 공부방을 마련해야 했다. 김수영의 공부방은 충무로4가 집에서 남산 쪽으로 5분 정도 걸어가면 되는 곳에 있었다. 대한극장에서 퇴계로4가 쪽으로 걸어가면 네 번째 골목길이 현재 퇴계로44길인데 이 골목으로 조금만 들어가면 넓은 공간이 나오고, 넓은 공간에서 왼쪽으로 들어가는 첫 번째 집이 김수영의 공부방이 있던 집이었다. 아직도 일제식 가옥이 헐리지 않고 일부가 남아 있다. 최근 큰누이 김수명이 6·25전쟁 이후 처음으로 가 보고 그곳이 맞다고 확인해 주었다.

김수영은 자신의 글에서 충무로 공부방을 다룬 적이 없다. 대신 이름보다 '명동백작'이라는 별칭이 더 유명한 이봉구가 해방 후부터 60년대

김수영의 충무로 공부방의 현재 모습
'다시 열린 하얀집'이라는 음식점 뒤에 보이는 일식 가옥이 김수영의 충무로 공부방의 일부분이다. (2021년 촬영)

중반까지 20년간 명동을 그린 『그리운 이름 따라』에서 김수영의 공부방을 자세히 묘사했다. 김구 선생도 암살되고 남북 상황의 앞날은 한 치 앞을 볼 수 없는 암흑이었지만 20대의 마지막 해를 보내는 김수영에게 낭만이 없을 수가 없었다. 1949년 12월 31일 제야의 종이 울리던 날, 명동 '돌체'다방에 모인 일행은 김수영이 새로 마련한 충무로 공부방으로 망년회 초대를 받았다. 초대를 받은 사람은 이봉구, 최정희, 최재덕 화백, 양병식, 박기준 등이었다. 김수영이 앞장서고 일행은 따라갔다. 명동성당을 지나서 혼마치 길로 가면 20분 정도면 갈 수 있는 거리였다. 김수영의 공부방에 도착하자 일행은 먼저 집 대문이 엄청 큰 것에 놀랐다. 그리고 김수영의 공부방에 들어서자 방 안 풍경에 또 놀랐다. 천장은 곳곳이 뚫어져 쥐가 떨어질 것 같고, 바닥 장판도 곳곳에 구멍이 난 데다 한겨울 날씨에 얼음장이어서 이불을 펴고 그 위에서 발을 동동 굴렀다. 세간살이라고는 없었는데 구석에 풍금 같은 게 놓여 있어 자세히 보니 김수영이 직접 만든 책상이라 모두들 다시 한번 놀랐다. 당시 중학교에 다니던 여동생 김수명이 급하게 아궁이 불을 지피는 가운데, 일행은 한 가지씩 사 온 과자며 안주며 술 등을 꺼내 놓고 몸을 데우려 급하게 한 잔씩 돌렸다. 추위를 가시게 하려고 단숨에 한 잔씩 들이켜니 취기도 빨리 올라왔다. 이 장면에서 이봉구의 『그리운 이름 따라』를 직접 인용해 보자.

> 최정희는 취하자 그가 기분이 나면 늘 부르던 〈데부네出航〉의 노래를 부르는가 하면, 박기준은 큰 목소리로 열변을 토했고, 최재덕은 공기 혼탁하니 〈산에 오르자〉는 유행가를 부르고 열한 시가 넘어선 완전히 아우성판이 되어 가는데 이 집 주인이라는 뚱뚱한 친구가 실례한다고 문을 열고 들어와 시비조로 "밤중이면 대문을 두들기고 주정을 해서 잠을 편히 잘 수 없으니 내 집 내가 빌려주고 이거 무슨 고생이요." 자기는 '트럭'을 세 대나 부리는 운전사라고 먼저 말하며 대들자 박기준이 "미국에 있어 최고의 문화인은 바로 운전사요. 극진한 대우를 받고 있소. 선생도 우리나라의 문화인이요. 문화인이 문화인의 기분을 모른대서야. 운전사, 얼마나 명예스러운 기술자요. 그 명예를 선생은 살리셔야 됩니다." 〈중략〉 운전사는 박기준의 말엔 얼떨떨하면서도 기분이 좋았고 최재덕의 말에는 그 몸집과 무시무시한 말에 질리어 손만 비비다가 방바닥을 만져 본 후 방이 이렇게 차가워서야 어디 밤새워 노실 수 있느냐, 우리 집 장작을 갔다가 지펴 드리겠다고 깍듯이 한 후 나가자, 방 안의 기분은 절정에 이르러 김수영은 근처 자기 집으로 뛰

어가 갈비 한 대를 들고 와 소금 없이 숯불에 구워 돌려 가며 뜯어 먹은 후 양병식이 "1949년이여, 가거라. 밝아 오는 일천구백오십년이여, 우리에게 희망을!"이라고 외치자 김수영은 그 큰 눈을 번뜩이며 "오, 거리는 모두 나의 설움이다." 자기의 시 「거리」를 마지막 날 밤 읊조리고 있었다.

이렇게 20대 마지막 청춘의 밤을 불태운 김수영과 친구들에게 1950년이라는 거대한 검은 그림자가 악령처럼 덮쳐 오고 있음을 그 누가 알았으랴?

전전戰前 명동

'휘가로'다방

전화가 없던 시절, 예술인들은 서로 연락을 취하고, 동료를 만나고, 하나라도 더 필요한 정보를 얻으려고 예술인들이 많이 모이는 곳으로 갈 수밖에 없었다. 그 대표적인 곳이 명동이었다. 예술의 '예' 자만 꺼내도 발길을 들이는 곳, 명동은 다방만 해도 하늘의 별처럼 많았다. 명동에 매일 출근하는 문인도 많았다. 하지만 문인들은 그 많은 다방을 다 섭렵하고 다니지는 않았다. 그들은 각자 취향대로 자주 가는 곳이 정해져 있었다. 1946년 3월 조연현의 『예술부락』을 통해 등단한 김수영도 명동에 자주 출몰했다. 20대 중반을 넘어 막 시인으로 등단해서 해방 후의 혼란한 시기를 살아가는 청년 시인 김수영의 모습을 포착한 인상기가 이봉구의 『그리운 이름 따라』에 새겨져 있다. 전후에 동방문화회관이 들어서는 골목 맞은편에 1948년 10월경 '휘가로'라는 다방이 들어섰다. 휘가로에서 일어난 일을 서술하는 이봉구 글을 통해 막 정부 수립이 이루어진 시점의 김수영 모습을 우리는 그려 볼 수 있다. 인용해 보자.

> '휘가로'라는 다방이 새로 문을 열어 이 집엔 피난 때 부산서 자살한 전봉래가 '라 뿌룸'에서 이 집으로 옮겨 와 아침부터 밤까지 살다시피 하였고 김수영이 노란 스웨터와 멋진 양복과 넥타이에다 캡을 쓰고

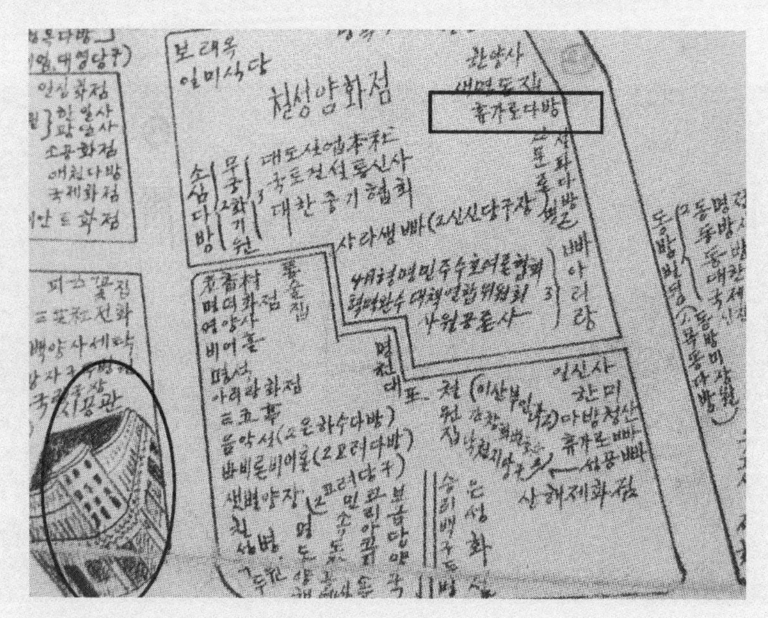

휘가로다방 위치

시공관(현재 명동예술극장)에서 명동성당 쪽으로 한 블록 더 가서 골목길로 들어서 조금 가면 휘가로다방이 있었다. (강홍빈, 『명동 공간의 형성과 변화』, 서울역사박물관, 2011.)

휘가로다방 앞에 선 박인환과 박태진

(『박태진시전집』, 시와산문사, 2012.)

휘가로다방이 있던 터의 현재 모습
(2020년 촬영)

그 크고도 검은 눈동자를 두리번거리며 심각한 얼굴빛으로 혼자 앉아 있어 처음 김수영을 보는 사람은 무슨 탐정 소설의 주인공 같아 유심스레 두세 번 그를 힐긋힐긋 보지 않을 수가 없었다. 그러나 김수영은 그 큰 눈동자를 껌벅이며 침통한 표정으로 태연히 바튼 기침만 하고 있었다. 유심히 김수영을 보아 오고 있던 한 손님이 그 어느 날 김수영을 밖으로 불러내었다. 잠깐 나가자는 말에 김수영은 겁 많아 보이는 그 큰 눈동자를 번쩍이며 얼떨떨한 표정으로 따라 나갔다. 이 광경을 본 다방 마담이 걱정을 하고 있는데 잠시 후에 김수영이 혼자서 무사하다는 듯 들어와 제자리에 앉았다. "누구세요?" 마담이 묻자, "뭐, 형사라나, 내 얼굴과 내 옷차림이 어디가 수상하다는 거야. 뭐 하는 사람이냐고 묻잖아, 무슨 사건이라도 저지른 놈으로 보이는 모양이지. 기분 잡치는데." 김수영은 투덜거리며 입맛을 다시었다.

양복과 넥타이에 노란 스웨터라면 범상치 않은 옷차림이다. 거기에다 머리에 캡을 썼으니 지금 패션 감각으로도 눈에 띄었을 것 같은데 그 당시는 오죽했으랴. 1948년 당시 정국은 불안했다. 8·15 정부 수립을 둘러싸고 4월 3일부터 제주도에서는 단독정부 수립에 반대하는 4·3항쟁이 진행 중이었고, 10월에는 여수·순천사건이 일어났다. 이런 상황 속에서 당시 다방과 술집에는 사복형사와 특무대의 끄나풀들이 널려 있었고, 그들은 복장이나 얼굴이 수상하다 싶으면 끌고 나가서 심문을 했다. 김수영이 명동 '휘가로'다방에 그냥 앉아 있다가 옷차림이 눈에 띈다고 불려 나가 심문을 받고 들어온 사실은 그 당시 시대 상황에서는 비일비재한 일이었다. 인권은 사치였다. 조금이라도 생각이 있는 사람이면 살기 힘든, 질식할 것 같던 당시 시대 분위기였다. 하지만 그런 시대적 분위기 속에서도 김수영은 청춘답게 멋을 내고 다녔다.

돌체 다방

김수영의 충무로 공부방 이야기를 하면서 1949년 12월 마지막 날, 김수영 공부방 송년회에 초대받은 사람들은 명동 돌체다방에서 만나 충무로 공부방으로 몰려갔다고 했다. 그 명동 돌체다방 이야기를 잠시 하면 다음과 같다. '돌체다방'의 '돌체dolce'는 이탈리아어로 '부드럽게'라는 뜻이다. 일제강점기 때 다방 이름으로는 상당히 현대적인 감각을 가진 이름이었다. 돌체다방은 개성상인 출신으로 전남 광주에 정착하여 상당한 부를 이룬 아버지 덕분에 일본에 유학을 간 하석암이 집에서 부쳐 오는 학비와 용돈 대부분을 클래식 레코드판을 수집하는 데 쓰면서 시작되었

돌체다방의 위치
시공관에서 두 블록 남쪽으로 내려가서 골목으로 좌회전해서 들어가면 바로 돌체다방이 나타났다. 돌체다방 남쪽으로 명동공원이 있었다. (강홍빈, 『명동 공간의 형성과 변화』, 서울역사박물관, 2011.)

다. 하석암이 일본 유학 생활을 끝내고 집으로 가져온 클래식 레코드판이 수천 장이 되었다고 한다. 하석암은 결혼해서 광주에서 상경했는데 처음 자리 잡은 곳이 현재 서울역 맞은편 대우빌딩이 있는 자리였다. 일제강점기 때는 대우빌딩 자리가 주택가였는데, 하석암은 자기 집 2층을 통째로 비워 클래식 다방으로 만들었다. 해방 후에는 명동으로 자리를 옮겼다. 돌체다방은 해방 후 명동의 유일한 공원이었던 명동공원 북쪽에 위치했다. 하석암은 서울역 앞에서처럼 2층짜리 주택의 2층을 비워서 돌체다방을 만들었다.

명동에서 가장 레코드판이 많았던 음악다방 '돌체'는 가난한 작가와 예술가 들에게 일상생활에서 접하기 힘든 클래식 음악을 들을 수 있는 공간이었다. 그곳은 김기림·박인환·서정주·오상순·조병화·조지훈·천상병 같은 시인, 김환기·박고석·박서보·이중섭 같은 화가, 정영일 같은 영화 평론가, 백건우 같은 음악가 등 각 분야에서 이름 있는 예술가는 다 거쳐 가는 공간이었다. 정영일 영화 평론가는 돌체다방에 매일 출근하면서 디스크자키 노릇을 할 정도였고, 뒤에 국제적인 피아니스트가 되는 백건우는 배제중학교 1학년 시절 아버지의 손을 잡고 돌체다방에 와서 클래식 음악을 들으면서 음악가의 꿈을 키웠다고 한다. 그런 공간을 청년 시인 김수영도 송년회를 위해 일행을 만나는 공간으로 이용할 정도로 사랑했다. 도시계획 전문가 손정목 교수가 이야기한 것처럼 명동의 유일한 공원, 명동 금싸라기 땅에서 상업 공간이 아닌 시민들이 휴식하며 숨쉴 수 있는 공간, 명동의 허파 같은 명동공원을 1968년 당시 김현옥 서울시장이 서울시 건설 자금을 마련하겠다고 팔아 버린 것은 참으로 애석한 일이었다. 상업 시설만 즐비한 명동에서 오아시스처럼 시민이 쉴 수 있는 공유지였는데…… 명동공원이 사라지면서 북쪽에서 햇빛을 받으며 남쪽 공원의 탁 트인 정경과 함께 클래식 음악을 들을 수 있었던 돌체다방의 기억도 사람들의 기억에서 점차 사라져 버렸다.

성북구 돈암동 신혼집

김수영은 6·25전쟁이 끝나고 피난지 부산에서 상경한 지 몇 개월이 지나지 않은 1954년 2월 『청춘』지에 김현경과 결혼하기 전 청춘 시절에 있었던 사랑 이야기를 자기 고백식으로 상세하게 그린 산문을 발표한다. 1946년 3월에 조연현의 『예술부락』을 통해 등단했던 김수영은 박인환이 연 '마리서사'를 출입하다 박일영(본명은 박준경朴準敬이고, 1959년 11월에 나온 김수영의 첫 시집 『달나라의 장난』을 헌정한 사람이다.)이라는 초현실주의 화가를 알게 된다. '마리서사' 디자인부터 박인환의 옷맵시까지 전부 다듬어 주던 박일영에게 김수영도 존경의 도를 가속화해서 아예 빠져버리는 지경에 이르렀다. 김수영이 어느 정도로 박일영에게 빠져들었는가 하면, "지향하고 있던 문학마저 깨끗이 걷어치우고 나는 P를 따라다니며 소위 '간판쟁이'가 되려고 애를 쓰고 있었다."라고 산문에 기술할 정도였다. 박일영의 제일 취미는 삼류 가극단 공연을 관람하는 것이었다. 김수영은 가극단 공연을 별로 즐기지 않았다. 하지만 박일영이 좋아하는 취미니까 김수영은 그 취미조차 맞춰 갔다. 그렇게 가극단 공연을 구경다니면서 박일영이 가극단 댄서를 사랑하는 것을 따라서 김수영 자신도 장선방이라는 가극단 댄서를 좋아했다. 장선방의 나이는 열일곱 내지 열아홉 정도였다. 김수영은 장선방과 결혼할 것을 결심하고 어머니에게 이야기까지 하였다. 그리고 어머니에게 그 여자 집에 찾아가서 장선방 어머니를 만나 보라고 조르기까지 했다. 어느 날 어머니는 고기 세 근을 사

박일영이 김수영에게 보낸 그림과 메모
영어 메모를 해석하면 다음과 같다. "나의 수영! / 무엇을 잃었는가? / 무엇을 얻었는가, 나의 수영이여. / 당신은 잃을 것도, / 또한 나에게 줄 것도, / 빌어먹을 "주고받는" 세상에도 줄 것이 하나도 없소. / 수영은 영원에 헌신해야만 하오. / 1955년 7월 4일 Park" (『김수영 전집』, 민음사, 1981)

가지고 그 집을 방문했다. 그리고 장선방 어머니로부터 장선방에게는 이미 5년 전부터 장래를 약속한 가극단 내 트럼본 부는 악사가 있다는 이야기를 들었다. 김수영은 어머니에게 "너도 참 무심한 사람이다. 공연히 고기 세 근만 손해가 났다, 애!"라는 소리를 들어야 했다며 가극단 댄서와의 슬픈 사랑 이야기를 회고하고 있다.

김수영에게는 백석 시인처럼 사랑하는 기생 출신 여자와 결혼하지 못하고 집안에서 권하는 여자와 결혼해야 하는 제약과 무게가 없었다. 아버지는 병이 깊어 집안일에 무심할 수밖에 없었고, 어머니는 김수영의 결혼 문제에 어떠한 간섭이나 개입도 하지 않았다. 김수영 자신도 지켜야 할 신분 일체가 없었기에 오로지 자기감정에 충실하게 결혼 문제에 임했다. 김현경과의 사이에서도 마찬가지였다. 김현경과는 일본 유학 시절 하숙집 선배의 학병 징집 소식을 전달해 주기 위해 진명고등여학교 앞에서 처음 만난 이래로 인연이 계속 이어질 수밖에 없는 관계였다. 1947년경 초등학교 6년이었던 김수명은 당시 이화여대 영문과에 다니던 김현경이 화장을 하지 않은 얼굴에, 생머리를 하나로 묶고, 짧은 치마 차림으로 고개를 숙인 채 조용히 김수영이 있던 종로6가 고모 집 다락방을 힘들게 올라가는 모습을 몇 번 본 적이 있다고 말했다.

김수명이 종로6가 고모 집에서 김현경을 보았다고 회고한 1947년 초를 지나면 김현경에게 대형 사건이 터진다. 1947년 5월 10일 '마리서사'를 수시 출입하던 모더니즘 시인이자 해양대학교 교수였던 배인철과 이화여대 영문과 2년이었던 김현경이 서울극장에서 영화를 보고 필동 쪽 남산 중턱에서 데이트를 하다 괴한의 총격을 받아 배인철은 즉사하고, 김현경은 옆구리에 경상을 입는 사고가 발생했다. 이 사건은 교수와 여대생 스캔들로 『조선일보』, 『동아일보』, 『경향신문』 사회면에 전부 나는 당시로서는 상당히 충격적인 사건이었다. 1947년 5월 13일자 『조선일보』는 「탈선된 선생과 여학생」이라는 자극적인 제목을 뽑았으며, 경찰도 치정 관계 살인으로 보고 '마리서사' 서점을 운영하던 박인환이 김현경과 이전에 애인 관계였다며 조사하고 있다고 보도까지 하였다. 이 사건으로 김수영도 경찰 조사를 받았다. 김수영도 김현경이 여러 남자와 연애 관계를 맺고 있었다는 것을 알고 있었고, 김현경도 김수영이 가극단 댄서를 사랑했다는 이야기를 들어서 알고 있었을 것이다. 둘은 각자 자신의 사랑 사업에 열중하면서도 청춘끼리 교류는 계속하고 있었던 것이다.

1949년, 김수영과 김현경의 만남은 벌써 햇수로 6년째로 접어들고 있었다. 1921년생인 김수영은 29세였고, 1927년생인 김현경은 23세였다. 각자 상대에 대한 제약 없이 자기 생활에 충실하게 사랑도 하고, 번민도

하는 청춘이었지만 둘 다 결혼 적령기의 나이였다. 둘의 공통점은 결혼에 대한 집안의 구속 같은 것이 거의 없었다는 점이었다. 이는 당시 보통 사람들과는 매우 다른 김수영과 김현경만의 환경적 요인이었다. 당시는 자유 결혼보다는 집안 결혼의 개념이 훨씬 강할 때였다. 하지만 둘은 달랐다. 둘의 감정만 좋으면 그만이었다. 그런 점에서 김수영은 자유의지 그 자체였고 김현경도 그랬다. 김수영과 김현경은 어떤 계기가 있어 급속도로 가까워졌고, 김수영은 다시 어머니에게 김현경의 어머니를 한번 만나 보라고 졸랐다. 김수영의 어머니가 김현경의 어머니를 한번 만나는 것으로 모든 것은 해결되었다. 1949년 초 성북구 돈암동에 신혼집을 마련하고 결혼식도 없이 둘은 동거에 들어갔다. 그러면 김수영과 김현경이 동거에 들어간 시점은 언제였을까? 먼저 『가정조선』 1985년 5월호 김현경의 글을 보자.

> 우리는 1949년 겨울, 돈암동에 방을 얻고 신접살림을 차렸습니다. 〈중략〉 그때 우리는 돈 나올 곳이 없는 가난뱅이였지만, 돈암동에서 방 세 개가 있는 집의 아래채를 얻어 살았습니다.

김현경은 신혼집을 마련한 시점을 '1949년 겨울'이라고 표현하고 있다. 다음으로 김수영의 시에 나타난 표현을 보자. 우선 김수영 아버지가 돌아가시고 나서 쓴 시 「아버지의 사진」에는 "나는 모-든 사람을 또한 / 나의 처를 피하여 / 그의 얼굴을 보는 것이오"라는 구절이 있는데 "나의 처를 피하여"라는 시구에서 김수영이 이미 결혼했음을 알 수 있다. 김수영 아버지는 1949년 1월 17일에 돌아가셨다. 「아버지의 사진」은 1949년 1월 17일 이후에 쓰인 시인데 이때는 이미 결혼한 상태였다. 다음 시

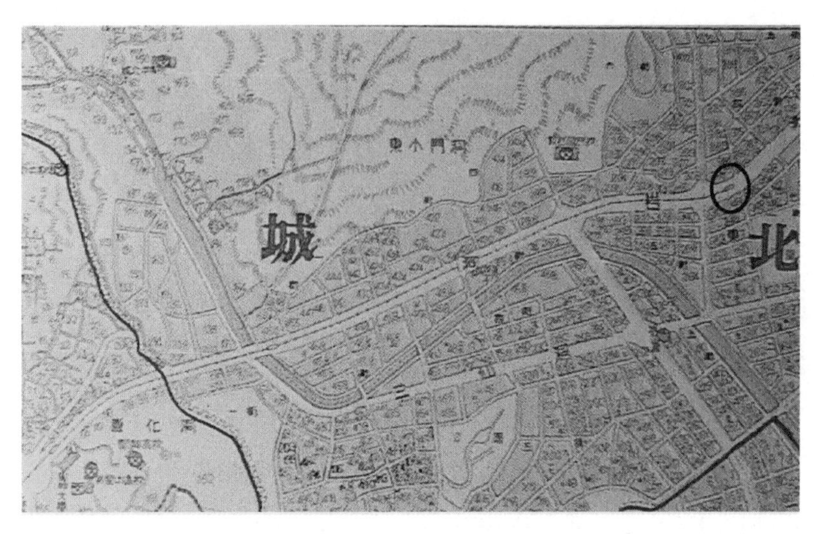

1958년 서울특별시가지도
원으로 표시된 곳이 돈암동 전차 종점이다. 위치는 현재 성신여대입구역에서 미아리 방향으로 조금 더 직진한 위치였다. (허영환, 『서울지도: 정도 600년』, 범우사, 1994.)

는 「아침의 유혹」이다. "나는 발가벗은 아내의 목을 끌어안았다"라고 도발적으로 표현한 이 시의 구절이 김수영이 결혼한 상태임을 알린다. 「아침의 유혹」은 『자유신문』 1949년 4월 1일자에 발표되었다. 그러므로 최소한 1949년 4월 1일 전에는 결혼을 했음을 알 수 있다. 김현경이 결혼한 시점을 '1949년 겨울'이라고 표현했으므로 1949년 1월에 부친상을 치르고 2월 정도에 결혼하지 않았을까 짐작할 수 있다. 김수영은 동거도 김수영답게 시작했다. 가족들에게 김현경을 인사라도 한번 시킬 만했지만 김수영은 그러지 않았다.

막내 남동생은 1951년 1·4후퇴 당시 경기도 화성군 사랑리로 피난 가서 김현경을 처음 보았다고 했다. 고모 집에서 김현경을 보았던 김수명을 빼고 다른 식구들도 전부 사랑리 피난지에서 김현경을 처음 본 것이다. 김수영은 같은 식구라기보다는 집안에서 특별한 존재였다. 그래서 요즈음 감각으로도 초현대적이랄 수 있는 방식으로 둘의 만남은 이루어졌다. 가족들에게 소개하는 절차도 없었고, 결혼반지도 필요 없었고, 친척과 친구들에게 알리지도 않았고, 식을 치르지도 않았다. 둘의 감정이 맞으면 그만이었고, 둘이 좋으면 그만이었다. 일체의 관습적인 형식을 배제한 측면에서 둘은 모더니스트로서 첨단을 걸었다. 마치 21세기 서구 젊은이들이 서로 좋으면 동거부터 시작하는 방식을 집안끼리 결혼하는 전통이 강하게 남아 있던 1949년에 실천했다.

신혼집은 성북구 돈암동에 얻었다. 예전에 전차가 다니던 시절, 돈암동 전차 종점(지금의 지하철 4호선 성신여대입구역)에서 내려서 미아리고개 방향으로 조금 더 가다 성신여대 쪽으로 조금 꺾어지면 한옥이 여러 채 있었는데 그중 한 집에 세를 든 것이다. 신혼살림은 단출하기 그지없었다. 둘이 덮고 잘 수 있는 이불 한 채와 밥을 지어 먹을 수 있는 사기그릇과 냄비 몇 개가 전부였다고 한다. 막내 남동생은 어머니 심부름으로 딱 한 번 큰형님 신혼집에 가 보았는데 김현경은 출타하고 없었다고 회고했다. 삼팔선에서 남과 북의 군인들이 수시로 충돌하고 언제 전쟁이 터질지 모르는 위태위태한 시대 상황 속에서 김수영은 신혼의 단꿈을 돈암동에서 키우고 있었다.

생환 기적

일신국민학교

1950년 6·25 때 김수영 가족은 신당동에 사는 막내 이모가 가지고 있던 트럭을 타고 한강을 건너 피난을 가기로 하고 짐을 다 싸 놓고 기다리고 있었다. 하지만 막내 이모는 오지 않았다. 막내 이모는 충무로4가로 오기 위해 길을 잡았으나 밀려드는 피난민과 차량 때문에 도저히 도심 쪽으로 진입할 수가 없어 광진교 방면으로 해서 피난을 가 버렸다. 충무로4가 집에 남은 가족은 지하실에 웅크리고 인민군의 서울 진입에 모든 신경을 집중했다. 충무로4가 가족들이 피난을 가지 못하면서 김수영도 서울을 벗어나지 못했다.

김수영에게 시인으로 등단할 수 있는 무대를 제공했던 조연현도 피난을 가지 못했다. 해방 후 좌익 문인들과의 투쟁을 김동리와 함께 앞장서서 주도한 남한 우익 문단의 대표적 논객이었기 때문에 인민군 점령하의 서울에서 자신의 목숨이 온전치 못하리라는 것은 명약관화한 일이었다. 그래서 조연현은 자신의 집에서 나와 왕십리에 사는 매부의 집에 은거하였다. 인공 치하에서 조연현은 집을 나올 때 가지고 온 옷가지 등을 팔아가며 매부 집의 방 천장 은신처에서 한여름 90여 일간을 견뎠다.

박인환은 1948년 11월에 자유신문사 문화부 기자로 입사했는데, 좌익 단체 경력이 점점 문제시되는 사회 분위기 속에서 1949년 9월 30일에 임호권, 이봉구, 소설가 박영준과 함께 조선문학가동맹을 탈퇴하는 성명서를 발표했다. 그리고 성명서만으로 부족했던지 11월 30일에는 전향 성명서마저 발표했다. 박인환도 대부분의 문인들처럼 피난을 가지 못하고 소위 인공 치하를 겪게 되었다. 전향 성명서까지 발표했던 박인환은 인공 치하에서 얼굴을 내밀 생각을 아예 하지 않았다. 6·25 체험 수기인 「암흑과 더불어 3개월」에서 밝히기를, "거리에 나가면 골목길을 걷고 집에 오면 다락 속에서 책을 보았다."라고 했다. 박인환은 1943년 3월 결혼하면서 세종로 135번지 처갓집 사랑방에서 신혼 생활을 시작했다. 박인환 부인이 외동딸이라 박인환 장인이 박인환의 부친에게 승낙을 얻어 신접살림을 처갓집에 차리게 했다. 9월 24일 친구 집에서 도피 생활을 하고 있던 박인환은 처갓집으로 돌아왔다. 9월 15일 인천상륙작전 이후 점점 다가오는 포탄 소리에 처갓집이 위험하다는 것을 직감했기 때문이다. 세종로 비각 옆에 인민군들이 대포를 설치해 놓고 있어서 국군이 진격해 오면 처갓집이 폭격의 목적지가 될 것 같아서였다. 당시 박인환 부인은 둘째를 임신하고 있었는데 출산 예정일이 가까웠다. 박인환은 처가로 돌아온 다음 날인 9월 25일 출산 도움을 요청해 놓았던 인사동 산파 집으로 부인과 세 살짜리 장남을 옮겼다. 장인 장모가 말렸지만 박인환은 처가에서 아이를 낳을 수 없다며 고집을 부렸다. 인사동 산파 집으로 가는 도중 인민군 검문에 걸렸지만, 박인환 부인이 "지금 금방 아기를 낳게 돼서 사람이 다 죽게 됐는데 무슨 짓이냐. 어서 가게 해 달라." 해서 겨우 통과했다. 박인환의 예상은 적중했다. 서울로 진격하던 국군과 유엔군의 포격으로 처갓집 사랑방이 형체도 없이 부서져 버렸다. 박인환과 부인이 거처하던 방이었다. 그렇게 박인환과 가족은 기적적으로 목숨을 건지면서 인공 치하를 견뎌 냈다.

김수영은 '자신의 체질과 고집'이 좌익이 되는 것을 방해했다고 했다. 해방 후에 조선문학가동맹은 웬만한 문인이면 다 가입하던 단체였다. 조연현과 김동리가 주도하던 우익 문학 단체는 조선문학가동맹에 비해 수적인 면에서 초라하기 짝이 없었다. 조선문학가동맹이 정말 대세였다. 박인환과 이봉구도 가입했을 정도였다. 김수영은 좌익 문인들과 인맥에서는 박인환과 이봉구보다 더 강하면 강했지 부족하지 않았다. 하지만 김수영은 조선문학가동맹에 가입하지 않았다. 인맥으로 보면 조선문학가동맹에 가입하지 않은 것이 이상할 정도이다. 김수영은 박인환처럼 신문에 조선문학가동맹 탈퇴 성명서도 발표하지 않았고, 전향 성명서 같은 것을 발표할 필요도 없었다. 그래서 인공 치하에서 김수영은 박인환처럼 숨지 않았다. 6·25가 터지고 나서 서울이 인민군 점령하에 들어갔을 때 김수영은 종각 옆 한청빌딩 3층에 다시 복귀한 문학가동맹에 나갔다. 당시 김수영의 심적 상태는 자전적 소설「의용군」에서 짐작해 볼 수 있다.

> 6.25가 터지자 임동은은 서울에 나타났다. 옛날의 임동은은 아니었다. 그는 좌익 문화인들의 지도자적 역할을 맡아보고 있었다. 순오는 임동은을 만나 보니 부끄러워 얼굴이 들어지지 않았다. 월북도 하지 않고 그렇다고 이남에 남아 그동안에 혁혁한 투쟁도 한 것이 없는 순오는 의용군에 나옴으로써 자기의 미약한 과거를 사죄하는 수밖에 없다고 생각하였다.

자전적 소설에 비추어 김수영의 심리 상태를 따라가 보면, 의용군은 의용군이되 직접 전투에 참가하는 의용군이 아니라 자신은 체력이 강하지 못하므로 문화공작대에 참가하여 후방 계몽 사업 같은 것에 착수하는 것이 제일 타당하고, 자기의 역량을 발휘할 수 있을 것이라고 생각했다. 그래서 문학가동맹 동원 관계자에게 지망지로 경기도 '안성'을 써냈다.

이 부분을 「의용군」은 다음과 같이 쓰고 있다.

> ○○○동맹 사무국에서 동원 관계를 취급하는 책임자로 있던 이정규가 하는 말이, 지원자는 어디든지 마음먹은 고장으로 문화 공작 작업을 하기 위하여 보내 줄 것이라고 하였기 때문에 순오는 지원 용지의 목적지라고 기입된 난에다 안성이라고 써넣었던 것이다.

인천상륙작전이 한 달 반 정도 남아 있던 시점으로, 당시 인민군은 남한을 전부 해방시킨다는 희망의 꿈에 부풀어 있었다. 그래서 문학가동맹에서도 지망하는 지역을 써내라고 신청서 같은 것도 돌리고 했다. 전쟁을 낙관하여 문화공작대를 운영할 여유도 부릴 수 있었던 것이다.

하지만 김수영이 문학가동맹에 나가면서 품었던 문화공작대 지망 꿈은 곧 깨지고 말았다. 김수영은 산문 「나는 이렇게 석방되었다」에서 "나는 8월 3일 소위 의용군에 붙들려 평안남도 북원리까지 갔다."라고 썼다. 김수영 어머니의 증언에 따르면 이때 김수영이 '홑저고리 바지 차림'으로 나갔다고 한다. 김수영이 홑저고리 바지 차림으로 간 장소는 일신국민학교였다. 일신국민학교는 자전소설 「의용군」에 잠깐 나온다. 주인공 '순오'가 전곡에서 연천으로 북행할 때 미군 비행기의 기관총 사격을 피해 걸어 올라가며 회상하는 장면에서다.

> 집 생각이 그의 머리에서는 잠시도 떠나지 않았고 그중에도 Y국민학교에 있을 때 담 밑으로 몰래 먹을 것을 들여 주던 아내의 마지막 얼굴이 눈 위에 붙은 사마귀 모양으로 거추장스럽고 귀찮을 정도로 떠올랐다.

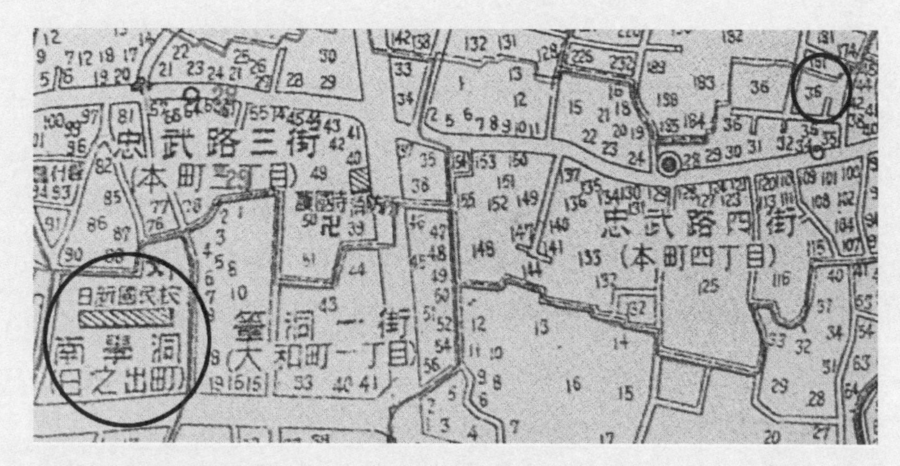

1947년 서울 지도상의 일신국민학교 자리
김수영이 의용군으로 끌려갔던 일신국민학교는 충무로4가 집에서 걸어서 10분도 안 되는 위치에 있었다. (허영환, 『서울지도: 정도 600년』, 범우사, 1994.)

1951년의 일신국민학교
성두경이 1951년 겨울, 서울에 다시 돌아와 찍은 사진집인 『다시 돌아와 본 서울』(눈빛출판사, 1994)에 나오는 일신국민학교 모습. 김수영이 의용군으로 끌려갈 때 일신국민학교 모습과 시기적으로 가장 근접한 사진이다.

이 내용은 『가정조선』 1985년 5월호 김현경의 글에서도 나온다.

> 모시 노타이 차림으로 집을 나갔다가 강제 입대 됐다는 말을 듣고 시누이(김수명)와 함께 충무로 일신국민학교로 달려가서 철조망 안으로 감자 삶은 것 몇 개를 건네준 것이 그이와의 마지막이었습니다.

그런데 큰누이 김수명은 "김현경과 같이 일신국민학교에 가서 큰오빠에게 감자를 건네준 기억이 없다."라고 필자에게 말했다.

일신日新국민학교는 '소학교령'이 발표되기 6년 전인 1889년, 조선에 진출한 일본인 자녀를 위한 경성일출공립심상소학교로 세워졌으며, 1920년에 고종의 막내딸 덕혜옹주가 입학하여 유명세를 탄 학교였다. 8·15광복 이후 1946년 서울일신국민학교로 교명을 변경하였으며, 1973년 서울 중심부의 주택이 점점 사무용 건물로 바뀌면서 상주인구가 줄어들자 같은 사정을 겪었던 서울 도심 국민학교인 남대문국민학교, 서대문국민학교 등과 함께 폐교되었다. 이후 학교 자리에는 극동빌딩이 들어서게 되었으며, 빌딩 앞에 조성된 화단에 교적비가 1991년에 세워졌다.

전곡과 연천

전곡

1950년 8월 3일 의용군으로 충무로3가 일신국민학교에서 북행을 시작한 김수영과 대원들은 다음 날 8월 4일 아침 의정부에 도착했다. 「의용군」에는 다음과 같이 묘사되어 있다.

> 그들은 이튿날 아침에 의정부에 도착했다. 길가의 건물들은 벌써 공습으로 태반이 파괴되어 있는 것이다. 몇십 년 전에 무너진 폐허처럼 보이는 것도 있으며 연방 연기가 나는 곳도 있다. 그들은 비행기를 피하여 ○○정미소라고 쓴 간판이 붙은 길에서 훨씬 들어간 빈 창고 안에서 아침을 먹었다. 물론 주먹밥이다.

김수영 일행은 의정부를 떠나서 전곡에 도착할 때까지 국도를 따라 대열을 지어 군가를 부르면서 갔다. 군가는 문학가동맹에서 배운 〈빨치산의 노래〉 같은 것이었다. 길에서는 김수영 일행의 북행과 반대 방향으로 남행하는 군대를 계속 만났고, 하늘에서는 미군의 구라망기[미국의항공기 제조회사 그러먼Grumman의 일본식 발음. (제2차 세계대전 중후반 미 해군 주력 함상 전투기 F6F를 생산했다.)]가 계속 그들의 머리 위를 떠나지 않았다.

삼팔선 경계비
국도 3호선을 타고 전곡에 가면 한탄강을 건너기 직전 초성리 마을에 38선 경계비가 서 있다. 국도 3호선 연천군 홍보 아치 오른쪽 도로가 옛날 국도인데 옛 국도 변에 38선 경계비가 서 있는 것이다. 38선 경계비 비문을 옮기면 다음과 같다. "여기는 겨레의 한이 맺힌 남북 분단의 현장 38선입니다. 이 경계비는 1971년 5월 자연석으로 건립 이후 지역 주민 여론에 의하여 1984년에 철거되었으나 남북 분단의 아픔을 간직한 많은 실향민들의 통일을 위한 염원과 우리의 아팠던 과거를 후손들에게 일깨워 주고 길이 역사의 교훈으로 삼고 UN 가입을 경축하고자 이 비를 여기에 다시 건립합니다. 1991년 9월 17일 연천군수 홍성규" 비가 철거되었다 다시 복원된 사연에 분단의 비애가 서려 있다. (2021년 촬영)

구라망기에 계속 신경 쓰면서 욕설을 하면서 걷다 보니 어느덧 삼팔선을 넘게 되었다. 삼팔선을 넘는 장면을 「의용군」에서는 다음과 같이 묘사했다.

> 순오는 이 소대장의 뒤를 따라 소대의 최전열에 서서 삼팔선을 넘었다. "야, 이것이 삼팔선이로구나!" 하고 반겨하는 소리가 이곳저곳에서 솟아나왔다. 딴은 어마어마한 토치카가 이곳저곳에 박혀 있다. 보기만 하여도 무시무시하다. 신비스러운 감조차 든다. 먹[墨]을 먹은 것 같은 토치카 속은 한없이 고요할 따름이었다. 〈중략〉 임동은같이 훌륭하게

북한군 진지 폭격 후 귀환하는 미 해군기
1951년 9월 4일, 북한군 진지를 폭격한 뒤 항공모함으로 돌아오는 미 해군기이다. 구라망기도 프로펠러 달린 미 해군 비행기이다. 항공모함에서 이착륙했기 때문에 한반도 전 지역이 구라망기 사정권에 들어와 있었다. (이중근, 『6·25전쟁 1129일』, 우정문고, 2014.)

될 기회는 이북 땅 어딘가에서 필시 자기를 기다리고 있는 것이라고 굳게 믿었다. 그렇게 믿으면서 자꾸자꾸 걸었다. 한없이 걸었다.

삼팔선을 넘으면서 북한이라는 사회주의 사회에 가면 새로운 기회가 열려 임화처럼 훌륭한 사람이 될 기회가 올 것이라는 기대에 찬 마음이 읽힌다. 사회주의 국가는 남한과 같은 자본주의 사회와는 다른 사회일 것이라는 막연한 기대감이 풍선처럼 부풀어 있다. 현재 우리는 휴전선이 분단선이기 때문에 삼팔선이 분단선이었던 해방 후 상황을 머리에서 잊고 산다. 의정부시에서 전곡으로 가자면 3번 국도를 타고 한탄강을 건너기 직전에 초성리라는 마을이 있는데 이 초성리 마을로 38도 선이 지나

국도 3호선 다리 아래로 흐르는 한탄강
겨울에는 동네 개울 정도로 수심이 얕다. 김수영이 건너간 8월 초에도 충분히 걸어서 건너갈 수심이 되었을 것 같다. (2021년 촬영)

간다. 따라서 6·25 이전 전곡과 연천은 이북 땅이었다. 지금은 북한 땅으로 되어 있는 개성시도 6·25 전에는 남한 땅이었다는 사실을 기억하고 있는 사람은 거의 없다. 김수영의 북행을 이해할 때 6·25 전에는 삼팔선이 분단선이었다는 사실을 염두에 두어야 한다.

삼팔선을 넘어서자 바로 한탄강이 나타났다. 「의용군」에서는, "해가 푸른 서산에 비스듬히 기울어질 무렵에 순오의 일대는 임진강을 넘었다."라고 기술하고 있지만 전곡 도착 직전에 있는 강은 임진강이 아니라 한탄강이다. 여기서 김수영은 신발을 벗어 들고 바지는 입은 채 한탄강을 걸어서 건넜다. 지금도 3번 국도 다리 밑 한탄강을 보면 여름에 물이 불어도 충분히 걸어서 건널 만한 강이겠다는 생각이 들 정도로 수심이 깊지 않다. 그리고 황혼 무렵 전곡 시내로 들어갔다. 김수영 일행은 일제강점기 때 이름이 전곡소학교였던 전곡인민학교에 집결했다. 인민학교 교사는 일본식 목재 건축 그대로였다. 각 교실에는 '김일성'과 '스탈린' 초상화가 걸려 있었다. 교정은 3면에 버드나무가 심어져 있었는데 버드나무 사이사이에 방공호가 만들어져 있었다. 김수영 일행은 인솔자를 따라 열 명씩 저녁을 먹으러 전곡 시내 냉면집에 갔다. 북행을 시작한 후 처음으로 오이짠지와 호박국을 곁들인 제대로 된 식사를 했다. 저녁 식사 후 전곡인민학교로 돌아온 김수영 일행은 교실 마룻바닥에 잠자리를 잡았다. 다음 날 아침 미군 구라망 전투기의 공습을 받았다. 구라망 전투기는 학교 상공을 선회하면서 연달아 기총 사격을 가했다. 김수영 일행은 제각각 방공호 속으로 대피했다. 구라망 전투기가 언제 나타나서 기총 사격을 할지 모르는 상태였기에 김수영과 대원들은 대열을 짓지 못하고 뿔뿔이 흩어져서 각자 연천을 향해 올라갔다. 연천을 향해 올라가면서 길가 주택을 보았다. 사회주의 나라인 북한에 8·15 후에 새로 지은 문화주택이 즐비하다고 들었는데, 있는 것은 맨 헌 집뿐인 것을 발견하고 의문을 품는다. 그리고 이런 생각을 한다. 「의용군」의 구절이다.

> 이남에서 공산주의의 투사들을 생각할 때에는 어디인지 멋진 데가 있다고 동경하고 무한한 동정을 그들에게 보냈으며 〈중략〉 그것이 이북에 발을 실제 들여놓고 보니 모든 것이 틀리다. '여기는 너무나 질서가 잡혀 있다!' 이런 결론이 순오의 머리에 대뜸 떠오른다. '질서가 너무 난잡한 것도 보기 싫지만 질서가 이처럼 너무 잡혀 있어도 거북하지 않은가?' 이런 의문이 물방아처럼 그의 머릿속에서 돌기 시작하는 것이다.

연천

1950년 8월 5일, 김수영 일행은 해 질 무렵 연천에 도착했다. 「의용군」은 이렇게 적고 있다.

> 해 질 무렵 일동은 연천에 도착하였다. 시가지를 본다는 것은 자기 집에 들어가는 것처럼 반가운 일이었다. 시가지는 무조건 고달픈 행군을 그친다는 신호였고, 휴식을 취하고 무엇보다도 밥을 먹을 수 있는 희열의 신호이기도 했기 때문이다.

'연천국립병원' 앞마당에 집합한 김수영 일행은 한 시간에 걸쳐서 새로운 이남 의용군 대표를 뽑는다. 그리고 연천에서 북행 기차를 탄다는 소식을 전달받는다. 언제 기차를 타는지 질문이 쏟아졌지만 새로운 대장은 알아보겠다는 말만 하고 연단을 내려간다. 시골집 토방에서 저녁을 먹은 후 기차가 올지도 모르니 식사 전에 모였던 병원 앞에 모이라는 명령이 하달되었다. 병원에 집결한 김수영 일행은 기차가 언제 올지 모르니 기차역과 가까운 한길로 자리를 옮긴다. 한길에서 기차를 기다리며 김수영 일행은 노숙을 하게 된다. 아침이 되어도 기차가 언제 오는지 알 수가 없다. 할 수 없이 시내에서 주먹밥과 국을 시켜서 먹고 기차를 기다렸다.

8월 6일 오후 세 시경, 기다리고 기다리던 기차가 왔다. 「의용군」에는 다음과 같이 묘사되어 있다.

> 지긋지긋한 공포와 조직과 억압의 도시 연천을 떠난 것은 오후 세 시

> 도 훨씬 넘어서였다. 일동이 탄 것은 객차—내부를 보니 그것도 옛날에 일본 사람들이 남기고 간 그대로다. 순오는 대체 사회주의 사회의 발달이란 어떤 곳에 제일 잘 나타나 있는지 아직 모르지만 기차 안 구조로 보아 이것이 사회주의 사회의 진보의 진상이라면 침을 뱉고 싶었다. 일제 시대라면 누구보다도 제일 먼저 저주하고 일본을 제국주의라고 욕하는 그들이 어찌하여 이러한 것에는 무관심한 것인가? 예술을 좋아하고 르 코르뷔지에의 새로운 양식의 건축을 좋아하고 블란서 초현실주의 시인의 작품을 탐독하던 시절도 있었고, 초현실주의도 낡은 것이라고 술만 퍼먹고 다니던 순오의 날카로운 심미안에서 판단하여 볼진대 객차 속에 남아 있는 구태의연한 일본식 구조 이것은, 라이프 잡지 같은 것을 통하여 본 미국의 문명보다도 훨씬 더 앞서 있을 것이라고 꿈꾸고 있었던 사회주의 사회의 문명이라고는 도저히 생각할 수 없을 만큼 빈약한 것이었다.

얼마나 사회주의 사회를 이상적으로 꿈꾸었는지는 '미국의 문명보다도 훨씬 더 앞서 있을 것'이란 묘사에서도 알 수 있다. 꿈이 컸던 만큼 추락의 심연도 깊었다. 사회주의 사회 북한에 대한 모든 기대가 허물어지는 속에 기차는 김수영 일행을 태우고 평안남도 개천군에 있는 북원훈련소로 달려갔다.

개천, 북원, 순천, 평양

1950년 8월 6일, 연천에서 북행 기차를 탄 김수영 일행은 평안남도에서 가장 북쪽에 있으며 고려 강감찬 장군의 귀주대첩 현장이었던 청천강 변 마을인 개천군 북면 원리价川郡 北面 院里에 조성되어 있는 북원훈련소에 도착했다. 개천价川이란 지명은 '강 사이 있는 땅'이라는 의미로 대동강과 청천강 사이 땅을 가리킨다. 북원훈련소 생활은 말을 할 수 없는 설움과 고통의 연속이었다. 김수영은 산문 「시인이 겪은 포로 생활」에서 훈련소에서 받은 고통에 비하면 '포로 생활 고통'은 비할 바가 아니라고 토로하였다.

> 이북에 끌려가서 반공호 아닌 굴속에서 내 땅 아닌 의붓자식 같은 설움을 먹으며 열대여섯 살밖에는 먹지 않은 괴뢰군 분대장들에게 욕설을 듣고 낮이고 밤이고 할 것 없이 산마루를 넘어서 통나무를 지어 나르던 생각을 하면 포로수용소에서 받는 고민 같은 것은 아무것도 아니라고 믿었기 때문에……

훈련소 생활을 견딜 수 없었던 김수영은 인천상륙작전이 전개된 이후인 9월 28일 탈출을 감행한다. 훈련소 탈출 상황을 산문 「나는 이렇게 석방되었다」에서는 이렇게 묘사하고 있다.

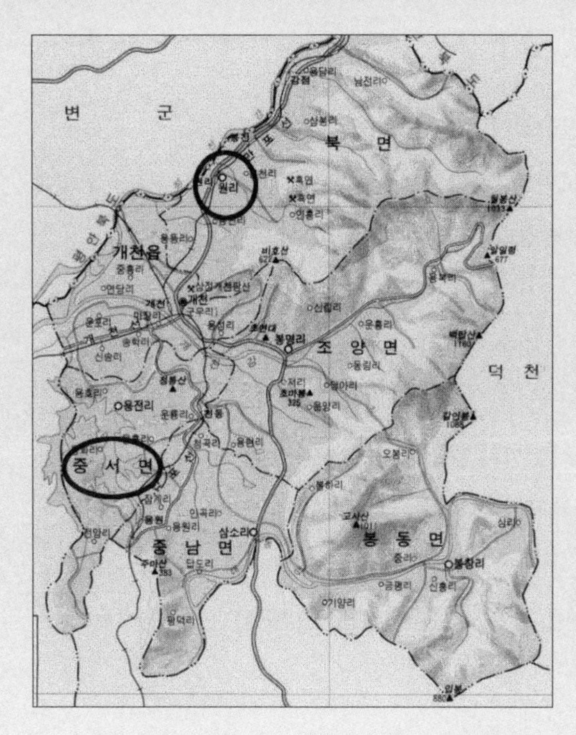

평안남도 개천군 지도
원리에 북원훈련소가 있었고, 김수영이 1950년 9월 28일 여기를 탈출하여 중서면까지 내려와서 북한 내무성 군인에게 체포되어 죽음 직전까지 갔다가 기적적으로 살아났다.

> 9월 28일 훈련소를 탈출하여 순천順川을 앞두고 오다가 중서면中西面에서 체포되어 다시 훈련소에 투입당하였다.

김수영은 북원훈련소를 탈출해서 남쪽인 순천읍 방향으로 이동했지만 순천읍까지 반 정도밖에 오지 못한 지점, 개천군 중서면에서 북한 내무성 군인에게 체포되어 다시 훈련소로 보내진다. 이 과정에서 목숨을 잃을 뻔한 일촉즉발 상황을 미발표 시 「조국에 돌아오신 상병포로 동지들에게」에 극적으로 표현해 놓았다.

> 내가 6·25 후에 개천야영훈련소에서 받은 말할 수 없는 학대를 생각한다

북원훈련소를 탈출하여 순천 읍내까지도 가지 못하고
악귀의 눈동자보다도 더 어둡고 무서운 밤에 중서면 내무성 군대에게 체포된 일을 생각한다
그리하여 달아나오던 날 새벽에 파묻었던 총과 러시아 군복을 사흘을 걸려서 찾아내고 겨우 총살을 면하던 꿈같은 일을 생각한다

1차 탈출에서 죽음 직전까지 갔던 김수영은 의지를 꺾지 않고 다시 탈출을 감행한다. 인천상륙작전 이후 국군과 유엔군이 1950년 9월 28일 서울을 수복하고 북진을 시작한 이후 북원훈련소에서 유엔군 소식을 듣고 다시 탈출하게 된 사연을 산문 「나는 이렇게 석방되었다」에서 이렇게 쓰고 있다.

> 10월 11일 국제연합군이 순천에 낙하산으로 돌입하였다는 벼락같은 정보를 듣고 재차 훈련소를 탈출하여 산을 넘고 봉고鳳庫에서 하룻밤을 야숙하고 그 이튿날 설사를 하면서 순천까지 왔다.

그러면 김수영이 북원훈련소에서 다시 탈출한 것은 언제일까? 김병륜의 『다시 쓰는 6·25전쟁』 중 「숙천·순천 공수작전」 편(『국방일보』 2010. 11. 03.)을 요약해 보면 다음과 같다.

10월 19일 평양 탈환이라는 그 역사적 순간 맥아더의 머릿속은 숙천·순천 공수작전의 성패에 대한 관심으로 가득 차 있었다. 맥아더는 평양을 빠져나간 북한 수뇌부와 북한군 주력부대 상당수가 아직 멀리 도주하지는 못했을 것이라고 판단했다. 북한 수뇌부와 북한군 주력군이 도주할 수 있는 길은 두 갈래 길이 있었는데 신의주로 가는 길과 압록강 중

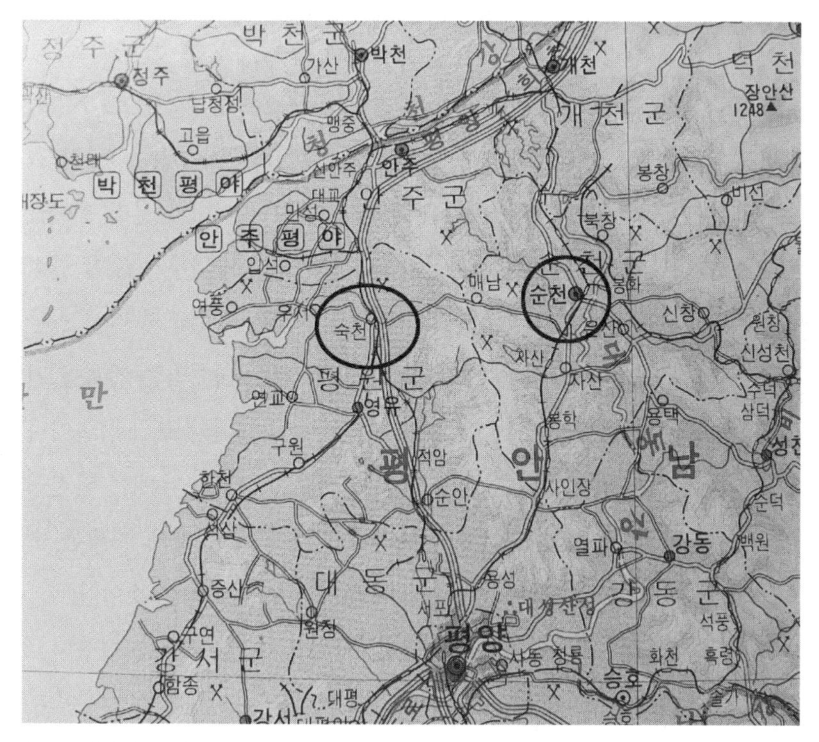

숙천과 순천의 지리 조건
지도를 보면 알 수 있듯이 평양에서 북쪽으로 탈출할 수 있는 길은 기차로나 국도로나 숙천과 순천을 막으면 다 막힌다. 맥아더는 북한 수뇌부를 체포하고자 여기에 1950년 10월 20일 낙하산 부대를 투입한다.

상류인 만포로 가는 길이었다. 두 도주로를 중간에 끊어야 했다. 유엔군의 주력부대와 너무 멀어 고립당할 염려가 없고 목적을 달성할 수 있는 적당한 지역이어야 했다. 결국 맥아더가 선택한 장소는 청천강과 평양의 중간 지점인 숙천과 순천 두 곳이었다. 10월 20일, 미187공수연대 소속 4,200여 명의 병력은 105밀리미터 곡사포 12문과 각종 장비를 가지고 미 공군 C-119, C-47 수송기 113대에 나눠 탔다. 이날 오후 2시 강하 목표 '윌리엄William'으로 명명된 숙천과, 목표 '이지Easy'로 명명된 순천에 미군의 낙하산 강하가 시작됐다. 다행스럽게 북한군의 대공 사격은 거의 없었다. 이날 강하 후 약 세 시간이 경과한 오후 5시 무렵 187공수연대는 목표로 했던 지점을 모두 안전하게 확보했다. 순천으로 투입된 187연대 2대대도 순조롭게 작전을 진행했다. 미187공수연대는 10월 21일 후퇴하던 북한군을 포착, 공격을 가했다. 하지만 기대와 달리 북한군 규모는 연대급에 불과했고 북한 정권이나 북한군의 수뇌부라고 할 만한 인물은 전혀 없었다. 10월 22일, 지상에서 북진하는 유엔군과 다시 만날 때까지 187공수연대는 사살 1,000여 명, 포로 3,818명이라는 전과를 거뒀다. 하지만 약 3만 명으로 예상되는 북한군 주력부대의 포위 섬멸이나 수뇌부를 포로로 잡겠다던 원래의 작전 목표를 달성하는 데에는 완전히 실패했다. 원산상륙작전에 이어 맥아더가 또다시 야심 차게 기획한 숙천·순천 공수작전도 기대했던 것만큼의 성과는 거두지 못한 것이다.

김수영이 '10월 11일 유엔군의 순천 낙하산 돌입' 소식을 접했다고 한 것은 날짜 착오였다. 10월 11일이 아니라 10월 20일이었던 것이다. 개천으로 유엔군이 진입한 것은 10월 22일이었다. 김수영이 북원훈련소를 탈출한 것은 10월 21일 정도로 추정할 수 있겠다. 유엔군의 낙하산 부대가 순천에 돌입했다는 소식에 멀지 않은 곳에 있던 북원훈련소도 혼돈의 도가니에 빠졌을 것이다. 그 혼란을 틈타 다시 탈출을 감행한 것으로 추정된다. 탈출을 감행한 이후 김수영의 행적은 산문「나는 이렇게 석방되었다」에 이렇게 쓰여 있다.

> 순천에서 C.I.C(미군 방첩대. Counter Intelligence Corps 의 약자) 통행 증명서를 맡아 가지고 평양까지 왔다. 평양에 와서 비로소 이승만 대통령의「국군 장병에게 보내는 치하문」을 길가에서 읽고 나는 눈물을 흘리었다. 음산한 공설 시장에 들어가서 멸치 150원어치를 사 가지고 등에 멘 쌀 보따리 속에 꾸려 넣고 대동강 다리가 반 이상이나

복구되어 가는 것을 보면서 60원씩 받는 나룻배를 타고 유유히 강을 건넜다.

김수영이 평양 시내에서 읽은 치하문은 이승만 대통령이 1950년 9월 30일에 발표한 것이다. 전문을 소개하면 다음과 같다.

국군장병에 보내는 유고諭告(알림)

맥아더 장군의 고명한 지휘하에 연합군과 우리 국군이 공산군 후방 700리나 되는 인천에 상륙하여 공산군은 드디어 함몰의 지경에 빠져 적색제국주의의 전복될 날이 당도하였다. 그동안 우리 국군은 만난을 무릅쓰고 많은 역경을 극복하면서 세계민주우방의 연합군과 어깨를 겨누고 결사 투쟁함으로써 우리의 조국을 잔인무도한 적군의 지배하에 들어가지 않게 하였으니 이로 말미암아 세계 모든 언론과 보도가 우리를 한없이 칭송하기에 이른 것이다.
우리 국군이 이와 같이 한 것은 우리나라를 보호하기 위해서 국민의 직책을 영광스러이 수행한 것이다. 우리가 극히 기념할 것은 우리의 우방 군인들이 우리와 같이 모든 곤란을 당하면서 우리나라를 보호함으로써 각각 자기 나라를 보호하는 직책을 완수함에 있는 것이다. 이제 우리의 성공은 머지않은 곳에 있다.
정부와 국군은 국군의 영광스러운 공적과 커다란 담양膽量(용기)과 빛나는 정의를 믿음으로써 오직 이와 같이 성공한 것이니 이는 우리나라가 존재하는 날까지 영구히 민족의 간담肝膽(마음)에 새겨야 할 것이다. 우리 국군이 연합군 동지들과 협력해서 적을 분쇄하고 그 결과

▲ 평양의 시장 풍경
전시 상황에서도 사람들은 먹고살아야 하고, 사람이 먹고살기 위해서는 시장이 열려야 했다. 김수영도 이런 시장에서 멸치를 샀을 것이다. (이중근, 『6·25전쟁 1129일』, 우정문고, 2014.)

◀ 반파된 대동강철교와 피난민들
국군이 평양을 마지막으로 철수한 1950년 12월 4일, 대동강 남쪽에서 반파된 대동강철교를 타고 피난 내려오는 평양 시민들. 촬영자인 막스 데스퍼Max Desfor는 이 사진으로 1951년에 퓰리처상을 받았다. 6·25 전체 사진 중 가장 유명한 사진일 것이다. 김수영은 1950년 10월 24일경 대동강철교를 보면서 나룻배로 대동강을 건넜다.

로 국가의 자유와 독립과 번영을 위하여 우리의 성공이 이만큼 된 것이니 국군장병은 더욱 분투해서 앞으로 더 큰 성공이 있기를 기다리며 부탁하는 바이다. 하나님이 우리 국군을 날날이 보호하여 도와주기를 축복한다.

1950년 9월 30일 이승만 대통령

국사편찬위원회 편, 『자료대한민국사 18, 1950년 5~9월』(국사편찬위원회, 2004).

이 치하문이 평양이 수복된 10월 19일부터 평양 시내 곳곳에 붙어 있었던 모양이다. 그것을 평양 길가에서 보고 김수영은 눈물을 흘렸다. 북원훈련소를 1차 탈출할 때 총살 직전까지 몰렸던 설움에, 그리고 2차 탈출을 감행해서 '치하문'을 읽고 있는 자신의 살아 있음에 속에서 뭔가 북받쳐 올랐으리라. 김수영은 혼란이 극에 이른 전시 상황에서도 문을 연평양의 한 공설 시장에서 멸치를 사고, 그 와중에도 돈을 받고 사람을 건네다 주는 나룻배를 구해 대동강을 무사히 건넜던 것이다.

10월 24일쯤에 김수영이 평양을 떠난 것으로 추정되므로 이승만 대통령이 평양 수복 기념 연설을 한 10월 30일 전에 김수영은 평양을 떠난 셈이 된다. 대동강을 나룻배로 건너면서 반쯤 복구되는 대동강철교도 보았다. 김수영이 평양을 떠난 뒤에 11월 1일 중공군이 참전하면서 전세가 다시 역전되기 시작했다. 국군이 평양을 마지막으로 철수한 것은 12월 4일, 이날 대동강 남쪽에서 반파된 대동강철교를 타고 피난 내려오는 평양 시민의 모습을 카메라에 담은 종군기자가 막스 데스퍼Max Desfor다. 그는 이 사진으로 1951년에 퓰리처상을 받았다. 6·25 전체 사진 중 가장 유명한 사진일 것이다.

대동강을 건넌 김수영은 남으로 남으로 내려왔다. 그 과정을 산문 「나

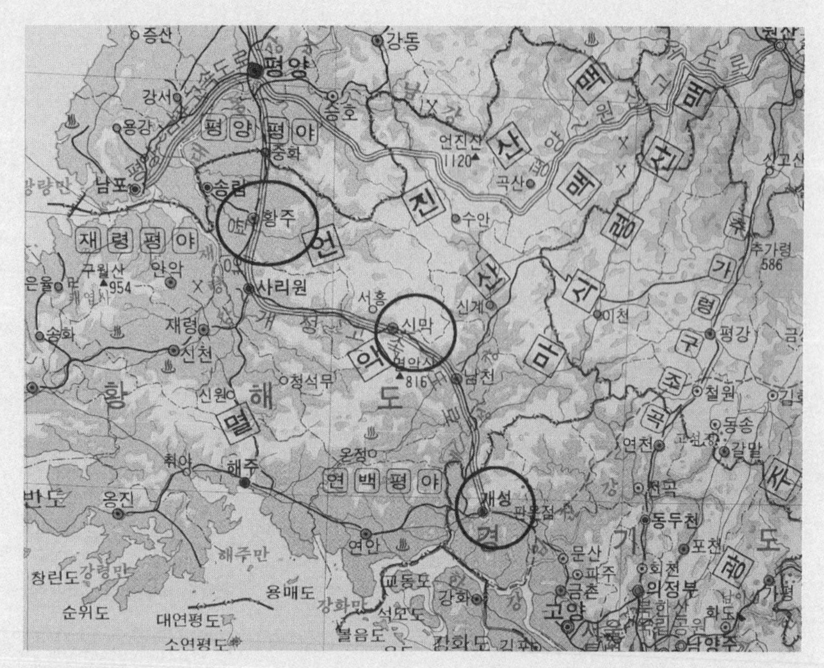

김수영의 탈출 경로
김수영은 평양에서 남쪽으로 국도를 따라 내려왔다. 지금은 평양과 개성 사이에 고속도로가 놓여 있다. 김수영이 거쳐간 황주와 미군 트럭을 빌려 탄 신막은 평양과 개성 사이의 주요 교통 요처이다.

해방 후 평양시에 세워져 있던 표지판
서울을 한성으로 표기하고 있다. 서울 방향으로 내려오는 국도에서 중화, 황주, 사리원은 주요 요처이다. (이중근, 『6·25전쟁 1129일』, 우정문고, 2014.)

는 이렇게 석방되었다」에서 이렇게 묘사하고 있다.

> 강을 넘어서니 인제는 살았다는 감이 든다. 아픈 발을 채찍질하여 남으로 남으로 나는 내려왔다. 신을 벗고 보니 엄지발이 까맣게 죽어 있다. 신을 벗어 들고 걸었다. 5리도 못 가서 발바닥이 돌에 찔려 가지고 피가 난다. 다시 신을 신고 걷는다. 새끼로 신을 칭칭 동여매고 걸어본다. 이리하여 황주黃州를 넘어서서 신막愼幕까지 왔다. 신막에서 미군 트럭을 탔다. 트럭 위에는 남으로 나오는 피란민 부부와 아해들, 그리고 경상도 방언을 쓰는 국군이 네다섯 명 타고 있었다. 차는 순식간에 개성開城을 지나서 서울까지 들어왔다. 서대문네거리에서 나는 차를 내리었다. 그 차는 김포비행장으로 간다고 아현동 쪽으로 달아나 버리고 말았다. 10월 28일 저녁 여섯 시경이었다.

북원훈련소에서 10월 21일경 탈출하여 28일 신막에서 미군 트럭을 탔으므로 걸은 기간은 일주일 정도 된다. 일주일간 순천, 평양, 황주, 신막까지 김수영은 대략 210킬로미터를 걸었다. 하루 평균 30킬로미터 정도를 걸어서 남쪽으로 남쪽으로 내려온 셈이다.

해군본부, 중부서

해군본부

서대문사거리에서 내린 김수영은 적십자병원 맞은편에 임시로 만들어 놓은 파출소에 들어가서 자신이 의용군으로 북한에 갔다 온 사실을 모두 털어놓았다. 그리고 집이 가까우니 집에 한번 갔다 올 수 있게 허락해 달라고 했다. 순경이 지금은 통행금지 시간이므로 충무로까지 갈 수 없다고 했는데도 김수영은 파출소를 나섰다. 가족을, 어머니를 한 번만이라도 보고 싶었다. 산문 「나는 이렇게 석방되었다」에서는 이렇게 되어 있다.

> 불안한 어머니의 얼굴, 불안에의 신앙, 가족에의 신앙, 눈물이 나올 여유조차 없는 절망, 그래도 가족을 만나고 싶었다. 어머니만 만나면 무슨 좋은 지혜가 생길 것도 같았다. 기어코 순경의 충고를 어기고 억지로 나는 서대문파출소를 나왔다. 어둠이 내리는 거리는 나의 심장을 앗아 갈 듯이 쉽기만 하였다. 이대로 어디로 달아나 버릴 수 없는가. 이런 무서운 생각조차 들었다. 조선호텔 앞을 지나서 동화백화점을 지나 해군본부 앞을 지났을 때에 지프차 앞에서 땀에 흠빽 젖어 있는 나의 얼굴을 플래시의 광선이 날아왔다.

눈물이 나올 여유조차 없는 절망적인 마음으로 김수영은 적십자병원 맞은편 임시 파출소를 나와서 충무로4가 집으로 발걸음을 재촉했다. 김수영이 간 길을 추정해 보면 정동길을 따라서 덕수궁 돌담길을 벗어나 시청 광장 남쪽 가장자리를 따라 소공로로 들어서서 조선호텔 앞을 지나 한국은행과 동화백화점(현 신세계백화점)을 지나서 충무로로 접어들었다. 충무로로 접어들어 200미터 정도 가면 현재 명동역 5번 출구 앞에 명동 밀리오레가 있는데 6·25 당시 해군본부 건물이었다. 해군본부가 왜 충무로까지 왔는지 그 내력을 잠깐 살펴보면, 해방 후 해군의 필요성에 의해 1946년 1월 15일, 일제강점기 때 개발된 경남 진해 군항 내 건물에 해방병단 총사령부를 설치했고, 1946년 6월 15일 해방병단 총사령부는 조선해안경비대 총사령부로 개편 후, 1946년 10월 1일 총사령부가 서울로 이전했다. 조선해안경비대 총사령부는 1948년부터 서울 회현동 구 미나카이백화점三中井百貨店 건물(현 명동밀리오레)을 사령부로 사용했다. 서울 5대 백화점 중 하나였던 구 미나카이 백화점이 적산 건물로 국유화되어 해군본부 건물로 사용된 것이다. 김수영은 그 해군본부 건물을 지나자마자 검거되었다.

중부서

김수영은 중부서로 끌려갔다. 그곳에서 말할 수 없는 고문을 당했다. 김수영은 평소 6·25와 포로수용소 이야기를 일절 가족에게 하지 않았다. 하지만 어머니에게만은 일부 이야기를 한 적이 있다. 김수명이 어머니에게서 들은 이야기를 필자에게 들려주었다.

6·25전쟁 당시 중부서
김수영은 이 중부서에서 상상할 수 없는 고문을 받았다. (서울 중부서 역사관)

> 너희 오빠가 집 근처까지 다 와 붙잡혀서 중부경찰서에서 얻어맞고 정강이에 구더기가 끼는 모진 고문을 당했을 때 처음으로 '어머니!'를 부르며 울었다고 하더라.

중부서에서 당한 고문으로 김수영은 다리를 못 쓰게 되었고 다리 절단 위기까지 갔다가 기적적으로 치료되었다. 북원훈련소에서부터 남쪽으로 210킬로미터에 달하는 탈출길에서도 김수영은 잘 걸었던 사람이다. 그런데 갑자기 걷지도 못하는 중환자가 되어 버렸으니 중부서에서 당한 고문이 얼마나 끔찍했는지 짐작할 수 있다. 김수영은 6·25 이후 이른 나이에 의치를 하고 살았는데, 의치는 포로수용소에서 미국 군의관이 해 준 것이다. 의치를 하게 된 원인도 중부서에서 고문을 받다 이가 다

나갔기 때문이었다.

휴전협정이 되고 김수영이 부산에서 상경한 후 만난 김규동 시인은 자신의 자전적 에세이에서 김수영의 의치 이야기를 전하고 있다.

> (김수영은) 30대인데도 이가 나빠 틀니를 했어요. 잇몸이 나빠 이를 뽑고 의치를 했던 거죠. 그게 고달팠던지 푸념을 늘어놓기도 했어요. "이가 성한 사람이 제일 행복하겠다. 난 이가 나빠서 아무거나 못 먹는다." 오징어를 줘도 질기니까 씹을 수가 없어 못 먹었어요. 인환은 잘 먹었는데 수영은 손에 쥐고 만지기만 했어요."
>
> 김규동, 『나는 시인이다』 (바이북스, 2011)

김수영은 김규동 시인에게도 자신이 의치를 하게 된 사연을 이야기해 주지 않았다. 그냥 이가 나빠서 의치를 했다고만 했다. 옆에 있는 박인환 시인은 오징어를 잘 씹어 먹는데 자신은 의치라서 먹지도 못하고, '이가 성한 사람이 제일 행복하겠다'고 말하며 오징어를 손에 쥐고 만지기만 하는 김수영의 모습에서, 의용군으로 끌려갔다 중부서에서 받은 고문의 상처에서 김수영의 시어대로 '으스러진 설움'(「거미」 중에서)이 느껴진다.

이태원 육군형무소, 인천 포로수용소

이태원 육군형무소

김수영이 직접 쓴 이태원 육군형무소 이야기는 두 군데에 나온다. 하나는 산문 「나는 이렇게 석방되었다」에서이고, 또 하나는 산문 「시인이 겪은 포로 생활」에서이다. 「나는 이렇게 석방되었다」에서는 해군본부 지나서 경찰에 체포되는 장면 다음에 경찰서에서 일어난 일이 이어져야 하고 그다음에 이태원 육군형무소 이야기가 나와야 한다. 그런데 경찰서 이야기가 없다. 그렇게 된 이유는 아마 「나는 이렇게 석방되었다」라는 산문 자체가 1953년 8월 『희망』지에 게재된 것이므로 6·25전쟁이 막 끝난 시대적 상황하에서 경찰서에서 일어난 일을 서술할 수가 없었기 때문이었을 것이다. 그래서 체포된 사실 다음에 장면이 바뀌어 "이태원 육군형무소로부터 인천 포로수용소에 이송되어 …"라고 서술을 이어 간다. 또 하나의 산문 「시인이 겪은 포로 생활」에서 이태원 육군형무소가 언급된 부분을 보면, "이태원 육군형무소에서 인천 포로수용소로, 인천 포로수용소에서 부산 서전병원으로, 부산 서전병원에서 거제리 제14야전병원으로—가족 친구 다 버리고 왜 나만 홀로 포로가 되었는가!"라고 되어 있다. 김수영은 1950년 10월 28일 체포되어 2주 사이에, 중부서로 연행되어 고문을 받은 다음 이태원 육군형무소에 갇히게 되고, 인천 포로수용소로 이송되었다가 다시 적십자병원 열차를 타고 부산 서전병원으로

전 이태원 육군형무소 모습
1909년 위수 감옥으로 출발한 전 이태원 육군형무소 모습이다. 위수 감옥 벽체가 아직 살아 있다. (용산문화원 제공)

이송되고, 거기에서 다시 부산 거제리 제14야전병원으로 옮겨졌다. 이때가 11월 11일이었다. 10월 28일 체포되어 11월 11일 부산 거제리 제14야전병원에 도착하기까지 김수영이 쓴 산문에서 구금 기간이 확실하게 나오는 것은 인천 포로수용소에서의 이틀밖에 없다. 이를 토대로 거칠게 계산해 보면, 10월 28일 체포되어 11월 7일까지 11일간 중부서 고문과 중부서 유치장 생활, 이태원 육군형무소 수감 생활을 겪은 후 11월 8일경 인천 포로수용소로 이송되었고, 다음 날인 11월 9일 오후 적십자병원 기차를 타고 부산으로 이송되어 11월 10일 부산 서전병원에 옮겨졌다가 11월 11일 부산 거제리 제14야전병원으로 최종 옮겨진 것으로 추정해 볼 수 있겠다.

이태원 육군형무소 역사를 살펴보면 그 전신은 용산 위수 감옥이다. 일제강점기 군 형법을 어긴 일본 군인과 군속 들을 구금하려고 1909년 용산에 주둔했던 일본군 제20사단이 기지 내 건설했던 군 시설이다. 해방 이후 미군정 시기 미군이 용산 기지에 주둔하면서 미7사단 구금소로 사용했다. 1949년 6월 미군 철수 이후에는 이태원 육군형무소로 개칭하고 우리 군 형무소로 사용했다. 김수영 외에 김구 선생 암살범인 안두희와 정치가 김두한 등이 이곳을 거쳐갔다. 1909년 준공 후 112년이 지났지만 지금도 용산 미군 기지에 감옥을 둘러싼 벽돌 담장과 내부의 일부 건물이 원형 그대로 남아 있다. 일본에서도 위수 감옥이 흔적 없이 사라졌는데 한국에 그 일부가 원형 그대로 남아 있다는 것은 건축적으로 큰 의미가 있다 하겠다.

인천 포로수용소

김수영은 이태원 육군형무소에서 인천 포로수용소로 이송되었다. 인천 포로수용소에서의 김수영을 산문 「나는 이렇게 석방되었다」에 서술된 내용을 바탕으로 요약하면 다음과 같다.

김수영이 인천 포로수용소로 이송되었을 때 김수영은 수용소 대문 앞에서 G.I 포로 감시원으로부터 "인제는 살았으니 안심하라."라는 말을 들었다. 그리고 바로 머리를 깎고 들것에 실려 학교 강당 같은 건물의 2층으로 옮겨졌다. 그곳에는 약 50~60명의 부상당한 포로들이 있었다. 다리에서 나오는 고름 때문에 여자 간호사가 올라와서 주사를 놓아야 하니 엎드려 누우라고 하였지만, 김수영은 다리 부상 때문에 엎드려 누울 수가 없다고 하였다. 그러자 여자 간호사는 팔을 걷으라고 하고 팔에다 주사를 놓고 갔다. 주사 기운 때문에 잠이 든 김수영을 포로 심사관이 올라

인천 포로수용소 모습
1950년 10월 1일 인천 소년형무소 자리에 임시로 만들어진 인천 포로수용소의 모습이다. 김수영은 들것에 실려 인천 포로수용소에 도착했다. (전갑생, 『인천과 한국전쟁 이야기』, 인천문화재단, 2020.)

와서 흔들어 깨우고 어디를 부상당했느냐 물었다. 양쪽 다리라고 김수영이 대답한다. 무엇 때문에 부상을 당했냐는 물음에 김수영은 대답을 하지 못했다. 김수영은 중부서에서 고문을 당하다 얻은 상처라고 말을 할 수가 없었다. 김수영이 대답을 못 하자 포로 심사관은 상처를 보려고 다리에 걸친 모포를 젖혔다. 고름 냄새가 확 코에 풍겼다. 포로 심사관은 김수영의 고향을 묻고, 서울이라 그러자 의용군에 나갔음을 알고 하얀 카드에 무엇을 기록했다. 김수영이 아까 의사 선생님이 한쪽 발은 잘라야겠다는 말을 했다며 포로 심사관에게 물어보지만, 포로 심사관은 대답 대신 하얀 카드를 김수영의 오른편 머리맡에 놓고 일어서서 다음 환자에게 가 버렸다. 김수영은 간호병이 놓고 간 담배에 불을 당겨 피워 물고 하얀 카드를 내려다보았다. 거기에는 103655라는 포로 번호가 적혀 있었다. 김수영은 이튿날 오후 적십자 군용 병원 열차를 타고 부산 서전병원으로 이송되었다.

인천 포로수용소는 인천 소년형무소 자리에 임시로 만들어진 포로수용소였다. 유엔군이 인천상륙작전을 성공시키면서 생긴 인민군 포로들을 수용하려고 급하게 만든 곳이었다. 유엔군이 10월 9일 삼팔선을 돌파하고 11월 1일 중공군이 참전하여 전세가 역전되기 전까지 북진이 계속되면서 인민군 포로는 계속 늘어나 인천 포로수용소의 수용 인원이 한때 32,000명까지 치솟은 적이 있었다. 하지만 중공군의 개입으로 서울을 다시 포기해야 되는 1·4후퇴 때 인천 포로수용소의 포로들은 부산 등지의 포로수용소로 이송되었고 운영된 지 3개월 만인 그해 12월 폐쇄되었다.

인천 소년형무소는 조선총독부령 제52호에 의거하여 1936년 7월 부천군富川郡 문학면文鶴面 학익리鶴翼里(현 인천시 학익동)에서 개소한 형무소이다. 기존 개성과 김천의 두 소년형무소의 수감 인원이 포화 상태에 이르자, 인천에 소년형무소를 신축하였다. 이 인천 소년형무소는 해방 이후에도 계속 소년형무소로 사용되었고, 6·25 때 잠깐 포로수용소로 쓰이다가 6·25 이후 다시 소년형무소로 돌아갔다. 1962년에는 인천 소년교도소로 개칭했다. 1990년에 인천 소년교도소가 충청남도 천안시로 이전하면서 인천 소년교도소는 미결수를 수용하는 인천구치소로 바뀌었다. 1997년 인천구치소는 기존 건물을 헐고 현재의 현대식 건물로 신축하였다.

부산 서전병원, 부산 거제리 포로수용소, 거제도 포로수용소

부산 서전병원

> 그 이튿날 오후에 나는 적십자 군용 병원 열차를 타고 부산 서전병원으로 이송되었다.
>
> 산문 「나는 이렇게 석방되었다」 중에서

김수영은 인천 포로수용소에 도착한 지 이틀 만에 적십자 군용 병원 열차에 실려 부산으로 향했다. 도착지는 서전병원. 서전병원이 부산 서면 옛 부산상고 자리에 들어서기까지 과정을 살펴보면 다음과 같다.

6·25전쟁 지원을 위해 스웨덴 의료 지원단은 1950년 8월 24일 스톡홀름Stockholm을 출발하여 한 달 만인 9월 23일 부산에 도착, 옛 부산상고 자리에 병원을 개원하였다. 한국전쟁 당시 의료 지원국은 스웨덴, 인도, 덴마크, 노르웨이, 이탈리아 등 5개국으로 스웨덴의 적십자 야전병원인 서전병원은 부산 지역에서 1950년 9월부터 1957년 4월까지 운영됐다. 서전瑞典은 '스웨덴'을 한자식으로 음역한 것이다. 1950년에는 전투에서 발생한 부상병을 치료하는 데 주력하였고, 1951년부터 전선이 교착 상태에 빠지면서 부상병 숫자가 급감하자 민간인 구호 활동에 본격적으로 나섰다. 스웨덴 의료진은 한국전쟁에 파견된 의료 지원부대 중 가장 오랫동안 활동하였고 1957년 4월 활동 종료 이후 일부 의료진은 잔류하

1953년 6·25전쟁 직후 부산 서면 소재 부산상고 전경
1950년 9월 스웨덴 의료 지원단은 부산상고 건물을 병원으로 바꾸어 서전병원을 열었다. 서전병원의 정식 명칭은 '스웨덴 적십자병원'이다. (부산상고 편, 『부산상업고등학교80년사』, 부산상고, 1975.)

며 덴마크와 노르웨이 의료진과 협조하여 서울에 국립의료원을 설립·운영하여 한국의 공공 병원 발전에 큰 기여를 하였다.

1950년 9월 서전병원이 개원한 부산상고의 전신은 1895년 5월에 설립된 개성開成학교이다. 당시 부산 경무관警務官이었던 박기종朴琪淙은 수신사修信使의 역관譯官으로 두 차례에 걸쳐 일본을 시찰하고 돌아온 뒤, 부산에도 근대식 교육 기관 설립이 절실함을 깨닫고 1895년 5월에 학교 창립을 결의하였다. '개성開成'이라는 학교 이름은 주역에 나오는 '개물성무開物成務(만물의 뜻을 깨달아 천하의 일을 이루게 한다.)'라는 용어에서 따온 것인데 말하자면 학생들에게 만물의 뜻을 깨우치게 하여 큰일을 이루게 한다는 정신을 내포하고 있는 이름이라 하겠다. 개항기 중인 신분이었던 역관 출신이 일본을 견학하면서 조선 민중을 빨리 깨우쳐야겠다는 열린 정신이 만들어 낸 배움터였다고 할 수 있겠다. 해방 후 '공립 부산상업학교'가 되었고, 6·25전쟁 직전인 1950년 5월 17일에 '부산상업고등학교(6년제)'로 개칭되었다. '부산상고'는 지금 이름도 처음으로 돌아가 '개성고등학교'이고 위치도 부산진구 당감동으로 옮겼지만, 6·25 전쟁 당시 '부산상고'는 현재 서면 롯데백화점 자리에 있었다. 이 서면 부산상고 자리에 스웨덴 의료 지원단은 '서전병원'을 열었던 것이다. 부산상고 자리에 들어선 서전병원에 선린상고 출신이자 시인인 김수영이 포로 신분으로 두 다리를 쓰지도 못한 채 들것에 실려, 일본 유학길에 이어, 다시 부산에 도착하였다.

부산 거제리 포로수용소

김수영은 산문 「시인이 겪은 포로 생활」에서 부산 거제리 포로수용소 도착 장면을 이렇게 묘사했다.

> 단기 4283년(1950) 11월 11일 수천 명의 포로가 부산 거제리 제14야전병원으로 이송되었다. 나도 다리에 부상을 당하고 이들 수많은 인간 아닌 포로 틈에 끼여 이리로 이송되었다. 들것 위에 드러누워 사방을 바라보니 그것은 새로 설립 중인 포로 병원임에 틀림없었다.

김수영이 들것에 실려 도착했을 때 거제리 제14야전병원이 이제 막 건립 중인 상태였음을 증언하고 있다. 사람들은 대부분 김수영이 포로 생활을 한 곳을 거제도 포로수용소라고 생각한다. 김수영이 시 「어느 날 고궁을 나오면서」에서 "부산에 포로수용소의 제14야전병원에 있을 때"라고 분명하게 말했음에도 많은 사람들은 김수영의 약력을 표기할 때 거제도 포

1951년 12월 6일 부산 거제리 포로수용소 제1수용동 모습
(김학재, 『판문점 체제의 기원』, 후마니타스, 2015.)

로수용소에서 포로 생활을 했다고 표기했었다. 일단 한자가 다르다. 부산 거제리의 '거제'는 한자로 '巨堤'라고 쓰는데 '큰 제방'이란 뜻이다. 거제도의 거제는 한자로 '巨濟'인데 굳이 해석하자면 '크게 건넌다'라는 뜻이다. 통영에서 거제도에 가려면 임진왜란 때 한산도대첩의 무대가 되었던 좁다란 해역인 견내량見乃梁을 반드시 건너야 한다. 물살 센 견내량을 건너야 거제에 닿으므로 그 어려움을 지명에 표현한 것으로 해석할 수 있다. 신라 경덕왕 때부터 썼던 지명이므로 천이백 년이 넘은 지명이다. 하필 부산 포로수용소 지명에 '거제'가 들어간 것이 이런 착각을 불러일으켰다.

한국전쟁 포로수용소의 역사

대부분의 사람은 한국전쟁 당시 포로수용소 역사를 모르기에 '포로수용소' 하면 거제도 포로수용소만 생각한다. 한국전쟁 당시 포로수용소가 거제도에만 있었던 것은 아니었다. 그 역사를 살펴보면 다음과 같다.

1950년 6·25전쟁이 발발한 이후 가장 먼저 만들어진 포로수용소는 1950년 7월 7일 대전형무소 내에 설치된 '대전 포로수용소'이다. 육군형무소 헌병대가 포로를 관리하였다. 그 후 전세가 국군에 불리해지고 전선이 밀리게 되자 대전 포로수용소는 7월 14일 대구로 이동하여 대구 효성국민학교(현 효성초등학교)에 '제100포로수용소'라는 이름으로 설치되었다. 그러나 한국군 지휘부에서는 전세의 변동에 따라 계속해서 포로수용소를 이동시키는 일이 매우 불리하다고 판단하였다. 따라서 8월 1일 부산 영도에 있는 해동중학교에 포로수용소를 설치하여 '포로수용소 본소'로 하였고, 대구에 있던 수용소는 포로 집결소로 운영하였다.

부산 지역에 포로수용소를 설치하고자 한 것은 국군보다 미군이 먼저였다. 미군 역시 전쟁 상황에 따라 수용소를 옮기는 불편함에서 벗어나려고 포로수용소를 전투가 벌어지는 곳에서 멀리 떨어진 장소에 짓고자 했는데, 그 적합한 장소가 부산이었다. 이에 7월 10일 부산 미군기지 헌병대에서 포로수용소 건설 계획을 수립하여 7월 18일 부산 동래 거제리—'거제리'는 일제강점기인 1942년 10월 1일 행정명이 '거제동'으로 바뀌었지만 일반 주민들은 입에 익은 지명 '거제리'라고 계속 불러서 '거제리 포로수용소'가 되었다.—에 500명 규모의 수용소를 완성했으며 이후 1만 5,000명 규모로 확대하였다. 그러나 늘어나는 포로를 감당할 수 없어, 7월 30일 미군 제8군 사령부(EUSAK: Eighth U.S Army in Korea)는 5만 명 규모의 새로운 수용소를 동래 거제리에 건설하기로 결정하였고, 8월 5일부터 15일까지 이전을 완료하였다. 한편 7월 14일 한국군의 지휘권이 유엔군 총사령관에게 이양되었기 때문에 8월 1일 영도 해동중학교에 설치된 영도 포로수용소는 8월 12일 폐쇄되어 부산 동래구 거제리 포로수용소로 병합되었다.

한·미 양군 포로수용소의 통합 이후 다른 포로 수집소 및 임시 포로수용소에서 수집·분류된 모든 포로들이 여러 경로를 거쳐 부산으로 후송·집결되면서 부산 거제리 포로수용소는 명실상부하게 국군과 유엔군이 획득한 포로를 수용·관리하는 역할을 담당하였다. 한·미 간의 포로관리 업무 논의 결과 한국군은 포로의 급양 및 경비를 맡았고, 미군은 시설·보급 및 포로 관리를 맡았다. 인천상륙작전과 서울 수복 이후 급증하는 포로를 수용하기 위해 미8군은 10월 말 7만 5,000명 규모로 수용소를 확대·건설할 것을 계획하고 이를 실행에 옮겼다. 그러나 약 11만 명의 포로를 모두 수용할 수는 없었다. 게다가 10월 25일 중공군의 참전으로 포로 수가 중공군을 포함하여 14만 6,000명으로 늘어났다. 따라서 인천, 평양에 따로 포로수용소를 건설함으로써 부산으로의 포로 유입을 분산시키려 하였다. 그리고 부산 거제리 포로수용소를 제6포로수용소까지 확장하는 등 공간 확보에 노력했음에도 한계 상황에 직면하게 되자, 12월 중순경에는 '서면과 수영 대밭 제1포로수용소, 제2포로수용소, 제3포로수용소'와 '가야리 제1포로수용소, 제2포로수용소, 제3포로수용소'를 증설하게 되었다. 포로를 위한 의료 시설로는 제14야전병원(거제리), 서전(스웨덴)병원, 제8054병원 등이 있었다.

그리고 1950년 11월 27일 유엔군은 경상남도 거제시 신현읍·연초면·남부면 일대 1,200만 제곱미터 부지에 포로수용소를 설치키로 결정하였다. 1951년 2월 말 거제도 포로수용소 건설이 마무리되면서 부산 거제리 포로수용소에 있던 포로들을 이송하기 시작하여 5만여 명이 옮겨졌다. 3월 1일에는 주요 본부 및 경비 대대 등 관련 부대가 거제도로 이동되었으며, 나머지 포로의 이송이 계속되어 3월 말까지 이송된 포로

수는 약 10만 명에 이르렀다. 6월 말경에는 육지 포로들의 이송이 거의 마무리되면서 거제도 포로수용소의 수용 인원이 14만 명을 넘어서게 되었다. 부산에는 병원 수용소만 남게 되었다. 이에 따라 부산 포로수용소는 제10구역(Enclosure No. 10)으로 재지정되었고, 제14야전병원의 통제를 받았다. 부산 포로수용소의 일반 수용소는 1952년 7월에 폐쇄되었고, 포로 환자들이 남아서 치료를 받았다. 이에 부산 거제리 포로수용소는 1만 명 이하를 수용하는 작은 수용소가 되었다. 이후 부산 거제리 포로수용소는 1953년 7월 27일 휴전협정이 조인되고 8월 5일부터 포로송환이 개시되면서 폐쇄되었다. 위치는 지금의 부산 연제구 연산동 부산시청과 부산지방경찰청 일대다.

부산 거제리 포로수용소 생활 I

> 몸에다 모포를 두르고 일을 시작하게 된 것은 크리스마스를 지나서 3, 4일 후(1950년 12월 28~29일) 상처는 아직 완치되지 않았지만 나는 더 이상 암담한 병상 위에 드러누워서 신음하는 데 싫증이 났다. 바깥에 나가서 햇빛을 쐬고 나도 남같이 벅찬 현실에 부닥쳐 보고 싶은 의욕이 용솟음치는 것이었다. 수동적으로 불안을 받아들이느니보다는 불안 속에 뛰어들어가 불안과 운명을 같이하는 것이 괴로움이 적은 일이요 떳떳한 일같이 생각이 들었다. 물을 길어 오고 환자들의 변기를 닦고 약품을 날라오고 소제를 하고 밥을 메고 오고 환자들을 시중하고 이러한 일을 힘자라는 대로 아무것이나 가리지 않고 다 하였다.
>
> 「시인이 겪은 포로 생활」 중에서

김수영은 31세가 될 때까지 밥벌이를 위해 직장에 다니거나 남을 위해 봉사하는 삶을 살아 본 적이 없는 사람이었다. 집에서 장남이었기 때문에 예외적 대우를 받는 특별한 존재였다. 집안이 유복할 때는 물론이었고, 집안의 가세가 기울어졌을 때도 그랬다. 이렇게 대우만 받은 사람은 환경이 바뀔 경우 적응하지 못하는 경우가 비일비재한데 김수영의 경우는 달랐다. 대우받는 존재에서 봉사하는 자로 자신의 변신을 상황에 맞게 이뤄 낸 것이다. 이것은 보통 사람의 경우 쉽지 않다. 어지간한 정신력으로는 불가능하다. 김수영은 자신을 철저하게 변신시킬 수 있는 정신력이 있었다. 정신적으로 귀족적인 면을 가지고 있는 반면 잡초 같은 생명력도 가지고 있었다. 귀족성과 잡초성은 양립하기 힘든 속성인데 김수영은 두 가지를 모순되지 않게 가질 수 있는 정신력의 소유자였다. 생존능력이 탁월한 소수만이 가질 수 있는 능력이었다. 이 덕분에 김수영은 보통 사람 같으면 미쳐 버렸을 비극을 겪고도 자살 시도 한 번 하지 않고 견뎌 냈다. 고은은 군산 고향 마을에서 고등학교 3학년 나이에 6·25를 겪으면서 첨예한 좌우익 대립이 빚은 학살 현장을 목도하였다. 고은에게 극단적 참상이 불러일으킨 심적 동요는 극도의 허무주의를 초래했다. '자신은 진작에 죽어야 할 존재다'라는 자살 충동으로 세 번씩이나 자살을 시도하지만 그때마다 기적적으로 살아났다. 이런 자살 시도를 김수영은 한 번도 하지 않았다. 포로수용소에서 석방된 이후 술 먹고 인사불성의 주사를 여러 번 피웠지만 곧 회복하곤 했다. 김수영 어머니는 체력이 약한 장남을 생각하며 미아리고개를 넘지 못하고 죽을 것이라고 항상 걱정했지만 김수영에게는 약한 체력 대신 누구보다 강한, 심지어 어머니조차 생각하지 못한 잡초적 정신력이 있었다.

김수영의 포로 생활 초기를 산문 「시인이 겪은 포로 생활」을 통해 더

1951년 2월 26일 부산 거제리 포로수용소
김수영이 제3수용소에서 인민재판을 받기 이틀 전 모습이다. (박도 엮음, 『한국전쟁2』, 눈빛출판사, 2010.)

보도록 하자.

> 별별 사람들이 다 모여 있는 곳이다. 위에는 검사, 판사, 신문기자, 예술가로부터 밑에는 중학생, 농부, 노동자에 이르기까지 별별 성격의 사람들이 주위 4,000미터의 철조망 속에 한데 갇혀 있는 곳이다. 서로 싸우고 으르렁거리고 조금이라도 더 잘 먹고 남보다 잘 지내려고—나는 내가 받아야 할 배급 물품도 제대로 받지 못하였다. 옷이나 담배나 군화 같은 것이 나와도 나는 맨 꼬래비로 받아야 하거나 그렇지 않으면 못 쓰게 된 파치만이 나의 차례에 돌아오고는 하였다.

김수영은 포로수용소에서 받은 이런 대우도 의용군으로 북한에 끌려가서 받은 설움에 비하면 전신이 굳어질 정도로 감사한 마음이 든다며 너그러운 마음으로, 한없이 너그러운 마음으로 이겨 낸 것이다.

김수영은 거제리 제14야전병원에 있을 때 밤마다 감상에 젖어 드는 습관이 있었다.

> 나는 밤이면 가시 철망가에 걸상을 내다 놓고 멀리 보이는 인가와 사람들의 모습을 한없이 바라다보고 있는 것만으로 충분히 행복하였다.
>
> 「시인이 겪은 포로 생활」 중에서

제14야전병원에서 가로등이 켜진 주택가가 보인 모양이다. 가로등 불빛 아래 자유롭게 움직이는 사람들의 모습을 보는 것만으로도 꿈만 같았을 것이다. 포로수용소와 감옥의 결정적인 차이점은 포로수용소는 철망 사이로 밖을 볼 수 있는 데 반해 감옥은 담이 높기 때문에 바깥세상 구경이 불가능하다는 것이다. 김수영은 밖을 바라보는 습관과 더불어 미 여자 군의관, 그리고 한국인 간호사와 수용소 사랑을 시작했다.

> 내가 살고 있는 새로운 세상의 새로운 사람들 중에서 나는 브라우닝 대위를 발견하였다. 나는 그처럼 아름다운 여자를 본 일이 없다고 생각하였다. 나는 그를 위하여서는 나의 목숨이라도 바칠 수 있다고 믿었던 것이다. (……)
> 나는 브라우닝 대위를 통하여 임 간호원을 알게 되었고 임 간호원이라는 30을 훨씬 넘은 인텔리 여성을 통하여 사회 소식을 듣게 되었다. 임 간호원은 아침마다 흰 수건에 계란을 싸 가지고 오든지 김밥 같은 것을 싸 가지고 와서 사람들의 눈을 피하여 넌지시 나의 호주머니에 넣어 주는 것이다. 그렇게 연애를 하여 보려고 해도 연애를 죽어도 못하던 내가 이 포로수용소 지옥 같은 곳에서 진정하고 영원한

사랑을 얻게 될 줄이야!

「시인이 겪은 포로 생활」 중에서

하지만 김수영의 양보적 삶도, 또 브라우닝 군의관과 임 간호사를 향한 수용소 사랑도 지속성이 보장되지 않은 포로 생활이었다. 김수영은 제14야전병원에서 다리가 완치되고 나서 거제리 제3수용소로 배치되었다. 제3포로수용소 환경을 김수영은 산문 「시인이 겪은 포로 생활」에서 이렇게 묘사한다.

홍일점이라는 말이 있지만 나는 정말 백일점이었다. 나만 빼놓고 일천육백 명 제3수용소 전체가 적색분자 같은 생각이 들었다.

부산 거제리 제3수용소의 상황은 민간인 신분으로 포로가 되어 거제리 포로수용소에서 2년간 생활한 청년 신학도의 일기에서도 볼 수 있다.

지금 제3수용소에서 선무宣撫요원(C.I) 나온 S.K.(남한 출신 의용군)를 인민재판 열고 때려라 죽여라 하고 있고, (S.K.는) 도망을 치느니 야단하고 있고, 밖에서는 유엔군·국군들이 둘러싸고 야단인데, (S.K. 중) 한 명은 도망 나오지 못하여 희생될 우려가 농후하다는 정보. 맥 하사관도 급히 올라왔다. (맹의순, 『일기』, 1952년 3월 1일)

『'전쟁포로' 맹의순이 기록한 《일기》에 나타난 그의 '목회'』 장신대 김시규 논문에서 재인용.

김수영이 제3수용소에서 거제도로 쫓겨 갈 때보다 1년 더 지난 이야기이지만 이때도 친공 포로의 기세는 여전했다. 맹의순은 1926년 1월

1일생으로 아버지 맹관호는 평양 장대현교회 장로였다. 1946년 맹의순의 가족은 신앙의 자유를 찾아 서울로 피난을 내려왔다. 맹의순은 1947년, 조선신학교(현 한국신학대학교)에 입학하여 신학 공부를 시작했는데, 신학 공부를 하면서 서울 남대문교회의 중고등부 사역을 담당하였다. 그런 와중에 6·25를 맞아 피난을 가지 못하고 인공 치하를 겪게 되었다. 아버지 맹관호는 아들만이라도 피난을 시켜야겠다고 결심했다. 맹의순은 가족과 작별하고 동료들과 함께 7월 31일 서울을 떠나 피난길에 올랐다. 구사일생으로 9월 15일 대구까지 피난을 내려간 맹의순 일행은 낙동강을 앞에 두고서 민간인 신분으로 미군에게 체포되어 바로 포로가 되어 9월 16일 부산 거제리 포로수용소에 수용되었다. 1952년 8월 11일, 거제리 제14야전병원 부상병을 수용한 막사에서 밤잠을 자지 못한 채 부상병을 간호하면서 선교 활동도 병행하는 생활을 연속하다가 과로 누적으로 꽃다운 스물여섯 살에 짧은 인생을 마감했다.

거제도 포로수용소

제3수용소에서 자칭 백일점이라고 했던 김수영은 1951년 2월 28일 동료 열한 명과 더불어 적색 포로들에게 인민재판을 받았다. 인민재판 후 어떤 일이 벌어질지 모르는 제3수용소 내부의 살벌한 상황에서 탈출한 김수영과 열한 명을 부산 거제리 포로수용소 당국은 거제도 포로수용소로 이송했다. 이는 적색 포로가 압도적인 상황 속에서 인민재판으로 희생될 우려가 있는 중립 내지 우익 포로들의 안전을 위한 조치였다. 제3수용소에 비해 젊은 신학도가 있었던 제4수용소 사정은 달랐던 것으로 추정된다. 맹의순은 거제도로 이송되거나 하는 일 없이 수용소 생활을 이어 나갈 수 있었기 때문이다. 이는 다른 말로 하면 맹의순이 적색 포로들에게 인민재판을 받지 않았다는 말이 된다. 김수영은 거제도 포로수용소로 이송되는 당시 급박한 상황을 「시인이 겪은 포로 생활」에서 이렇게 묘사했다.

> 인민재판이 수용소 안에서 벌어지고 적색 환자까지 떼를 모아 일어나서 반공 청년단을 해산하라는 요구를 들고 날뛰던 날 밤, 나는 열한 사람의 동지들과 이 수용소를 탈출하여 가지고 거제도로 이송되어 갔다.

제3수용소를 밤중에 탈출한 것으로 보아 상황이 굉장히 급박했다는 것을 짐작할 수 있다. 그리고 임 간호사와의 서글픈 사랑을 이야기하고 있는 산문 「가냘픈 역사」에도 거제도 포로수용소로 쫓겨 가던 상황이 들어 있다.

> 포로 생활도 해가 바뀌고 나서 내일이 3월 1이라는 밤 나는 소위 인민재판이라는 것을 받고 거제도로 쫓겨 가게 되었다. 그때 이 여자가 파카21을 주었다.

이 글을 보면 2월 28일 수용소 상황이 급박했음을 알 수 있다. 인민재판 과정이 더 진행되었다면 김수영의 목숨도 어떻게 되었을지 짐작하기 어렵지 않다.

김수영이 거제도 포로수용소에 간 뒤에도 상황은 전혀 나아지지 않았다. 산문 「시인이 겪은 포로 생활」에서 이렇게 표현하고 있다.

> 거제도에 가서도 나는 심심하면 돌벽에 기대어서 성서를 읽었다. 포로 생활에 있어서 거제리 14야전병원은 나의 고향 같은 것이었다. 거제도에 와서 보니 도무지 살 것 같은 마음이 들지 않는다. 너무 서러워서 뼈를 어이는 설움이란 이러한 것일까! 아무것도 의지할 곳이 없다는 느낌이 심하여질수록 나는 전심을 다하여 성서를 읽었다. 성서의 말씀은 주 예수 그리스도의 말씀인 동시에 임 간호원의 말이었고 브라우닝 대위의 말이었고 거제리를 탈출하여 나올 때 구제하지 못한 채로 남겨 두고 온 젊은 동지의 말이었다. 나는 참다참다 못해서 탄식을 하고 가슴이 아프다는 핑계로 다시 입원을 하여 거제리 병원으로 돌아올 수가 있었다. 내가 다시 돌아왔다는 소식을 듣고 임 간호원이 비 오는 날 오후에 브라우닝 대위를 데리고 찾아왔다. 나는 울었다. 그들도 울었다. 남겨 놓고 간 동지들은 모조리 적색 포로들에게 학살을 당하였다는 소식을 듣고 나는 아주 병이 들어 자리에 눕게 되었다.

거제도 포로수용소 생활은 미발표 시 「조국에 돌아오신 상병포로 동지들에게」에서도 묘사되어 있다.

> 누가 거제도 제61수용소에서 단기 4284년(1951) 3월 16일 오전 5시에 바로 철망 하나 둘 셋 네 겹을 격隔하고 불 일어나듯이 솟아나는 제62적색수용소로 돌을 던지고 돌을 받으며 뛰어들어갔는가

1951년 2월 28일 거제도 포로수용소로 이송된 김수영은 험악한 좌·우 포로들의 투쟁 분위기에 한 달도 견디지 못하고 부산 거제리로 다시 돌아가고자 3일간 단식을 한다. 이 과정은 산문 「가냘픈 역사」에 서술되

어 있다.

> 성서와 파카 만년필이 없었던들 나는 거제도에서 설움에 박혀 죽었으리라. 그러던 여자가 내가 거제도에 있다 못해서 3일간 단식하며 한병환자恨病患者가 되어 거제리 병원으로 다시 돌아와 보니 그리던 그 님은 그날의 '님'이 아니었더라. 한 달도 못 된 사이에 새 임자가 나타나서…… 나는 파카21을 정중하게 돌려보내 주었다.

김수영은 3일 단식 끝에 가슴이 아픈 병이라는 핑계로 부산 거제리 제14야전병원으로 다시 돌아올 수 있었다. 돌아와 보니 한 달도 안 된 사이에 임 간호사에게 딴 남자가 생겨 사랑의 징표로 목숨같이 애지중지 여겼던 파카21을 돌려주는 장면은 소설 『남부군』의 한 장면을 연상케 한다. 전쟁 중 사랑은 평상시보다 훨씬 빠른 속도로 이루어진다. 다음 만남이 보장되지 않기 때문이다. 말을 할 수 없는 순간에 눈빛으로 이루어진다는 전쟁 속 사랑의 법칙. 이루어짐이 순간인 만큼 헤어짐도 급류처럼 흘러가 버린다는 전쟁 속 사랑의 법칙이 포로수용소에서도 펼쳐짐을 김수영은 서글프게 묘사하고 있다.

부산 거제리 포로수용소 생활 II

> 어느 날은 엑스레이 필름을 쌌던 종이가 있길래 스케치를 했는데, 김수영 선생이 보셨던지 미술 지망생이었느냐고 묻더군요. 그러고는 백지 다발을 수차 갖다주셨어요. 나는 속으로 울었던 것 같아요. 그때 나

는 김 선생님이 시인인지 몰랐어요. 하지만 눈빛이 보통 사람 같지는 않았어요. 나는 존경할 수 있는 사람을 가지게 된 것만으로도 김 선생님께 고마웠어요.…… 참, 그때 김 선생님은 수용소 내의 한 천막에서 포로들에게 영어를 매주 가르쳤습니다. 조각하는 분도 있었는데, 그분도 때때로 그림을 가르치구요.…… 나는 김 선생님과 그다지 많은 말을 나누지는 못했지만, 굉장히 많은 말을 나누었던 느낌이에요. 따뜻하게 감싸 주었기 때문일 거예요. 그분은 그때 나나, 다른 포로들이나 간호원들, 잡역부들에게도 따뜻한 마음을 무언으로 베풀었죠.

최하림, 『김수영 평전』, 「장희범의 회고」에서 재인용

부산에 포로수용소의 제14야전병원에 있을 때
정보원이 너어스들과 스폰지를 만들고 거즈를
개키고 있는 나를 보고 포로경찰이 되지 않는다고
남자가 뭐 이런 일을 하고 있느냐고 놀린 일이 있었다
너어스들 옆에서

김수영, 「어느 날 고궁을 나오면서」 중에서

거제도 포로수용소에서 거제리 제14야전병원에 다시 돌아온 김수영은 수용소 내 한 천막에서 포로들에게 매주 영어를 가르치기도 했고, 화가 지망생인 장희범에게 백지 다발을 구해 수차례 갖다주기도 했다. 또 보통 남자들이 하기를 꺼리는, 간호원들이 스폰지를 만들고 거즈를 개키는 일을 보조하는 일을 하기도 했다. 이 때문에 포로수용소 정보원에게 포로경찰 제안도 받았지만 김수영은 응하지 않았다. 오히려 정보원의 놀림감이 되는 수치를 감수했다. 청년 신학도 맹의순의 일기에서도 보이듯

이 거제리 포로수용소가 부상당한 환자를 위한 포로수용소였지만 좌익 포로들의 인민재판 행동 가능성은 1952년 봄이 되었어도 항존하고 있었다. 김수영은 좌우익이 날 서게 부딪치는 이념 대결의 현장에 되도록 발을 들여놓고 싶어 하지 않았다. 그래서 간호원 보조로서 놀림감이 되면서도 그 수모를 묵묵히 견뎌 나간 것이다. 그렇게 김수영은 포로수용소 생활을 이어 나가고 있었다.

경기공립여중학교

정동 미대사관저 옆 옛 경기여고 자리가 한국전쟁 당시 경기공립여중 자리였다. 그때는 중학교와 고등학교가 통합되어 있었다. 학교 이름이 경기공립여중이지만 여중만이 아니라 여고가 통합된 학교였고 6년제였다. 1908년 대한제국 시기 개교한 유서 깊은 여학교로서 일제강점기 때는 재동 헌법재판소 자리에 있었는데 해방 후 정동 1번지 구 경성제일공립여자고등학교 교사 자리로 이전했다. 한국전쟁 때 인천상륙작전 직전, 이 학교 교사에 김수영의 넷째 동생 수경이 감금되어 있었다. 서울에 인민군이 진군하면서부터 김수영의 어머니는 둘째, 셋째, 넷째를 충무로 4가 집 천장 위에 숨겼다. 하지만 7, 8월, 그 불볕더위도 무사히 견뎌 냈는데 구월 초순이 지난 무렵에 방심했던 탓이었을까? 당시 오빠 수경의 행방을 찾아서 경기여중 곳곳을 이 잡듯이 다녔던 김수명의 증언에 의하면 '넷째 수경은 셋째 수강과 마찬가지로 7, 8월 그 무더위에도 잘 참다가 사태도 알아볼 겸 계동 친구 집에 갔다 오다 스카라극장 앞에서 붙잡혀 끌려갔다'고 한다. 셋째 수강이 끌려간 그날 넷째 수경도 끌려갔다. 넷째 수경은 경기고등학교 야구부 4번 타자를 할 정도로 운동을 잘하고 리더십도 탁월한 인재였다. 운동도 잘하고, 공부도 잘하고, 인물도 훤한 그야말로 다재다능하고 인간관계도 좋은 촉망받는 학생이었다. 집안을 일으킬 인재라고 칭찬이 자자한 김수영 집안의 자랑이었다. 김수영이 1962년 1월 『사상계』지에 발표한 시 「누이야 장하고나!-신귀거래7」 첫

일제강점기 경성제일고등여학교 모습
해방 후 경기공립여중학교가 재동에서 여기로 이전해 왔다. 인천상륙작전 직전 넷째 동생 수경이 경기여중학교에 감금되어 있었다. (경기여고동창회 엮음, 『경기여고백년사』, 경운회, 2009.)

연에 나오는 '동생의 사진'이 바로 '넷째 수경의 사진'이다.

> 누이야
>
> 풍자가 아니면 해탈이다
>
> 너는 이 말의 뜻을 아느냐
>
> 너의 방에 걸어 놓은 오빠의 사진
>
> 나에게는 '동생의 사진'을 보고도
>
> 나는 몇 번이고 그의 진혼가를 피해 왔다
>
> 그전에 돌아간 아버지의 진혼가가 우스꽝스러웠던 것을 생각하고
>
> 그래서 나는 그 사진을 십 년 만에 곰곰이 정시하면서
>
> 이내 거북해서 너의 방을 뛰쳐나오고 말았다
>
> 십 년이란 한 사람이 준 상처를 다스리기에는 너무나 짧은 세월이다.

김수영의 말대로 "십 년이란 한 사람이 준 상처를 다스리기에는 너무나 짧은 세월"이다. 1954년 11월 27일 김수영이 신당동 막내 이모 집에서 가족과 함께 살 때 썼던 일기에 이런 구절이 나온다.

> 나는 아까 아침을 먹을 때 어머니가 밥상머리에서 한 이야기를 생각한다. "애! 총선거가 되면, 수강이나 수경이 만나 볼 수 있으까!" 6·25 후에 없어진 아우에 대한 염려다. 이것도 한두 번 듣는 이야기가 아니다. "알 수 있나요. 돼 보아야지 알지요."

어머니는 '총선거' 하니까 1948년 단독정부 수립 전, 남북 총선거로 통일 정부 구성이란 이슈가 한참 언론에 오르내릴 때를 생각하면서 '총선거'하면 남북이 통일되어 의용군으로 끌려갔던 아들을 볼 수 있지 않을까 생각했던 모양이다. 어머니도 모르진 않았을 것이다. 하지만 두 아들을 보고 싶은 마음을 그렇게라도 장남에게 풀 수밖에 없었을 것이다. 김수영 어머니에게 두 아들의 상실이 준 상처를 달래기에는 십 년 아니 십 년의 몇 배 되어도 그 세월은 항상 모자라지 않았을까? 이런 이야기가 있다. 김수영의 여동생 김수명보다 두 살 위인 여학생이 있었다. 넷째 수경과는 두 살 차이. 그 여학생과 수경은 서로를 마음에 품었던 사이였다. 여학생에게 첫사랑이었던 수경의 상실은 10년의 몇 배가 흘러도 그리움으로 남았다. 북쪽을 그리는 그리움은 이용악의 시(「그리움」)보다 더 진하게 남아 집을 지을 때 북쪽으로 창을 내고 첫사랑 상실의 그리움을 지금도 달래고 있다고 한다.

영희국민학교

영희국민학교 자리는 주소가 서울 중구 인현동2가 3번지로 지금 덕수중학교가 자리하고 있다. 충무로4가 집에서 5분 거리로 가까웠다. 영희국민학교는 1910년 9월 25일 일본인 학교인 경성 앵정櫻井(사쿠라이)소학교로 개교식을 거행하였다. 해방 후 1946년 10월 조선 시대 중구 저동에 있었던 조선조 역대 왕 영정을 모시던 영희전永禧殿(현재 중부경찰서 앞에 표지석이 있다.)의 이름을 따서 영희국민학교로 개명하였다. 영희국민학교는 1989년 5월에 서울 강남구 일원동으로 교사를 신축하여 이전하였고, 지금은 덕수중학교가 그 자리를 대신 차지하고 있다.

영희국민학교 자리가 한국전쟁 때 셋째 수강이 인민군에게 잡혀서 수감되어 있었던 자리이다. 가족의 증언에 의하면, 수강은 '2개월 넘게 계속되는 천장 위 생활을 참지 못한 수경이 나가는 날 저녁에, 몰래 아래층으로 내려와 밥을 먹다 들이닥친 인민군에게 끌려갔다'고 한다. 당시 열세 살이던 막내 남동생은 이렇게 증언했다.

> 셋째 형이 끌려가고 난 뒤, 학교마다 뒤지고 다닌 끝에 셋째 형이 영희국민학교에 갇혀 있다는 것을 알고 어머니와 함께 학교에 가 보니 형이 3층 창문에서 나를 보고 손을 흔들었어. 그래서 유엔군이 인천상륙작전을 했다는 편지를 써서 밀크카라멜 통 안에 넣어서 3층으로 던져 올렸어. 그게 끝이야. 그 이후로 못 봤어. 전쟁 전에 충무로4가

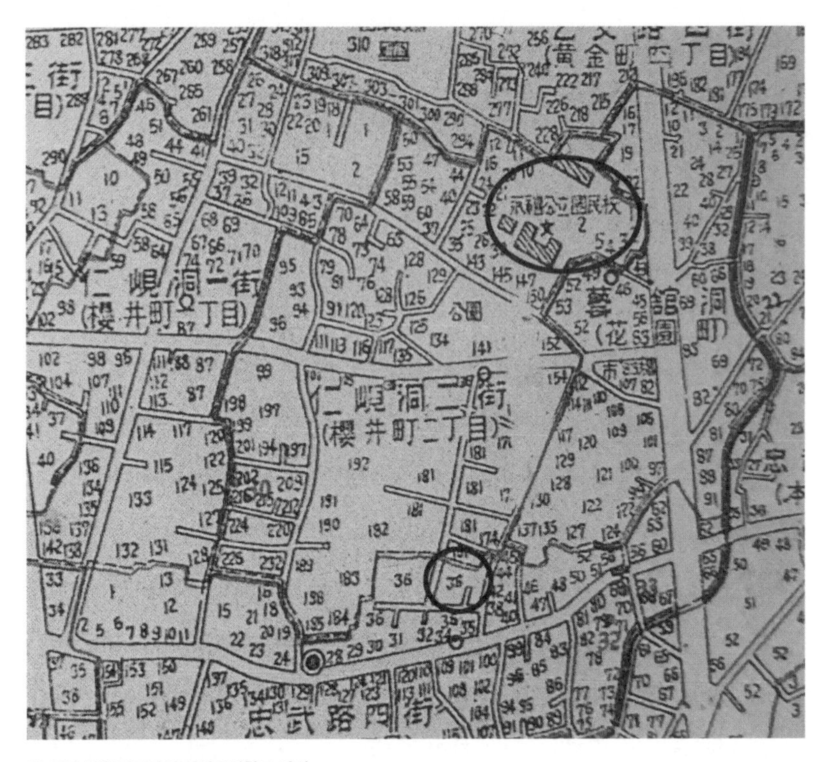

1947년 서울 지도상의 영희국민학교 자리

영희국민학교는 충무로4가 집에서 5분 거리에 있었다. 인천상륙작전 바로 직전에 셋째 동생 수강이 이곳에 감금되어 있다가 의용군으로 끌려갔다. (허영환, 『서울지도: 정도 600년』, 범우사, 1994.)

에서 민보단 충무로4가 훈련부장을 했기 때문에. 그때 민보단 했던 사람들은 다 총살당했다고 들었어. 인민군들에게 끌려가다가 중간에 총살당한 것 같애.

인민군은 민보단民保團을 경찰과 같이 취급했다. 왜 민보단을 그렇게 보았는가 하는 문제는 민보단의 역사를 조금 알아야 이해할 수 있다. 민보단의 전신은 향보단鄕保團인데, 향보단은 1948년 5·10 총선거를 앞두고 경찰의 '협조 기관' 성격으로 조직되었다. 향보단은 우익 테러의 하수인 역할을 하고, 기부 금품을 강제 모집하는 등 민원의 대상이 되었

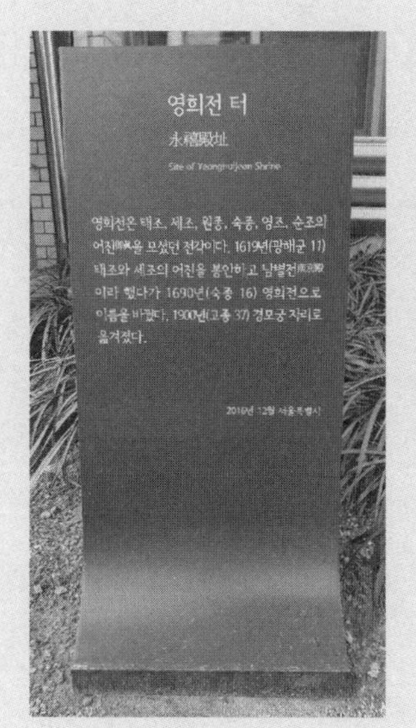

▲영희국민학교 전경
6·25전쟁 때도 똑같은 건물이었다. 3층에 김수영 셋째 동생 김수강이 수감되어 있었다.

◀ 서울 중부서 앞 영희전 터 표지판
영희전 터 위에 일제가 세운 경찰서가 있었다. 그리고 해방 후에 중부서 서쪽 영희전 터에 영락교회가 세워졌다. (2021년 촬영)

기에, 선거 직후인 1948년 5월 25일 해산 조치되었다. 하지만 해산 조치가 오래가지 못했다. 경찰은 1948년 10월 18일 경찰 보조 조직으로 향보단에서 이름만 바꾼 민보단을 출범시켰다. 민보단을 출범시키면서 1948년 10월 18일 수도청장 김태선은 담화문을 발표하는데, 부락 내 도난 및 도발 상황 발생 시 경찰력이 출동하지 못하는 경우 내부 치안을 담당하기 위해 각 동 단위까지 민보단을 조직한다고 발표했다. 그전의 향보단처럼 테러를 한다든가, 기부 금품을 모집한다든가 하는 민원이 발생하는 일은 철저히 엄금하겠다고 약속했다. 하지만 1년이 지난 뒤인 1949년 10월경 민보단원이 전국적으로 4만여 명을 헤아렸는데, 단원들의 전횡과 폭력적 월권 행위는 향보단 못지않아 여론 악화에 직면하였다. 이에 이승만 정부는 1950년 5·30 총선 한 달 전인 4월 28일 민보단 해산 의사를 밝혀 여론을 무마시키려 했다. 이런 이유로 인민군은 민보단 단원을 경찰과 똑같이 숙청 대상으로 취급했다. 동생 수강은 며칠만 더 견뎠으면 되는데 인천상륙작전을 코앞에 두고 인민군에 연행되는 불운을 겪었다.

경기도 화성군 사랑리

1950년 11월 1일, 중공군이 한국전쟁에 참전하기 시작했다. 11월 6일자 『동아일보』에는 "중공군 불법침입에 국제여론 비등", "중공군2사단 이상 한국서 연합군과 교전을" 등의 카피가 1면 머리기사를 장식했다. 11월 29일에는 '유엔군 작전상 후퇴' 소식이 신문을 탔고, 12월 4일 평양 철수 소식은 12월 6일 "대동강 선에 신방어진을 구축"이라는 제목으로 신문에 올랐다. 12월 12일 미8군 워커 중장과 이승만 대통령이 대통령 관저에서 면담했다는 기사에 두 사람이 무슨 이야기를 나누었을까 추측하는 기사 제목이 "서울방어문제협의?"였다. 김수영 어머니는 6·25가 나고 피난을 가지 못해 8월과 9월 세 아들이 의용군에 끌려간 불행한 사태를 당한 경험 때문에 중공군이 계속 내려오고 있다는 소식에 남들보다 일찍 피난길에 올랐다. 12월 26일 둘째 수성은 인쇄소 시설들을 트럭에 싣고 부산으로 피난 가는 막내 이모 편에 보내고 가족들은 며느리 김현경의 친정이 피난 가 있는 경기도 화성군 장안면 사랑리로 피난을 갔다. 김현경은 산달이 다가옴에 따라 먼저 친정이 피난 가 있는 곳으로 내려가 있었다. 막내 남동생은 사랑리 피난 생활을 이렇게 회고했다.

> 1950년 12월 26일 피난을 내려오고 나서 약초밭 근처에 있는 형수 친정이 피난해 있는 집에서는 하룻밤도 자지 않았어. 우리가 내려온다는 것을 알고 형수 친정어머니가 그 부근에서 방을 내줄 수 있는 집이

김현경 친정집 터
지금은 밭으로 변했다. (2019년 촬영)

우 참사 집(참사는 조선 시대 함경도·평안도 등 변방 토착민에게 주었던 특수한 관직 중 가장 아래인 구품 벼슬이다. 우 참사 집안은 조선 시대 북쪽 변방에서 말단 벼슬을 했던 집안으로 추정된다.)이 가장 크기 때문에 거기를 소개해 줬지. 그 일대에서는 우 참사 집이 제일 유명하니까. 그래도 그 일대에서 제일 인심 있고 권위 있는 집이니까. 그 동네에서는 우러러보는 집이니까 그 집으로 가라고 그러더라고. 그때 형수 친정 피난 집을 보니까 왜식 집이었어. 왜식 집이 외따로 있었어. 그 주변에는 아무 집도 없는 거야. 아마 약초밭을 관리하던 관리인 집이 아니었는가 모르겠어. 우리가 도착하고 인사 정도만 하고 우 참사 집으로 갔지. 나는 그때 형수 얼굴을 처음 봤어. 우 참사 집은 형수 친정 피난 집에서 한 10분 거리 될까 그랬어. 우 참사 집에는 방이 하나밖에 없었어. 나머지는 자신들이 살고 우리한테 내줄 수 있는 방이 하나밖에 없

우 참사 집터
이제는 비닐하우스가 세워져 있다. (2019년 촬영)

었던 거지. 여기 우 참사 집에서 몇 개월 있다가 얼마 멀지 않은 갱골로 갔지. 갱골에도 외딴집이 있었는데 거기에는 방이 두 개 있었어. 갱골에서 더 오래 피난 생활을 했던 거지. 사랑리에서 다해서 한 일 년 피난 생활을 했지. 영등포에 간 것이 겨울이었으니까. 여기에 겨울에 와서 그다음 겨울을 영등포에서 지냈지. 사랑리 마을에는 정미소가 있었지. 이 동네 마을 이름을 그때 마을 사람들은 '새낭리'라고 불렀어. 지금은 '사랑리'라고 되어 있잖아. 옛날에 물레방아도 있고 그랬지.

최하림의 『김수영 평전』에는 김수영 가족들이 1·4후퇴 때 피난 간 곳이 경기도 화성군 조암리로 나오는데, 엄밀히 말하면 조암리가 아니고 사랑리다. 조암리는 사랑리 옆에 있는 마을로 사랑리보다 더 번성한 곳이다. 그래서 조암리에는 오일장이 섰다. 지금도 조암리는 도시가 더 발달하여 조암시장이 있다. 김수영 가족은 사랑리에서 피난 생활을 할 때 집에서 가지고 온 헌 옷가지를 조암시장에 내다 팔아서 생활에 보탰다. 전쟁 통에 옷이 없어서 헌 옷도 돈이 됐다고 한다. 일반적으로 그 지역을 대표하는 장소가 조암리이기에 조암리로 피난 갔다고 한 모양이다.

김수영 어머니가 홀로 딸 셋, 아들 하나를 먹여 살리는 것이 쉬운 일은 아니었다. 어떻게든 생계의 활로를 뚫어 보려고 어머니는 부산으로 내려간 막내 이모한테 갔다. 1951년 초 한참 전쟁 통에 사랑리에서 부산으로 가는 기차를 타러 가는 길은 참으로 많이 걸어야 하고 힘든 길이었다. 어머니가 한번 부산에 가면 몇 개월씩 걸렸기에 4남매는 생계를 스스로 책임져야 했다. 땔감은 열다섯이 된 막내 남동생이 사랑리 뒷산에서 마련했다. 생계 마련을 위해 큰여동생과 작은여동생이 아이디어를 냈다. 사랑리 동네에서 밀을 사다가 동네 방앗간에 가서 빻아서 밀겨울은 4남매가 양식으로 하고 밀가루로 찐빵을 만들어 조암시장보다 더 큰 발안시장으로 가서 팔기로 작전을 세웠다. 처음 만들어 보는 찐빵이 제대로 만들어질 리가 없었다. 처음에는 찌그러지고 형편없는 찐빵이 나왔다. 하지만 몇 번 거듭하니 제법 그럴싸한 찐빵이 나와서 그것을 들고 10킬로미터가 넘는 길을 세 시간 정도 걸어서 발안시장에 가서 팔아 생계에 보탰다. 막내 남동생은 또 말했다.

> 바닷가에 가면 생계에 도움이 될까 해서 우 참사 집에서 30분 정도 서쪽으로 걸어 내려가면 나오는 서해 바닷가로 갔지. 큰누나하고 바닷가 가서 게도 잡아 오고 그랬지. 참으로 배고프고 힘든 시기였어. 그래도 우 참사 집이 참 된 집이야. 엄마도 없이 4남매가 고생한다고 여러모로 도움을 많이 줬어. 동네 사람들도 우리를 불쌍하다고 도와주고 그

조암시장 현재 모습
(2019년 촬영)

랬지. 형수 친정 피난 집은 첫날 빼고 한 번도 간 적이 없어. 그쪽에서 도움을 준 적은 한 번도 없었어. 4남매가 어떻게 사나 궁금해서 들여다볼 만도 했지만 일절 그런 적이 없었어.

2019년 5월 13일 막내 남동생과 필자는 사랑리를 찾았다. 우 참사 집은 헐려서 밭으로 변해 비닐하우스가 세워져 있었다. 막내 남동생은 "하우스 자리가 옛날 기와집 자리였어. 우 참사 집이 고맙고 피난 왔던 데가 궁금해서 내가 자전거로 여기를 와 본 적이 있는데 그게 피난 간 지 19년 후니까 1969년쯤 되는데 그때는 우 참사 기와집이 그대로 있었어." 라고 말했다. 우 참사 집터 동남쪽에 양옥이 한 채 들어서 있었는데 그게 우 참사 아들 집이라고 했다. 지금은 우 참사 며느리가 거기에 살고 있었다. 우 참사 아들은 이미 돌아가셨고 우 참사 며느리는 올해(2019) 연세가 81세였다. 찾아간 우리들에게 당신 집 사진을 찍으라며 친절하게 포즈를 취해 주셨다. 외출하려다 우 참사 집을 찾아왔다고 하니까 친절하게 집까지 다시 들어와서 안내해 주는 모습에서 후덕한 집안의 넉넉함이 느껴졌다. 잠깐 들어와서 차라도 마시라는 권유에는 과객조차 함부로 대하지 않았던 주변에서 가장 유명했던 대갓집의 기풍이 마음으로 다가왔다.

영등포 집 I

오산과 장호원까지 국군과 유엔군이 밀릴 때 경기도 화성군 장안면 사랑리도 위도상 거의 동일 선상이기 때문에 그곳에서 피난 생활을 하던 김수영 본가 가족도 위험한 상태에 빠질 뻔했지만 유엔군이 곧 반격을 가해 1951년 3월 14일 다시 서울을 탈환했다. 5월에는 지금 휴전선 지역으로까지 밀고 올라가서 전선이 고착화되기 시작했다. 이후 김수영 본가 가족도 사랑리 피난 생활이 1년 정도 접어들자 다시 서울로 돌아갈 수 있는 길과 정보를 얻기 위해 서울과 가장 가까운 영등포에 임시로 살 집을 마련해서 환도할 날을 기다리기로 했다. 1951년 12월경 사랑리로 피난 갈 때처럼 추운 겨울에 영등포로 이사를 했다. 거처를 마련한 곳은 영등포역 남쪽 옛 동양맥주 오비 공장(현재 영등포 푸르지오아파트 자리) 오른쪽 영등포구 영신로8길 11번지 자리였다. 2021년 1월 27일에 막내 남동생과 필자는 영등포 집 자리를 찾아 나섰는데, 다행히 푸르지오아파트 오른쪽은 주택가로 옛길이 아직 그대로 남아 있어 막내 남동생은 70년 전에 살았던 집 위치를 정확하게 찾아냈다. "여기서 우신초등학교 자리가 어디야?" 필자가 스마트폰으로 지도를 보며 "우신초등학교가 여기서 남쪽으로 있네요."라고 하자 "맞아 여기야. 내가 저쪽으로 해서 우신초등학교가 그 당시 구호병원이었기 때문에 병원에 다녔어. 여기가 맞아."라고 했다. 막내 남동생은 현대자동차 국산1호 포니자동차가 출시된 1976년부터 운전을 하고 다닌 오랜 경험에서 오는 지리 감각을 운전대

영등포 옛집 터
영등포구 영신로8길 11번지 자리이다. 여기서 포로수용소에서 석방된 김수영 시인과 가족들이 재회했다. (2021년 촬영)

에서 손을 뗀 지금도 녹슬지 않은 감각으로 유지하고 있었다. 막내 남동생의 이야기를 더 들어 보자.

> 1951년 12월에 영등포로 왔어. 1952년은 통째로 영등포에서 살았어. 그래서 1952년 11월 말 큰형이 석방되고 영등포에서 재회를 할 수 있었지. 지금은 푸르지오아파트로 바뀌었는데 예전에는 오비 공장이었어. 오비 공장 오른쪽에 조금 높은 언덕이 있었는데 거기를 넘어가면 우리가 살던 집이 있었어. 판잣집이 아니고 그냥 보통 집이었어. 보통

집을 세를 얻은 거지. 그때는 영등포시장을 가려면 영등포 철로에 지금처럼 고가도로로 되어 있지 않고 건널목이 되어 있어 건너다녔지. 그 건널목을 맨날 건너다니며 영등포시장에 가서 작은누나(수연)가 장사를 했어. 반찬 가게를 했어. 고추장 같은 거 떼다가 반찬 가게를 했어. 먹고살아야 하니까. 둘째 형은 부산에 있잖아. 그때 뭐 벌이가 시원치 않았는지 부쳐 오기로 한 생활비도 잘 안 오고. 그때 큰누나(수명)는 숫기가 없어 가지고 장사 같은 거 못 했어. 작은누나는 장사 같은 거 잘해. 영등포시장에서 왕초였지. 왈왈 구찌니까. 큰누나는 조금 있다 취직을 했어. 효모, 조선양조장 공장에 취직을 했어. 우리 먼 친척 되는 분이 취직을 시켜 주었어. 회사 경리 자리로. 효모 공장이라고 소주 공장이었어. 그래서 내가 소주를 탄약통에다가 하나를 받았어. 그때는 탄약통이 운반 깡통으로 쓰였어. 뚜껑을 닫으면 흐르지 않으니까. 그 소주가 60도짜리야. 그걸 들고 영등포시장까지 가서 포장마차 다섯 집에다 대 주는 거야. 나는 그걸 했어. 그때 우리 집에서는 막내 여동생 빼고는 모조리 생활 전선에 나갔지. 그래야 겨우 먹고살 수 있는 배고픈 시절이었어.

국립온양구호병원

김수영 시인은 부산 거제리 제14야전병원을 다시는 떠나지 않고 포로 생활을 마칠 수 있었다. 드디어 1952년 11월 28일 충남 온양 국립구호병원에서 민간 억류인 신분으로 석방이 되었다. 산문 「나는 이렇게 석방되었다」에서 이 석방 부분은 이렇게 묘사되어 있다.

> 나는 작년 11월 28일 충청남도 온양온천 한복판에 흘립屹立한 국립구호병원에서부터 석방되는 200명 남짓한 민간 억류인 환자의 틈에 끼여서 25개월 동안의 수용소 생활을 뒤로하고 비로소 자유의 천지로 가벼운 발을 내디딜 수 있었던 것이다. 너무 기뻐서 나는 집으로 돌아갈 생각도 잘할 수 없었다. 길거리—오래간만에 보는 길거리에는 도처에 아이젠하워 장군의 환영(아이젠하워 대통령 당선자가 한국을 방문한 것은 1952년 12월 2일이다.) '포스터'가 첩부貼付되어 있었다. 나는 그의 빙그레 웃고 있는 얼굴을 10분이고 20분이고 얼빠진 사람처럼 들여다보고 서 있었다. 열두 시 20분 천안으로 가는 기차를 타고 가야 할 것을 다음 차로 미루고 나는 온천 거리를 자유의 몸으로 지향 없이 걸어 다니었다.

여기서 잠깐 김수영이 말한 '민간 억류인'이란 개념에 대한 설명이 필요하다. 만약 정전 협상에서 '민간 억류인'이란 개념이 도입되지 않아 제

▲ 국립온양구호병원 모습
(『경향신문』 1955년 7월 7일자.)

◀ 1952년 12월 2일 한국전쟁 중 한국을 방문한 아이젠하워 대통령 환영 모습
(경향신문사, 『한국36년사,』 경향신문사, 1981)

네바협약대로 했다면 김수영도 북한군으로 취급되어 북한으로 포로 송환될 수도 있었기 때문이다. 1951년 7월 남북의 전선이 교착상태에 빠지면서 정전 협상이 시작되었다. 전쟁 포로를 규정한 국제법은 제네바협약이었다. 제2차 세계대전 후 1949년 제네바협약에서는 제1차 세계대전 후인 1929년 합의된 19세기적 주권 원칙, 즉 전쟁이 끝나면 모든 포로를 즉시 송환시킨다는 집단적 원칙을 재확인하여 채택했다. 하지만 미국은 한국전쟁 포로 송환에서는 기존의 제네바 원칙과 다른, 개인의 자유로운 의사를 우선시하는 20세기적 원칙을 새롭게 도입하길 원했다. 이에 비해 공산 진영은 제네바협약을 반드시 지켜야 한다는 입장이었다. 정전 협상에서 가장 큰 문제가 된 것은 북한이 남한을 점령하고 있을 때 강제로 징집한 의용군 문제였다. 정전 협상이 진행될 당시 남한에 있던 북한군의 전체 포로 수는 14만 정도였다. 남한 정부는 14만 중 적어도 4

만은 북한의 남한 점령 시 징집된 의용군으로서 포로가 아니라 민간인이 억류된 것이라고 하는 '민간인 억류자'란 개념을 들고 나왔다. '민간인 억류자' 개념은 한국전쟁에서 처음 나온 개념이었다. 이 같은 '민간인 억류자' 개념을 유엔군이 받아들이면서 '민간인 억류자'를 전쟁 포로에서 제외시켜야 한다는 유엔군과 '민간인 억류자'도 포로이므로 전부 송환해야 한다는 공산 진영의 입장이 팽팽하게 맞섰다. 이 문제는 결국 정전 협상이 무려 2년이란 시간을 끌게 되는 가장 큰 원인이 되고 말았다.

온양온천은 국내에서 가장 오래된 온천으로 유명한데, 조선 시대 세종대왕이 병을 치료하던 온궁溫宮은 일제강점기 때 훼손되어 버렸고, 그 자리에 1927년 조선경남철도주식회사가 경영하던 신정관神井館이 들어섰다. 신정관과 더불어 1935년부터 일본인 데구치 야사부로出口彌三郎가 소유한 탕정관湯井館이 운영되었다. 신정관은 조선 시대부터 내려오던 온천을 개조한 것이었고, 탕정관은 완전히 새로 발견한 온천이란 점에서 차이가 있었다. 탕정관 개발 역사를 보면, 일제강점기 충남 아산군 온양면 온천리에 거주하던 데구치 야사부로는 온천공溫泉孔 시굴에 적극적이었는데, 1933년 지금의 아산시 온양1동에서 약 90미터를 굴착해 섭씨 53도의 천맥泉脈을 발굴하였다. 대욕탕을 겸비한 일본식과 서양식이 혼합된 2층 호텔을 짓고 '탕정관'이라고 이름을 붙여 1935년부터 영업에 들어갔다. 탕정관은 광복 이후 적산敵産으로 분류되어 1948년 정부 수립 이후 국유재산으로 귀속되었다. 1949년에는 육군 13연대, 18연대가 주둔하였고, 6·25전쟁 때는 임시 수도육군병원이 되었다. 1951년 보건부 산하 귀환 장정 임시 구호병원으로 바뀌었다가, 1952년 국립온양구호병원으로 정식 승격되었다. 임시구호병원이 정식 국립병원으로 승격된 이후 김수영이 부산 거제리 제14야전병원에서 이송되어 왔으므로, 석방될 때 탕정관의 이름은 '국립온양구호병원'이었던 것이다. 휴전 이후 일부 온양 유지들은 온양의 발전을 위해 온천장 기능을 복원해야 한다고 주장했다. 이에 반해 대다수 군민들과 뜻있는 지역 인사들은 '국립온양구호병원'이 병원 기능을 유지해야 한다고 주장해 두 주장이 맞서 공방이 계속되다가, 1965년 4월 데구치 야사부로의 한국인 아내 인정일이 온천 광천권 소송 5년 만에 서울고등법원 판결에서 승소하여 관리권을 되찾아감으로써 국립온양구호병원의 역사도 끝이 났다.

4부

낡아도 좋은 것들

영등포 집 II

1952년 11월 28일 다들 죽은 줄로만 알았던 김수영이 살아서 영등포 셋방에 얼굴을 나타냈다. 이때의 감격을 큰누이 김수명은 이렇게 회상했다.

> 내가 영등포에 있을 때 포로 석방 소문이 돌았지만 우리 식구 모두는 만분의 일도 큰오빠가 살아 있으리라고는 생각지 않았다. 엄마는 항상 건강이 시원치 못했던 큰오빠는 미아리고개도 넘지 못하고 죽었을 거라고 단정하고 사셨다. 그래서 우리는 포로 석방을 남의 일처럼 생각하고 지냈다. 영등포 세 들어 살았던 옹색한 방에 들어선 큰오빠의 키가 천장에 닿을 듯 유난히 커 보였던 기억이 난다. 옷차림은 유엔 점퍼 차림이었다. 둘러메고 온 백 속에는 수용소에서 입었던 겨울 옷가지를 갖고 왔는데 질이 좋아서 나중에 국방색 메리야스 속옷 윗도리를 앞을 터서 스웨터처럼 입고 다녔던 기억도 난다.

김수영은 영등포에서 어머니와 동생들과 재회한 뒤, 부인 김현경과 장남 준을 만나고 싶어 했지만 만나지 못하고 다시 부산으로 내려갔다. 이에 대해 김현경은 산문집 『낡아도 좋은 것은 사랑뿐이냐』(푸른사상, 2020)에서 이렇게 회고하고 있다.

> 김 시인이 예상과 달리 살아 돌아왔다. 그것도 내가 있는 사랑리로. 김 시인과 나는 재회의 기쁨을 나누었다. 그것도 잠시였다. 김 시인은 몸을 추스르는 대로 돈을 벌기 위해 부산으로 내려갔다. 당시 부산 근처 구포에 시댁 식구들이 거처하다 떠난 쪽방이 있었다. 김 시인은 부산에 내려가서도 돈을 벌기 위해 대구 등지를 전전했고, 그곳에 기거하고 있었다. 나도 아이들을 먹여 살리기 위해 김 시인이 있는 부산으로 내려갔다. 그러던 중 실낱같은 희망이 찾아왔다. 김 시인과의 연애 이후 자연히 왕래가 소원해졌던 이종구가 고등학교에서 영어를 가르치고 있다는 소식을 들었다. 물에 빠진 사람이 지푸라기를 잡는 심정으로 그에게 취직자리를 부탁해 보고 싶었다. 나는 김 시인에게 허락을 받고 이종구의 집으로 찾아갔다.

김현경에 의하면 화성군 장안면 사랑리 친청 피난 집에서 김수영과 재회했다는 것이다. 그러나 김수영이 포로 석방 후 영등포에 왔을 때, 김현경 친정은 수원으로 피난처를 옮겼기 때문에 김수영은 김현경과 장남 준의 소재를 파악하지 못해 재회하지 못했다. 김수영이 일주일 정도 영등포에 있다가 부산으로 떠난 이후 본가 가족들은 김현경과 장남 준의 소재를 파악하려고 백방으로 노력하여 수원에서 '매' 자 들어가는 동네로 김현경 친정 피난 집이 옮겨 갔다는 것을 알았다. 큰여동생 수명과 작은여동생 수연은 조카 준을 보려고 수원에 갔다. "영등포에 살 때 수원 '매' 자가 들어간 동네 집으로 조카를 보러 갔었는데 그때 김현경의 얼굴을 보지 못했다. 김현경 어머니도 없었고 조카 준만이 혼자였는데 '할머니 배고파! 할머니 배고파!' 해서 가슴이 너무 아팠던 기억이 뚜렷하다." 라고 김수명은 회고했다. 수원에서 '매' 자가 들어간 동네라면 매탄동, 매교동 두 마을밖에 없다. 매탄동 아니면 매교동 어디쯤 김현경의 친정이 피난살이하던 셋집이 있었던 모양이다. 그곳을 찾아가서 김수명과 김수연은 세 살 먹은 첫 조카 준을 만났다. 위 김현경 글에서 확인을 요하는 부분이 있다. "구포에 시댁 식구들이 거처하다 떠난 쪽방"이 있었다는 말은 사실과 다르다. 피난 시절 부산에서 김수영 본가와 관계된 집은 부산 제4부두 앞 초량동에 둘째 동생이 기거하던 판잣집뿐이었다. 김수영은 포로 석방 이후 부산에 왔을 때 초량동 판잣집에서 둘째 동생 수성과 같이 기거했다. 구포는 부산 북구에 있고 초량동은 부산 동구에 있는데 거리상 상당히 떨어져 있다. 구포에 김수영 본가가 집을 구한 적이 없다. 그리고 김수영이 대구에 취직한 사연에 대해서는 박태진의 언급이 있다. 『시와 산문』 1994년 창간호에 「현대시의 방향과 모색」이라는 주제로 이충이와의 대담에서 박태진이 발언했다.

> 6·25 발발 후 부산으로 피난했을 때인데 바로 박인환 씨가 김수영 씨를 데리고 나타났어요. 포로수용소에서 머리를 깎고 나타났지. 그래서 김수영 씨가 무슨 일이든 해야 하지 않겠느냐 해서 김수영 씨가 영어를 잘한 이유로 대구의 미군 수송 관계 부서에 제가 취직을 시켜 주었습니다.

피난 당시 미군 통역관이면 수입이 보장되는 누구나 부러워하는 대단히 좋은 직업이었다. 하지만 김수영은 우월감으로 가득 찬 미군들 속에서 간 쓸개 다 빼놓고 일해야 하는 통역관 생활에 비위가 틀려 버렸다. 아무리 목구멍이 포도청이라고 해도 자존심을 다 내려놓고 일할 김수영은 아니었다. 김수영에게 자존심은 목숨과 같은 것이었다. 그래서 그 좋은 직장을 얼마 다니지 못하고 부산으로 다시 내려와 버렸다.

포로 석방 후 김현경과의 재회에 대한 김수영의 언급은 1954년 4월 『신태양』 잡지에 쓴 콩트 「어머니 없는 아이 하나와」에 나온다.

> 나는 올해 서른네 살이 되었고 어머니 없는 아이가 하나 있다. 나는 돈도 없고 재주도 없으니까 뜻이 아닌 독수공방을 지키고 있지만 '아프레게르après-guerre(1차 대전 후 프랑스에서 일어난 다다이즘이나 초현실주의 등 젊은 세대의 전위적이고 반역적인 문화 운동)'의 물이 든 여자는 새로 사내를 얻어 버렸다. 내가 경제적으로 어린애를 '사포-트(이것은 헤어질 때 여자가 나를 설득하기 위하여 사용한 말이다)'할 때까지 외할머니에게 맡겨 놓자는 여자의 말대로 다섯 살이 된 사나이 놈은 시골 외갓집에 내버려 두고 나는 나대로 여전히 술만 마시고 있다.

김수영이 콩트라고 『신태양』에 기고했지만 지어낸 허구라고 생각되지 않는다. 김수영은 솔직한 글쓰기로 일관한 사람이다. 김현경과 헤어져 사는 까닭을 김수영 친구 등 주위 사람들이 궁금해했고 해명이 필요한 사항이라 콩트라는 형식을 빌려 진솔한 글쓰기를 했다고 생각된다. 김현경이 부산으로 가서 이종구와 동거한 것은 김수영과 재회 이전의 일이다. 그리고 그 동기는 김현경이 가지고 있던 '아프레게르의 물이 든 마음' 때문이라고 김수영은 말하고 있다.

김현경이 이종구와 부산에서 동거한 것을 일반인들은 대부분 김현경이 김수영을 기다리다 북으로 끌려가서 죽은 줄 알고 그런 결정을 했다고, 6·25전쟁이 빚은 비극이라고 해석한다. 이런 해석이 일반화되는 데에는 2004년 9월에서 11월까지 24부작으로 방영된 〈EBS문화사시리즈

제1편-명동백작〉이 큰 역할을 했다. 이봉구의 『그리운 이름 따라』를 기본으로 명동 이야기를 극화한 것인데 이봉구와 더불어 김수영을 주인공으로 삼아 이야기를 전개하고 있다. 'EBS문화사시리즈'라면 사실에 충실하면서 사실이 다 못 채우는 부분을 역사적 상상력으로 채워 넣어야 하는데 사실관계가 너무 부실해 '소설화'해 버린 것이 가장 큰 문제이다. 제1화에는 이봉구가 부산으로 피난 갔다가 1951년 4월경 나룻배로 한강을 몰래 도강해 명동에 도착하고 난 뒤 김수영 집을 찾는 장면이 나온다. 6·25전쟁 당시 김수영 집이라면 충무로4가 집이므로 일본식 집이어야 하는데 한옥으로 나오고, 김현경이 장남 준을 맡긴 곳은 수원 친정 피난 집인데 김수영 본가로 나오고, 1951년 4월이면 김수영 어머니는 사랑리에서 피난 생활 중이었는데 도강한 것으로 나오고, 그리고 1951년 4월 김현경이 김수영 어머니에게 장남 준을 맡기고 부산으로 김수영을 찾으러 간 것으로 나온다. 하지만 당시 김현경은 김수영이 포로가 되었다는 사실 자체를 몰랐다. 그런 상황에서 부산으로 김수영을 찾아간다는 설정 자체에 무리가 있다. 그리고 김수영이 포로 생활을 하는 곳을 부산 거제리 포로수용소가 아니라 거제도 포로수용소로 설정하고, 김현경이 김수영을 찾다 지쳐서 이종구와 동거한 것으로 나온다. 아무리 극이라지만 사실 왜곡이 너무 심하고 사실과 부합하지 않는 점이 너무 많다. 우리는 'EBS 명동백작' 시각에서 벗어나 김수영이 글로 남긴 진실로 얼굴을 돌려야 한다. 김수영은 모든 시와 산문에서 자신을 표현하는 데 분식이 없다. 자신의 치부라도 과감하게 드러내는 데 김수영의 시와 산문의 힘이 있다. 이 상황을 이해해야만 1953년 김수영이 부산에 피난 가 있을 때 쓴 시 「너를 잃고」가 이해된다. 그 시의 첫 연은 이렇다.

늬가 없어도 나는 산단다
억만 번 늬가 없어 설워한 끝에
억만 걸음 떨어져 있는
너는 억만 개의 모욕이다

내 땅 아닌 의붓자식 같은 설움을 먹으며 견뎌야 했던 북원훈련소를 탈출하여 포로가 되었고, 뼈를 에는 설움을 겪어야 했던 포로수용소 생활을 극적으로 벗어나 꿈에서도 원하던 것은 부인·아들과의 재회였다. 그러나 재회도 못 하고 다시 내려온 부산 피난 생활에서 들리는 소식은 자기의 부인과 학교 선배 이종구의 동거 소식이었다. 이런 상황을 어떻게 한 인간으로서 견딜 수 있었을까? 가장 따뜻한 위로가 필요했던 순간에 가장 큰 인간적 모욕이 주어진 상황, 그것은 한마디로 "억만 개의 모욕"이었다. 이 "억만 개의 모욕" 화살을 온몸과 마음으로 받아야 했던 김수영의 심적 기저를 이해해야만 1963년 10월에 쓴, 현재 모든 여성에게서 페미니스트에게서 극단적인 비난을 받는 시 「죄와 벌」을 조금이라도 이해할 수 있다. 「죄와 벌」의 배경을 이해해야만 그 시 속에서 김수영 자신의 어두운 면을 드러내는 시인적 용기와 한 남자로서 받은 모욕의 크기를 다 허물지 못한 인간적 한계를 우리는 다 어림할 수 있다고 본다.

부산 초량동 판잣집

김수영은 1952년 11월 28일 석방되어 영등포 집에서 어머니와 동생들과 재회한 후 일주일 정도 머물고 대부분의 문인들이 피난 가 있는 부산으로 내려갔다. 부산 제4부두에서 나오면 지금은 충장대로가 지나가는 8차선 도로에 초량동 판잣집이 즐비했었다. 그 판잣집 하나에 둘째 동생 수성이 막내 이모 인쇄소를 맡아 일을 하면서 기거하고 있었다. 김수영은 이곳에서 1953년 8월 수성이 먼저 상경할 때까지 함께 있었다. 김수영 어머니도 초량동 판잣집에 여러 번 내려와서 막내 이모로부터 생활비 지원도 받고, 또 부산에서 살 방도가 있을까 궁리도 했다. 영등포에 살 때 막내 남동생은 어머니를 따라 부산에 몇 번 같이 가서 형님들을 만나기도 했다. 2019년 4월 6일 마지막 벚꽃 잎들이 날리는 날 막내 남동생, 김문태 김수영문학관 전 운영위원장, 박정근 운영위원과 함께 필자는 부산 제4부두 앞 지금은 판잣집 흔적이라곤 눈을 씻고 봐도 찾을 수 없는 현장을 찾았다. 오직 막내 남동생의 회상에서만 그때를 상상할 수 있었다. 그는 그때를 이렇게 회상했다.

> 당시 제4부두에 미군 물자가 들어오는 거야. 부두에서 나오면 지금 대로가 나 있는 곳이야. 그곳이 그때 전부 판잣집이었어. 아침이 되면 사람들이 표딱지 받고 부두 안으로 들어가는 거야. 부두 노무자가 되는 거지. 저녁때가 되면 바지 밑을 묶어 가지고 그 안에 라이터돌을 훔쳐

현재의 초량동
판잣집이 즐비했던 곳은 지금 충장대로로 바뀌었다. (2019년 촬영)

가지고 나오는 거야. 거의 걷지 못할 지경으로 훔쳐 나오는 사람도 있었어. 가지고 나오면 돈이 되니까. 우리 둘째 형도 여기 초량동에서 살았어. 지금 제4부두에서 나오면 있는 판잣집이었지. 초량동 맞은편 언덕 쪽이 수정동이야. 수정동에 백 씨라고 있었어. 부산에서 엄청 부자였어. 딸이 백수자라고, 백수자 남편이 유명한 대공 검사 정치근이야. 우리 막내 이모가 그 정치근을 잘 알아. 막내 이모는 그 백 씨 집에 들어가고, 그 옆에 인쇄소를 차린 거야. 우리 둘째 형까지 그 집에 들어갈 형편이 되지 못하니까 여기 초량동 판잣집에서 살았던 거지. 막내 이모네 인쇄소에서 둘째 형이 책임지고 일을 했지. 초량동 판잣집에 큰형이 가끔씩 와서 자고. 큰형이 부두 노무자 책임자로 잠깐 일을 했지. 판잣집 자취는 대로가 만들어지면서 다 없어지고 그때 흔적으로는 부산진역이 남아 있는 거지. 그때는 영등포에서 내려오면 부산진역에서 내려서 여기 왔지. 부산진역 건물에 그때 모습이 많이 남아 있어. 그때 일하던 노무자들이 목재를 배에서 하역하다 감시가 소홀한 틈을 타서 목재를 바다에다 던져. 나중에 그것 건져서 팔아먹는 거지. 내가 어머니하고 부산에 왔을 때 부두 노무자들이 목재 훔치는 것을 구경했지. 그때는 먹고사는 게 힘들어 무슨 일이든 할 때니까. 부정적인 일이지만 그렇게 해서라도 살았던 거지.

초량동 판잣집에 김수영은 가끔씩 와서 잤다. 그 외 대부분은 소설가 김중희 같은 문인과 동거했다. 김중희와 생활할 때 김수영은 자기 전 반드시 의치를 빼서 머리맡 주전자 물에 담가 두었는데, 이는 아침에 일어나서 의치를 낄 때 아프지 않으려면 반드시 해야 하는 절차였다. 술 마시고 새벽에 목이 마른 김중희가 머리맡에 손을 더듬어 물을 찾다 그 의치 담근 주전자 물을 수시로 마셨다는 일화는 최하림의 『김수영 평전』에 실감 나게 표현되어 있다.

부산에 있을 때 김수영은 문단 선배로서 '우리 문단에서 가장 좋은 의미의 예술가다운 문학자의 한 사람'이라고 존경의 념을 가지고 평가한 안수길과 자주 만났는데, 김수영 산문 「안수길」에서 안수길과 만나는 장면을 이렇게 묘사했다.

『제3인간형』의 작자는 안경을 쓰고 조그마한 체구로 영도에서 건너오는 연락선을 타고, 방학이라고 해서 그가 밤에 꿈속에서까지 잊어버리지 않고 들고 다닐 것 같은 거의 흑색으로 변한 윤이 자르르 흐르는 가죽 가방도 들지 않고 남포동 다방으로 나타난다.

1952년 낙동강 소주 상표
(장익용, 『진로50년사』, (주)진로, 1975.)

그리고 김수영은 남포동 다방에서의 만남뿐 아니라 소설가 박연희, 김중희와 더불어 영도에 있는 안수길 피난 집에 자주 쳐들어갔다. 안수길은 『현대문학』 1968년 8월 김수영 특집호에 실린 회상 글 「양극의 조화」에서 김수영 일행이 영도 피난 집에 쳐들어온 장면을 이렇게 그렸다.

> 박연희 씨가 『자유세계』를 편집하고 있을 때니까, 부산 피난 초부터였다. 영도에서 조그만 방을 얻고 아홉 식구가 비좁게 살고 있을 때였었는데 수영은 연희, 중희 들과 함께 우리 집을 곧잘 습격했고 '낙동강' 병을 좋이 터뜨리기도 했다.

김수영 일행이 안수길 피난 집에 쳐들어가 좋이 터뜨린 '낙동강' 소주는 장학엽 씨가 1924년 고향인 평안남도 용강에서 양조 회사를 차려 소주 상표 이름을 '진로'로 삼은 뒤 6·25 때 부산으로 피난 내려와서 1952년 구포에서 양조 회사를 차려 소주 상표를 '낙동강'으로 한 것이다.

1954년 영등포로 공장을 옮겨 다시 '진로'로 상표 컴백을 했다. 말하자면 '진로'의 부산 피난 시기 판이 '낙동강'인 것이다. 따라서 '낙동강' 소주를 마셨다고 하면 100퍼센트 부산 피난 시기 술자리 이야기다.

김수영은 박연희가 편집장으로 있던 『자유세계』 1953년 4월호에 6·25전쟁으로 중단되었던 시인으로서 삶의 복귀를 알리는 시 「달나라의 장난」을 발표했다. 참혹한 전쟁으로부터 돌아온 자가 보는 일상은 "누구 집을 가 보아도 나 사는 곳보다는 여유가 있고 / 바쁘지도 않으니 / 마치 별세계같이 보인다"라고 한 시구처럼 딴 세상이었다. 전쟁으로 인해 기존 정신적 가치로 쌓아 올린 모든 것이 허물어지고, 낯선 도시에서 뿌리 뽑힌 삶을 살아야 하는 김수영에게 네 살이 되도록 아직 만나지도 못한 장남 준과 같은 아이가 노는 집은 어느 집이나 별세계처럼 보였다. 그런데 그 아이가 돌리는 흑과 백이 반반인 팽이는 돌리면 "소리 없이 회색빛으로 도는 것"이다. 회색빛으로 도는 그 모습이 "오래 보지 못한 달나라의 장난" 같은 것이다. 좌우 대립으로 끔찍한 살상을 되풀이한 동족상잔의 전쟁도 회색빛으로 돌면 그냥 달나라 장난 같은 것일 텐데. 그래서 도는 팽이를 보면서 "영원히 나 자신을 고쳐 가야 할 운명과 사명 앞에 놓여 있는 이 밤에 / 나는 한사코 방심조차 하여서는 아니 될 터인데"라며 영원히 흑과 백으로 나뉘지 않고 '회색'으로 도는, 돌아야 하는 자신의 결심과 재출발을 보여 주는 「달나라의 장난」 지면을 박연희가 김수영에게 제공해 주었다. 김수영에게 등단의 기회를 제공한 것은 조연현이었지만, 전쟁으로 마지막 안식처까지 빼앗긴 김수영에게 시라는 운명에 다시 접속할 기회를 준 것은 박연희였다. 김수영이 산문 「가냘픈 역사」에서도 말했듯이 당시에는 하루에 한 번씩은 남포동에 있는 『자유세계』 잡지사에 들러 박연희를 만나는 것이 일과였고, 박연희를 만나면 술 생각이 났다고 한다. 본래 술친구는 매일 만나도 매일 술을 마시고 싶은 법이다. 부산에서 박연희와 김수영이 그랬다. 김수영 표현대로 "그것은 우리의 의무 같은 것"이었다. 박연희 청탁으로 「달나라의 장난」에 이어서 1953년 5월 5일 쓰였던 장시 「조국에 돌아오신 상병포로 동지들에게」는 아쉽게도 『자유세계』 지면으로 발표되지 못했다. 김수영은 남포동 쪽 다방에서 문인들을 만나고 비는 시간이 있으면 광복동 쪽으로 조금 걸어가면 있는 보수동 헌책방 골목에 가서 외국 잡지를 뒤적거렸다. 책방 골목을 뒤지고 다니는 버릇은 김수영이 일본 유학 때부터 가지게 된 평생 습관이었고 피난 시기 부산에서도 예외 없이 그 습벽은 작동했다.

부산 임시정부 각 부처가 1953년 7월 말까지 서울로 환도하자 8월 막내 이모 인쇄소도 서울로 올라오게 되었고, 그에 따라 둘째 수성도 인쇄소를 따라서 서울로 먼저 올라왔다. 김수영은 생계를 위하여 1953년 6월부터, 부산에 피난 내려가 있던 모교 선린상고 영어 강사 자리를 얻었기 때문에 선린상고가 서울로 올라오는 10월까지 부산에 머물다 상경했다.

신당동 집 I

정부가 환도하면서 영등포에 있던 본가 가족도 강북으로 올라왔다. 김수영 어머니는 충무로4가 집에 돌아가지 않았다. 생때같은 세 아들이 의용군으로 끌려간 참혹한 기억이 서려 있는 그곳으로 다시는 돌아가고 싶지 않았다. 대신 막내 이모의 신당동 인쇄소 옆 별채에 들어갔다. 현재 위치로는 지하철 5호선 청구역 2번 출구에서 삼성아파트 쪽으로 50미터 떨어진 거리에 있는 인쇄소 옆 별채는 일본식 집으로 방이 두 개였다. 주소는 신당동 294-63번지(청구로4길 3)이다. 방 두 개 중 하나를 김수영이 차지했고, 다른 하나에 온 가족이 모여 지냈다.

1954년 9월에 쓴 산문 「초라한 공갈」에서 김수영은 "그의 식구는 도합 일곱 명이다. 남자 삼 형제에 여자가 삼 형제, 그리고 늙으신 어머니다. 이 무기력한 책상 주인공은 세칭 맏아들이다. 이 '맏아들'이라는 것을 방패 삼아 혼자만 독방을 차지하고 나머지 하나밖에 없는 방을 식구 여섯 명이 쓰고 있다. '맏아들'이 독방을 쓰고 있는 데에 대하여 나머지 식구들은 한 번도 불평을 표시한 적이 없었다. 이것이 그에게는 오히려 미안하였다."라고 자신의 미안한 감정을 표현하고 있다. 항상 특별한 존재였던 김수영은 신당동 집에서도 특별하였다. 특별하였기에 가족과는 거리가 있었던 김수영은 결혼하여 독립하였으나 전쟁으로 인해 독립했던 모든 것이 해체되면서 다시 가족에 합류하였다. 전쟁의 상처는 너무 컸다. 막연한 환상을 가졌던 사회주의 사회 북한은 자신에게 의붓자식 같은 설움만을 안겨 주었다. 포로수용소에서는 친공 포로와 반공 포로의 극렬한 이념 대립 속에 인간 목숨은 파리 목숨보다 못한 존재가 되어 버렸다. 자신이 존경하던 임화는 남로당파 숙청 과정에서 숙청되어 형장의 이슬로 사

신당동 집 대문 현재 모습
대문은 50년대와 똑같다. (2021년 촬영)

라져 버렸다. 그리고 '신시론' 동인으로 모더니즘 시 운동에서 마음이 맞았던 동지들은 전부 월북해 버렸다. 그리고 또 가장 전위적으로 결혼식이라는 거추장스런 격식조차 거부하며 시대를 앞서가는 남녀의 결합 모델을 보여 주는 데 기꺼이 같이했던 부인은 눈에 넣어도 아프지 않을 아들조차 친정에 맡겨 버리고 다른 남자와 동거에 들어가 버렸다. 마음을 기댈 언덕이 아무것도 남아 있지 않은 상태에서 김수영은 술만 먹으면 거의 미친 발작을 일으켰다. 이 당시 김수영의 상태를 최하림은 『김수영 평전』에서 이렇게 기술하고 있다.

그는 그의 영원한 여인인 어머니에게조차 욕을 하고 행패를 부리고 가재도구를 집어 던졌다. 방 안에 부서진 가재도구들이 어지러이 널린

적이 한두 번이 아니었다. 〈중략〉 그런 날엔, 그의 어머니와 동생들은 김수영 달래기에 바빴다. 수명은 "오빠, 오빠, 오빠"를 연거푸 부르며 의치를 담가 둘 냉수를 떠 오고, 수성은 새 내의를 꺼내 오고, 어머니는 부드러운 목소리로 "왜 이러니, 왜 이러니"를 되풀이하며 아들을 진정시켰다.

너덜너덜해진 상처를 받은 김수영의 영혼을 꿰매어 준 것은 진한 가족애였다. 가족은 자신이 바닥의 바닥이어도 안아 주었고, 가족은 자신이 비참의 비참이어도 품어 주었다. 여섯 가족이 방 하나를 써도 자신에게 불평 한마디 없었다. 김수영은 태어나서 처음으로 가족을 진정 가족답게 느꼈다. 그래서 나온 시가 「나의 가족」이다. 가족은 "지층의 단면처럼 억세고도 아름다운 색깔"로 보였고, 위대한 것만을 찾아서 쫓았던 자신의 과거를 반성하며 "차라리 위대한 것을 바라지 말았으면 / 유순한 가족들이 모여서 / 죄 없는 말을 주고받는 / 좁아도 좋고 넓어도 좋은 방안에서" 새로이 발견하는 것은 "거칠기 짝이 없는 우리 집안의 / 한없이 순하고 아득한 바람과 물결"이라고 노래했다. 그리고 그것은 마지막 절창으로 이어진다. "이것이 사랑이냐 / 낡아도 좋은 것은 사랑뿐이냐" 김수영은 가족의 절대적 사랑 속에서 갈기갈기 찢긴 상처받은 영혼을 달래고 치유해 갔다.

둘째 수성은 서울로 돌아오고 나서 철도청에 취직했다. 그리고 어머니의 경제활동으로 생계를 이어 가면서 나머지 4남매는 다 하지 못했던 학교생활로 모두 복귀했다. 막내 남동생과 막내 여동생은 어려운 살림살이 속에서도 열심히 공부해서 경기중학교와 경기여중에 차례차례 합격하였다. 전쟁 때문에 의용군으로 끌려간 두 아들은 생사조차 모르고, 큰

아들은 혼자가 되어 버렸고, 가진 재산조차 없어 막내 여동생에게 얹혀 사는 신세가 된 어머니에게 막내아들과 막내딸이 엇나가지 않고, 가난에 굴하지 않고 국내에서 제일이라는 중학교에 합격해서 다니는 모습은 그래도 커다란 위로가 되었으리라.

미도파백화점

김현경이 떠나가면서 김수영은 실질적으로 이혼 상태나 마찬가지였다. 부산 선린상고 영어 강사 시절 잠깐 스쳐 가는 사랑이 있었을 뿐 본격적인 사랑은 없었다. 서울에 돌아와서도 사랑의 부재 상태는 지속되었다. 사랑의 공백 시기에 나타난 여성이 '로 선생'이었다. 나타났다기보다 포로수용소 생활 속 '수용소 사랑'의 연장이라고 보는 것이 더 정확하겠다. 포로수용소에서의 여성은 브라우닝 대위와 임 간호원 외에 노 간호원이 더 있었다. 그 노 간호원이 부산 거제리 포로수용소가 폐쇄됨에 따라 부산 생활을 청산하고 서울로 올라와 미도파백화점 한 부스를 맡고 있었다. '미도파백화점' 하면 명동 입구에서 길 하나만 건너면 닿는 곳이니까 노 간호원이 미도파백화점에서 장사한다는 소문이 명동을 출퇴근하다시피 한 김수영의 귀에 자연히 들어갔다. 김수영의 1954년 11월 24일 일기를 보자.

> 청춘사에서 울다시피 하여 겨우 7백 환을 받아 가지고 나와서 로 선생을 찾아갔다. 장사에 분주한 그 여자를 볼 때마다 나는 설워진다. 도대체 미도파백화점에 들어서자 그 휘황한 불빛부터가 나는 비위에 맞지 않는다. 침이라도 뱉고 싶은 것을 억지로 참고 나와서, 로 선생의 말대로 '상원'에 가서 기다렸으나 그는 오지 않았다. 그를 기다리는 동안 출입문을 등지고(서쪽을 향하고 앉아서) Hemingway헤밍웨이의 The

1939년 준공 직후 미도파백화점 모습
1954년 김수영이 로 선생을 찾아갔을 때도 미도파백화점은 준공 때 외양을 그대로 유지하고 있었다. (부산박물관, 『사진 엽서로 보는 근대풍경1』, 민속원, 2009.)

> Snows of Kilimanjaro킬리만자로의 눈를 읽었다. 순수한 시간이었다. 애인은 오지 않았지만, 애인을 만나고자 기다리는 순수한 시간을 맛보았다는 것만으로 나는 만족할 수가 있다.

김수영은 노 간호원을 이북식으로 '로 선생'이라고 표현하고 있다. 이영희 선생이 나중에 자신의 이름을 '리영희'라고 썼던 것처럼. 그 '로 선생'을 만나려고 자신의 영어 번역료를 청춘사에 가서 '울다시피 하여' 받아 냈다는 장면에서 김수영의 애타는 혹은 설레는 마음이 읽힌다. '로 선생'은 어떤 여자였을까? 최하림의 『김수영 평전』에 큰누이 김수명과 한 인터뷰가 실려 있다.

오빠가 가르쳐 준 대로 미도파 1층이었던가 2층에 가서 미스 노를 찾았지요. 미스 노는 진열장 안에 있었어요. 키가 작고 눈이 큰 '아줌마'였어요. 나는 실망했어요. 오빠가 좋아하는 사람이 저런 아줌마라니⋯⋯ 그래서 아마 말도 더듬었던 것 같아요. 그분은 무척 친절하게 대해 주었던 것 같아요. 나이가 얼마냐? 어느 학교에 다니냐? 그런 것을 물었던 것 같아요. 돌아갈 때는 와이셔츠에 넥타이, 내복을 포장해서 오빠에게 전해 주라고 했어요. 그 뒤로도 서너 번 오빠 심부름으로 만났댔죠. 우리는 가까웠어요. 오빠는 '나는 손 한 번 안 잡았다', '입에서 말도 잘 안 나온다'고 했어요. 그럴 때 오빠 얼굴은 조금 붉어졌던 것 같아요.

큰누이 김수명의 인터뷰에 나타나는 김수영은 '로 선생'과 거의 플라토닉 러브에 가까운 사랑을 하고 있었음을 알 수 있다. 그야말로 '수용소 사랑'의 연장이다. 환자를 돌보는 간호원의 헌신성에서 모성애와 비슷한 사랑을 느끼지 않았을까?

김수영에게 아내의 부재는 '로 선생'과의 순정 어린 사랑뿐만 아니라 선까지 보게 만든다. 1954년 11월 31일 일기에 나오는 'C 중위'는 김수영에게 작가 생활을 안정적으로 지속하도록 경제적 뒷받침을 해 줄 수 있는 '여의사'를 소개해 준다. '여의사'를 만나 본 김수영은 자기 환멸을 느낀다. 자신이 잠시라도 가졌던 '돈 있는 여의사한테 장가를 가고 싶다는 욕심'에 대해 자책에 가까운 자기반성을 한다. 일기를 보자.

⋯⋯지나간 오늘 하루 낮을 내가 헤매고 있던 혼미에서 기어코 깨어났다. C 중위가 말하여 준다는 여의사와의 혼담이 그것이다. 물욕에

미도파백화점 현재 모습
롯데백화점으로 소유권이 넘어가서 '롯데영플라자'로 이름이 바뀌었다. (2021년 촬영)

탐이 없다고 자신하고 있는 내가 나이도 늙지 않았으니 망령도 아니요 술이 취하지 않았으니 취중의 환상도 아닐진대 돈 있는 여의사한테 장가를 가고 싶다는 욕심에 내 자신을 잊어버린다는 이것이 웬 말이냐? 문학을 위해서라고? 턱없는 소리요, 한없이 어리석은 소리다. C 중위를 만나더라도 다시 이런 유혹에 귀를 기울여서는 아니 된다. 일소하여 버릴 것이다.…… 꾸준히, 이 어려운 가운데에서 글공부를 하자. 문학은 이 안에 있는 것이다. 부족한 것은 나의 재주요, 나의 노력이다. 부디 돈 많은 여자를 바라서는 아니 된다. 더러운 일이다. 이름 팔려고 하지 않을 것이다. 그것은 값싼 광대의 근성이다. 깨끗한 선비로서의 높은 정신을 지키자.

한번 실패한 사랑을 회복하기 위해 다시 하는 사랑은 더 조심할 수밖에 없고 더 까다로운 선택일 수밖에 없다. 김수영도 예외는 아니었다. 어느 작가인들 경제적 곤궁으로부터 해방된 충분한 글쓰기 시간을 갖고 싶지 않겠는가? 하지만 김수영은 그런 돈과의 타협을 한번 해 볼까 생각했다는 것 자체를 질타하고 있다. 김수영은 그냥 김수영이 된 것이 아니다. 많은 인간적 고뇌와 많은 현실 타협의 유혹을 이겨 내고 김수영이 된 것이다. 시인으로서 예민한 감각의 촉수가 움직이는 김수영은 보통 사람보다 훨씬 더 어려운 선택을 해야 하는 운명이었는지 모른다.

현재 미도파백화점은 일제강점기 때 준공한 외양이 많이 바뀌었다. 하지만 근본적인 골격은 바뀌지 않았다. 지금은 주인이 '롯데백화점'으로 바뀌어 이름도 '미도파백화점'에서 '롯데영플라자'로 바뀌었다. 김수영의 사랑 부재 시대에 '로 선생'에 대해 애틋한 순정을 키운 '그 휘황한 불빛' 공간이 지금 형태만이라도 부디 오래 유지되길 바란다. 그래야 '롯데영플라자' 앞에 서면 옛 미도파백화점을 그리면서 김수영의 순정을 되살려 보는 계기라도 잡을 수 있지 않겠는가? 도시가 아름답다고 하는 것은 그 도시를 살다 간 사람들의 사랑, 눈물, 기쁨, 비탄의 흔적을 소중하게 여기고 간직한 정도에 크게 좌우된다고 생각한다.

전후戰後 명동

시공관(명동예술극장)

1954년 11월 24일, 상원다방에서 김수영을 바람맞힌 로 선생은 해를 넘겨 신년 초 그 일이 미안했던지 김수영이 명동 한복판 시공관에서 1월 9일 새로 개봉한 프랑스 영화를 보러 가자는 제안을 하자 거부를 못 한 것 같다. 김수영은 로 선생과 명동 시공관에서 프랑스 영화 〈인생유전〉을 보는 영화 데이트가 성공하고 나서 이틀 후 일기에 후기를 남겨 놓았다. 다음은 1955년 1월 11일 일기이다.

> 아무튼 〈인생유전〉은 시시한 영화다. 그 제목부터가 고색창연하고 내용도 구태의연하다. 나는 이 종류의 불란서적 리얼리즘을 극도로 싫어한다. 결국 〈인생유전〉은 불란서적 영화 협잡이다. 이것을 모르고 아직도 불란서 영화라면 모두가 예술영화이며 일류 영화라고 생각하는 무리들이 나의 주위에 있다는 사실은 나를 질식시킨다. 그런데 로 선생(나의 애인)까지 이 영화를 보고 좋다고 한다. "그 영화 좋지요?" 하고 물어보는 그의 말에 나는 두말없이 "네." 이것이 사랑이다.

로 선생이 "그 영화 좋지요?"라고 물어보았을 때 김수영의 표정이 어떠했을까? 상상하는 것만으로도 웃음이 절로 나오는 영화 후기다. 김수

1936년 준공된 명치좌 시절의 명동예술극장 모습
(중구문화원, 『한류의 중심 서울 중구, 그 뿌리를 찾아서』, 상상박물관, 2015.)

영의 영화 후기에 '시공관'의 '시' 자도 나오지 않지만 1954년 1월 9일에 〈인생유전〉을 상영했던 극장은 명동 시공관밖에 없었다. 시공관은 1월 8일부터 〈인생유전〉을 개봉했다. 김수영은 〈인생유전〉이 개봉하자마자 영화 티켓을 두 장 사 들고 로 선생을 찾아가서 약속을 받아 낸 것이다. 〈인생유전〉이 예상외로 대중의 인기를 얻자 명동 끝자락 '중앙극장'까지 이 영화를 개봉했는데, 그것은 시공관 개봉보다 한 달 반 늦은 2월 23일 이야기이다.

삼십 대 중반 나이에 떠나 버린 부인과 처가에 맡겨진 아들까지 있는 김수영에게 〈인생유전〉이라는 영화는 '불란서적 영화 협잡'이라고까지 평가절하를 받았지만, 당시 이십 대 초반으로 출가의 삶을 살면서 선 수행에 용맹·정진하고 있던 출가승 고은의 평가는 전혀 달랐다. 고은은 그의 자전적 소설 『아! 고은』 두 군데에서 〈인생유전〉을 언급했다.

> 나는 장루이 바로에 미쳐 있었다. 그가 아를레티, 가자레스 들과 함께 열연한 영화 〈인생유전〉은 일곱 번 이상 보기도 했다. 보아도 보아도 모자라서 그랬다.

> 나는 그들에게 장루이 바로의 팬터마임(무언극)을 흉내 내어 우리들의 회식 뒤의 방에서 내 무언극을 보여 주기도 했다. 지난날의 한동안 나는 "내가 곧 '바로'이다!"라고 외치고 다니며 그의 천부적인 연기의 전율에 동질화되고 있었으므로 그의 흉내는 몸에 익어 버렸던 것이다. 이 배우는 아주 작은 눈만 아주 작은 섬처럼 고독하게 빛나고 있으며 그 밖의 것들은 이 눈을 철저하게 고립시키고 있는 가면과 비실체적인 신체일 뿐이다. 그런데도 그가 영화 화면에 나타나기만 하면 그것은 하나의 유성과도 같은 힘을 펼쳐서 그의 일거일동, 그의 말 한마디가 풍기는 그 순수하면서도 신기로운 애수야말로 사람들을 흡인하고 마는 것이다.

같은 영화를 봐도 받아들이는 감성의 차이는 이렇게 컸다.

보통 결혼한 남자는 자신의 부인이 가지고 있지 않은 매력을 가진 여자에게 잘 빠져든다고 한다. 부인이 너무 똑똑하면 조금 어리숙한 여자에게 빠져들고, 부인이 품이 좁고 너무 차가우면 품이 넓고 따뜻한 상대에게 빠져든다는 것이다. 김수영이 '로 선생'에게 빠져든 것은 그녀의 너그러운 품과 따뜻함 때문이었다. 김수명이 보기에 실망스러울 정도로 보통 아줌마였던 로 선생에게 김수영이 빠져든 이유는 김수명이 돌아갈 때 와이셔츠에 넥타이, 내복을 포장해서 오빠에게 전해 주라고 하는 마음씨에서도 보이

시공관에서 개봉된 영화 <인생유전> 신문 광고
시공관의 전신이었던 명치좌는 해방 후 시공관으로 이름이 바뀌었다. 1955년 1월 8일에는 시공관에서 영화 <인생유전>이 개봉되었다. (『동아일보』 1955년 1월 5일자.)

듯이 로 선생의 너른 품과 따뜻함 때문이었다. 그랬기에 비록 결혼한 유부녀였을지라도, 손 한 번 잡지 않았을지라도 '나의 애인'이었고, 다방에서 바람을 맞혀도 로 선생을 기다리며 '순수한 시간'을 맛보았다는 것 자체에 만족감을 느낀 것이다.

김수영은 C 중위가 소개해 준 여의사를 만나고는 왜 자신을 미워하며 가책했을까? 일기에 "이 어려운 가운데에서 글공부를 하자. 문학은 이 안에 있는 것이다."라고 가책하는 것처럼 경제적인 '이 어려움'을 능력 있는 여의사에 기대 벗어나는 것은 자신의 삶을 회피하는 것이고 이는 곧 자신의 삶이 부패하는 것이라 보았기 때문이다. 경제적인 이유로 여자를 선택하는 것이 부패한 삶의 모습이듯이 첫사랑에 모든 것을 거는 영화 주인공의 모습은 너무 통속적인 삶의 모습이었다. 그래서 김수영이 보기에 〈인생유전〉은 주인공 남자가 첫사랑을 잊지 못해서 사랑하는 부인과 아이를 버리고 이미 떠나 버린 첫사랑을 찾아 헤맨다는 마지막의 설정은 현실적인 사랑의 의미를 전혀 포착하지 못한 관념의 구성이었다. 불란서 영화라면 예술적이고 일류라고 하는데 자신이 보기에 협잡에 가까울 뿐이고, 첫사랑이라는 신기루를 쫓아가는 주인공의 마지막 모습은 영원히 현실에 뿌리내리지 못한 팬터마임의 어릿광대 사랑에 불과할 뿐인 것

현재의 명동예술극장 모습
1930년대에 건설된 극장 건물 중 유일하게 살아남았다. (2021년 촬영)

이다. '낡아도 좋은 것은 사랑뿐'이라는 현실을 전혀 드러내지 못하는 영화가 무슨 리얼리즘 영화라고, 일류라고, 예술영화라고 우대받고 있냐는 것이 김수영의 냉소였다.

시공관은 1936년에 준공된 극장 건물로 일제강점기 때 이름은 메이지좌明治座였고, 해방 후 이름은 시공관이었고, 1957년부터는 국립극장이 되었다. 1973년 국립극장이 남산으로 이전함에 따라 건물도 금융기관에 매각되어 금융기관 건물로 용도 변경 되었다가 2003년 문화부에서 다시 인수하여 2009년 현재의 이름인 명동예술극장으로 재개관했다. 건물도 본래의 모습대로 복원되고 또 본래의 문화·예술 전문 건물로 기능

회복된, 우리나라에서 극히 드문 사례라서 더욱 의미가 깊다. 1930년대 같이 출발한 극장인 스카라극장과 국도극장은 개발 논리에 밀려 헐려 버렸는데 명동예술극장은 다시 본래의 모습을 찾았으니 이보다 더 반가울 수 없는 일이다. 6·25전쟁 때 시공관 동쪽에 있는 건물과 남쪽에 있는 건물 들은 폭격으로 상당 부분 폐허가 된 상황이었으므로 거의 기적에 가까운 생명력으로 살아남은 건물이기에 더욱 그 가치가 새롭다. 그 건물이 옛 모습 그대로 2021년 현재 명동 한복판에 우뚝 서 있다는 것 자체에서, 대한민국도 문화를 이야기할 수 있다는 자부심 한 자락이 느껴진다. 현재의 명동예술극장을 보고 있으면 시공관 시절 김수영과 로 선생이 〈인생유전〉을 보고 앞서거니 뒤서거니 하며 어딘가에서 걸어 나올 것만 같다. 손 한 번 잡지 못했으니 팔짱은 더더욱 끼지 못했을 것이다. 서로 영화 이야기를 하며 나왔을까? 영화 끝나고 어느 찻집에 갔을까? 은성에 가서 대포 한잔했을까? 동방살롱에 들러 차 한잔했을까? 즐거운 상상의 나래를 펼 수 있다. 그것이 기억의 집합체인 역사적 건물이 가진 위력이다.

은성

은성의 역사를 쉽게 이해할 수 있도록 최불암의 자전적 에세이 『인생은 연극이고 인간은 배우라는 오래된 대사에 관하여』(샘터, 2007)에서 어린 시절 이야기 부분을 요약해 보겠다.

최불암은 본명이 최영한崔英漢이다. 1940년 6월 15일 인천시 동구 금곡동에서 사업가인 최철崔鐵과 대한제국 때 궁내 악사를 지낸 집안의 딸

최불암 어릴 때 어머니와 함께
(최불암, 『인생은 연극이고 인간은 배우라는 오래된 대사에 관하여』, 샘터, 2007)

이명숙李明淑의 무녀독남 외아들로 태어났다. 최불암이 태어나자마자 아버지가 상해로 가는 바람에 어머니는 생계를 꾸리기 위해 일을 나가야 했는데, 어린 최불암이 밖에 나가 놀다가 다칠까 봐 바깥에서 문을 잠그고 가서 최불암은 어린 시절 방 안에서 외로움과 싸우며 지내야 했다. 해방이 된 후 여섯 살 때 인천 부두에서 아버지와 첫 대면을 했다. 귀국 이후 아버지는 영화사(건설영화사)와 신문사(인천일보)를 운영하였다. 아버지 사무실은 언제나 영화배우와 영화사 직원들로 북적거렸다. 당시 영화배우였던 신카나리아, 복혜숙, 한은진, 전택이, 이향 등이 아버지 사무실에 심심찮게 드나들었다. 1947년 최불암이 초등학교 2학년 때 아버지가 갑작스럽게 돌아가셨다. 영화 〈수우愁雨〉시사회 하루 전날 서울 남산호

텔에서 직원들과 중요한 일을 의논하다가 과로로 쓰러지고 만 것이다.

어머니는 다시 생활 전선에 뛰어들어 집을 처분한 돈으로 인천의 동방극장 지하에 '등대뮤직홀'이라는 음악다방을 열어 생계를 꾸렸다. 6·25전쟁 이후 어머니는 서울 왕십리로 거처를 옮겼다. 어머니는 처음에 명동에 조그만 다방을 차려 운영하다가 곧 문을 닫고 난생처음 술장사를 하게 됐다. 그것이 1955년 봄 명동 시공관 서쪽 골목길에 문을 연 '은성'이라는 선술집이었다. 영화 제작자였던 최철의 부인이 대폿집을 열었다는 소식은 예술인들 사이에 빠르게 퍼져 나갔다. 아버지의 옛 동료들이 자주 찾아오면서 술집은 자리를 잡기 시작했다. 작은 선술집이었지만 예술의 세계를 이해하는 어머니의 마음 씀씀이가 손님들을 끌어모으기 시작했다. 어머니는 가난한 예술가들의 외상 장부에 예술가 본명을 적지 않고 자신만 아는 별명을 적어 넣었다. 그만큼 가난한 예술가의 자존심을 세워 주는 데 세심하였다.

곧 명동백작 이봉구는 은성의 터줏대감이 되었다. 이봉구 외에도 은성의 단골 멤버는 각계각층에 다양했다. 문인으로는 변영로·박인환·김수영·박봉우·천상병·김관식·박계주·조흔파·김광주·김이석 등이 있었고, 화가로는 손응성·이종우·김환기·정규 등이 자주 찾았다. 또 언론인 중에는 홍승면·심연섭·이진섭·김중배·정영일 등이 단골손님이었고, 음악가로는 윤용하·임만섭·김동진 등이 자주 들러 고상한 분위기를 더해 주었다. 은성은 전기 은성과 후기 은성, 이렇게 둘로 나뉜다. 후기 은성은 1969년 철거 지시가 내려져 유서 깊은 국립극장 옆 은성 자리를 떠나 성모병원 맞은편 골목으로 옮겨 간 이후를 이른다. 후기 은성 때는 술꾼들의 연령층이 훨씬 낮아졌다. 대신 전기 은성 때의 낭만이 점차 사라져 갔다. 1974년, 명동 재개발 계획이 발표되면서 가게를 또 다른 곳으로 옮겨

주점 은성의 1966년 모습
주점 은성은 옛 국립극장 서쪽 골목에 있었다. (이봉구, 『그리운 이름 따라』, 유신문화사, 1966.)

야 했는데 그때 최불암은 TV 탤런트 데뷔 8년 차로 기반을 잡았으므로 어머니에게 이제 편히 살 것을 요청해 승낙을 받았다. 그렇게 해서 은성이 영원히 문을 닫게 되었다. 어머니는 1986년 12월 23일 작고하셨다.

최불암은 서울 중구청에서 펴낸 『명동예술극장과 낭만 명동』이라는 책 안 '최불암' 편에서도 은성을 회고했다.

> 하루를 마감하고 삼삼오오 술자리가 무르익기 시작하는 시간은 저녁 6시 무렵이었죠. 술자리라고 표현하긴 했으나 사실상 술은 문학, 그림, 음악, 공연 등 모든 예술 장르를 에워싸는 '보자기' 구실을 했을 뿐

> 이지요. 문화를 사랑하는 예술인들이 술을 매개로 풍류와 낭만을 즐기며, 얼굴과 얼굴을 마주 보며, 가슴과 가슴을 열고 '진실한 소통'을 했다는 점이 중요하지 않을까요. 젊은 나이의 제 눈에도 당시 그분들이 풍미했던 낭만과 우정, 그리고 예술 사랑의 정신은 확실히 아름답고 순수한 색채가 있었다고 여겨져요. 그리고 이 모든 게 가능했던 것은 그곳 명동에 국립극장이라는 공연 무대가 구심점 역할을 해 주었기 때문일 겁니다.

그래서 최불암은 명동에서 남산으로 국립극장이 떠난 것을 누구보다도 아쉬워했고 명동예술극장 복원 운동을 누구보다 열심히 했다.

김수영은 예술과 예술가의 가난한 주머니 사정을 누구보다 잘 이해해주는 '은성'이라서 더 마음에 들어했는지 모른다. 통나무 의자에 사기그릇 대폿잔, 담배 연기로 꽉 찬 허름한 곳이었지만 김수영은 '은성'을 누구보다 사랑했다. 김수영이 '은성' 궤적에 남긴 흔적을 몇 개의 글에서 한번 찾아보자. 먼저 이봉구의 『그리운 이름 따라』에 나온 일화다.

> 장지문을 열어 칸을 막은 다다미 아래 윗방엔 '은성' 마담 친구들인 임항녀를 비롯해 최 부인, 조영숙 등 오륙 명의 여인네 손님들이 술잔을 들고 있는가 하면 방 밖 홀엔 이 집 단골 정화세, 한상기, 심연섭, 박재삼, 김수영을 비롯한 많은 주객들이 한참 메타가 올라가고 있었다.

홀에 있었던 김수영의 취기 메타가 한참 올라가면 어떤 일이 벌어졌을까? 그 부분에 대해선 고은의 자전적 소설 「아! 고은」에 기록되어 있다.

> 해방 후 임화 작사, 김순남 작곡의 〈인민항쟁가〉는 서울의 여기저기에서 그 폭발적 감성을 불러일으켰다. '원수와 더불어 싸워서 죽은 / 우리의 죽음을 슬퍼 말아라 / 깃발을 덮어 다오 붉은 깃발을 / 그 밑에서 전사를 맹세한 깃발.' 이 노래는 훨씬 뒤 1960년 4월 혁명 직후의 명동 술집 '은성'에서 김수영이 술 취해서 불러 대는 것을 내가 입을 틀어막아 버리며 "노래 부를 테면 술 취하지 않은 때 거리로 나가 부르시오." 하고 대든 적이 있었다.

이 장면은 김수영이 의용군 출신으로 항상 의기소침하고 멸시받는 심정이었다가 취기로 이성의 통제 끈이 풀리면 발생하는 사태로 짐작된다. 술 취하면 이북 노래 부르는 습관을 김수영 자신도 잘 알고 있었고, 그것을 '악벽'이라고 불렀다. 산문 「김이석의 죽음을 슬퍼하면서」에, "술에 취하면 나는 이북 노래를 부르는 악벽이 있는데 그런 때면 이석(김이석)은 반드시 이튿날 정색을 하고 나에게 훈계를 했다."라고 말하고 있다. 김수영이 술 취해서 이북 노래를 부르면 술자리 친구들이 얼마나 좌불안석이었을까? 박정희 시대 때는 '막걸리 보안 사범'이라고 술 취해서 이북 찬양만 해도 중앙정보부에 끌려가 죽도록 고문당하고 5년 형을 받았다. 정말 위험천만한 주사였음이 분명하다. 고은은 군산에서 상대방에게 집단 학살을 자행한 혹독한 좌우익 투쟁 현장에서 말할 수 없는 정신적 상처를 입었던 사람으로서 도저히 두고 볼 수 없는 심한 주사였을 것이다.

김수영과 '은성'의 일화 중에는 청년 염무웅이 들려주는 일화도 있다. 김수영 50주기 헌정 산문집인 『시는 나의 닻이다』(창비, 2018) 중 염무웅과 백낙청의 대담인 「추억 속의 김수영, 다시 읽는 김수영」에 실린 염무웅의 회고이다.

> 두어 번은 명동 초입의 유명한 술집 '은성'에도 따라갔고요. 술을 마시기 위해서라기보다 그의 열변에 취하기 위해서였지요. 이렇게 한번 만나 그의 말을 들으면 그럴 때마다 껍질이 한 꺼풀씩 벗겨지는 것 같은 상승감과 희열이 느껴졌어요. 김 선생은 맨정신으로 사무실에 오셨을 땐 별로 말이 없는데 한잔 들어가 입을 열면 다른 사람처럼 변해서 달변을 토해요. 그러고 보면 그의 뛰어난 산문 능력은 그의 달변의 등가물 같다는 생각이 드는군요.

당시 신구문화사에서 편집 일을 맡고 있던 스물여섯 살 한창 청춘 나이 염무웅에게 취기가 오른 김수영의 거침없는 발언은 얼마나 강렬하게 다가왔을까? '은성' 선술집을 얼마나 달뜨게 만들었을까?

다시 이봉구의 『그리운 이름 따라』에 나오는 일화인데 애석하기 그지없는 이야기이다.

> 이해(1965) 초가을 석영학, 김수영과 함께 자주 '은성'에 들러 소주만 즐겨 마시던 김이석이 과로로 인한 뇌일혈로 쓰러져 세상을 떠나고야 말았다. 누구나 다 가는 길이지만 김이석의 이번 길은 너무나 뜻밖이었다. 사람이 죽으면 애석타고 하는 것은 정해진 말이지만 약고 닳아빠진 사람이 많은 요즘 세상에 수줍고 착실한 친구 하나를 잃은 것이 애석하다는 것이 그를 아는 친구들의 이구동성이다.

이렇게 김수영이 사랑했던 사람은 북으로 올라가든지 먼 길을 떠나든지 김수영 곁을 빨리도 떠나갔다. 소설가 김이석은 특히나 정을 많이 주었던 사람이어서 김수영의 상실감은 그만큼 컸다.

은성주점이 있었던 옛 국립극장 서쪽 골목 현재 모습
(2021년 촬영)

은성주점 터 표지석
옛 국립극장 서쪽 골목 입구 명동 아트리움 가게 앞에 세워져 있다. (2021년 촬영)

'은성'의 외상 장부 명단에 김수영은 별명으로도 없었을 것이다. 김규동이 『나는 시인이다』(바이북스, 2011)에서 언급하고 있는데, 김수영은 옷 입는 데는 털털했지만 술값 외상만큼은 명동 신사라고 불러도 전혀 손색이 없었다.

> 연배로 치면 김수영은 네 살 윈데 배울 점이 많았어요. 어른답고, 남에게 무정스럽게 군다거나 불친절한 일이 없고 아무에게도 해를 끼칠 줄 모르는 성품의 소유자였어요. 외상이 흔하던 시절, 남들은 떼어먹고도 양심의 가책을 느끼지 않는데 외상값을 반드시 갚는 사람이었지요. 일부러 찾아가서 갚는 선량한 시민이었다고요.

김수영은 그런 사람이었다.

동방문화회관

1955년 전후 복구 사업으로 새로운 건물이 들어서던 명동에 청년 실업가 동방사진문화사 사장 김동근이 문화인의 전당이 될 문화인 회관을 마련코자 기획한 3층짜리 건물 동방문화회관이 1955년 8월 25일 개관했다. 개관식에 함태영 부대통령이 참석하여 테이프를 끊었을 정도로 동방문화회관의 개관은 당시 세인의 주목을 받았다. 동방문화회관은 명동의 예술인들을 위해 3층은 회의실과 전시실, 2층은 문인들의 집필실과 도서관, 1층은 다방(동방문화살롱)으로 구성되었다. 요즈음으로 치면 문화센터 기능을 하는 건물이었다. 동방문화회관은 개관하자마자 다양한 문화 전시와 행사를 개최했는데, 9월 16일부터는 유네스코 주최로 과학사진 전시회를 3층 전시실에서 개최하였고, 9월 27일에는 한국자유문학자협회(자유문협) 주최로 3층 회의실에서 '소월의 밤'을 개최하였다. 10월 31일부터는 '자유문협' 주최로 제1회 문예 강좌를 열었다. 11월 6일에는 도서실을 마련해서 일반 시민에게 개방했다. 동방문화회관은 '은성'과 마찬가지로 김수영이 명동에 가면 거의 빠짐없이 들르는 곳이었다. 김수영이 동방의 시간에 남긴 발자국의 흔적을 찾아가 보자.

1955년 11월 13일 동방문화회관 3층에서 김규동 시집 출판기념회가 열렸는데, 시집 제목은 『나비와 광장』이었다. 월남 후 김규동이 처음 내는 시집이었다. 시집 출판기념회는 11일 13일 오후 6시에 열렸는데 이 출판기념회에서 김수영은 양명문, 조병화, 유정, 그리고 숙대와 이대 문예부생 등과 함께 시 낭독을 했다.

해를 넘긴 1956년 1월 27일에는 박인환의 첫 시집인 『선시집』 출판기념회가 오후 5시 30분에 동방문화회관 3층에서 문우 일동의 발기로 열렸는데, 이 문우 일동의 발기인에 김수영이 송지영, 장만영, 조연현, 이봉구, 이봉래, 조병화, 김규동, 김경린, 김종문 등과 함께 참여했다.

다음은 김규동이 에세이 『나는 시인이다』에서 김수영과 동방문화회관이 얽힌 일화를 소개하는 장면이다.

> 아침에 동방문화살롱에 앉아 있으면 우이동(구수동을 잘못 표기한 것으로 보임)에서부터 군화를 신고 온 수영이 들어와요. 들어서자마자 다방 바닥에 쾅쾅거리며 우이동에서 달고 온 진흙을 털어요. 흙더미가 마룻바닥에 떨어지는 것을 본 마담이 좋아할 리가 없죠. "에이, 선생님도 여기에 흙을 털면 어떡해요." "아유, 내가 실례했습니다. 모르고 그랬죠." 잘못을 인정하는 그의 얼굴이 불그레해지지요. 이만큼 조심성이 없어요. 평소 생활 태도가 그래요. 악의는 없지만 신사는 못 되지요. 허름한 점퍼에 찢어진 바지, 군화를 신고 일하던 차림으로 나왔는데도 주머니에는 언제나 책이 꽂혀 있어요. 수영의 모습인 거죠. 다방에서도 커피 한 잔 시켜 놓고 좋아하는 줄담배를 피우다 묻는 말에 몇 마디 대꾸할 뿐 자기 얘기는 별로 하지 않았어요. 그 좋아하는 그림 얘기도 좀처럼 안 해요. 6·25 때 인민군에 끌려가 고생하고 포로수용소에 갇혔다가 석방되기도 했죠. 그렇게 몇 년을 호되게 당해서 그런지 사람을 몹시 경계해요. 특히, 군인들을 싫어했어요.

김수영은 서구적 마스크에 옷을 깔끔하게 입고 다녔을 것 같은 도회적 이미지인데 실제로는 신발에 흙을 그대로 달고 올 정도로 털털했던 모양이다. 의외의 모습이다. 어쩌면 격식을 싫어하는 김수영이 의도적으로 털털하게 하고 다녔는지도 모른다. 이 점은 먹고살 생활비는 없어도 항상 옷을 폼 나게 입고 다녔던 박인환과 180도 다른 모습이었다. 사람을 몹시 경계하고 군인들을 싫어했던 모습에서는 의용군과 포로수용소 생활의 혹독한 체험이 평생 짐처럼 김수영의 마음에 어둠을 몰고 온 것 같아 안타깝기 그지없다. 항상 억눌린 심정이, 술기운이 감정선의 긴장을 느슨하게 하면 '은성'에서처럼 〈인민항쟁가〉로 터져 나오곤 했던 모양이다. 사상의 자유는 먼 나라 이야기였던 '반공 국가' 지식인의 슬픈 자화상이다.

동방문화회관의 현재 모습
3층 건물은 그대로이지만 외양에 옛 모습이 하나도 남아 있지 않다. (2021년 촬영)

박인환이 즉석에서 작사하고, 이진섭이 작곡하고, 임만섭이 노래를 부른 〈세월이 가면〉이 만들어진 것도 '동방싸롱' 앞 빈대떡집이었다. 하지만 전후 명동의 센티멘털리티를 대변했던 시인 박인환의 전설도 못 먹는 술을 먹다 1956년 3월 20일 심장마비라는 충격적 소식으로 끝나 버렸다. 그리고 그해 여름 8월 19일에 밤섬에서 문화인 사육제, 즉 문화인 축제가 열렸다. 주최는 문총(전국문화단체총연합회)이었다. 서울방송국에서 녹음해서 라디오로 방송하는 '노래자랑'도 열렸고, 입상한 작품은 동방문화회관에서 전시할 예정으로 사진 대회도 열렸다. 당시 밤섬은 마포 강변 선착장에서 나룻배를 타고 건너가야 했다. 그때는 밤섬에 주민들이 살았고 마포와 밤섬 사이에 정기 나룻배가 운항되었다. 김동근 사장은 밤섬에서 열린 문화인 축제에 참가했다가 돌아오는 길에 비명에 가 버렸다. 정원 20명인 조그마한 나룻배에 초과 인원을 열 명 넘게 태운 것이 원인이 되어 배가 전복되었던 것이다. 어처구니없는 인재로 할 말을 잃게 만드는 죽음이었다. 가난한 예술가들을 위해 자신의 전 재산을 다 쏟아붓다시피 하여 동방문화회관을 건립했던, 명동 문화를 너무나 사랑했던 젊은 실업가의 안타까운 죽음이었다. 우리나라에 일찍이 문화를 생각하는 경제인의 전범典範이 나올 수 있는 절호의 기회였는데 참으로 허망한 죽음이었다. 이봉구는 "박인환도 가 버리고, 김동근도 죽고, 김인수도 죽고 '동방살롱'도 '목동'으로 이름이 바뀌었다."라며 "명동 문화가 끝나는가!" 하며 비탄에 잠겼다.

4·19혁명 직후인 1960년 7월 4일, 김수영은 다음과 같은 일기를 남겼다.

> 어제 창동에 나가는 길에 다방 '세르팡'에 들렀다가 쓰게 된 시 「만시지탄은 있지만」을, 수명이 청서해 준 것으로 오늘 '동방'에 들러서 경향신문 기자를 만나 가지고 주긴 주었지만, 내어주려는지 의아, 안 내준다면 한국일보에 줄 작정이다.

김동근 사장이 가 버렸지만 김수영은 이후에도 '동방'을 약속 장소로 사용했다. '동방'에서 경향신문 기자에게 건네준 시 「만시지탄은 있지만」은 『경향신문』 지면에 실리지 못했고, 『한국신문』에도 실리지 못했다. 결국 해를 넘겨 『사상계』 신년 1월호에 겨우 실렸다. 4·19혁명 이후에도 진정한 언론 자유는 요원했던 것이다.

동방문화회관은 2012년까지 외관을 유지하고 있었다. 지금은 외관조차 전체가 바뀌어 버렸는데 아직 내부 건물은 남아 있는지 모르겠다. 서울시에서 한번 조사를 했으면 좋겠다. 1955년 자신의 전 재산을 들여 문화를 생각했던 사업가는 이봉구의 말대로 '인간문화재급'이기 때문이다. 궁핍한 시대, 문화를 생각한 '아름다운 마음을 가진 실업가'가 지은 건물은 진작 서울시에서 매입하여 그 문화 사랑 마음을 널리 알리는 명동문화센터로 만들었어야 했다고 생각한다. '동방'을 기억하는 소개 책자에 동방에서 첫 시집 출판기념회를 열었던 김규동의 「추억」이라는 시는 꼭 빼지 말고 넣었으면 좋겠다.

추억

김규동

아내의 결혼반지를 팔아
첫 시집을 낸 지
쉰 해 가깝도록
그 빚을 갚지 못했다
시집이 팔리는 대로
수금을 해서는
박인환이랑 수영이랑 함께 술을 마셔 버렸다
거짓말쟁이에게도
때로 눈물은 있다

이런 추억들이 낙엽처럼 쌓인 동방, 그 동방을 기억해 주는 공간은 차치하고 표지석조차 없다. '김동근', 그 이름이 아쉽고, 또 아쉬울 따름이다.

현대문학사

김수영의 큰누이 김수명은 서울사대부고를 졸업하고 합동도서주식회사를 다니다가 1955년 대한교과서주식회사의 방계회사인 '문화당'에 취직을 했는데, 그 사무실에 같은 방계회사인 '현대문학'이 들어와 있었다. 때마침 '문화당' 일이 중단되면서 '현대문학'으로 옮기게 되었다. 우리나라 최장수 문예지인 『현대문학』은 1955년 1월에 창간되었는데 김수명이 현대문학으로 자리를 옮긴 것은 1955년 9월이다. 『현대문학』 창간 당시의 주간은 조연현, 편집장은 소설가 오영수吳永壽였다. 6·25전쟁 후 『문학예술』에 이어 창간된 문예지로서 시·소설·희곡·평론·수필 등 문학 전 분야에 걸친 작품을 게재했으며, 해외 문학도 번역하여 소개했다. 창간 이후 결호 한 번 없이 현재까지 이어져 오고 있는 최장수 문예지이다. 김수명은 초대 편집장 오영수에 이어 1966년 2월에 편집장을 맡아서 1974년 10월까지 역임했다. 김수명이 『현대문학』 편집장을 맡게 된 것은 당시로 보면 파격이었다. 주요 월간지의 우리나라 최초 여성 편집장이었기 때문이다. 김수영은 문단에서 조연현을 비롯한 『현대문학』 쪽 사람들을 별로 좋아하지 않았다. 같은 문단의 우익이었지만 비주류였고, 월남한 문인들이 많이 모여 있는 『자유문학』 쪽 사람들과 훨씬 친했다. 하지만 시를 가장 많이 기고한 곳은 『현대문학』이었다. 큰누이가 근무하는 곳이라 그랬는지 모르지만 다른 어떤 문학지보다 『현대문학』에 기고한 시편 수가 제일 많다.

1955년 1월 『현대문학』 창간호 표지

김수영은 해방 후 등단해서 불의의 사고를 당하기까지 185편의 시를 썼다. 그중 31편을 『현대문학』에 발표했다. 두 번째로 많이 실은 『사상계』보다 배가 많은 숫자이다. 조연현이 주도하는 우익 문단에 가장 비판적인 비주류였지만 김수영은 자신의 시를 발표하는 공간으로서 『현대문학』을 빌리는 데는 인색함이 없었다. 큰누이가 있는 곳이라서 그랬을까? 그런 점은 크게 작용하지 않았을 것이다. 우익 문단의 행태를 비판하는 것은 비판하는 것이고, 시를 게재하는 것은 게재하는 것이고, 둘을 연계시키거나 하지 않았다. 인간적으로 가장 친했던 유정에게 보낸 편지에 이런 구절이 나온다.

> 그저께 현대문학사에를 들렀더니 문화당의 한용덕 씨란 분이 유 형을 곧 만나고 싶어 하더라고 전해 달라는 부탁입니다. 곧 가 보십시오. 오늘 직접 찾아가려다가 집이 바빠서 못 나갑니다. 아주머니께 안부 전하시오.

김수영은 시 원고를 가져다주러도 들르고, 원고료를 받으러도 들르고, 큰누이에게 돈을 꾸러도 '현대문학사'를 들렀다. 그래서 김수영에게 부탁할 일이 있으면 사람들은 '현대문학사'에 부탁해 놓았다.

고은도 승려 시인으로 활약하던 시절부터 '현대문학사'에 자주 들렀다. 1957년경 고은 나이 스물다섯 살이던 시절, '현대문학사'에 들른 이야기가 자전소설 『나, 고은』에 나온다.

> 나는 종로5가를 지나서야 있는 효제동의 현대문학사를 괜히 청계천을 거쳐서 갔다. 그곳에서 편집 사원으로 근무하고 있는 동갑내기 박재삼의 전화가 있었기 때문이었다. 처음으로 시 세 편과 산문 몇 장의 원고료를 받아 볼 수 있었다. 그곳에서 건어물 같은, 그러나 곤충의 안테나를 갖추고 있는 것 같은 주간 조연현과 속으로는 딴생각이 있으면서도 겉의 질박함이 그것을 누르고 있는 소설가 오영수도 만날 수 있었다. 그리고 그곳에는 모란 향기를 풍기는, 시인 김수영의 누이 수명이 회계를 맡고 있었다. 그녀는 손님이 없을 때는 '서울이 좋다지만 나는야 싫어…'라는 노래 한가락도 구애받지 않고 그 아름다운 얼굴을 숙인 채 부르고 있었다. 나는 그 노래에 한없이 따라가고 있었고 그 노래가 잘려 버려도 거기서 노래가 끝나 버린 뒤의 어떤 노래의 허구에 따라가고 있었다.

당시 경기고등학교를 다녔던 막내 남동생은 큰누님이 있던 '현대문학사'에 자주 들렀는데, 고은 시인을 그곳에서 몇 차례 봤다고 했다.

종삼

김수영은 김현경과 실질적 이혼 상태였지만 아직도 젊은 나이였다. 술에 취하면 그 억제할 수 없는 젊음을 해결하려고 종삼을 찾았다. 1954년 4월에 쓴 콩트 「어머니 없는 아이 하나와」에서 "나의 혈관 속에는 그야말로 벅찬 청춘이 아직도 갈 바를 모르고 용솟음치고 있다."라고 했다. 결혼한 친구들은 김수영이 종삼에 가지 못하도록 택시를 태워 기사에게 반드시 신당동 집 앞에서 내려 줄 것을 신신당부하고 택시 번호까지 적어 다른 데 내려 주면 내일 혼이 날 것이라고 공갈까지 때리곤 했다. 하지만 소용없었다. 택시는 항상 종삼 근처에서 정차하는 것을 멈추지 않았다. 그러자 친구들은 술 취한 김수영에게서 호주머니에 있는 돈이란 돈은 모두 압수해 버렸다. 호주머니에 한 푼도 없는 김수영이 이제는 야간 통행증까지 맡기면서 종삼을 출입하자 친구들이 다음 날 만나면 야간 통행증이 있는지 호주머니 몸수색까지 감행했다고 김수영은 콩트에서 쓰고 있다. 이 콩트에서 말한 야간 통행증 이야기가 허구가 아니라는 것은 일기를 보면 알 수 있다. 김수영은 1955년 1월 7일 일기에서 "매춘부 집에 가서 '패스포트'를 (이것은 나의 분신이다.) 맡기고 잠을 자고 나왔다. 생리적인 쾌락이 나로 하여금 여기에 침윤시키는 것이 아니다. 요는 이것을 통하여 방생되는 모험이 단조로운—너무나 단조로운—생활을 하고 있는 나를 미혹하는 것이다. 내가 쓰는 글은 모두가 거짓말이다."라고 적었다. 단지 '생리적인 쾌락'을 위해 종삼을 찾는 게 아니라는 얘기다.

종삼이 살아 있던 시절의 종묘 풍경
1967년 11월 14일 사진으로 종묘 앞에 집이 가득 들어차 있는 모습이다. 종삼의 홍등가는 30년 역사를 뒤로하고 1968년 10월 5일 완전히 철거되었다. 철거 작전 이름은 '나비 작전'이었다. 일제는 가장 신성한 공간인 종묘 앞에 의도적으로 유곽을 조성했다. (강홍빈, 『종로엘레지』, 서울역사박물관, 2010.)

김수영은 자신이 가지고 있는 욕망을 숨기는 법이 없었다. 그것이 비열한 욕망일지라도 솔직한 글쓰기를 통해서 그것을 드러냈다. 또 자신의 치부, 창피한 일을 숨기는 일이 없었다. 김수영의 「글씨의 나열이오」라는 산문을 보면 술 먹고 요에 오줌 싼 이야기가 나온다.

> 내가 낸 돈은 일차의 대폿값하고 이차의 맥줏값뿐이지, 삼차에 들어앉은 집에서 마신 것은 다른 친구가 냈으니까. 술 많이 마셨다는 자랑이 아니오. 괴롭단 말이오. 아침에 깨어 보니 또 요에 오줌을 쌌구려. 지금 이 글을 그 축축한 요 위에 팔을 비벼 대면서 쓰는 거요.

아무리 술을 많이 먹는 사람이라도 요에 오줌을 싸는 것은 일생에 한 두 번이지 그렇게 자주 싸지 않는다. 그리고 그런 일은 대단히 창피한 일이라 남에게 알리는 일은 대부분 하지 않는다. 하지만 김수영은 자학에 가까운 글쓰기로 그러한 자신의 치부를 과감하게 드러냈다.

『시는 나의 닻이다』(창비, 2018) 중 염무웅은 백낙청과의 특별 대담 「추억 속의 김수영, 다시 읽는 김수영」에서 김수영과 종삼에 갔었던 일을 회고했다.

> 1967년 말인지 68년 초인지 어느 날 드물게도 제가 김 선생을 모시고 박수복이라는 분의 댁에 가게 됐어요. 박수복 선생은 당시 문화방송 PD로서 채현국 선생을 비롯해 친교가 넓었죠. 김 선생과도 친분이 있었지요. 홍제동 문화촌아파트의 박 선생 댁에서 아주 각별하게 대접을 받았죠. 즐겁게 먹고 마신 건 좋았는데, 밖으로 나오니까 큰일이었어요. 통금 시절이었거든요. 김수영 선생이 "집에 갈 거야?" 하더니 그, 말하자면 종삼에 같이 가자는 거예요. 저로선 중대한 제안이었기 때문에, 거절은 의절 같다는 느낌을 받고 따라가서 한숨도 잠을 못 잤어요. 그러다가 새벽 일찍 일어나서 광교 '맘모스'라는 다방까지 걸어가 커피 한 잔 마시면서 깨끗하게 교복 입은 고등학생들 재잘거리며 학교 가는 것 바라보았던 일이 떠오르네요.

스무 살 차이 나는 문단 후배에게도 김수영은 자신의 욕망을 솔직하게 표현했다.

조선 선조~광해군 시절 벼슬을 했던 허균은 지방 출장 가서 함께 잠을 잔 기생들의 이름을 그날그날 기록하였다. 조선 시대에는 관리가 지방 출장을 가면 관기, 즉 관에서 관리하는 기생들이 수청 드는 것이 제도적으로 마련되어 있었다. 대부분의 관리들은 기생과의 동침 사실을 기록으로 남기지 않았다. 그냥 일상화되어 있는 일을 즐기고 말 뿐이었다. 하지만 허균은 솔직한 글쓰기를 했다. 너무 솔직하고 인간적인 성품 탓으로 자기와 함께 잤던 기생들의 이름을 기록으로 남겼다. 이것이 나중에 역적으로 몰릴 때 경박하고 패륜적이라고 공격을 받았다. 체면을 중시하였던 당시 양반 사회의 풍토로 봤을 때, 그냥 즐기고 말면 될 일을 굳이 글로 남겨 두느냐는 것이었다. 경박스럽다는 것이었다. 김수영은 중세 봉건시대처럼 뒤에서 즐길 건 다 즐기고 겉으로는 체면을 중시하는 양반의 이중성 같은 행태는 모던한 사회를 살아가는 시인이 가져야 하는 모더니티 정신에 위배된다고 생각했다. 욕망도, 설사 비열한 욕망일지라도 솔직하게 표현해야 한다고 생각했다. 허균이 "남녀 간의 정욕은 하늘이 준 것이며, 남녀유별의 윤리는 성인의 가르침이다. 성인은 하늘보다 한 등급 아래다. 성인을 따르느라 하늘을 어길 수는 없다."라고 말하며 시대를 앞서는 근대정신을 보였다면, 김수영은 충실하게 삶에서 실천했다고 할 수 있다. 그래서 김수영은 「반시론」이라는 산문에서 선언문을 쓰듯이 자신이 왜 종삼에 가는가를 분명하게 쓰고 있다.

> 지일에는 겨울이면 죽을 쑤어 먹듯이 나는 술을 마시고 창녀를 산다. 아니면 어머니가 계신 농장으로 나간다. 창녀와 자는 날은 그 이튿날 새벽에 사람 없는 고요한 거리를 걸어 나오는 맛이 희한하고, 계집보다도 새벽의 산책이 몇백 배나 더 좋다.

김수영은 밀실에서 즐길 건 다 즐기고 밖으로 나와선 온갖 고상한 체다하는 이중적 행태를 가장 싫어했다. 그는 부부간에만 성생활을 하는 건전한 시민이라고 자신을 위장하지 않았다. 자신은 오입을 한다. 부부간에 다 해결되지 못하는 문제가 있고 그 욕구를 오입으로 해결한다고 솔직하게 말하고 있는 것이다. 김수영은 「창작 자유의 조건」이라는 산문에서 "창작의 자유는 백 퍼센트의 언론 자유 없이는 도저히 되지 않는다. 창작에 있어서는 1퍼센트가 결한 언론 자유는 언론 자유가 없다는 말과 마찬가지다."라고 말했다. 자유로운 창작을 위해서는 100퍼센트 언론 자유가 있어야 하듯이, 자유로운 창작의 주체인 시인은 자신의 욕망에도 100퍼센트 솔직해야 한다는 것이 욕망을 대하는 김수영의 정신 자세였다.

위에서 인용한 1955년 1월 7일 일기는 "내가 쓰는 글은 모두가 거짓말이다."라는 문장으로 끝나고 있다. 김수영은 자기가 쓰는 글의 진실성을 끊임없이 되돌아보고 반성했다. 여기에 대해 염무웅은 이렇게 말했다.

> 김수영은 글을 써서 원고료를 받고 파는 행위를 일종의 장사라고 보는 자의식에 끊임없이 시달렸어요. 창녀들이 몸을 팔아서 먹고사는 것하고 뭐가 다른가 이런 극단적인 질문에 시달린 거죠. 그런 극단적인 질문의 저울대 위에 올려 놓고 자기가 정말 어디까지 진실한가, 마치 법관이 재판정에서 피고인에게 질문하듯이 자기를 양심의 법정에 세워 놓고 질문했어요. 그러니까 그가 창녀촌에 간 것은 그 자신의 차원에서는 글 써서 원고료 받는 행위의 도덕성을 매춘賣春의 법정 위에 올려 놓고 심문하는 것이라고도 볼 수 있어요. 이렇게 끊임없이 자기를 심문하는 행위를 통해서 김수영은 세속적 기준으로 측정하기 어려운 고도의 진정성에 도달할 수 있었지 않았나 생각합니다. 우리가 김수영의 텍스트를 읽으면서 늘 찔끔 가책을 느끼는 것은 내가 김수영의 기준으

> 로 김수영이 섰던 그 법정에 선다면 어떻게 처신하고 뭐라고 대답할 것인가? 그런 질문을 받기 때문이라고 할 수 있지요.

이 때문에 김수영은 스무 살 아래 후배에게도 망설임 없이 종삼에 가자고 제안할 수 있었다.

군산 전원다방과 군산YMCA

1955년 새해, 로 선생과 시공관에서 〈인생유전〉 영화를 본 지 11일이 지난 시점, 만주에서 연극을 같이 했던 친구로 고향인 군산에 내려가 있던 송기원이 문학 강연차 군산에 한번 내려와 달라는 연락을 했다. 1955년 1월 26일 군산YMCA에서 가람 이병기, 자기 이름인 '저녁 물가[夕汀]'의 '석' 자를 '저녁 석夕'에서 '돌 석石'으로 바꾸어 '바위가 있는 물가[石汀]'를 호로 삼은 신석정, 그리고 모더니즘 시인으로 서울에서 떠오르고 있던 김수영을 초빙해서 강연회를 열었다. 세 강연자는 각각 전통시, 근대시, 현대시를 이야기할 수 있는 시인으로 구성되었다. 김수영으로선 1953년 10월 상경 이후 첫 지방 여행이었다.

군산 강연은 고은의 자전소설 『나, 고은』에 사정이 자세하게 나온다. 고은은 군산중학교 4학년(이때는 중학교 과정이 6년 학제였다), 18세 때 6·25전쟁을 맞았다. 고은의 학교 동기들은 국군 의용군으로 인민군 의용군으로 많이 징집되었지만, 왜소한 체격에 체중이 40킬로그램 정도밖에 나가지 않은 고은은 국군과 인민군 징집을 다 면했다. 군산은 6·25전쟁 당시 미군이 인천상륙작전 성공을 위해 위장 상륙 장소로 삼은 곳이기에 인민군의 세력과 신경이 집중되었던 곳이다. 군산은 인천상륙작전 이후 인민군이 철수할 때 인민위원회에 의한 집단 학살의 정도가 심했다. 곧이어 밀어닥친 우파 자경단은 군과 경찰이 도착하기 전에 좌파에 대한 보복 집단 학살을 감행했다. 고은은 마을 사람과 함께 좌파 집단 학살의 뒤처리, 우파 집단 학살의 뒤처리를 직접 해야 했다. 자전소설에서 몸에서 시체 냄새가 가시지 않는 나날이라고 서술했다. 살아남은 죄로 학교 동기 어머니로부터 "너는 어떻게 살아남았냐?"라는 원망을 들어야 했다. 고은의 집안과 외가 쪽에 좌파가 많았기에 희생도 많았다. 어느 지역보다 극심한 좌우 대립의 현장을 몸소 겪으면서 고은은 '자신도 학살당한 친구들처럼 죽어야 할 존재'라는 극심한 허무주의에 빠지게 된다. 이제 더 이상 학교로 돌아가지 못하고 방황하기 시작하는데 1950년 11월에는 극장 변사를 하려고 시도하다가 처참하게 실패한다. 곧이어 벌어지는 1951년 1·4후퇴 때는 아버지와 함께 부산으로 피난하기 위해 군산항에서 배를 탔다가 폭풍을 만나 극심한 멀미 때문에 선유도에서 내리게 되고 선유도에서 잠시 피난 생활을 하고 난 뒤 집으로 돌아온 후 아버지의 주선으로 군산의 미 제21항만사령부 운수과 검수원으로 취직하게 된다. 하는 일은 군산항으로 들어오는 배에서 미군 항만사령부 관계 하역 물품이 품목대로 제대로 도착했는지 검사하는 업무였다. 이때 1차 자살을 시도한다. 어느 날 밤 자정 무렵 부두와 선체 사이에 사람이 하나도 없는 틈을 타 몸을 던졌는데, 마침 갑판에 나와 있던 일본 배의 2등 항해사 눈에 띄어 기적적으로 살아났다.

이후 당시 미인가 학교 교장 선생과 인연이 닿아 군산북중학교 국어 및 미술 교사를 했다. 고은은 현재 학제대로라면 고1도 마치지 못한 상태였지만 모든 질서가 무너진 당시에는 특채될 수 있었다. 군산북중학교 교사를 할 동안 동료 교사의 소개로 동국사를 알게 되고 1951년 중반 무렵 동국사에서 효봉 스님 문중 혜초 스님에게 머리를 깎고 19세 나이에 출가하게 된다. 1952년 11월경 스승 혜초 스님과 함께 고은은 동국사를 떠나게 되는데, 고은이 동국사에서 떠나기 전 김수영의 연극 친구 목

군산 중앙로1가 시절의 군산YMCA 모습
1976년 6월 월명동 회관으로 이전하면서 철거되었다. (군산YMCA 제공)

련木蓮 송기원과 시 인연을 맺게 된다. 지방 신문에 소개된 고은의 글솜씨를 보고 반한 송기원이 하루는 동국사를 찾아와 군산에 문학에 관심이 있는 사람들이 상당하다고 이 사람들을 한데 모아 동인회를 만들까 하는데 스님도 참가하라고 권유한다. 군산의 시 동인회는 토요일마다 만난다고 해서 이름이 '토요회'다. 이 토요회에서 1955년 1월 26일 시 강연회를 군산YMCA에서 개최한 것이다. 그 당시 고은은 광주 동광사에서 전남 종무원 총무국장 자리를 맡아서 1953년 가을부터 시작된 조계종 개혁 운동인 비구 승단에 의한 전국의 주요 사찰 접수 운동을 일선에서 하고 있었다. 광주 동광사로 송기원이 찾아와서 군산에 시 강연이 있으니 고은 보고 참가를 권유한 것이다. 군산 중앙로1가에 있었던 군산YMCA 2층 강당에서는 문학 강연회가 열리고, 군산의 유명한 빵집 이성당 옆에 있던 전원다방에서는 시화전이 열렸다. 고은은 시화전에 낼 작품을 위해 며칠 동안 시 쓰기에 골몰했다. 시를 다 쓴 다음 군산의 지역 화가였던 홍건직에게 그림을 부탁해서 시화전을 준비했다.

문학 강연회가 열린 1955년 1월 26일, 세 강연자는 먼저 전원다방에서 시화전을 관람했다. 이 자리에 고은도 참석했다. 그리고 강사들과 이른 저녁을 함께 먹고 강연장으로 향했다. 고은은 광주 동광사 절집 사람 몇 명도 데려왔다. 강연장은 초만원이었다. 6·25 이후 처음 열리는 군산의 문학 행사에 문학에 굶주렸던 많은 사람들이 모였다. 고은이 『나, 고은』에서 이렇게 썼다.

> 이병기는 국문학과 시조에 대해서 맡고, 신석정은 서정시, 김수영은 현대시에 대해서 강연했다. 이병기 선생의 능란한 말솜씨 말고는 두 시인 중에서 김수영은 더 어눌했다. 하지만 그가 무책임한 것처럼 내뱉는 말 속에서는 어떤 감각이 들어 있었다.

다음 날 가람 이병기와 석정 신석정은 돌아갔으나 김수영은 며칠 더 머물렀다. 강연회 다음 날 고은은 시화전을 준비하면서 지은 시를 김수영에게 보여 주었다. 다음 날도 그다음 날도 김수영은 건네받은 시에 관해 고은에게 한마디도 하지 않았다. 고은은 자신의 쓸개와 간 따위를 다 꺼내 준 것 같아 후회했다. 그러고는 김수영은 군산의 술에 실컷 젖어서 서울로 돌아갔다. 송기원 회장은 감회 깊게 김수영이 군산역에서 창의 유리가 깨진 창고 같은 그 당시의 기차를 타고 떠나는 것을 마지막까지 전송하고 돌아왔다. 강연회가 끝난 몇 개월 뒤에 다시 해후했을 때 송기원 회장은 고은에게 전해 주었다. 고은의 자전적 소설 속에서 송기원이

전원다방 터
이성당 빵집 옆 대청약국 자리에 전원다방이 있었다. (2021년 촬영)

전한 말은 다음과 같다.

> 수영이 아주 탄복을 하더군요. 지금 당장 중앙 문단에 데뷔시키겠다고 하는 것을 내가 만류했어요. 그리고 또 한 가지, 이 시편들을 읽고 바로 칭찬하고 격려하는 것도 말렸지요…… 너무 추켜세우면 아직 어린 사람이 시건방을 떨다가 사람만 버릴지 모른다고 주장했지요.

김수영의 연극 친구 송기원은 이렇게 속이 깊은 사람이었다. 시인의 탄생은 그냥 이루어지는 것이 아니다. 목련 송기원 같은 이의 인간적 배려와 격려가 곳곳에 숨어 있어야 가능한 법이다.

올해 6월 초 김수영 막내 남동생과 함께 군산 진포시비공원에 있는

군산YMCA 강연회 기념사진
첫째 줄 왼쪽부터 김수영, 이병기, 신석정, 둘째 줄 왼쪽에서 세 번째가 송기원, 그리고 오른쪽 끝에 고은이 보인다.
(『김수영 전집』, 민음사, 1981.)

김수영 시비 사진을 찍으려고 군산을 찾아갔다 김수영과 고은이 처음으로 만난 전원다방의 위치를 알아보고자 이성당 빵집 근처에 있는 국일다방을 찾았다. 막내 남동생과 필자는 커피 한 잔을 시켜 놓고 다방 여사장님에게 전원다방 위치를 물어보았다. 다방 여사장님은 국일다방을 운영한 지 20년째라고 했지만 자신은 잘 모른다고 했다. 혹시 자신의 다방에 오는 단골 군산 토박이 어르신이 알지 모르겠다고 했다. 그러면서 여기저기 전화를 돌렸다. 서울 같으면 어림없는 일이지만 군산은 아직 다방에도 이런 정이 남아 있었다. 한 토박이 어르신과 통화한 내용을 가르쳐 주었다. 이성당 빵집이 있는 중앙로사거리에서 남동쪽으로 걸어 내려가면 옛 군산경찰서 자리였던 공공 주차장이 나오는데 거기서 남동쪽으로 조금 더 내려가면 신한은행이 나온다. 그 신한은행 자리가 옛날 조흥

은행 자리였고, 조흥은행 맞은편 2층에 전원다방이 있었다고 가르쳐 주었다. 다방 여사장님께 감사 인사를 거푸 전하고 현장을 찾아가서 사진까지 찍었다. 그리고 얼마 지나서 필자가 고은 시인과 인터뷰를 할 때 혹시나 해서 전원다방 위치를 다시 물어보았다. "현재 이성당 빵집 옆에 전원다방이 있었어요. 1층이 다방이었고 거기서 시화전이 열렸어요. 그리고 군산YMCA는 중앙로사거리에서 남동쪽으로 조금 올라가면 있었는데, 군산YMCA 2층이 강당으로 200~300명 들어가는 강당이었어요. 그때 문학 강연회 때 강당이 꽉 찼었어요."라고 회고했다. 필자가 "군산 토박이라는 어르신이 가르쳐 준 곳이 틀린 곳이군요." 하니까 고은 시인은 껄껄 웃으면서 "내가 올해 팔십아홉이오. 내 스물세 살 때 이야기인데. 지금 군산 어느 토박이가 그걸 기억하고 있겠소."라고 하였다.

고향은 인간에게 심리적으로 마지막 의지처이다. 하지만 고은에게 고향은 대대로 내려오던 평온한 고향이 아니었다. 어제까지 농촌공동체 속에서 서로 인사하면서 한 울타리 속에서 살던 다정한 친인척들, 이웃집 아저씨들은 어느새 돌변하여 서로의 목숨을 파리 목숨처럼 앗아 가는 악귀로 변해 버렸다. 어떤 짐승들보다 더 잔인하게 서로의 피를 보았다. 고향은 더 이상 마음의 의지처가 아니라 폐허의 현장이 되어 버리고 말았다. 그 폐허가 자신의 문학적 기반이라고 고은은 말했다. 6·25 이후 고은은 폐허의 고향에 더 이상 머물 수 없었다. 1955년 1월 26일 군산 전원다방, 김수영과 고은 두 사람의 만남은 그냥 만남이 아니었다. 6·25 전쟁이라는 지옥의 터널을 지나온 두 사람의 만남이었다. 6·25 이후 우리 문단에서 6·25전쟁의 가장 밑바닥을 경험한 두 사람의 만남이었다. 두 사람은 지옥의 터널 끝에서 끝내는 미치지 않았고, 폐허에 가득찬 허무주의 나락에서 끝내는 빠져나왔으며, 인간성의 마지막 끝에 서서 자유를 노래했고, 민주를 노래했고, 북을 저주하지 않고 남과 북의 화해를 노래했다. 우리가 겪을 수 있는 최악의 비참을 경험한 두 시인이 그래도 부르는 희망과 사랑의 노래는 우리 민족 구성원 모두에게 6·25가 가져다 준 인간성 상실의 마지막 끝에서도 한 가닥 희망을 붙들 수 있는 메시지가 되었다. 우리가 군산 전원다방 터에서 새삼스럽게 두 시인의 첫 만남의 기억을 소중하게 보듬는 이유도 여기에 있다.

을지로사거리와 남대문통 상업은행

김수영은 죽을 때까지 번역을 했다. 시나 산문을 쓰는 것만큼이나 노력과 열정을 기울여서 번역을 했다. 김수영은 시내에 나가면 항상 명동 입구인 을지로사거리라든지 명동에서 남대문로만 지나면 바로 이어지는 남대문통 상업은행 뒷담에 판자를 깔고 외국 잡지를 파는 노점을 기웃거렸다. 그것이 김수영 자신이 말한 대로 가장 주요한 취미였다. 매번 들를 때마다 "'애틀랜틱(미국 월간 잡지 이름)' 나왔느냐?"라고 물어보니까 노점상들이 김수영을 부르는 별명이 '애틀랜틱'이었을 정도였다.

이런 정도였으니 친구들 중에는 맨날 외국 잡지를 끼고 다니는 김수영을 보고 '사대사상이니 감각적이니' 하면서 비판하는 사람도 있었다. 이에 대해 김수영은 「나에게도 취미가 있다면」이라는 산문에서 "생활을 찾지 못하고 아직도 허덕거리고만 있는 불쌍한 나 같은 사람에게는 이만한 위안이라도 없으면 정말 질식을 하여 죽어 버릴 것 같은 생각이 든다."라고 했다. 노점상에게서 한 달쯤 늦은 잡지라도 사서 모으는 것은 단지 번역거리로 돈 벌 욕심 때문만은 아니었다. 6·25전쟁 이후 그어진 휴전선으로 북으로도 올라갈 수 없고, 한일 국교 단절로 일본으로도 갈 수 없고, 외국 여행 자유화가 되지 않은 상태에서 유럽으로도 갈 수 없었으며, 문단에서 비주류이기에 국제 펜클럽 같은 데서 초청받아 외국을 갈 수 있는 기회도 없었다. 감옥 속에 사는 신세와도 같은 가난한 시인이 세계가 어떻게 돌아가는지 알 수 있는 유일한 탈출구가 외국 잡지였다.

1960년대 명동 뒷골목 노점상 모습
(이봉구, 『그리운 이름 따라』, 유신문화사, 1966.)

김수영은 이렇게 호소한다.

> 내가 외국 서적이나 외국 신문을 좋아하는 것은 멀리 여행을 하고 싶은 억누른 정열의 어찌할 수 없는 최소한도의 미립자적 표정인지도 모른다. 정말 여행을 하고 싶다. 모든 귀찮은 세상일 다 벗어 버리고, 벌써 여행을 하고 싶다는 솔직한 감정을 숨기고 눌러 오고 속여 온 지가 나만 해도 꼭 10년이 되어 온다.

산문 「나에게도 취미가 있다면」이 1955년 1월 15일에 발간된 『민주경찰』 47호에 실린 글이기에 10년 전이면 1945년 8·15해방 이후 만주 길림에서 돌아오고 나서 한 번도 외국을 나가지 못한 사정을 이야기하고 있는 것이다. 얼마나 답답했을까? 이런 답답한 상태를 벗어나고픈 마음을 김수영은 『민주경찰』에 기고한 지 11일 지난 1955년 1월 16일 『연합신문』에 기고한 글 「생명의 향수를 찾아—화가 고갱을 생각하고」에서 되풀이하고 있다. "화가 고갱이 처자와 가족과 문명을 헌신짝같이 버리고 생명과 휴식을 찾아서 타히티로 떠난 것이 서른다섯 적이었다면 나도 올해는 타히티의 고도가 아닌 그 어디로인지 떠나야 할 나이다."라면서 글을 시작하고 있다. 하지만 김수영은 다 따져 보아도 북으로도 남으로도 동으로도 서로도 갈 수 없는 자신의 현실을 냉정하게 판단하면서 다음과 같이 글을 마무리한다.

> 결국은 죽는 날까지 나는 고갱같이 나의 타히티도 찾지 못하고 서울의 뒷골목을 다람쥐 모양으로 매암을 돌다 만 꼴을 마치게 될지 모르지만 그래도 나는 조금도 서러워하지 않을 것이지만 여하튼 죽는 날까지는 칠전팔기하여 싸우고 또 싸워 가야 할 것만은 틀림없는 사실일 것 같다.

결국 김수영은 글의 예언처럼 서울의 뒷골목만 매암돌다 불의의 사고로 생을 마쳤다. 그렇게 가고 싶어 하던 '타히티의 고도'를 찾을 엄두도 내지 못한 채 생을 마감한 김수영에게 한 달이나 늦게 들어오는 외국 잡지는 세계로 향한 마지막 탈출구였다. 김수영이 명동에 나올 때마다 김수영에게 외국 잡지를 제공해 주던 노점상들, 가판대를 깔고 철 지난 외국 잡지를 팔던 노점상들이 진을 치던 을지로사거리와 남대문통 상업은행 거리에 가면, 이제 그런 장사는 돈이 되지 않기에 외국 잡지 노점상

'노' 자도 찾을 수 없고 찬바람만 불고 있다. 하지만 우리는 김수영이 남긴 글이 있기에 오늘도 을지로사거리와 남대문통 상업은행(현재 우리은행) 거리에서 서울 뒷골목에서만 맴돌 수밖에 없었던 가난한 시인의 처지에서도 생각의 촉수만은 세계의 움직임을 민감하게 포착하려 했던 불굴의 칠전팔기 정신을 다시 읽는다.

성북동 집

로 선생과의 낭만적인 영화 데이트도 끝나고, 꿈만 같았던 상경 이후 첫 지방 여행, 즉 군산 문학 강연도 끝나고, 다시 서울 일상으로 돌아온 김수영의 신상에 큰 변화가 일어났다. 1955년 4월 온갖 만물이 생동하는 계절, 꽃들이 지천으로 피는 계절을 맞아 김수영은 김현경의 손을 다시 잡아 성북동에 안식처를 마련했다. 2월과 3월 사이에 무슨 일이 일어났던 것일까? 재결합의 내밀한 사정을 자세히 이야기한 것은 김현경의 산문집 『낡아도 좋은 것은 사랑뿐이냐』(푸른사상, 2020)가 유일하다. 그 책에서 김현경이 이야기한 부분을 요약하면 다음과 같다.

김현경은 서울 상경 이후에도 이종구와 살고 있었는데 이종구가 정식 혼인을 하고 싶어 했다. 혼인신고를 하려면 먼저 이혼부터 해야 하니 이혼 도장을 받아 오라며 광적으로 집착했다. 이종구는 아버지까지 동원하여 날을 받아 놓았으니 빨리 식을 치르자고 했다. '주간 태평양'에 취직해 있던 김수영을 찾아가 이혼 도장이 필요해서 왔다고 했다. 김수영은 얼굴이 굳어졌으나 순순히 도장을 주었다. 다시 이종구를 만나 김수영을 만나지 못했다고 거짓말을 했다. 도장을 넘겨주면 김수영과 모든 인연이 끝나 버릴 것만 같아서 거짓말을 한 것이다. 그리고 이종구에게서 탈출을 하였다. 성북동에 작은 방을 하나 구해서 혼자 살면서 신춘문예 공모를 위한 습작을 시작했다. 신춘문예를 준비하던 어느 날, 이종구를 떠난 사실을 적어도 김수영에게 알려야 되겠다는 생각으로 편지를 썼다. 며칠

후 삼선교 근처 다방에서 만나자는 내용이었다. 만나기로 한 날, 약속 시간보다 늦게 나갔다.

이 뒤는 김현경의 말을 직접 들어 보자.

> 그런데 이게 웬일인가. 조마조마 떨리는 마음을 다잡고 다방 문을 열고 들어가자 김수영이 그곳에서 나를 기다리고 있는 게 아닌가. 나를 본 김 시인은 별다른 말을 하지 않았다. 대신 내 손을 꼭 잡고는 근처 거리를 천천히 돌아 그길로 우리가 살던 집으로 갔다. 마치 늘 하던 산책이라도 하는 것처럼. 우리가 재회할 수 있었던 데는 김 시인의 여동생 김수명의 공도 한몫했다. 내가 보낸 편지를 수명이 오후에 먼저 받았다. 밤늦게 김 시인이 술에 취한 채 돌아오자 편지를 전하지 않고 감추어 두었다고 했다. 감정이 격해 있을 때 그 편지를 읽었더라면 김 시인의 성격상 갈가리 찢어 버렸을 것이 분명했다. 수명은 그런 오빠의 성미를 알고 다음 날 아침 취기가 가신 후에야 편지를 전해 주었던 것이다.

장남 준의 결혼식장에서 김현경과 장남 준
(『김수영전집』, 민음사, 1981.)

이 부분에 대해 큰누이 김수명의 기억은 다르다. "51년 말 사랑리 김현경 친정 피난 집에서 김현경을 만난 이후 한 번도 본 적이 없다."라고 김수명은 말했다. 사실 김수영 본가에서는 김현경을 언급할 분위기가 아니었다. 김수영의 콩트 「어머니 없는 아이 하나와」가 당시 본가 분위기를 잘 전해 준다.

> 매일같이 만취가 되어 들어오면 늙은 어머니는 판에 박은 듯이 어린 아이를 찾아오라는 말과 아울러 술 좀 고만 먹고 옷이나 좀 사 입으라고 말을 겹쳐서 한다. 옷을 사 입으라는 애원을 번번이 어린아이를 찾아오라는 말과 아울러서 하는 것을 처음에는 무심하게 듣고 있었는데 쇠귀에 경 읽는 소리같이 무감각하게 들리던 이 말도 차차 깨닫고 보니 이유가 없는 말이 아닌가 보다.

김수영 본가에서는 장남 준을 어떻게 데려올 것인가가 가장 큰 문제였다. 김수영과 김현경의 재결합 같은 민감한 문제를 중간에서 김수명이 큰오빠한테 말하지도 않고 알아서 판단해서 김현경과의 재결합을 위해 편지를 감추어 두었다가 큰오빠 기분 상태를 보고 전달했다는 발상은 당시 김수영 본가의 분위기로서는 일어나기 힘든 이야기이다. 그리고 김현경이 '주간 태평양'으로 김수영을 찾아갔다고 되어 있는데 1954년 11월 경부터 김수영은 '평화신문' 문화부 기자로 취직해 있었다. 따라서 김현경이 이혼 도장 문제로 찾아갔다면 '주간 태평양'이 아니라 '평화신문'이어야 할 것이다. 그리고 김수영과 다방에서 만나 근처 거리를 돌아 "그길로 우리가 살던 집으로 갔다."라고 했는데, 김수영과 김현경이 같이 살았던 집은 6·25전쟁 전 돈암동 집밖에 없는데, 그 집으로 간다는 것은 좀 이해하기 힘든 말이다.

그러면 과연 어떤 일이 일어났던 것일까? 김수영이 김현경과의 재결합을 언급해 놓은 사실이 없기 때문에 지금 사건의 실체에 다가가는 것

장남 준과 김수명
(최하림, 『김수영 평전』, 실천문학사, 2001.)

은 불가능하다. 다만 가장 가능성 높은 것은 장남 준을 데리고 오는 문제로 김수영이 김현경을 만났고, 그 과정에서 재결합이 이루어졌을 거라는 추정이다. 그 이외 둘 사이에 어떤 사연이 있었는지 아무도 모른다. 아무도 모른다는 사실만이 가장 진실에 가깝다.

김수영은 집안 누구한테도 어떠한 이야기도 없이 김현경과 전격적인 재결합을 했다. 김수영은 본가 가족에게 항상 특별한 존재이기에 그가 하면 다른 말이 있을 수 없었다. 김현경과의 재결합에 대해서도 본가 가족은 일절 다른 말이 없었다. 김수영과 김현경은 보통 사람이 하지 않는 반전통주의적인 결혼을 했고, 보통 사람 같으면 도저히 엄두도 못 낼 재결합을 했다. 재결합도 반전통주의적이었다. "그 당시는 여자에게 조그만 흠이 있어도 멀리하던 시절인데 김수영의 선택은 남다른 것이었다. 보통 남자가 할 수 있는 것이 아니었다. 보통 남자가 할 수 없는 것을 하는 것에 김수영의 남다른 매력이 있다."라는 고은의 말이 정확한 것 같다. 김수영은 성북동에 재결합 집을 마련했다. 김수영의 인생에서 세 번째 성북동 집 마련이었다. 성북동과의 첫 번째 인연은 국민학교 6학년 때 급성장티푸스로 생사가 오가는 상황 속에서 아버지가 구한 임시 거처였다. 그곳에서 김수영은 성북동 생수를 마시고 기적적으로 건강을 회복했었다. 두 번째 인연은 1949년 신혼집을 성북동과 인접한 돈암동 전차 종점 근처에서 구한 것이다. 그리고 김수영의 인생에서 가장 큰 분수

령이 되는 김현경과의 재결합 장소를 성북동에서 구한 것이 세 번째 인연이다. 김수영 부부가 세 든 집은 "백낙승白樂承의 별장으로, 귀머거리 한 사람이 집을 지키며 살고 있을 뿐이어서, 독채를 쓰는 것이나 마찬가지였다."라고 최하림의 『김수영 평전』에서 말하고 있다. 백낙승은 한국이 낳은 세계적 전위 예술가 백남준의 친아버지다. 일제강점기 때 태창방직을 경영하면서 비행기까지 기부하여 친일 부역자로 친일인명사전에 올라 있다. 해방 후에도 태창직물을 경영하던 당시 국내에서 손꼽히던 실업가였다. 백남준이 전위 예술가로 이름을 떨칠 수 있었던 배경에는 아버지의 막강한 재력이 있었다. 백낙승의 별장 위치는 선잠단지 동편인데 1980년대에 재건축이 되어서 여러 번 김수영 부부 성북동 집에 갔던 김수명도 정확한 위치를 찾지 못했다. 김수영 부부는 성북동 집에서 2개월 정도 짧은 기간 재결합의 봄을 지내고 서강 변 구수동으로 집을 옮겼다.

본가 성북동 집

김수영 부부가 성북동 집에 재결합 보금자리를 마련하고 얼마 있지 않아 본가 가족들도 김수영 부부의 집 남쪽 대로 맞은편 성북동 126-4번지(성북로83-1)에 이사를 왔다. 막내 이모 인쇄소 경영이 잘 안되면서 막내 이모가 중구 무학동 집을 팔고 신당동 집으로 이사를 와야 하는 사정이 생겨 신당동 집을 비워 줘야 했다. 둘째 수성은 신당동에서 살 때 결혼을 했지만 분가하지 않고 성북동 집에서 같이 살았다. 그래도 본가 성북동 집은 대지가 크고 집이 세 채나 되어 서로 떨어져 살 수 있어서 같이 살면서도 독립적인 생활이 가능했다. 본가 성북동 집에서 김수영 부부 집까지 가는 데는 얼마 걸리지 않았다. 대로를 건너서 조금만 올라가면 되었다. 1950년 12월 끝자락에 피난지 화성군 사랑리에서 태어난 준이는 6·25둥이로 한국 나이로 벌써 여섯 살이 되어 있었다. 최하림의 『김수영 평전』에는 김수명이 조카를 보러 찾아가는 장면이 나온다.

> 휴일이면 수명은 별장으로 자주 올라와 준이의 손목을 잡고 다니며 노래를 가르쳤다. 수명이 "아이들이 산보 가다 우연히 만나" 하면, 준이도 따라 "아이들이 산보 가다 우연히 만나" 했고, 수명이 "인사하고 악수하며 춤을 출 때" 하면 준이도 "인사하고 악수하며 춤을 출 때에" 하면서, 꾸벅꾸벅 인사하고 손을 내밀었다. 김수영은 마루에서 고모와 조카가 노래 부르는 모습을 보며, 고통의 조건으로 신과 시간은 저만

아직도 옛 모습을 유지하고 있는 본가 성북동 집
(2019년 촬영)

본가 성북동 집 뒷면 모습
(2019년 촬영)

한 행복을 가져다주는 모양이라고 홀로 중얼거렸다. 눈시울이 뜨거워졌다. 김수영은 마루에 주저앉았다.

구수동 집

도시의 전원

성북동에서 재결합 집을 마련한 김수영 부부는 2개월 정도 짧은 성북동의 봄날 시절을 끝내고 1955년 6월경 서강 변 구수동 41-2번지(마포구 토정로 198)로 이사를 했다. 1955년 당시 구수동은 언덕에 있던 김수영의 집에서 한강이 훤히 내려다보이고 집 주위에 공지도 많아서 마치 시골에 온 기분이 드는 동네였다.

김수영은 구수동 집에 대해 산문 「구두」에서, "워낙 동리가 가난한지라 도둑에 대해서는 다행히도 마음을 쓰지 않아도 되었고 대개가 문단속 같은 것에 각별한 경계를 하지 않고 지내는 터라 우리 집의 나지막한 초라한 대문에도 빗장 대신에 가느다란 철사를 말아서 걸어 놓고 있을 뿐이다."라고 구수동 집 대문을 묘사했다. 1955년도에 서울의 외곽이었던 구수동은 도시처럼 담이 높고 대문이 굳건하게 닫혀 밖에서 안이 전혀 보이지 않는 집이 아니라 시골집처럼 경계 표시 정도의 허술한 대문이 달려 있는 집이었다. 김수영은 서울이지만 서울 같지 않은 전원적 서울로 이사를 간 것이었다.

구수동의 풍경이 얼마나 시골 풍경을 닮았는지는 김현경의 산문집 『낡아도 좋은 것은 사랑뿐이냐』에서도 나타난다.

와우산 위에서 바라본 서강
1967년 9월 1일 한치규 사진작가가 찍은 사진으로, 보이는 동네는 상수동이다. 서강 끄트머리가 보이고 한강 밤섬이 보인다. 김수영이 살았던 시절 서강 변을 증언하는 사진이다. (한치규, 『변모하는 서울』, 눈빛, 2016.)

> 집 주변에는 인도가 드물었고 이웃도 100미터나 떨어진 외딴곳이었다. 주위 500평 땅에는 잡초가 무성하게 우거져 숲을 연상할 정도였다. 이곳으로 옮긴 다음 날부터 우리는 풀을 뽑고 땅을 파고 씨를 뿌렸다. 농사라고 할 건 없지만 500평의 채소밭을 가꾸어 보니 농부들의 땀이 얼마나 값진 것인가도 알게 되었다.

도시의 전원 구수동 삶에 적응해 가는 시인 가족의 모습을 잘 그린 시가 「여름 아침」이다. 1956년 8월 『동아일보』에 발표된 시 「여름 아침」에서 김수영은 "여름 아침의 시골은 가족과 같다 / 햇살을 모자같이 이고 앉은 사람들이 밭을 고르고 / 우리 집에도 어저께는 무씨를 뿌렸다."라고 했다. 여름 아침 시골 사람들은 자신들의 텃밭에 나와 씨를 뿌리고 물

김수영 구수동 집터에 영풍아파트가 들어선 모습
(2019년 촬영)

을 주고 일을 한다. 김수영은 그 모습을 보고 구수동 마을 전체가 가족 같다고 표현했다. 해 뜨기 전부터 일을 시작한 사람들의 머리 위에 비치기 시작하는 햇살을 "모자같이 이고"라고 표현했다. 여름 아침 사람들의 머리 위에 떨어지는 햇살을 이처럼 적확하게 묘사할 수 있을까? 시란, 훌륭한 시란 사물의 본질을 꿰뚫는 관찰력을 내포한다는 말을 새삼 되새기게 하는 표현이다. "물을 뜨러 나온 아내의 얼굴은 / 어느 틈에 저렇게 검어졌는지 모르나 / 차차 시골 동리 사람들의 얼굴을 닮아 간다 / 뜨거워질 햇살이 산 위를 걸어 내려온다" 여름에 시골에서는 해가 힘이 세지기 전 아침과 해가 힘을 잃어 가는 저녁에 주로 일을 한다. 전원에 살면서 시골 사람들의 라이프 스타일을 체득하며 무씨를 뿌리는 장면을 이처럼 정감 있게 표현할 수 있을까? 해가 중천에 떠서 따가워지기 전에 무씨 뿌리기를 마쳐야 하는 김수영 부부의 바쁜 손놀림과 발놀림이 "뜨거워질 햇살이 산 위를 걸어 내려온다"라는 표현에서 읽힌다.

양돈, 양계

김수영 부부는 서강 변으로 오면서 채소밭 가꾸기와 더불어 소득을 내려고 양돈, 양계에도 도전했다. 김수영은 산문 「양계 변명」에서 이렇게 쓰고 있다.

> 먼저 우리들은 돼지를 기르면서 닭을 한 열 마리가량 치고 있었지요. 몇 마리 되지 않는 닭이었지만 마당 한 귀퉁이에 선 돼지우릿간 옆에 집을 짓고 망을 쳐 주었지요. 그놈이 한 마리도 죽지 않고 잘 자랐어요. 겨울에는 망사 칸막이 위에서 자는 닭 등에 아침이면 눈이 소복이 쌓여 있었습니다. 그래도 알을 잘 낳았어요. 하루 여덟아홉 개는 꼭 낳은 것 같아요. 그런데 돼지는 되지 않았어요.

시인 부부는 초보 농부가 되어서 양돈 사전 지식이 부족했다. 돼지는 봄에 사서 여름에 살찌우고 가을에 파는 것인데, 가을에 사서 추운 겨울에 먹이 주느라 죽도록 고생을 하고 봄에 파는 길을 선택해 고생은 고생대로 하고 돈은 되지 않는 길을 밟고 말았다. 그래서 양돈은 돈도 되지 않고 힘들기만 해서 포기하고 말았다. 대신 재미를 좀 봤던 양계의 길만 가기로 선택한 것이다. 김수영 부부는 초기 농부의 삶이 돈이 되지 않는다는 것을 점점 깨달아 가면서 김현경은 자신의 솜씨를 살릴 수 있는 방향, 양장점을 차리고 계꾼을 모아서 계를 운영함으로써 필요한 돈을 조달하는 길로 가게 되고, 김수영은 번역에 더욱 힘을 쓰게 된다.

한강

구수동 집은 서강 변에 있었다. 구수동 김수영 부부의 집 마당에만 나와도 한강이 훤히 내려다보였다. 지금은 높은 건물이 앞을 가려 한강 조망이 되지 않지만 그때는 한강 조망을 방해하는 요소가 없었다. 한강을 바라보는 삶은 구수동 삶에서 매일 일상적인 삶이었다. 김수영은 산문 「장마 풍경」에서 이렇게 묘사했다.

> 장마가 지면 강물 내려가는 모양이 장관이다. 황갈색으로 변색한 강물이 앞서거니 뒤서거니 달려 내려가는 것을 보면 사자 떼들이 고개를 저으면서 달려 내려가는 것 같다. 높아진 수위는 사자의 등때기처럼 늠실거린다. 군데군데 하얀 거품이 이는 것은 숨 가쁜 사자의 입거품인지도 모른다. 그러나 어찌 보면 이것은 수천 마리의 사자의 떼가 아니라 한 마리의 사자같이 보이기도 한다.

평소에는 조용하게 흐르던 한강이 장마가 되면 노기를 띤 모습으로 변색되어 얼굴에 열이 오른 것처럼 황토색으로 바뀐다. 넘실넘실 모든 것을 삼킬 듯이 흘러가는 모습이 수천만 마리 사자처럼 보이기도 하고, 또 한편으로는 양안의 제방을 금방이라도 삼키고 흘러넘칠 것 같은 누런 강물이 한 마리 거대한 사자처럼 보이기도 한다고 시인이 바라본 장마철 한강 모습을 실감 나게 표현하고 있다. 이는 한두 번 관찰하여 쓸 수 있는 표현이 아니라 매일매일 한강을 관찰한 경험의 축적 속에서 나올 수 있는 표현이다.

소설가 김이석의 부인인 박순녀의 증언에 의하면 김수영은 1958년 둘째 우가 태어나고 나서 산후조리를 해 줄 수 있는 사람이 없다 보니 산모 빨래를 직접 서강에 들고 나가 빨았다고 한다. 지금은 상상하기 힘든 풍경이지만 1958년은 아직 서강이 복개되기 전이었고, 안산에서 발원해서 한강으로 흐르는 서강 물이 빨래를 할 만큼 맑았다는 이야기가 된다. 상수도 시설이 부실했을 때 서강 가 사람들은 큰 빨래를 서강에 나와서 했음을 알 수 있는 이야기다. 지금으로서는 호랑이 담배 피우던 시절만큼이나 멀게 느껴지는 시절에 김수영은 구수동에서 삶을 이어 갔다.

그리고 한강이 지금처럼 인공호수가 되기 전 자연이 살아 있을 때, 살아 있는 한강을 증언하는 김수영 글이 있다. 김수영은 산문 「밀물」에서 어두운 방 안에서 마당으로 나와 서강을 바라보는데, 마침 그때가 밀물 때라서 서쪽으로부터 동쪽으로 밀물이 올라가는 모습을 보았다.

> 어두운 방 안에 앉았다가 나와 보니 서풍에 부서지는 한강 물은 노상 동쪽을 향해서 반짝거리며 거슬러 올라간다. 눈의 착각이 아닌가 하고 달력을 보니 과연 음력 17일, 밀물이다. 숭어, 글거지, 잉어, 벌갱이 놈들이 이 밀물을 타고 또 한참 기어 올라올 게 아닌가……

다산 정약용 시에도 비슷한 표현이 있다. 다산이 스물세 살 때인 1784년, 친구들과 함께 배를 타고 지금 노량진수산시장 자리에 있던 정자 월파정月波亭에 놀러 갔는데, 때가 마침 밀물 때라서 밀물 따라 올라오는 물고기 떼를 보고서 "조수 머리 큰 고기 뛰는 것도 구경하네(時見潮頭大魚躍)"라고 노래했다. 다산 때는 서해에서 밀물이 들어오면 우리가 바닷가에서 밀물이 들어올 때 보는 조수 머리가 한강에서도 목격되었고, 그 조수 머리를 따라 큰 물고기가 점프하는 모습도 육안으로 목격되었다. 그런 생생하고 활기찬 한강 모습이 김수영이 서강에 살 때도 그대로 유지된 것이다. 하지만 지금은 밀물을 따라 올라오는 물고기 떼를 더 이상 볼 수가 없다. 1988년 6월 김포대교 아래 신곡보를 설치하면서 서해의 밀물이 김포대교 위쪽으로 올라오는 게 불가능해졌다. 보를 설치하면 한강은 일정한 수위의 물을 항상 유지할 수 있다. 우리가 지금 매일 지하철로 한강 위를 지나다니면서 볼 수 있는 한강 모습이다. 하지만 보를 설치하면 자연을 잃어버리고 만다. 보를 설치해서 365일 어항의 물처럼 일정 수위를 언제나 유지하는 한강을 원하느냐 밀물 따라 올라오는 고기 떼 뛰는 역동적인 한강 모습을 보기를 원하느냐 그것은 서울 시민마다 다를 것이다. 우리는 한쪽 선택만을 발전이란 이름으로 알고 살아왔다. 이제는 자연이 살아 있을 때 한강을 기억하는 사람이 없다. 그런 점에서 김수영의 글은 자연이 살아 있을 때 한강 모습을 극적으로 보여 주기에 소중하기 짝이 없는 글이다.

고은

고은은 환속하고 3년을 제주도에서 생활했다. 서울행을 결심한 뒤 15일 동안 송별회 술을 마시고 제주도를 떠났다. 서울에 와서 1933년생 동갑내기로 절친이 되는 민음사 박맹호 사장을 처음 만났고, 윤호영의 도움으로 홍릉에서 기거를 시작했다. 그리고 홍릉 시절 민음사와 신구문화사 편집실에서 생활하다시피 하였고, 신동문의 술을 최인훈, 염무웅, 김현 등과 자주 마셨다고 고은 전집 연혁 1967년 편에 밝히고 있다. 1967년 초봄 무렵이었다. 제주도에서 갓 올라온 고은은 신구문화사에 신동문을 찾아갔다 만나지 못하고 대신 염무웅을 만났다. 여기에 김현이 염무웅을 찾아왔다 합류했다. 그다음 사건 전개 과정은 염무웅의 말을 직접 들어 보자.

나하고 김현하고 고은 씨가 청진동에서 낮부터 술을 한잔했어요. 네댓 시쯤 되었어요. 그런데 돈이 떨어졌어요. 다들 돈이 없는 시절이었거든요. 그런데 고은 씨가 우리들 보고 따라오라는 거예요. 술 얻어먹을 데가 있다고. 그래서 버스 타고 간 곳이 구수동 김수영 선생 댁이었어요. 시골길 같은 비포장도로 옆에 김수영 선생 댁이 있었는데, 맞은편은 밭이었죠. 바로 이 길에서 김수영 선생이 교통사고를 당하셨지요. 인도와 차도 구별이 없는 것은 물론이고 버스가 지나갈 때는 한쪽 옆으로 바짝 비켜서야 됐거든요. 하여튼 나하고 김현은 대문 바깥에 서서 기다리고 있고 고 선생은 마당을 돌아 안으로 들어갔어요. 크지 않은 일자형一字型 집을 마당에서 보면 왼쪽이 부엌이고 다음이 안방이고 마루고 사랑방이 있어요. 마루로 올라가자면 댓돌에 신발을 벗어놓고 마루로 올라가 방으로 들어가게 돼 있었죠. 그런데 바깥에서 아무리 기다려도 소식이 없어요. 날은 점점 어둑어둑해지고, 그래서 '고 선생 우리 갑시다' 그러려고 우리도 마당으로 돌아 들어갔어요. 그런데 웬걸, 전혀 예기치 않은 풍경이 벌어져 있었죠. 고은 씨가 댓돌 위에 벌 받는 학생처럼 고개를 숙이고 서 있고, 전등이 안 켜진 방 안으로부터는 고은 씨를 야단치는 소리가 나오고 있었어요. "너 공부하라고 그랬지, 젊은 애들 데리고 술이나 먹고 다니면서 그래서야 되겠느냐"고. 그런데 우리가 주춤주춤 들어가서 인기척을 내니까 그때서야 김수영 선생은 고은 혼자 온 게 아니라는 것을 알고 방으로 들어오게 하더군요. 하지만 김수영 선생은 나나 김현 같은 젊은이는 쳐다보지도 않고 앉아 있는 고은을 향해서 계속 야단을 쳐요. 때로는 방바닥을 두드려 가면서 열변을 토해요.

나는 처음에는 그래도 손님인데 이렇게 대접이 박할 수가 있나, 틈이 생기면 항의를 하려고 별렀는데 끼어들 틈이 안 생겨요. 무엇보다 김 선생의 열변에 차츰 설득이 되고 감동하기 시작했어요. 시간 가는 줄 모르고 김 선생의 말씀에 취해 있었던 거죠. 술을 얻어 마시러 왔다는 원래의 목적은 완전히 잊어버리고 넋을 잃고 있었지요. 아마 한 시간은 그렇게 지나갔을 거예요. 그러고 나서 말씀을 그치더니 부인에게 저녁을 차려 오라고 그러시더군요. 아마 비빔밥을 먹지 않았나 합니다.

이 사건은 김수영을 염무웅의 가슴에 각인시킨 사건이었다. 이 사건 이후 김수영이 신구문화사에 들르면 염무웅은 김수영의 말을 하나라도 더 듣기 위해 김수영이 가는 자리에 적극 따라가는, 요즈음 말로 하면 사생팬이 되었다. 고은은 인터뷰에서 이렇게 말했다.

김수영 시인이 참 가르치는 것을 좋아했어요. 제가 제주도에 있을 때 엽서를 보내서 나를 제일 사랑한다 격려하면서 한국의 장 주네Jean Genet가 될 수 있다고 공부 열심히 하라고 했지요. 저는 장 주네가 누군지도 몰랐어요. 하지만 나도 모르는 불란서의 장 주네라는 시인이 되라고 했지만 가슴이 많이 뛰어올랐지요. 그래서 막 시를 쓰고 그랬지요. 그때 일도 마찬가지예요. 내가 막 술만 먹고 다니는 것 같으니까 가르친 것이지요. 후배의 발전을 진정으로 바랐으니까 가르친 것이지요.

마포 종점

김수영은 문단의 비주류였다. 고향이 이북인 문인들은 대부분 『자유문학』파였다. 김수영은 이쪽과 친했다. 김수영과 가까이 지냈던 사람들 중 이북 출신을 꼽아 보자면 소설가 안수길은 고향이 함흥이고, 소설가 김이석은 고향이 평양이다. 김수영과 가장 친한 친구 사이였던 유정은 함경북도 경성 출신이고, 소설가 최정희는 함경북도 성진 출신이다. 1968년 4월 13일 김수영과 함께 부산 문학 세미나에 참석했고, 같은 해 6월 16일 김수영이 버스에 치여 실려 간 적십자병원에 누구보다 먼저 달려왔던 모윤숙은 함경남도 원산 출신이고, 피난지 부산에서 「달나라의 장난」을 실어 주면서 김수영을 재등단시켰던 박연희는 함경남도 함흥 출신이고, 피난지 부산에서 대구미군통역관 자리를 구해 줬던 김수영과 동갑내기 시인 박태진은 김이석과 마찬가지로 평양이 고향이었다. 김일성대학 출신으로 시를 쓰고 싶어 월남한 김규동은 유정과 고향이 같은 함경북도 경성 출신이다. 김수영이 이북 출신을 대할 때 자세는 시 「거대한 뿌리」 도입부에 가장 잘 나타난다.

> 나는 아직도 앉는 법을 모른다
> 어쩌다 셋이서 술을 마신다 둘은 한 발을 무릎 위에 얹고
> 도사리지 않는다 나는 어느새 남쪽식으로
> 도사리고 앉았다 그럴 때는 이 둘은 반드시

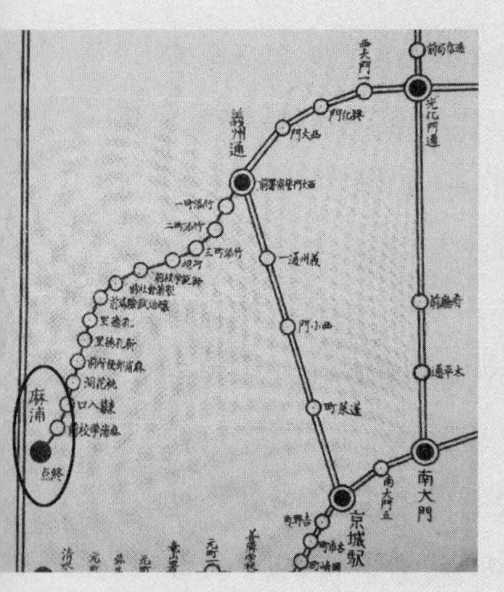

1929년 당시 전차 노선도
1960년대에도 마포행 전차 노선은 똑같았다. 마포 종점 위치는 지금 지하철 5호선 마포역 위치와 거의 같다. (서울역사박물관, 『서울의 전차』, 서울책방, 2019.)

마포 종점으로 향하는 전차
일제강점기 때 사진으로 멀리 한강과 밤섬이 보인다. (서울역사박물관, 『서울의 전차』, 서울책방, 2019.)

이북 친구들이기 때문에 나는 나의 앉음새를 고친다

김수영은 상대가 이북 출신이면 이북 문화를 존중하였다. 서로 다른 문화가 만났을 때 상대방의 문화를 존중하는 태도는 문화 교류의 기본이다. 김수영은 기본 태도가 되어 있는 사람이었다. 6·25전쟁 때 의용군으로 청천강 가까이 있는 북원훈련소까지 끌려가서 열여섯 살밖에 안 되는 이북 분대장에게 내 땅 아닌 의붓자식 같은 설움과 학대를 당한 김수영이었지만 글이나 시에서 이북을 비판한 적은 있어도 비난한 적은 한 번도 없었다.

김수영이 친했던 여러 이북 출신 문인 중 인간적으로 가장 좋아했던 사람은 김이석이었다. 김수영은 산문 「김이석의 죽음을 슬퍼하면서」에서 김이석과의 첫 만남을 이야기해 놓았다. 김수영은 상경 이후 미도파 백화점 건너편에 있던 '문학예술사'에 박태진의 소개로 원응서를 만나러 갔을 때 김이석을 처음 보았다. 첫 만남을 이렇게 묘사했다.

> 풀이 죽은 회색빛 래글런 오버에 거무죽죽한 회색 중절모를 쓰고 창문 앞 의자에 혼자 앉아 있었다. 나는 첫눈에, '저 치도 나만큼 가난하고 나만큼 고독하고 나만큼 울분이 많고 나만큼 땡깡이 심한 치겠구나.' 하고 느꼈다.

첫 만남에서 김이석은 김수영을 다짜고짜로 술집으로 끌고 가서 소주를 마구 마시더니 김수영이 안내한 찻집에 가서 김수영의 입에다 마구 입을 맞추고는 찻집 창가에 늘어놓은 화분의 화초를 모조리 뽑아 버리는 주사를 부렸다. 그렇게 둘은 친해졌다. 김이석이 결혼하기 전 집은 마포 대원군 별장 아소정 별실이었다. 오늘날 동도중학교 자리에 아소정이 있었다. 김수영의 구수동 집은 전차 마포 종점에서 걸어서 15분이면 넉넉했기 때문에 한동네나 다름없었다. 그래서 김수영은 위 산문에서 김이석의 취미를 설명하면서 마포 종점 이야기를 했다.

> 옷뿐이 아니었다. 산보를 하다가 과일을 깎아 먹으러 들르는 가게도 그가 들어가는 가게는 보통 가게와는 달랐다. 분위기가 되어 있는 가게라야만 했다. 그는 결혼을 하기 전에 한동안 마포에서 나하고 한동네에서 산 일이 있었지만, 그렇게 고생을 할 때에도 그는 미식을 하는 취미를 버리지 않았다. 마포 전차 종점에 오래된 설렁탕집이 있었는데 그는 나하고 같이 들어올 때면 곧잘 이 집에를 들러서 그가 좋아하는

우설을 먹으면서 중아침을 했다.

김이석과 김수영 사이에 재미난 일도 있었다. 김이석 소설가 전집 중 에세이집이 있는데 그 안에 둘이 서강에서 뱃놀이한 이야기가 있다. 날씨 좋은 날 이웃에 사는 김수영이 아소정에 놀러 와서 서강에 뱃놀이하러 가자고 꼬득였다. 소설 원고를 덮어 버리고 따라나선 김이석, 보트라도 타는 줄 알았는데 마포 강변 선착장으로 가서 밤섬을 오고 가는 나룻배를 타자는 것이었다. 에세이 「모월 모일」에 이렇게 적혀 있다.

> "이 사람아, 배 탄다는 것이 기껏 나룻배인가." 하고 내가 웃자 형 말이 나룻배가 안전하기도 하고 노를 젓지 않아 편하기도 하고 또 내리지만 않으면 뱃삯을 한 번만 내고도 하루 종일이라도 탈 수 있다는 것이다. 그 말대로 우리는 두 번 왕복을 했다. 부근의 경치가 좋아 그런 뱃놀이도 싫지가 않았다.
>
> 『김이석문학전집7, 섬집 아이들』(동서문화사, 2019)

김이석 말대로 가난한 시인과 소설가의 웃음이 나오는 기발한 뱃놀이였다. 내리지 않으면 추가 요금을 내지 않는 것을 이용한 가난한 사람들의 뱃놀이를 즐긴 김수영과 김이석은 돌아오는 길에 두어 뼘 되는 농어 한 마리를 사다가 탕을 끓여 소주를 취하도록 먹으며 연극 이야기에 빠져 열을 올렸다. 밥만 먹고 살 수 있다면 친구 몇이서 조그마한 이동 극단이라도 하나 갖자는 아소정 결의를 하면서.

김이석은 김수영보다 일곱 살 위 연배이다. 만남에 있어 그 정도 나이 차이는 별로 문제가 되지 않았다. 장애 요소라면 소설관 차이라고 할까?

▲ 뚝섬유원지와 봉은사를 왕래하는 나룻배
1969년 6월 22일 한치규 사진작가가 찍은 사진이다. 김이석과 김수영이 마포 선착장에서 밤섬 선착장을 내리지도 않고 두 번 연속으로 오가며 물놀이를 한 나룻배는 이보다 규모가 작은 정원 20명에 노를 젓는 나룻배였다. 위 배는 이미 노를 젓지 않고 작은 배에 모터를 설치해서 움직이고 있다. (한치규, 『변모하는 서울』, 눈빛, 2016.)

▶ 마포 대원군 별장 아소정
1958년 김이석이 박순녀와 결혼하기 전까지 마포에 있을 때 살았던 곳이다. 동도중학교에 있었는데 1966년 철거되었다. (국사편찬위원회, 한국사데이터베이스)

김수영은 김이석의 소설을 좋아하지 않았다. 김이석이 소설에서 풀어내는 세계는 소시민적인 격조가 있는 잔잔한 세계였다. 김수영은 조금 더 사상을 끌고 들어오는 야심 있는 소설을 원했지만 김이석은 선천적으로 겁이 많은 작가였다. 김수영은 김이석 소설의 지나치게 차분하고 조용하며 과격한 구석이라고는 없는 점 때문에 별로 감동을 느끼지 않았다. 하지만 김이석의 고운 얼굴선, 고운 인정, 고운 옷맵시, 고운 취미, 고운 교우 관계, 고운 연애, 고운 향수, 고운 문학, 고운 순정의 그 '고운'을 사랑

1962년 도봉동 계곡에서 여름 더위를 식히고 있는 김수영과 김이석
(『김수영전집』, 민음사, 1981)

했다. 김수영은 김이석에 대해 "그의 속에는 항상 평양이 있었던 모양이고, 이 평양에 대한 향수가 그의 취미에까지도 그러한 구태를 버리지 못하게 한 것이 아니었던가 하는 생각이 든다. 그는 평양을 몹시도 못 잊어했다. 혹시 책 가게 같은 데를 들러서 고서를 찾다가 평양 시가지 사진이라도 나오면 싫증이 날 정도로 지나치게 지루한 설명을 했다."라고 말했다. 이렇게 고향 평양을 못 잊어 했던 김이석, 전쟁에 이어진 분단 때문에 고향 평양으로부터 강제적으로 격리되어 버린 김이석의 사정을 설명하면서 김수영은, "그의 배양토는 '피양('평양'의 평안도 사투리)'이었는데 이 뿌리의 흙을 모조리 다 털고 나와 보니 다시 새 흙에 뿌리를 박기까지가 퍽 힘이 들었다. 그리고 겨우 새 흙에서 물이 오를 만하게 되자 죽어버렸다."라고 했다. 김이석이 남쪽으로 내려오고 나서 14년 동안 고생만 하다 죽고 난 뒤 김수영은 새삼 우리 문단 풍토를 돌아보며, "우리나라는 아직도 작가를 기를 만한 자격이 없다. 이중섭, 차근호, 김이석이 무엇 때문에 어떻게 죽었나 보아라. 나는 김이석의 죽음을 목도하고 친구로보다도, 이남 태생의 한 주민으로서 부끄러움과 슬픔이 더 크다."라고 자기를 반성했다. 인간적으로 가장 친한 친구 시인 유정에게 보내는 편지에서 김수영은 "조금 있으면 청명-한식이라니까, 이석 형 산소에나 가 볼까 해요."라고 김이석이 죽고 나서도 김이석에 대한 그리움을 애틋하게 표현하고 있다.

김수영은 그런 사람이었다. 상대방의 문화를 존중하고 상대방의 처지를 이해하려고 노력했던 사람이었다. 김수영이 이북 출신에게 보인 포용력 있는 태도는 남북이 서로를 이해하고 서로 교류를 확대해 나가야 하는 오늘날 관점에서도 배워야 할 자세라고 생각된다. 김수영은 의용군 시절 남한 출신으로서 인간적으로 참기 힘든 차별과 탄압을 받았지만 자신은 그것을 되갚지 않았다. 오히려 이북 출신 문인들의 문화를 존중하고 이해하려 노력했다. 북원훈련소에서 자신이 받은 극단적 차별은 전쟁이 빚은 비극이라고 이해했다. 21세기가 20년이 넘게 흘렀지만 아직도 남북 적대 문화를 풀 단초조차 마련하지 못하고 있는 오늘, 김수영이 이북 동포를 대하는 관용 정신은 우리가 배워야 할 진정한 근대 지식인의 모습이 아닐까?

망우리 박인환 시인 묘

1956년 3월 22일자 조선일보는 박인환 시인의 사망 소식을 보도했다.

> 시인 박인환 씨는 지난 20일 하오 9시경 심장마비로 세종로 자택에서 별세하였다. 씨는 금년 33세의 젊은 시인으로서 가장 첨예하고 지적인 감각을 지니고 우리나라 시단에 새로운 작풍을 제기시켜 주려고 노력하였다. 유족으로 부인과 2남 2녀가 있다.

박인환 시인이 죽고 난 뒤 김수영은 박인환을 다룬 산문 두 개를 썼다. 박인환 사망 직후, 박인환이 해방 이후 종로에 문을 연 서점 '마리서사'가 가지는 의미를 논하면서 박인환을 이야기했고, 그리고 박인환 장례식이 있은 지 5개월 정도 지난 시점에 「박인환」이라는 산문을 다시 썼다. 산문 「마리서사」에서 김수영은 박인환을 논했다기보다는 박인환의 스승인 박일영(별명 복쌍)을 논했다.

> 지금 생각해 보면 오늘날의 문학청년들에게는 그때의 복쌍 같은 좋은 숨은 스승이 없다. 복쌍은 인환에게 모더니즘을 가르쳐 준 것이 아니라 예술가의 양심과 세상의 허위를 가르쳐 주었다.

김수영은 박인환의 스승이자 자신의 스승이기도 한 복쌍이 박인환에게 가르쳐 준 것은 겉치장만 요란한 모더니즘이 아니라 예술가의 양심을 가르쳐 주었다고 생각했다. 하지만 김수영은 박인환이 스승 복쌍이 가르쳐 준 것에서 화려한 형식을 빌려 왔으되 진정한 내용은 배우지 못했다고 생각했다. 그래서 "인환은 그에게서 시를 얻지 않고 코스튬(무대의상)만 얻었다."라고 썼다. 김수영이 볼 때 박인환이 스승 복쌍에게서 배운 것은 진정한 모더니즘 시가 아니라 겉만 화려한 무대의상을 걸친 모더니즘 시라고 비판한 것이다. 주위에서 친한 친구가 죽었는데 너무 냉정한 글을 썼다고 김수영을 비판하는 소리가 여럿 들렸던 모양이다. 그러나 김수영은 「박인환」이라는 제목으로 더 냉정하게 박인환을 비판했다. 산문 「박인환」은 시작한다.

박인환 시인 묘비
1959년 9월 19일 추석 때 건립되었다. 이 자리에 김수영이 참석했다. (2021년 촬영)

박인환 시인 묘
아무 장식 없이 소박한 묘에 단출한 비가 서 있다. (2021년 촬영)

> 나는 인환을 가장 경멸한 사람의 한 사람이었다. 그처럼 재주가 없고 그처럼 시인으로서의 소양이 없고 그처럼 경박하고 그처럼 값싼 유행의 숭배자가 없었기 때문이다. 그가 죽었을 때도 나는 장례식에를 일부러 가지 않았다. 그의 비석을 제막할 때는 망우리 산소에 나간 기억이 있다.

첫 번째 산문보다 더 박정한 글이다. 보통 사람 같으면 친구가 죽었을 때 친구에 대한 좋은 기억을 불러내 성심껏 조사를 쓴다. 유족들이 보아도 위로가 될 만한 글을 쓴다. 하지만 김수영은 달랐다. 좋은 게 좋은 것이라는 태도를 가지고는 우리는 '근대성'을 획득할 수 없고, 진정한 모더니즘 시를 쓸 수 없다고 생각한 것이다. '진정한 모더니즘 시에 도달하려면 시인은 어떤 자세와 태도를 견지해야 하는가'라는 명확한 주제 의식을 가지고 박인환의 죽음을 대했다. 그래서 김수영은 박인환의 시에 한 치의 타협도 없는 비판을 이어 갔다. 김수영은 가장 친한 친구의 죽음 앞에서도 정에 이끌린 형식적인 조사를 쓰지 않았다. 대충 좋은 말로 위장하지도 않았다. 자신이 평소 가지고 있던 박인환 시에 대한 평가를 냉정하게 썼다. 왜 이렇게 김수영은 냉혈동물처럼 친구의 죽음 앞에 비판의 칼날을 숨기지 않았을까? 김수영이 볼 때 수많은 문학청년들이 모더니즘 시를 쓴다고 하면서 박인환처럼 겉만 화려한 겉치레 난해시를 배우고 있다고 판단한 것이다. 모더니즘의 본질은 겉치레가 아니라 내용에 있어서 '예술가의 양심'에 투철해야 한다는 점을 가르쳐 주고 싶었기 때문이다. 박인환에 대해 이렇게 쓰는 자신을 박인환이 다시 살아온다면, "야아 수영아, 훌륭한 시 많이 써서 부지런히 성공해라!"라고 웃으며 이해해 줄 것이라고 김수영은 생각했다. 김수영은 자신의 모든 치부를 다 솔직하게 드러내는 글쓰기를 했다. 가장 친한 친구의 죽음 앞에서도 형식적인 조사를 쓰지 않았다. 김수영은 마음에 없는 글쓰기를 못 했다. 그 점을 무덤 속에 있는 박인환도 잘 알 것이라고 김수영은 보았다. 그리고 김수영답게 친한 친구 박인환의 죽음 앞에서도 위로가 되는 말 한마디도 허투루 쓰지 않았다. 100퍼센트 진실한 글, 그 글이 모더니즘 시인 박인환을 기리는 가장 진솔하고도 의미 있는 조사라고 김수영은 생각하지 않았을까?

하지만 사적인 편지에서는 김수영도 친구 박인환의 죽음에 마음이 많이 흔들렸던 것 같다. 박인환이 갑작스럽게 가고 난 직후 동갑이었던 시인, 부산에서 자신의 호구지책 마련을 위해 대구 미군 통역사 직업을 발벗고 소개해 주었던 친구 박태진에게 편지를 보냈다. 박태진은 당시 해운공사에서 미군 통역 일을 맡아보다가 1956년 1월부터 1961년 2월까지 영국 런던 주재원으로 파견되어 있었다. 그 편지에서 김수영은 "인환이가 죽었다. 잘 마시지도 못하는 술을 마시고 죽었다. 그러고 보면 그는 허약한 친구였던 모양이다."라고 썼다. 박인환의 죽음을 알리는 김수영의 편지를 읽고 박태진은 시 「수영의 편지」를 남겼다. 「수영의 편지」 중에 다음과 같은 구절이 있다.

> 그러던 어느 날 수영의 편지는
> 인환의 주검을 알리는 깨알 글씨의 사연
> 밤새 헤맨 템즈강 가 가로등이 우울만 했고

김수영은 박태진에게 깨알 글씨로 자기감정을 이야기했다. 하지만 김수영의 편지 원본을 박태진은 런던 생활 과정에서 잃어버리고 말았다. 그 편지 속에는 위 두 산문에 쓰지 않았던 친구 박인환을 보내는 김수영의 아픈 마음이 절절히 담겨 있었을 거라고 생각된다.

온몸으로 온몸을

공보관 공보실

서울중앙방송국은 '한국방송공사(KBS)'의 전신인데 1950년대에는 정동에 있었다. 1957년 1월 5일 정동 서울중앙방송국 옆에 '공보실 공보관'을 설치하여 이승만 대통령이 참가하는 개관식을 열었다. 하지만 공보실 공보관의 정동 시절은 오래가지 못했다. 1957년 7월 15일 소공동에 있는 구 '프라자호텔'을 리모델링하여 새로운 공보실 공보관 청사로 개관하면서 정동 시절을 마감하고 소공동 시절을 열었다. 위치는 지금 도로명 주소로 중구 남대문로5길 37번지 일대에 해당한다. 개관 기념으로 처음 열린 행사는 고희동 화백의 화단 생활 50주년을 기념하는 전시회였다. 공보실 공보관은 문화 사업과 관계된 각종 집회와 다양한 전시 및 기록영화 상영 장소로 무료 제공되었다. 강당을 무료로 제공했기 때문에 각종 문화 단체에서 공보실 공보관을 즐겨 사용하였다. 시인협회도 예외가 아니었다. 조지훈 시인이 간사로 있던 시인협회는 1957년도 작품상을 김수영 시인에게 수여하기로 결정하고, 수여식을 1957년 12월 28일 오후 2시 소공동 공보실 공보관에서 개최하였다. 시인협회는 청록파 시인 계열이 주도하는 조직이었는데 여기서 모더니즘 시인 김수영에게 작품상을 준다는 것은 의외였다. 왜 시인협회에서 김수영에게 상을 주었을까? 그 비밀은 천상병 시인이 1957년 12월 17일 『조선일보』에 게재한 '12월의 시평'에서 찾을 수 있다. 이 글에서 천상병 시인은 『현대문학』 1957년 12월호에 발표된 김수영의 「봄밤」, 「채소밭 가에서」, 「광야」 세 편의 시를 평가했다. '12월의 시평' 제목은 「현대시의 리리시즘 lyricism(서정성) 문제」였는데 서정성과 가장 거리가 먼 김수영 시를 거론하면서 '서정성'을 언급한 것이다. 그 내용은 이렇다.

> 김수영 씨의 「봄밤」과 「채소밭 가에서」는 미와 정감의 리리시즘 편이요, 「광야」는 사고의 리리시즘에 가깝다는 등입니다. 그러나 「광야」의 사고는 측면적이고 도피적입니다. 김수영 씨의 시가 갑자기 노랫조가 되면서 동시에 동양적인 미와 정감의 리리시즘에 근접하게 된 까닭은 노래가 원칙적으로 본질적인 생명과 깊은 관련을 가지고 있다는 것을 뜻합니다. 「채소밭 가에서」가 호례입니다.

중앙공보관
공보실 공보관은 박정희 군사정부가 들어서고 나서 중앙공보관으로 이름이 바뀌었다. 건물은 1957년 소공동 프라자호텔을 리모델링한 모습 그대로이다. 1963년 사진이다. (국가기록원)

천상병 시인은 김수영 시인의 시가 갑자기 노랫조가 되었다고 말한다. 그리고 그 노랫조가 강한 시의 대표 예가 「채소밭 가에서」라고 말한다. 한국 모더니즘 시인을 대표하는 김수영이 갑자기 서정성을 강화한 시를 발표하니까 그 경향에 대한 적극적인 환영의 의미로 시인협회의 청록파 시인들은 김수영에게 작품상을 안긴 것이었다.

김수영이 노랫조가 강한 시를 발표하게 된 동기는 무엇이었을까? 그것은 아마 김수영의 결혼생활에서 가장 행복하던 시절과 관계있다고 생각된다. 둘째 우가 태어나기 전후 시기가 김수영이 결혼생활 중 가장 행복을 느낀 시기이지 않았을까? 그래서 김수영의 시 중에서 가장 서정성이 강화된 「봄밤」과 「채소밭 가에서」, 「초봄의 뜰 안에」 등이 노래된 것이 아닐까 생각된다. 「봄밤」은 한국의 봄을 노래한 무수한 시 중에서 봄의 설렘을 이보다 잘 표현한 시가 없을 것이라고 감히 말할 수 있는 명편이다. 봄을 '서둘지 말라'고 계속 말하지만 시인이 되풀이해서 '서둘지 말라' 할수록 봄의 설렘 속으로 빠져들게 만드는 시이다. 「채소밭 가에서」는 김수영의 시에서 거의 유일하게 리듬이 느껴지는 노래이다. 천상병 말대로 '갑자기 노랫조가 된' 시이다. 이는 「초봄의 뜰 안에」에서 표현했듯이 "보석 같은 아내와 아들은 / 화롯불을 피워 가며 병아리를 기르고 / 짓이긴 파 냄새가 술 취한 / 내 이마에 신약처럼 생긋하다"라는 구절에서 정직하게 표현된 김수영이 그토록 원했던 '방향을 잡은 정착된 생활'이 가져다주는 행복이 절로 입으로 노래가 되어 나오는 흥얼거림이라고 생각된다. 그 행복의 감정은 우가 태어나고 지은 「자장가」에서 절정에 이른다는 생각이다.

어렵게 다시 결합한 결혼 생활 중 1957년 시인협회 작품상을 받을 때는 김수영에게 더없이 소중한, 영원히 돌아가고픈 고향의 품 같은 시기라고 말할 수 있다. 인간이 불행의 시기를 참고 견딜 수 있는 힘은 행복한 시기의 더할 수 없는 따뜻한 감정의 추억이라 생각된다. 그런 점에서 소공동 거리를 걸으면 김수영식 서정주의 시가 만개했던 시절을 그려 보게 되고 「봄밤」 시를 낭송하면서 봄밤의 설렘에 빠져들고 싶은 충동을 억누를 수 없게 된다.

도봉동 집 I

도봉동 선산

김수영 부부가 성북동 집을 떠난 이후, 본가 가족들은 성북동에서 2년 정도 더 살았다. 1957년 중반경 본가 가족들은 성북동에서 도봉동으로 김수영 부부처럼 서울의 전원으로 이사를 하였다. 김수영 할아버지가 마련해 놓았던 도봉동 선산에서 묘지기네를 내보내고 그리로 들어간 것이다. 김수영 어머니가 도시 생활보다는 전원생활을 원했기 때문이다. 산문 「양계 변명」에서 김수영은 "그때까지 시내에서 가게를 하시던 노모는

도봉동 본가
앞쪽이 도봉동 본가 본채이고 오른쪽에 보이는 작은 채가 김수영이 도봉동에 왔을 때 기거하며 시를 쓰던 집이었다. (김수명 제공)

남볼썽도 흉하고 세금도 많다고 하시면서 교외로 나가서 불경이나 읽으면서 한적하게 살기를 원했고,"라고 쓰고 있다. 김수영 어머니가 '시내에서 하시던 가게'는 6·25전쟁 전 충무로4가 집에서 하던 '유명옥'과 피난 생활에서 돌아온 이후 신당동 집에서 한 '국수 가게'를 가리킨다. 하지만 성북동 집으로 이사한 이후로 김수영 어머니는 더 이상 가게를 하지 않았다. 도시 생활보다는 전원생활을 더 원하셨다. 그래서 1957년 당시 농촌 자연 마을이 살아 있었던 도봉동 성황당 마을로 가족이 이사를 갔다.

양계

김수영 부부가 구수동으로 가서 양계를 시작한 2~3년 후 김수영은 어머니에게 양계를 제안했다. 산문 「양계 변명」에서 "내가 양계를 시작한 지 2년인가 3년 후에 나는 노모에게 병아리 천 마리를 길러 드린 일이 있습니다. 생전 효라고는 해 본 일이 없는 자책지심에서 효자의 흉내라도 한번 내 보아야지 될 것 같았습니다."라고 서술한 것처럼 오로지 효도 한번 하겠다는 일념으로 어머니에게 제안한 일이 구수동에서 경험해 본 양계였다. 산문 「양계 변명」에서 김수영은 첫 번째 효도 과정을 자세하게 서술했다.

> 이 병아리의 대군을 배터리째 트럭에 싣고 우리들은 개선장군 모양으로 창동의 신축 양계장으로 입성했습니다. 그러나 새로 진 계사鷄舍는 미비한 점이 많았고, 비가 오자 지붕이 새는 곳이 많았습니다. 짚을 깔고 보온을 철저히 하느라고 집안 식구들이 총동원이 되어서 밤잠도

1965년경 도봉동 집 마당에 선 김수영
(『김수영 전집』, 민음사, 1981)

못 자고 분투했지만 아침이면 3,40마리의 희생자가 나왔습니다. 양계장에서 닭이 죽어 갈 때는 상갓집보다도 우울합니다. 약을 사러 다니는 일에만 꼭 한 사람이 붙어 있었습니다. …… 나는 노모와 둘이서 약 20일 동안 눈코 뜰 새 없이 싸웠습니다. 어머니는 나보다 강했습니다. 나는 곧잘 신경질을 냈지만 노모는 한 번도 신경질을 내지 않았습니다. 내가 계사 바닥을 삽으로 긁다가 팔이 아파서 쉴 때도 노모는 여전히 일을 계속하면서 내 삽이 불편할 것이라고 당신 삽과 바꿔 주었습니다. 어머니는 언제나 여유가 있어 보였습니다.

김수영은 양계를 하면서 어머니가 얼마나 강한 존재인지 새삼 깨달았다. 장마 동안 격전을 치루고 나니 남은 닭이 700마리였다. 그새 300마리가 줄어들었다. 어머니는 그나마라도 건진 것이 다행이라고 기뻐하며 김수영의 노고를 위로해 주었다. 김수영은 양계를 통해 노동을 통해 어머니와 새롭게 결합했고, 힘든 노동 과정에서도 신경질 한 번 내지 않는 무한 인내의 어머니 모습을 보면서 어머니의 강인함을 새삼 느꼈다. 그래서 김수영은 산문 「반시론」에서 "언제 어머니의 손만 한 문학을 하고 있을는지 아득하다."라고 했던 것이다. 어머니의 손만큼 우리가 느끼고 구체적으로 체감하는 성인의 경지가 어디 있을까? 김수영에게도 지성무식한 어머니의 손은 자신의 문학이 도달해야 할 궁극의 경지 아니었을까?

동아일보사

1960년 3·15정부통령선거에서 대통령 선거는 야당 유력 후보 조병옥이 선거 한 달 전에 지병으로 이미 사망했기에 이승만이 당선된 거나 다름없었다. 문제는 부통령 선거였다. 이승만 정권은 1956년 정부통령 선거처럼 부통령에 장면이 당선되는 전철을 되풀이하지 않기 위해 1960년 3·15 선거에서는 수단·방법 가리지 않고 이기붕을 부통령으로 당선시키겠다고 작정하고 나왔다. 1960년 2월 28일 대구에서 장면 유세가 있자 학생들이 장면 유세 현장에 참석하지 못하게 하려고 일요일인데도 학교에 등교시켰다. 이에 대구 고등학생 1,200여 명은 '학원을 정치도구화하지 말라'고 시위에 나섰다. 사전 선거운동부터 방해하고 나선 이승만 정권은 3월 15일 당일 정부통령 선거에서는 더욱 노골적으로 전국적인 부정선거에 나섰다. 눈앞에서 대놓고 하는 부정선거에 마산에서 민주당원과 시민, 학생이 가장 적극적으로 부정선거 규탄 시위에 나섰다. 경찰이 이 시위대를 향해 발포를 하였다. 다음 날 3월 16일 민주당은 3·15 선거 무효 선언을 하였다. 이틀 뒤 3월 17일 동아일보는 마산의거와 관련, 사망자 7명을 포함해 54명의 사상자가 발생했다고 크게 보도했다. 다음 날 3월 18일에는 국회 차원에서 마산의거 현지 조사대를 파견했다. 3·15마산의거의 여진은 좀처럼 가라앉지 않았다. 3월 24일 부산에서 1,000여 명의 고등학생이 '정부는 마산사건에 책임지라'며 거리로 나섰다.

김수영은 3·15마산의거 이후 전개되는 상황을 신문을 주의 깊게 보며 예의 주시했다. 그때 나온 시가 4월 3일 탈고한 「하…… 그림자가 없다」이다. 김수영은 민주주의를 위한 우리들의 싸움은

> 아침에도 낮에도 밥을 먹을 때에도
> 거리를 걸을 때도 환담을 할 때도
> 장사를 할 때도 토목 공사를 할 때도
> 여행을 할 때도 울 때도 웃을 때도
> 〈중략〉
> 우리들의 싸움은 쉬지 않는다
> 우리들의 싸움은 하늘과 땅 사이에 가득 차 있다.

라고 했다. 3·15마산의거 이후 전개되는 양상을 민감하게 쳐다본 후 김수영은 시인적 예리한 감각으로 4·19혁명을 예감하는 시를 썼다. 3·15마산의거가 났을 때 김수영의 생각을 가장 잘 전달해 주는 글이 산문 「자유란 생명과 더불어」이다. 1960년 5월 『자유』에 실린 글이지만 실제로 쓰인 시기는 3·15부정선거 직후임이 분명하다.

> 이번 선거의 만행은 정치 문제를 떠나서, 또는 지성의 문제를 떠나서 전 국민에 관련된 문제이기 때문에 우리가 여기에 분격하지 않는다면 그런 사람은 생리적인 불구자이거나 '미라'이거나 혹은 허수아비일 것이며 대한민국의 백성이 아닐 것이다. 국민 된 자라면 어찌 엎드려 누워서 모른 체하고 있을 수 있겠는가!

김수영은 지성인이면 3·15마산의거 문제를 모른 체할 수 없음을 분

동아일보사
1958년 12월에 동아일보는 광화문 사옥을 남측으로 2칸 증축했다. 증축 계획은 본래 1935년 4월에 수립되었는데 본래 안은 중앙을 남북으로 한 칸씩 증축하고, 사옥 남측 세 칸, 북측 세 칸 총 여덟 칸 증축하는 것이었다. 계획을 세운 지 13년 만에 남측 두 칸 증축으로 1차 증축을 완료했다. 김수영은 4·19혁명 당시 위 사진과 같은 동아일보사를 찾아간 것이다. (김성한 편, 『동아일보사사 제2권』, 동아일보사, 1978.)

명히 하면서 앞으로 건설할 빛나는 자유민주주의 국가를 구상해 볼 때 이번 싸움은 싸움의 서막의 서곡이며, 무수한 고생다운 고생의 첫머리인 것 같다고 진단한 후 지성인은 그래도 조리 있는 설득과 아름다운 이성으로 줄기차게 자기들의 맡은 천직을 고수해 나가야 할 것이라고 지성인의 사명을 강조하고 있다.

김수영은 지성인의 사명을 다하기 위해 혁명적인 시기에는 시 형식도 달라져야 한다며 자신의 시를 혁명적으로 바꾸어 버렸다. 그 시가 「하…… 그림자가 없다」이다. 김수영은 시를 쓰기 시작하며 초지일관 고수하던 모더니즘 시와 완전 다른 시를 써냈다. 역사의 격류와 뜨거운 포옹이 시적 형식에 앞서 버렸다. 상징주의를 거의 배제하고, 읽으면 바로 이해할 수 있는 리얼리즘 시를 썼다. 시에 앞서 달려가고 있는 혁명을 따라잡으려는 김수영의 급격한 방향 전환이었다. 혁명에 조금이라도 도움이 된다면 자신의 시적 완성을 포기해 도 좋다는 온몸과 마음을 던지는 자세였다. 이 점은 중요하다. 자신의 절친 박인환이 죽었을 때도 한 치의 타협도 없었던 원칙이었다. 시대의 격류 앞에 옷을 바꿔 입는 용기가 필요할 때 김수영은 화창한 봄날 나무들이 옷을 새로 입듯 시의 옷을 바꿔 입었다.

1960년 4월 19일 김수영이 어디 있었는지 아무도 모른다. 짐작건대 광화문과 경무대 앞과 시청 거리 곳곳에서 시위대를 따라 헤매고 다녔을 것이 분명하다. 가장 확실한 기록은 1960년 4월 24일자 『동아일보』에 「4·19사태에 대한 문화인의 제언」 기고가 있었다는 사실이다. 이 기고문을 들고 김수영은 계엄령하의 서울 거리를 걸어 동아일보사에 직접 갖다주었을 것이다. 하지만 이 기고문은 계엄령하 언론 검열에 의해 본문은 삭제되고 「4·19사태에 대한 문화인의 제언」이라는 제목과 김수영 사진과 김수영 이름만 게재되어 나왔다. 『동아일보』 독자들은 본문의 글이 다 지워진 그 제언문을 보고 김수영 시인이 무슨 제언을 했는지 다 머릿속으로 그렸을 것이다.

4·19事態에대한
文化人의提言
金洙暎

제목만 남은 김수영의 기고문
계엄령 아래에서 김수영의 「4.19사태에 대한 문화인의 제언」은 전부 삭제되었다. (『동아일보』 1960년 4월 24일자.)

그리고 4월 26일, 4·19혁명이 성공을 거둔 날 김수영은 「우선 그놈의 사진을 떼어서 밑씻개로 하자」라는 혁명 시를 현장에서 격문을 쓰듯이 써 내려갔다.

우선 그놈의 사진을 떼어서 밑씻개로 하자
그 지긋지긋한 놈의 사진을 떼어서
조용히 개굴창에 넣고
썩어진 어제와 결별하자

위와 같이 시작하는 혁명 시 「우선 그놈의 사진을 떼어서 밑씻개로 하자」는 어제와의 결별을 바라는 시인의 마음을, 아니 모든 국민의 마음을 '독재자, 살인자 이승만의 얼굴을 밑씻개로 하자'라는 국민 누구나 바로 실천할 수 있는 직접적 행동 구호로 집약해 내고 있다. 썩어 빠진 어제와의 결별은 멀리서 시작하는 것이 아니라 바로 지금 시작해야 하며, 혁명은 정치인과 학생만 하는 것이 아니라 국민 모두가 바로 지금 해야 함을 웅변하고 있다. 국민들에게 4·26의 의미가 무엇인지, 4·26 이후 어느 길로 가야 할지, 지성인으로서 초등학생이 읽어도 바로 이해될 수 있는 시로 모든 고상한 언어를 다 포기하고 낮은 포복으로 국민과 한 덩어리가 되어 광화문 광장에서 만세를 부르고 있는 시가 「우선 그놈의 사진을 떼어서 밑씻개로 하자」이다.

민족일보사

1961년 2월 13일 경남 함안 출신으로 6·25전쟁 중 일본으로 건너가 명치대를 나와서 재일거류민단에서 활약하다 4·19혁명 이후 조국으로 건너온 조용수에 의해 창간된 『민족일보』는 지향하는 바를 네 가지 방침으로 정했다. 즉 '첫째, 민족의 진로를 가리키는 신문, 둘째, 부정부패를 고발하는 신문, 셋째, 노동 대중의 권익을 옹호하는 신문, 넷째, 양단된 조국의 비원을 호소하는 신문'임을 표방하였다. 『민족일보』는 5·16군사쿠데타 다음 날 "육·해·공·해병이 '쿠데타'"라고 군사쿠데타를 보도한 후 3일 만인 5월 19일 폐간되었다. 박정희 군사정권은, 혁신적인 언론을 통해 평화통일 운동에 앞장서던 32세밖에 되지 않은 젊은 사장 조용수에게 조총련 자금을 받았다는 누명을 덮어씌워 1961년 12월 21일 사형을 집행해 버렸다. 박정희 군사정부 시절, 때만 되면 조작되어 발표된 재일교포 간첩단 사건의 첫 사례가 된 것이 조용수 민족일보사 사장 사건이었다. 『민족일보』는 4·19혁명이 피워 낸 꽃으로 너무 빨리 져 버렸다. 다해서 3개월하고 7일밖에 신문을 내지 못했는데, 김수영은 창간호 일면 시를 비롯한 시 세 편과 편지 한 편을 썼다. 편지는 5·16군사쿠데타가 나기 일주일 전인 5월 9일 신문에 실렸다. 『민족일보』는 신문지면 위에서 보내는 '남북서신교환' 시리즈물을 기획했는데, '남북서신' 제1호가 김수영이 북으로 올라간 절친 시인 김병욱에게 보내는 편지였다. 『민족일보』가 창간되었을 때 창간호에 시도 가장 먼저 올리고, 남북서신교환

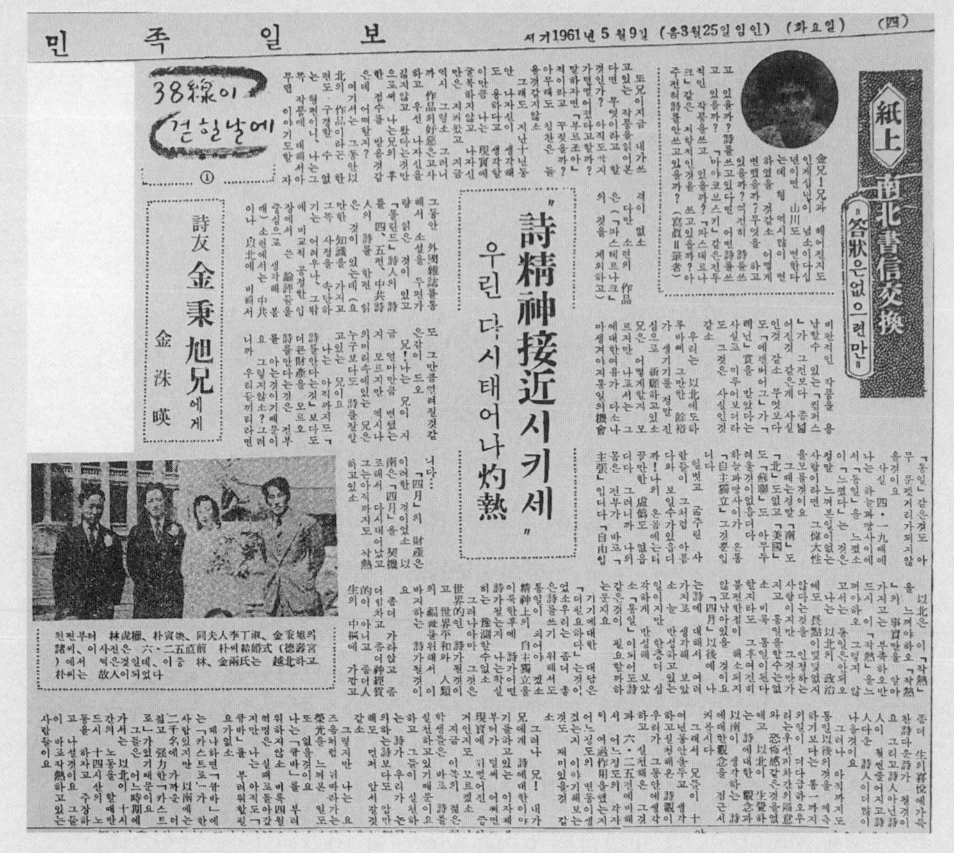

민 족 일 보 서기1961년 5월9일 (음3월25일 임인) (화요일) (四)

紙上 南北書信交換

「答狀은없으련만」

38線이 걷힐날에 ①

詩友 金秉旭兄에게

金洙暎

"詩精神接近시키세"

우린 다시태어나 灼熱

왼편부터 林虎權、朴寅煥、同夫人李丁淑、金秉旭의 諸씨、이사진은 六·二五直前 朴씨結婚式(德壽宮)에서 찍은것인데、이중 林、金兩氏는 越北하고 朴씨는 故人이되었다

민족일보 기획 시리즈 「지상 남북서신교환」

제1호 서신으로 김수영은 북한에 있는 김병욱 시인에게 편지를 보냈다. 사진 맨 오른쪽이 김병욱 시인이다. (『민족일보』 1951년 5월 9일자.)

시리즈물을 낼 때 서신 제1호도 김수영이 가장 먼저 썼다. 『민족일보』에서도 자신의 창간 이념과 가장 맞는 대표 시인으로 김수영을 내세운 셈이다. 김수영도 자신에게 요구된 바를 충실하게 이행했다.

『민족일보』 5월 9일자에 게재된 김수영의 서신 제목은 「38선이 걷힐 날에」이다. 그 뒤 산문집에 실릴 때는 「저 하늘 열릴 때—김병욱 형에게」로 제목이 바뀌었다. 이후 「저 하늘 열릴 때」라는 산문 제목은 4·19혁명이 가져온 민주주의 개화를 상징하는 언어가 되었다. 해방 후 '신시론' 동인 중에서 김수영과 가장 친했던 친구는 김병욱이었다. 시 「거대한 뿌리」에 "8·15 후에 김병욱이란 시인은 두 발을 뒤로 꼬고 / 언제나 일본 여자처럼 앉아서 변론을 일삼았지만 / 그는 일본 대학에 다니면서 4년 동안을 제철회사에서 / 노동을 한 강자다"라고 했던 그 김병욱이다. 김병욱은 6·25전쟁이 터지고 나서 월북했다.

4·19혁명이 나고 나서 민주주의 하늘이 열렸을 때 헤어진 지 10년 만에 『민족일보』라는 공개된 지면을 통해 김수영은 친구에게 편지를 보냈다. 먼저 "지난 10년 동안 나 자신이 생각해도 용하다고 생각하리만큼 나는 현실에 굴복하지 않고 나 자신만은 지켜 왔고 지금 역시 그렇소. 그러니까 작품의 호오는 고사하고 우선 나 자신을 잃지 않고 왔다는 것만으로 나는 형의 후한 점수를 받을 것 같은데 어떠할지?"라고 현실과 타협하지 않고 최선을 다해 자신을 지켜 온 지난 10년을 한마디로 집약한 후, 북에 있는 친구는 이에 어떻게 생각하느냐며 서두를 꺼냈다. 그런 후에 4·19혁명을 직접 체험하며 느낀 심정을 이야기한다.

> 사실 4·19 때에 나는 하늘과 땅 사이에서 통일을 느꼈소. 이 '느꼈다'는 것은 정말 느껴 본 일이 없는 사람이면 그 위대성을 모를 것이오. 그때는 정말 '남'도 '북'도 없고 '미국'도 '소련'도 아무 두려울 것이 없습디다. 하늘과 땅 사이가 온통 '자유 독립' 그것뿐입디다.

4·19 혁명 때 김수영은 '하늘과 땅의 통일'을 느꼈다며, "우리는 우선 피차간의 격의와 공포감 같은 것을 없애고 이북이 생각하는 시에 대한 관념과 이남이 생각하는 시에 대한 관념을 접근시켜 봅시다."라고 친구

에게 제안한다.

김수영은 항상 통일을 생각하면서 살았다. 그래서 김수영은 북한을 절대 비난하지 않았다. 김수영 자신은 누구보다 더 혹독하게 북한에서 당했지만 원한을 가지고 북한을 대하지 않았다. 자신이 당하고서도 원한을 가지지 않는다는 것은 보통 사람으로서 힘든 일이다. 보통 사람처럼 하지 않았기에 김수영은 북한에 있는 친구에게 '현실에 굴복하지 않고 자기 자신을 지켜 왔다'고 당당하게 이야기할 수 있었다. 이 때문에 김수영은 남과 북의 통일을 말할 자격이 있었다.

김수영이 '남'도 '북'도 없는 하늘과 땅 사이의 통일을 그린 시가 「가다오 나가다오」이다. 신동엽 시인이 "껍데기는 가라"라고 웅장하게 노래했던 때가 1967년이었는데 김수영은 8년 전 1960년에 이미 이 땅에서,

> 이유는 없다
> 가다오 너희들의 고장으로 소박하게 가다오
> 너희들 미국인과 소련인은 하루바삐 가다오
> 미국인과 소련인은 '나가다오'와 '가다오'의 차이가 있을 뿐
> 말갛게 개인 글 모르는 백성들의 마음에는
> '미국인'과 '소련인'도 똑같은 놈들
> 가다오 가다오

라고 소리쳐 노래 불렀다. 이 시 전에 미국과 소련을 '같은 놈들'이라고 꾸짖으며 이 땅에서 나가 달라고 소리친 시가 있었던가? 김수영은 4·19 혁명의 해 1960년 8월 4일 이 시를 탈고했다. 이 시를 보면 김수영은 신동엽 못지않은 민족 시인의 풍모를 보인다. 『민족일보』가 창간되기 5개

월도 전에 『민족일보』가 하고 싶은 이야기를 시 한 편에 다 녹여 냈던 김수영이었다. 이 때문에 김수영은 북으로 올라간 친구에게 당당하게 통일을 이야기할 수 있었다.

도봉동 집 II

지일

도봉동 집은 어머니가 계신 곳이었고, 여동생과 형제 들이 살고 있는 곳이었다. 김수영은 마음이 거칠어지거나 외롭거나 스산해지거나 다양한 마음의 갈피 속에 안정이 필요할 때 도봉동 집을 찾았다. '4·19혁명 이후 한국 시는 어디로 가야 하는가'라는 매니페스토 성격을 가진 산문 「책형대에 걸린 시」에 이런 구절이 나온다.

> 4·26 후 나의 성품이 사뭇 고약해져 가는 것을 알면서도 어찌할 도리가 없다. 너무 흥분한 탓이려니 해서 도봉산 밑에 있는 아우 집에 가서 한 이틀 동안을 쉬면서 마음을 가다듬고 왔는데 서울에 와 보니 역시 마찬가지다.

1960년 4·26의 환희를 겪고 2개월이 더 지난 시점인 한여름 7월 4일 일기에는 도봉동 집에 가기 전에 다방 '세르팡'에서 쓴 시 「만시지탄은 있지만」을 도봉동 집에서 큰누이 김수명이 청서해 준 것으로 경향신문 기자에게 전해 주었다는 기록이 있다. 깨끗한 시 원고가 기자에게 전달되기까지 오누이의 정다운 모습이 그려진다. 김수영에게 도봉동 집의

도봉동 집 입구
왼쪽 건물이 계사이다. 멀리 도봉산이 보인다. (김수명 제공)

또 다른 모습이다.

4월 혁명이 나고 4개월이 더 지난 시점, 더위가 서서히 물러가고 시원한 바람이 찾아오는 9월 5일 김수영은 다시 도봉동 집을 찾았다. 일기에 이렇게 적혀 있다.

> 창동에 가서 수명에게 2,000환을 꾸어 가지고 오는 길에, 중희를 만나고, 그레이엄 그린의 『권력과 영광』과 키르케고르의 『불안의 개념』을 샀다. 모두가 전도요원하다!

김수영은 구수동에서 생활할 때도 개인적으로 돈이 필요할 때, 위 일기에서처럼 새 책 살 돈이 없을 때 수명을 찾아갔다. 누구나 그렇지만 읽고 싶은 책이 있을 때 바로 사야 맛이다. 김수영도 살 책이 있으면 바로 사야 직성이 풀리는 성격이었다. 이럴 때 손 벌리기 가장 편한 큰누이에게 돈을 꾸었음을 위 일기는 보여 준다. 김수영과 큰누이의 정다운 모습을 보여 주는 도봉동 집의 또 다른 장면이라 생각된다.

지일처럼 특별히 기념해야 되는 날에도 김수영은 도봉동 집을 찾았다.

> 지일의 또 하나의 탈출구는 노모를 모시고 돼지를 기르고 있는 동생들이 있는 농장에 나가 보는 일이다. 흙은 모든 나의 마음의 때를 씻겨 준다. 흙에 비하면 나의 문학까지도 범죄에 속한다. 붓을 드는 손보다도 삽을 드는 손이 한결 다정하다. 낚시질도 등산도 하지 않는 나에게는 이 아우의 농장이 자연으로의 문을 열어 주는 유일한 성당이다. 여기의 자연은 바라보는 자연이 아니라 싸우는 자연이 돼서 더 건실하고 성스럽다. 아니, 건실하니 성스러우니 하고 말할 여유조차도 없다. 노상 바쁘고 노상 소란하고 노상 실패의 계속이고 한시도 마음을 놓을 틈이 없다. 그들의 농장의 얼굴은 늙은 어머니의 시커멓게 갈라진 손이다. 이 손을 지금 40이 넘은 아우가 닮아 가고 있다.

도봉동 집에 가면 1962년 이후 농장에 전념한 둘째 동생 수성의 손도 본다. 시커멓게 갈라진 어머니의 손을 닮아 가는 동생의 손을 보면서 문학 행위를 하는 자신의 땀을 돌아본다. 땀도 흘리지 않고 도적질을 하고 있는 것은 아닌지, 자신의 정신에 경화증이 걸린 것은 아닌지 항상 돌아보게 만드는 아우의 농장이 있는 도봉동 집은 김수영에게 언제나 자신을 돌아보게 만드는 거울이었다.

1962년 건설 중인 장충체육관
(서울특별시사편찬위원회 엮음, 『사진으로 보는 서울 4』, 서울특별시사편찬위원회, 2005.)

장충체육관

둘째 동생 수성은 집안의 기둥이었다. 철도청과 서울시청을 다니면서 받는 월급은 집안 살림살이를 이끌어 가는 중심축이었다. 도봉동 선산에 들어온 지 5년, 그사이 4·19혁명이 지나고 5·16군사쿠데타가 막 지난 시점, 사회는 재건 바람이 몰아치고 있었다. 5·16 군사정부는 대중의 눈에 가시적으로 보일 수 있는 토목공사를 곳곳에서 추진했다. 장충실내체육관 공사도 그중 하나였다. 장충실내체육관은 당시 총경비 7억 7백만 환, 동양서 손꼽는 현대식 시설을 구비한 총건평 2,408평의 대규모 실내체육관으로서 1962년 11월에 개관 예정이었다. 그런데 5·16 군사정부는 장충체육관 공사가 한창 진행 중인 1962년 6월 10일 환을 원으로 교환 비율 10:1로 하는 화폐개혁을 단행했다. 5·16 군사정부의 화폐개혁이라는 비상조치가 김수영 본가에 큰 영향을 미쳤다. 막내 남동생의 말을 들어 보자.

> 둘째 형이 환도한 후 철도청에 복직해서 철도청에 근무하다가 서울시청 건축과로 옮겼어. 그래 가지고 지금 세종문화회관 자리에 짓고 있던 우남회관 현장감독을 했지. 우남회관 감독 끝나고 장충체육관 감독을 하게 된 거지. 장충체육관 감독하다가 화폐개혁으로 원자잿값이 두세 배 뛰니까 원자잿값이 배 이상 뛴 것을 자신이 책임지고 막다가 망해 버린 거지. 그래서 우리 집안에 남아 있던 논이고 밭이고 토지 남아 있는 것 다 팔았지. 6·25 이후에도 토지가 조금 남아 있었고 거기서도 소출이 조금 있었을 것으로 예상해. 그 일 때문에 둘째 형이 서울시청 그만두고 도봉동에 들어와서 돼지 치고 닭 기르기 시작했지. 화폐개혁으로 금값 두 배로 뛰었을 때가 망한 날이야. 일본에서 들여오는 파이프값이 하루아침에 두 배로 뛰니까. 화폐개혁으로 제일 피 본 게 우리 둘째 형님이야. 우남회관은 잘했는데 장충체육관이 결국 문제가 된 거지. 둘째 형이 경성공업고등학교 출신인데 당시 토목건설 이쪽은 경성공업고 인맥이 다 잡고 있었지.

김수영 할아버지가 뛰어난 수완으로 모은 토지를 상속받은 후, 김수영 아버지 당대에 큰아버지가 대부분 땅문서를 가져가 버렸고, 그나마 6·25 이후까지 남아 있던 땅들이 화폐개혁이란 날벼락을 맞아 뛰어오른 원자잿값 메꾸는 데 다 날아가 버렸다. 김수영 본가는 이제 땅이라고는 도봉동 선산 2,500평밖에 남지 않았다. 현저동 집을 정리한 재산은 해방 후 길림에 묶인 채 몸만 빠져나올 수밖에 없었고, 1930년 할아버지가 돌아가신 후 김수영 본가는 점점 재산이 줄어드는 역사의 길로 끊임없이 걸어왔고, 그 마침표가 장충체육관이었다.

막내 여동생 약혼식

이화여대 약대를 나온 막내 여동생과 서울대 의대 출신 홍영식의 약혼식이 도봉동 집에서 1965년에 열렸다. 도봉동 집은 대지가 너른 데다 성황당 마을과도 떨어진 야산과 인접한 곳에 위치하고 있어서 큰 소리로 노래 부르고 놀아도 소음 때문에 옆집으로부터 항의가 들어올 일 없는 천혜의 조건을 갖춘 곳이었다. 그래서 대가족이 잔치하기에는 그야말로 더없이 좋은 장소였다. 살아생전 막내 이모도 미국에서 국내로 올 때면 항상 도봉동 집에서 짐을 풀었다. 대가족이 모이기가 좋았고, 막내 이모도 놀기 좋아해서 도봉동 집만큼 안성맞춤인 곳이 따로 없었다.

1965년 도봉동 집에 잔치다운 잔치가 벌어졌다. 막내 여동생의 약혼식이 열렸다. 신랑 측에서 친구들이 아홉 명 정도 왔고 신부 측에서도 왔다. 김수영도 구수동에서 시간을 내어 왔다. 막내 남동생 부부도 강릉에서 막내 여동생의 약혼식을 보려고 서울로 올라왔다. 모일 수 있는 가족들은 다 모였다. 김수영은 본래 젊은 사람들을 아끼고 좋아하는 사람이었다. 잔치가 무르익었을 때 김수영이 자리에서 일어났다. 만주에서 연극 운동 하던 때의 실력을 뽐내어 "이수일과 심순애는…" 하면서 〈이수일과 심순애〉의 대사를 거침없이 읊어 나갔다. 막내 남동생은 큰형의 그런 모습을 생전 처음 보았다고 회상했다. "어찌나 젊은 사람들을 좋아하는지. 큰형과 그렇게 술자리에 어울린 것은 그게 유일한 자리였지 않았나 생각이 든다."라고 했다. 김수영이 술자리에서 그렇게 잘 노는 모습은 본가 가족 대부분이 평소에 보지 못하던 모습이었다. 김수영의 흔연한 취기와 더불어 나온 인간적인 모습은 도봉동이라는 본가 가족들의 마지막 거처 장소가 가져다준 역설적 축복이었다.

예총회관

서울대 공대가 노원구 공릉동에 있던 시절인 1964년, 서울대 공대 3년생 김철은 서울공대생 시화전이 예총회관에서 열리는데 자문 시인을 누구로 모시느냐 문제를 두고 다른 서울공대생과 의견이 달랐다. 김철의 「김수영 회상기」를 보자.

> 서울대 공대 3학년이 되자 공대에서도 글을 쓰는 학생들, 소위 문예반원들 사이에서 시화전을 열고자 하는 움직임이 엿보였고, 그것이 제대로 진행되어 작품을 모집했다. 나는 직접 거기에 관계는 하지 않았지만 몇몇 작품을 고르기도 하고 고치기도 했는데, 시화전의 곳과 때는 예총회관 화랑, 5월 22일로 결정이 났다. 그런데 문제가 된 건 자문 격으로 모실 현역 시인을 누구로 하느냐였다. 나는 그저 그것도 다른 후배에게 맡겨 두고 모른 체하고 있었는데, 하루는 그 후배에게서 전화가 오기를, P 시인으로 낙착을 지었다는 것이었다. P 시인이라면 자연파 시인인데 그에 대해서는 간접적으로 내가 접한 좋지 못한 소문이 있었기 때문에, 나는 대뜸 그분보다는 김수영 시인이 우리에게 더 필요한 분일 것 같으니 그를 지도 시인으로 모시자고 고집하였고, 나의 고집은 그대로 관철되었다.

지도 시인으로 김수영을 모시자고 강력히 주장한 김철은 문단 주소록

예총회관
1964년 12월 세종로 예총회관이 준공되기 전, 태평로1가 76번지에 있던 예총회관 모습이다. 여기서 서울공대생들이 시화전을 열었다. (『민족일보』 1961년 5월 6일자.)

을 뒤져 김수영의 집을 찾아갔다. 1988년 6월 15일자 『부산일보』에 실린 「김수영 회상기」에서 김철은 김수영의 구수동 집 방문을 이렇게 회상했다.

> 그의 집을 연이틀째 방문하여 그를 만났던 것이다. 흰 무명 조선 바지저고리 차림에 깊숙하고 시원하고 순하면서도 날카로운 눈과 한 치는 족히 되어 보이는 긴 눈썹의 약간 찡그린 듯한 신경질적인 얼굴로 나를 맞아 주었던 그 '장엄하고 고독한' 첫인상은 감수성이 예민한 한 청년 문학도의 넋을 빼앗고도 남음이 있었다. 방문 목적을 간단하게 물어보고는 들어오라며 방 안으로 들어가자, 그는 그의 앞에 무릎을 꿇은 채로 있는 나를 평발로 고쳐 앉게 하고 꼭 20년 연하인 나를 '김

형'이라고 불러 주었다.

김수영은 1964년 5월 22일 예총회관 화랑에서 개최된 서울공대 시화전에 자신의 시 「제임스 띵」을 출품해 주고, 약속 시간에 나타나서 작품 하나하나를 보면서 평을 해 주었다. 그리고 학생들과 함께 다방에 내려가서 이야기를 나누었다. 그때 김수영은 '시를 쓰든가, 무엇을 하든가 역사적인 눈을 가져야 한다'고 강조했다. 그리고 저녁 먹으러 한식점에 들러 냉면을 시켜 먹은 김수영은 한참 식사 중인 학생들에게 연애를 하느냐고 묻고, 학생들이 각자 하는 이야기를 다 들은 후 '연애를 하려면 성실한 연애를 하라'고 조언했다고 김철은 전한다. 서울공대생의 시화전에 지도 시인으로 위촉되어 시화전 시작부터 뒤풀이 끝까지 함께한 김수영 모습을 보면 김수영답다는 생각이 든다. 무엇을 해도 진심으로 성실하게 임하는 김수영의 태도가 보인다. '연애를 해도 성실한 연애를 하라'는 충고는, 연애란 자칫 가벼운 마음으로, 자칫 젊은 혈기로, 자칫 충동적으로 임할 수 있는 문제이기에, 문학을 사랑하는 젊은 학생들이 인생에 걸쳐 소중하게 가슴에 담고 갈 수 있는 말을, 자신의 인생이 농축된 말을 했다고 생각된다.

신구문화사

1964년 신동문은 경향신문사에서 필화 사건을 겪었다. 1964년 5월 11일 박정희 정권하에서 새로 취임한 정일권 내각이 미증유의 물가고에 대해 앞으로 6개월 내지 1년의 시간을 달라고 취임 일성을 하자 『경향신문』은 5월 12일자에 〈정 내각에 바라는 200자 민성〉이라는 시민의 의견란을 신동문이 특집으로 만들었다. 이 특집에서 자유노동자 이형춘 씨가 "북한에서 주겠다는 백미 2백만 석이나 받아 배급해 달라. 북한에서는 실업자에게 일터도 준다고 하니 한일회담보다 '판문점 개방 협상'이 우리에게는 더 절실한 일이다."라고 한 발언이 문제가 되었다. 경향신문사 편집국장과 이 특집을 만들었던 편집부장 신동문, 그리고 교정부 차장, 편집부 기자 한 명 등 총 네 명이 중앙정보부에 끌려가 고초를 받고 구속되었다. 이후 신동문은 경향신문사를 퇴사하게 된다. 해가 바뀌어 신동문은 1965년 신구문화사 주간으로 자리를 옮긴다. 신동문은 1927년생으로 김수영보다 여섯 살 아래이지만 4·19혁명 때 시 「아! 신화같이 다비데군들」을 쓴 격정적 시인으로 김수영과 뜻이 잘 맞았다.

신동문은 1963년 10월 『세대』지에서 서정주와 순수문학이냐 참여문학이냐를 두고 논쟁을 벌였다. 이때 신동문은 「오늘에 서서 내일을」이라는 '참여문학' 입장에 서는 글을 썼다. 그리고 그 글의 마지막에 괴테Goethe의 말을 빌려 자신의 입장을 대변했다.

우주는 크고 풍부하다. 생활의 정경 또한 무한한 변화로 가득 차 있다. 그렇기 때문에 결코 시의 주제가 마감되는 일은 없을 것이다. 그러나 중요한 것은 언제나 상황의 시를 써야 한다는 일이다. 즉 현실에서 기회와 소재를 얻어야 하는 것이다. 특수한 경우도 시인에게 취급되면 필연적으로 보편적인 경지가 된다. 나의 시는 전부가 상황의 시이다. 나의 시는 현실에서 생겨난다. 나의 시가 뿌리박은 곳은 현실이며, 나의 시가 돌아가는 곳도 현실이다. 나는 그 아무것도 의지하지 않는 시를 쓰기만 하면 된다.

신동문 시인
(김판수, 『시인 신동문 평전』, 북스코프, 2011.)

이 괴테의 말을 김수영에게 물어보았다면, 김수영은 글자 하나 뺄 것 없이 자신의 생각과 일치한다고 답했을 것이다.

신동문은 1960년부터 1975년까지 문단과 출판계와 언론계에 종사하면서 다양한 사람들과 만났으며 그 만남의 폭이 광범했다. 소위 마당발이었다. 만남을 가진 많은 시인들 가운데 신동문이 가장 좋아한 사람은 김수영과 신동엽이었다. 신동문과 김수영은 서로서로 생각과 뜻이 맞는 사이였기에 김수영 입장에서는 문단 후배가 아니라 가장 친한 친구 같았다. 그래서 김수영은 신동문이 신구문화사에 주간으로 오고 난 뒤인 1965년부터 시내에 나오면 빠짐없이 청진동에 있는 신구문화사에 들렀다. 염무웅과 처음 대면한 것도 1965년 무렵 신구문화사에서였다.

김수영 50주기 헌정 산문집인 『시는 나의 닻이다』(창비, 2018) 중 염무웅은 백낙청과의 특별 대담 「추억 속의 김수영, 다시 읽는 김수영」에서 김수영과 처음 만난 장면을 회고하면서, "제가 김수영 선생을 처음 뵌 것은 신구문화사라는 출판사에 근무했을 때였습니다. 1965년쯤인데, 신구문화사 편집 고문인 시인 신동문 선생이 김수영 선생과 아주 가까웠어요. 신 선생은 책의 기획과 필자 선정에 주로 관여하고 저는 원고를 읽고 교열하는 편집부 직원이어서 신동문 선생과는 거의 매일 만나 의논하는 관계였지요. 신 선생은 인품도 좋고 발도 넓어서 찾아오는 선배나 친구, 후배들이 끊이지 않았어요. 그들 뒤를 많이 봐주었거든요. 급전을 구하러 오기도 하고 일자리를 부탁하러 오는 분도 있었지만, 마땅히 갈 데가 없어 들르는 분도 있었지요. 김수영 선생은 출판사 쪽으로 발이 넓은 신 선생을 통해 번역 일거리를 얻으러 오지 않았나 생각됩니다."라고 말했다.

최하림의 『김수영 평전』에 의하면, 김수영은 신구문화사를 통해 젊은 문인들과 교류했다.

> 김수영이 번역을 지속적으로, 그리고 번역료를 목돈으로 받게 된 것도 신구문화사와의 거래 이후로 보아야 한다. 김수영이 젊은 문인들, 염무웅, 김현, 김치수, 김주연, 황동규, 김영태 등과 자주 어울리게 된 것도 그즈음이었다. 신구문화사에 나오면 만나게 되는 그들과 자연스레 이야기가 나누어졌고, 술을 마시게 되었고, 그러다가 보니까 퇴영적이며 유미주의적인 그의 나이 또래의 문인들보다 젊고 활력에 넘친 젊은이들과의 만남이 즐거웠다. 적어도 그들에게는 김수영 연배와 같은 정치에 대한 소심증이 없었다.

염무웅 41년생, 김현 42년생, 김치수 40년생, 김주연 41년생, 황동규 38년생, 김영태 36년생으로 김수영보다 15년에서 21년 정도 아래 후배 그룹이었다. 6·25를 10세에서 15세에 겪은 세대로 직접적인 전쟁 체험이 적었기에 6·25전쟁 체험에 짓눌려 있는 세대는 아니었다. 4·19혁명의 '저 하늘이 열림'을 경험한 새로운 세대였다. 김수영은 새로운 세대에 스스럼없이 문을 여는 스타일이었다. 김수영은 젠체하지 않았고 20대 청년들과 이야기가 되는 40대였다. 고인 물이 되지 않으려고 치열하게 노력했던 김수영에게 4·19혁명 세례를 받은 새로운 후배 세대와의 만남이 주는 즐거움은 신동문을 만나는 즐거움과 함께 '신구문화사'가 주는 또 하나의 즐거움이자 설렘이었다.

민음사

김수영이 살아서 낸 유일한 시집은 1959년에 춘조사에서 펴낸『달나라의 장난』이었다. 두 번째 시집이 나온 것은 사후 6년 후였다. 민음사에서 '오늘의 시인 총서' 1차분 5종을 펴낼 때 제일 처음을 장식한 시선집이 김수영의『거대한 뿌리』였다.『거대한 뿌리』외에 김춘수 시선『처용』, 정현종 시선『고통의 축제』, 이성부 시선『우리들의 양식』, 강은교 시선『풀잎』등이 1차분 5종이었다. 편집 주간이었던 김현은 총서 이름을 '현대'로 하려 했으나 박맹호 사장이 제안한 '오늘'에 찬동해서 '오늘의 시인 총서'가 되었다. 박맹호 민음사 사장은『책: 박맹호 자서전』에서 '오늘의 시인 총서'를 내게 된 과정을 이야기했다.

> 1970년대 초의 출판계는 외판 사업이 주류를 이루었고, 더구나 시집 출판은 대부분 자비 또는 호화로운 양장본에 의한 고가의 소량 판매 방식을 취하고 있었다. 민음사 같은 신생 출판사가 이런 상황에서 값싸고 손안에 쏙 들어오는 크기의 시집 시리즈를 기획한다는 것은 말할 것도 없이 문학인이나 출판업계 동료들의 동정이나 조소를 받기에 딱 알맞은 짓이었다. 그러나 우리는 깃발을 들었다.

박맹호는 위 시집들을 대중 보급하기 위해 담백한 스타일의 장정을 선택해 정가도 대중가인 500원으로 잡았다. 결과는 대성공이었다. 두 달

만에 1차분 5종 시집 모두 초판 2,000권이 매진되었다. 특히 김수영의 『거대한 뿌리』는 3년 동안 3만 부가 팔리는 공전의 히트를 기록했다.

박맹호는 1933년생으로 고은과 같은 해 출생했다. 고은과는 평생 막역한 지우였다. 1952년 서울대 불문과에 입학했는데 서울대가 부산에 피난 가 있을 때, 부산 대신동 산비탈 나무로 지은 교실에서 신입생 시절을 시작했다. 대학 2학년 때부터 소설에 응모하면서 장래 소설가의 꿈을 키웠던 문학 지망생이었다. 대학 졸업 후 박맹호는 1966년 5월 19일 '민음사' 출판사를 창업했다. 충북 보은이 고향인 박맹호는 보은과 인접한 청주가 고향인 선배 신동문을 잘 알았다. 박맹호는 민음사를 창업하기 전에 신구문화사 주간으로 있던 신동문에게서 출판업을 어떻게 해야 하는지 여러 가지 노하우를 배웠다. 박맹호는 신구문화사에 자주 들렀고, 제주도에서 올라오고 나서 신구문화사 편집실을 하숙집처럼 사용하던 고은은 신구문화사에 자주 들르던 김수영에게 박맹호를 소개했다. 김수영은 박맹호가 무섭게 생겼다며 처음에는 잘 만나려 하지 않았다고 고은은 인터뷰에서 말했다. 하지만 시간이 조금 지나자 처음의 어색한 관계는 풀어지기 시작했다. 문학청년이었던 박

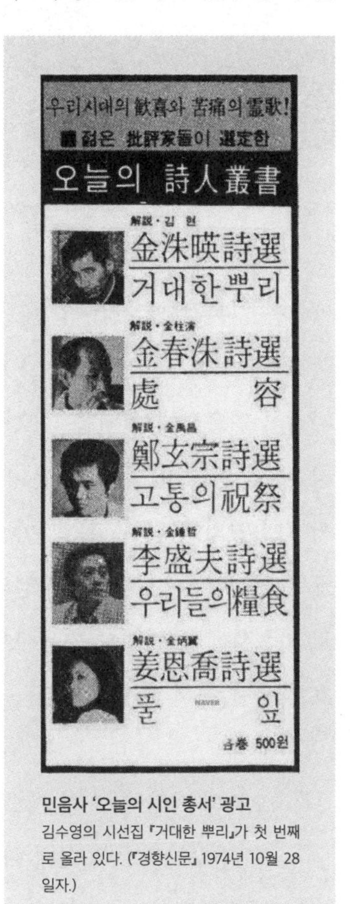

민음사 '오늘의 시인 총서' 광고
김수영의 시선집 『거대한 뿌리』가 첫 번째로 올라 있다. (『경향신문』 1974년 10월 28일자.)

김수영문학상 시상식 후 뒤풀이 장면
오른쪽에서 두 번째가 박맹호 사장이고, 왼쪽 끝이 김수명이다. (박맹호, 『책: 박맹호 자서전』, 민음사,2012.)

맹호는 기본적으로 김수영 시를 좋아했다. 그리고 김수영을 만날 때마다 존경하는 시인으로서 깍듯이 대했다. 이런 관계로 김수영 사후 김수영 시집이 민음사에서 처음 나오게 된 것이다. 사실 김수영이 비운에 가기 전 2년간은 '창비' 주역 젊은이들과 가장 가깝게 지냈기 때문에 '창비'에서 김수영의 전집이 나왔어야 한다는 것이 맞는 말이었다. 하지만 박맹호의 한결같은 마음이 김수영의 사후 첫 시집도 민음사에서, 첫 산문집도 민음사에서, 전집도 민음사에서 나오게 만들었다. 박맹호는 『책: 박맹호 자서전』에서 다시 말한다.

> 오늘의 시인 총서 첫 책으로 김수영 시집 『거대한 뿌리』를 출판한 이후, 김수영은 1970년대 내내 최고의 스타 시인이었다. 1968년 안타깝게도 교통사고로 세상을 떠났지만 그는 생전보다 죽어서 오히려 내내

독자들과 살아 있었던 셈이다.

그리고 박맹호는 김수영의 큰누이 김수명에 대해 말한다.

> 김수영 시인을 살뜰하게 뒷바라지한 이가 바로 시인의 누이 김수명 씨였다. 시인도 누이를 끔찍이 아꼈고, 누이도 오빠를 각별하게 대했다. 시인의 생전에도 그러했지만 사후에도 김수명 씨가 철저하게 유고를 정리하고 교정까지 직접 보았다.

그리고 박맹호는 시인들이 가장 받고 싶어 하는 상인 '김수영문학상' 탄생 배경을 설명했다.

> 김수영문학상은 유족 측이 먼저 제안해 탄생한 상이다. 김수영 시집과 산문집이 꾸준히 팔려 나가면서 인세가 어느 정도 축적되자 김수명 씨가 그 인세로 김수영문학상을 만들자고 제안했다. …… 김수명 씨는 김수영 시인의 책들로부터 나오는 인세를 단 한 푼도 쓰지 않고 모아서 모두 상금으로 내놓았으며, 부족한 상금과 심사비 및 운영비는 민음사에서 대었다.

이렇게 해서 '김수영문학상'의 상금은 처음에는 수백만 원 정도였지만 이후 1,000만 원까지 늘어났다. 김수영과 김수명의 오누이 관계는 살아서도, 또 김수영이 먼저 가고 나서도 한결같았다. '김수영문학상'의 권위는 그냥 생긴 것이 아니다. 유족의 지극정성과 출판사의 배려가 빚어낸 합작품이었다.

창작과비평사

1960년 미국 하버드대학에서 석사과정을 마친 백낙청은 귀국해서 군 생활을 마치고 다시 미국 하버드대학에서 박사과정을 밟다가 1963년에 서울대 영문과 전임강사가 되면서 박사과정을 다 마치지 못하고 중도에 귀국했다. 백낙청은 하버드대학에서 유학할 때부터 잡지를 창간하여 한국 문단과 지식인 사회에 기여해야 되겠다는 생각을 일찍이 품어 왔었다. 가슴속에 품었던 오랜 생각을 실천에 옮기기 시작했다. 1965년 가을 무렵, 제목을 '창작과비평'으로 하고, 당시 문학잡지로는 획기적이었던 계간지로 할 것을 이호철 소설가 등에게 제안하였다. 이후 일이 빠르게 진행되어 『창작과비평』은 1966년 겨울호를 1호로 1966년 1월 15일 창간했다. 여기에서 백낙청은 「새로운 창작과 비평의 자세」라는 『창작과비평』 서두를 장식하는 장장 34페이지에 달하는 긴 논문을 발표하면서 『창작과비평』이 나아가야 할 방향을 제시했다. 그 긴 글의 마지막을 인용하면 다음과 같다.

> 지식인이 그 소임을 다하기 위해서는 그들이 만나 서로의 선의를 확인하고 힘을 얻으며 창조와 저항의 자세를 새로이 할 수 있는 거점이 필요하다. 작가와 비평가가 힘을 모으고 문학인과 여타 지식인들이 지혜를 나누며 대다수 민중의 가장 깊은 염원과 소수 엘리트의 가장 높은 기대에 보답하는 동시에 세계문학과 한국문학 간의 통로를 이룩하

『창작과비평』 창간호 표지

고 동양 역사의 효과적 갱생을 준비하는 작업이 이 땅의 어느 한구석 에서나마 진행되어야 하겠다.

잡지를 주도하는 29세 청년의 패기만만하고 싱싱하고 젊은 열정이 살아 있는 논조가 김수영의 마음에 들었다. 기존의 문학잡지와 달랐다. 기존 문학잡지는 문학을 문학으로서만 보았다. 하지만 『창작과비평』은 문학을 사회 속에서의 문학으로 바라보았다. 그 점이 김수영 마음에 들었다. 『창작과비평』이 창간되고 얼마 있지 않아 현암사에서 이어령이 주도하는 계간 『한국문학』이 창간되었다. 『한국문학』 창간 기념 회식 자리에 김수영이 참석했다. 이 자리에 백낙청도 말석에 자리하고 있었다. 김수영이 회식 자리에서 발언했다. 백낙청이 「추억 속의 김수영, 다시 읽는 김수영」에서 그때 김수영의 발언을 기억해 냈다.

> "잡지를 할 거면 좀 『창작과비평』처럼 치고 나와야지! 라이터는 론손, 만년필은 파커 이런 식으로 모아 가지고 그게 무슨 잡지냐?" 이렇게 열변을 토하시는 거예요. 나는 말석에 앉아서 '아, 『창비』를 알아주시는 분이 있구나' 했는데,

김수영은 『창작과비평』이 창간되기 전에 1965년 신구문화사에서 염무웅을 알았다. 염무웅의 나이 25세였다. 그리고 『창비』가 창간된 직후 『사상계』 문학란을 담당하던 한남철을 통해서 백낙청을 알았다. 백낙청의 나이 29세 때였다. 패기만만한 20대 청년이 주간하는 문학잡지는 순수 문학잡지가 아니라 사회 속에서 문학을 바라보는 문학잡지였다. 그래서 문학잡지는 문학잡지이되 정치, 경제, 사회, 역사, 국제관계 등 다양한 분야의 글이 실렸다. 김수영이 평소 생각하던 방향과 일치했다. 신구문화사를 통해 염무웅 주위에 있던 4·19 세대 청년 그룹을 만난 것처럼, 백낙청을 통해 『창비』의 신진 그룹을 만났다. 이야기가 통했다. 『창작과비평』이 창간되고 1년 뒤 『창비』를 혼자 편집하던 백낙청은 김수영에게 전화를 걸어 어떤 글이라도 좋으니 원고를 써 달라고 부탁했다. 이렇게 해서 김수영은 『창작과비평』 1967년 제2호 여름호에 「'문예영화' 붐에 대해서」를 기고했다. 그리고 한 계절을 건너뛰어 『창작과비평』 1967년 제4호 겨울호에는 본격적으로 시를 논하는 「문단시평: 참여시의 정리」 글을 기고했다.

1967년 겨울호부터 염무웅도 『창비』 편집에 본격 가담하게 되었다.

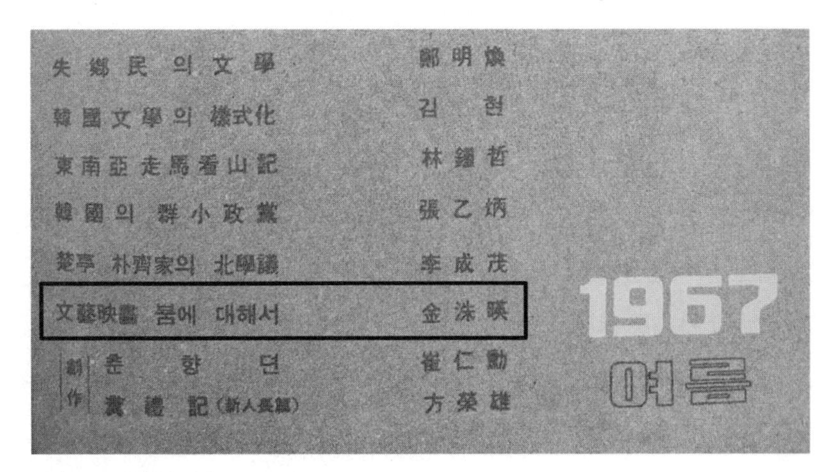

失鄕民의 文學	鄭明煥
韓國文學의 樣式化	김현
東南亞走馬看山記	林鍾哲
韓國의 群小政黨	張乙炳
楚亭 朴齊家의 北學議	李成茂
文藝映畵 붐에 대해서	金洙暎
創作 춘향뎐	崔仁勳
創作 糞禮記(新人長篇)	方榮雄

1967 여름

『창비』 1967년 여름호 차례
김수영이 『창비』에 처음으로 기고한 글 「'문예영화' 붐에 대해서」가 수록됐다.

김수영은 『창작과비평』 편집진과 논의하는 횟수가 잦아지면서 편집 방향에 대해서도 조언을 했다. 『창비』도 시를 실으라고 제안한 것이다. 이 점에 대해 백낙청은 「추억 속의 김수영, 다시 읽는 김수영」에서 이렇게 회고했다.

> 처음부터 그런 얘기를 안 하고 한참 지내다가 『창비』도 시를 좀 싣지 그러냐고 그러시면서 시인을 추천했는데, 그래서 제일 먼저 실은 시인이 김현승이에요. 그다음에는 김광섭, 신동엽, 그리고 같은 호에 네루다 시를 김수영 선생이 번역해서 실었는데, 자기 시를 싣자는 말을 안 해요. 나중에 가서야 당신 시도 한번 실을 준비를 하고 있다는 얘기를 하셨는데, 그러고 나서 바로 작고하셔 가지고……

불의의 사고를 당하기 전 2~3년간 김수영과 가장 많이 만나고 친했던 사이는 『창비』 편집진이었다. 김수영은 『창비』에 시를 싣자고 제안하면서 처음부터 자신의 시를 싣자고 『창비』 편집진에게 충분히 이야기할 수 있는 사이였다. 하지만 김수영은 그렇게 하지 않았다. 처음에 김현승을 이야기하고, 다음으로 김광섭, 신동엽을 이야기한 다음 자신도 시를 준비하고 있다고 말했다. 김수영이 겸손한 사람이었다는 것이 다시 한번 보인다. 하지만 자신의 시가 『창비』에 게재되는 것을 보지도 못하고 갑작스럽게 사고를 당하고 말았다. 당시에 '창비'는 사무실이 없었다. 백낙청 신혼집이 종로구 운니동 유명한 운당여관 근처 한옥집이었는데 거기가 '창비' 편집실 구실을 했다. 백낙청은 운니동 집에서 『창비』를 편집해서 근처에 있는 보진재 인쇄소에 가져갔다고 했다. 그 백낙청 신혼집에 김수영이 아내와 시 「미인」에 나오는 Y 여사를 대동하고 방문해서 저녁도 먹고 늦게까지 술도 먹고 간 적이 있다고 했다. 보통 아내의 후배 되는 여성과 다른 사람 집을 같이 방문하는 것은 흔치 않은 일인데, 김수영은 그런 점을 대수롭지 않게 생각했고, 타인의 시선을 의식하지 않았으며, 열린 마음을 가지고 있었다. 김수영은 창비 편집진인 백낙청, 염무웅과 수시로 만났다. 백낙청은 청진동 입구에 있었던 화려하진 않지만 깔끔한 일식집인 '복법청'에서의 만남을 기억했다. 일식집 '복법청' 2층에서 마침 한국문인협회가 내분에 휩싸였을 때인데, "사필귀악이다. 못된 놈들은 못된 것으로 끝난다."라며 두 시간 넘게 열변을 토하던 모습이 지금도 생생하다고 회고했다.

김수영은 '창비'가 새로운 시인을 등단시키는 데에도 조언했다. 이와 관련하여 김수영과 '창비' 사이에 있었던 유명한 일화가 김지하 등단과 관계된 일이다. 김수영이 퇴짜를 놓았다는 설이다. 이에 대해 김지하는 『김지하 회고록』 중 「조동일」 편에서, "조 형이 언젠가 내가 시를 발표하고 문단에 데뷔할 때가 되었다고 주장하며 시고를 달라고 했다. 나도 그 까닭을 알고 「황톳길」, 「육십령」 등 여섯 편인가를 주었는데, 그가 원고를 보낸 '창비'는 백낙청과 김수영의 감식을 거쳐 '불가'하다는 판정을 내린 결과, 원고를 되돌려왔다. 조 형은 이것을 내내 민망해하고 미안해했다."라고 회고했다. 이 부분에 대해 최하림의 『김수영 평전』에서는 다음과 같이 기술하고 있다.

> 김지하의 「황토」를 비롯한 여섯 편의 시가 염무웅의 손을 거쳐 그(김수영)의 손으로 들어갔다. 「황토」를 실으라고 해야 할지 말아야 할지 결단이 내려지지 않았다. 예전 같으면 "「황토」 같은 시를 왜 싣지 못한다는 거예요? 그런 자유가 없이 무슨 계간지를 내겠다는 거예요?" 하고 분통을 터뜨렸을 김수영이었지만 이제는 단순하게 '자유'를 말할 수 없었다. 자신의 한 작품을 발표한다는 것과 한 잡지가 작품을 발표한다는 것은 달랐다. 『창작과비평』은 폐간되어서는 안 된다. 생존해야 한다. 이만한 의식을 가진 잡지가 우리 문단에 태어났다는 것은 뜻밖의 행운이라고 해야 한다. 김수영은 백낙청과 염무웅에게 「황토」의 제목을 바꿔 발표하면 어떻겠느냐고 했다.

이것이 유명한 김지하 등단 과정에서 김수영의 「황토」 제목 변경 권유설이다. 우선 최하림의 글에서 사실관계 하나는 수정을 요한다. 염무웅은 인터뷰에서 "최하림 씨가 나에게 물어보지도 않고 '염무웅의 손을 거쳐 김수영의 손으로 들어갔다'고 추정해서 글을 써 버렸다. 일일이 잘못된 부분이라고 항변할 수도 없어 그냥 참고 넘어갔던 사항이었다."라고 분명하게 지적했다. 필자는 백낙청과의 인터뷰에서 전후 사정을 정확하게 들을 수 있었다. 백낙청은 이렇게 말했다.

김지하 시인 자신의 이야기가 있고 최하림 시인의 『김수영 평전』에서의 이야기가 있는데 둘이 많이 다르잖아요. 그런데 김지하 시인의 말이 더 정확합니다. 하지만 『김지하 회고록』에 "「황톳길」, 「육십령」 등 여섯 편인가를 주었는데"라고 김지한 시인이 말하는 건 내 기억하고 달라요. 내 기억으로는 대학 노트로 한 권을 받았어요. 대학 노트에 여섯 편보다 더 많이 있었던 것으로 기억해요. 그것 말고는 『김지하 회고록』 말이 맞고 최하림 평전 이야기는 일방적인 이야기예요. 먼저 말할 것은 김지하 시인이 조동일 선생을 통해서 시를 주었는데 그중에서 우리가 몇 편을 골라서 실으면 김지하 시인으로서는 데뷔가 되는 것이고 『창비』로서는 시를 안 싣던 참에 시를 실으니까 주목받는 일이 되는 것이었는데, 그걸 안 하기로 한 결정은 내 책임이고 그건 솔직히 말해서 제가 시에 대한 식견이나 안목과 자신감이 그때로서는 많이 부족했다고 반성하지 않을 수 없지요. 그래서 내가 그것을 읽어 보고 어떤 시는 참 좋았고 어떤 시는 너무 서정주 냄새가 난다 토속적이다 이런 생각이 들어서, 분명 김지하 시인은 서정주 시인과 다른 시인인데, 그래서 김수영 선생한테 한번 보시라고 드렸어요. 그런데 그때 내가 잘 몰랐던 것은 김수영 선생은 이런 류의 토속적인 서정이 담긴 시를 아주 싫어하는 거예요. 드리고 난 뒤에 일정 시간이 지난 뒤에 다시 여쭤 보았죠. "그런 시는 이용악도 있고 많이 있어요."라고 부정적으로 이야기하는 거예요. 그래서 내가 더 쥐고 있었어요. 불가 판정을 내린 것은 아니고요. 그런데 조동일 씨가 와서 "실으려면 빨리 싣고 안 실으려면 빨리 돌려달라. 다른 데 내겠다."라는 식으로 말하는 거예요. 그래서 그렇다면 돌려주겠다고 해서 그때 서울대 문리대 교정 안에 학림다방이라고 있었는데 거기서 김지하 시인을 만나서 내가 대학 노트를 직접 돌려주었습니다. 염무웅 선생하고는 아무 관련이 없어요. 최하림 선생이 또 우리가 그때 「황토」를 냈다가 폐간당할까 봐 걱정이 돼서 안 실었다는 것은 전혀 사실과 달라요. 그때 아마 김지하 시를 냈다고 해서 『창비』가 폐간당하거나 수색을 당하거나 탄압을 당하거나 하는 일은 없었을 것이라고 나는 판단해요, 추측이지만, 그때 김지하 시인은 그렇게 주목받는 시인이 아니었고, 『창비』도 문단 내에서는 사회과학파, 좌파라는 말이 돌았지만 당국이 중요시하는 잡지는 아니었어요. 그래서 그것을 내서 폐간될까 봐 겁이 나서 안 실은 것은 아니고 김수영 선생이 「황토」 제목을 바꿔서 실으면 어떻겠느냐고 말씀하신 적도 전혀 없고. 김수영 선생은 이용악 시인은 다른 서정시인과는 다른 서정시인이었지만 우리에게 너무 익숙한 서정시를 아주 싫어하셨기 때문에 그래 가지고 부정적으로 이야기하셨고, 내가 식견도 부족하고 자신감도 없을 때인데 김수영 선생이 그렇게 말씀하시니까 내가 안 실은 거예요.

백낙청의 말을 들어 보면 김지하 등단의 전후 사정이 정확하게 이해된다. 최하림 시인이 『김수영 평전』에서 자신이 추정해서 써 버린 것이 가장 큰 문제였다. 김수영은 평소 김수영답게 소신대로 김지하 시를 평가한 것이고, 백낙청은 김수영의 시평도 있고 해서 자신감과 확신이 없어 김지하 시를 싣지 못한 것이 팩트였다.

창비 시선 첫 번째를 장식한 시집은 신경림의 『농무』이다. 김수영이 살아 있었다면 김수영의 시가 창비 시선 첫 번째를 장식했을 것이다. 김수영의 갑작스러운 죽음이 가져온 상실감이 한두 가지가 아니지만 김수영이 '신시론' 동인으로 가장 뜻이 맞던 동료들인 김병욱, 임호권 등이 북으로 올라가고 나서 실로 오랜만에 마음을 맞추어서 같이 이야기하고 같이 일해 볼 수 있는 후배 그룹을 만났는데, 제대로 일을 펼쳐 보기도 전에 먼저 가 버린 것은 후배 세대에게도 다시 없는 상실감을 남겼다. '창비' 그룹에서는 김수영을 대체할 수 있는 시인을 선배 그룹 어디에서도 찾을 수 없었다. 김수영만큼 '참여시'를 고민한 시인으로서 6·25전쟁이라는 큰 파고를 넘고서도 남한 땅에 생존해 있으면서 시를 활발하게 쓰는, 그러면서도 끊임없이 문제의식을 생산해 내는 시인은 아무도 없었다.

강릉 자혜병원

1967년 여름, 둘째 누이 부부가 살고 있는 강릉으로 초대를 받아 김수영 부부는 중앙선 기차를 타고 강릉으로 여행을 떠났다. 김수영으로서는 우리나라 동해를 처음 보는 여행이었다. 김수영의 매부는 서울대 의대 출신으로 강릉시 성남동 108-6번지(금성로45번길 10) 중앙시장 안에서 자비 자慈 자, 은혜 혜惠 자 '자혜병원'을 운영 중이었다. 치료를 잘한다고 근동에 소문이 날 정도로 병원은 운영이 잘되었다. 자혜병원은 2층으로 되어 있었는데 1층은 병원이고 2층은 둘째 누이 부부가 살림을 사는 집이었다. 자혜병원 2층은 김수영 부부가 강릉 여행을 왔을 때 둘째 누이 큰딸 영이가 치는 슈만의 피아노곡을 들은 장소이다. 막내 남동생은 군대를 공군에서 근무했는데 매형과 특히 친해서 매형이 요로에 힘을 써 준 덕분에 상대적으로 편한 강릉 근무를 상당 기간 할 수 있었으며, 1965년 초 공군을 제대하고 나서 3년간 자혜병원 사무장직 근무를 했다. 막내 남동생은 큰형 부부가 강릉 여행을 올 때 서울에 올라가고 없었다.

김수영에게 강릉 여행은 인상 깊은 여행으로 산문에도 나오고, 시에도 나온다. 다음은 산문 「민락기」에 나오는 강릉 여행 인상기이다.

> 결혼식 때 보고 나서 근 10년 만에 처음 만나는 이 매부는, 10년 전에 비해서 체중이 한두 배는 늘었을 것이다. 그가 맥주를 따라 주면서 나한테 이런저런 얘기를 들려주는데, 그의 태도는 틀림없는 강자나 장자

의 태도다. 목에 핏대를 세우면서 지껄이는 나의 말은 번번이 사사오입을 해 듣고, 자기의 얘기를 마냥 태연스럽고 자신 있게 늘어놓는데, 나는 그의 장황한 얘기는 끝까지 정성스럽게 들어야 한다. 나는 그들 부부가 그야말로 돈을 물같이 쓰면서 나를 환대해 주는데 야코가 죽은 터이라, 얘기가 한 시간이 아니라 하루 동안을 계속해도 절간에 간 색시처럼 숨소리를 죽이면서 얌전히 듣고 있었을 것이다.

김수영다운 산문이다. 돈과 여유가 있는 매부의 돈을 물 쓰듯 쓰는 환대에 풀이 죽어 매부의 장광설을 그대로 듣고 있는 김수영의 표정이 어땠을까 상상하면 웃음이 절로 나온다. 김수영은 좀 우스운 표현 속에서 돈과 권력을 가진 사람이 남의 말을 공손히 받아들이지 않음을 부각하고 있다. 보통 사람 같으면 가족 관계의 부드러움을 위해서 일상사에서 느끼는 부조리 같은 것은 대충 다 넘겨 버리는데 김수영은 그렇지 않았다. 그런 점이 김수영 글쓰기의 마력이다.

1967년 8월 15일이 탈고 날짜로 적혀 있는 「미농인찰지」라는 시를 보면 김수영 부부가 강릉에 갔다 온 날짜가 8월 초쯤 된다는 사실을 알 수 있다. 강릉에 갔다 오고 나서 매부에게 안부 편지를 보내는 것을 주제로 쓴 시인데, 시 안에 "바다와 별장과 용솟음치는 파도와 조니 워커와", "당신이 사 준 북어와 오징어와 이등차표와 / 경포대의 선물과 도리스 위스키와 라즈베리 잼에 대해서"라는 구절로 보아 숙소는 동해의 용솟음치는 파도가 잘 보이는 바닷가 별장으로 잡아 주었고, 회식 때는 술을 조니 워커로 했으며, 집으로 올 때 매부가 북어와 오징어 같은 건어물과 이등차표 그리고 당시 유행하던 국산 위스키인 도리스 위스키, 그리고 물 건너왔을 라즈베리 잼을 선물로 사 주었음을 시는 말하고 있다.

옛 자혜병원 터
강릉시 성남동 108-6번지(금성로45번길 10) 중앙시장 안에 옛 자혜병원이 있었다. 지금은 식당이 들어서 있다. (2021년 촬영)

서울로 올라온 김수영은 처음 본 동해와 강릉이 인상 깊었던지 신구문화사에서 신동문을 만났을 때 강릉 한번 같이 가자고, 강릉 가서 명태장수를 하자고, 동해 바다에서 잡아 올린 명태를 파는 일이 원고지에 시를 쓰는 일보다 얼마나 시적이냐고 늘어놓았다고 최하림의 『김수영 평전』은 전하고 있다. 김수영은 서울에 올라오고 나서 강릉에서 본 둘째 누이 조카들의 모습이 계속 눈에 선했다. 시 「미농인찰지」를 탈고한 후 5일 지난 8월 20일, 둘째 누이 큰조카 훈이에게 "지금도 나의 머리는 오성정에 가서 그림을 그리면서 네가 좋아하던 얼굴이 대문만 하게 크게 떠오르고 있어. 영이가 치는 슈만의 피아노곡이 귀에 선하고, 승이 놈이 '고이야, 고이야' 하고 떼를 쓰는 모습도 한없이 귀엽게만 생각된다. 〈중략〉 넬슨 게임을 사 보내겠다고 약속했지만, 장난감 가게를 다 돌아다녀 봐도 없어서 연필 깎는 기계만 삼촌 편에 보낸다."라고 다정다감한 편지를 보냈다. 막내 남동생은 큰조카에게 연필깎이 기계를 갖다준 것을 분명하게 기억한다고 답했다. 조카에게 보내는 편지에 나오는 '오성정'은 조선 인조 때 창건된 정자로 일제강점기 때 강릉 객사 건물로 재건된 강릉 문화 유적지이다. 「미농인찰지」 시에서는 경포대를 간 것으로 나오고, 조카에게 보내는 편지에서는 '오성정'이 나오는 것으로 보아 김수영 부부가 강릉에서 적어도 2박 정도는 한 것으로 추정되고, 여러 유적지도 둘러본 것으로 추정된다.

2021년 1월 11일 막내 남동생과 필자는 강릉시 중앙시장 내에 있었던 자혜병원을 찾아 나섰다. 와 본 지 오랜 세월이 흘렀다고 했지만 막내 남동생은 그렇게 헤매지 않고 중앙시장 자리에서 자혜병원 위치를 찾아냈다. 2층이었던 건물은 3층 살림집이 증축되었고 나머진 그대로였다. 1층 병원은 '부부보쌈'이라는 음식점으로 바뀌어 있었고, 2층은 '복성각'이라는 중국집이 있다가 망한 모습이었다. 막내 남동생은 "예전에는 여기가 강릉에서 제일 번화가였어. 저기 있는 건물이 백화점이야. 내가 병원에 있을 때 속초하고 삼척 같은 데서도 환자들이 왔어. 이 근방에서 제일 유명한 병원이었지. 여기 공터도 다 건물들이 있었어. 참 많이 바뀌었군."이라고 했다. 중소 도시 재래시장이 다 그렇지만 강릉도 예외가 아니어서 중앙시장이 코로나 영향을 감안해도 너무 한산했다. 중앙시장이 좀 더 활성화되고 시인의 기억을 간직한 장소가 흔적도 없이 사라지는 과정을 밟지 않았으면 하는 소망을 남겨 두고 막내 남동생과 필자는 자리를 떠났다.

신당동 집 II

김수영 가족은 아버지 쪽보다 어머니 쪽과 더 가까웠다. 큰아버지는 자손이 없어 입양한 딸이 있었지만 남편 따라 북으로 올라가 버렸고, 고모 한 분이 있는데 딸만 둘이었다. 자연히 어머니 쪽하고 친할 수밖에 없었다. 둘째 이모네는 아들이 없었다. 하지만 막내 이모네는 아들이 많았다. 김수영 아버지도 막내 동서하고 가장 친했다. 게다가 막내 이모는 김수영과 어의동보통학교를 같이 다닌 친구 사이였다. 그래서 막내 이모네와 여로모로 가장 가깝게 지냈다. 막내 이모가 사업이 안되면서 무학동 집을 팔고 신당동 집으로 들어왔다. 막내 이모는 슬하에 8남 3녀를 두었다. 그중 셋째 아들이 가수로 유명한 차중락이다. 차중락은 신당동 집 2층에서 기거했다.

막내 이모는 경성여자고등상업학교 시절 단거리 선수를 할 정도로 운동신경이 좋았다. 엄마 피를 이어받았는지 아들들도 다들 운동신경이 좋았다. 장남은 역도 선수를 했고, 둘째 아들은 연세대학교 4번 타자를 맡던 야구부 주장이었다. 셋째 차중락은 한양대 1학년이던 1961년도 미스터 코리아 전국 대회에 출전하여 준우승을 할 정도로 몸짱이었다. 차중락은 그림에도 소질이 있어 삽화와 유화를 전문가 수준으로 잘 그렸다. 차중락은 1961년 경복고를 졸업하고 한양대 연극영화과에 진학했다. 장래의 꿈이 영화감독이 되는 것이었다. 그런데 차중락이 한양대 3학년 때 차도균이 SOS를 쳤다. 차도균은 차중락의 사촌 형인데(차도균 아버지가 형이고, 차중락 아버지가 동생이기에 차도균과 차중락은 친사촌이었다.) 유명한 키보이스 멤버 중 한 명이었다. 키보이스 멤버 중 한 명에게 사고가 생겨 급히 사촌 동생을 부른 것이었다. 키보이스에 들어가자 차중락은 메인 보컬이 되었다. 미8군에서 공연하면서 한국 가요계에 데뷔했다. 그게 1963년이었다. 차중락은 키보이스 활동을 위해 한양대를 중퇴해야 했다.

미8군 공연을 하면서 실력을 갈고닦은 차중락은 1966년에 엘비스 프레슬리의 1962년 발표곡 〈Anything that's part of you〉를 번안한 가요 〈낙엽 따라 가 버린 사랑〉을 발표했다. 차중락의 음색과 잘 맞아떨어진 이 노래는 외모도 엘비스 프레슬리와 비슷한 면이 있어 상당한 히트를 쳤다. 여세를 몰아 1967년 이봉조에게서 받은 두 곡 〈철없는 아내〉와 〈사랑의 종말〉이 공전의 히트를 쳤다. 홍현걸 작곡가에게서 받은 〈마음은 울면서〉도 이에 못지않게 히트를 치면서 1967년 TBS와 MBC 신인상을 다 차지할 정도로 인기를 누렸다. 이 시기 부산극장 무대에 섰을 때, 극장 입구는 물론 부근 건물의 유리창이 부서지고 담벼락이 무너졌을 정도로 인파가 인산인해를 이루었다고 베이스기타를 쳤던 사촌 형 차도균은 증언했다. 이때 일화가 있다. 막내 남동생이 증언했다.

> 차중락이가 1967년도에 MBC, TBS 신인상 후보에 올랐을 때야. TBS는 중앙일보에서 하는 거니까. 이모가 와서 "야 수영아! 좀 봐주라."라고 했지. 큰형이 그런 거 전혀 안 하는 사람인데. 유일하게 기자들에게 부탁하고 다닌 일이 차중락 신인왕상 후보 올랐을 때야. 큰형이 효제보통학교 다니던 시절부터 막내 이모하고 친했던 사이니까. 그 부탁에 나 몰라라 할 수 없었던 게지.

1967년 동방방송 신인상 수상 기념사진
좌로부터 다섯째 차중용, 차중락, 김수영, 차중락 어머니 안소선, 차중락 조카들, 첫째 차중경. (김수명 제공)

김수영이 일생에서 유일하게 한 번 청탁하고 다닌 사건이 이종사촌 동생 차중락이 신인왕상 탔을 때였다. 막내 남동생은 더 이야기했다.

> 중락이가 큰형 죽었을 때도 왔지. 구수동 집에서 문으로 들어가면 절벽 밑에 장독대가 있는데 장독대에서 막걸리 한 잔 먹고 그랬지. 중락이가 죽은 거는 몹쓸 병이니 뭐니 하는 소문도 나돌고 그랬는데 그거 다 거짓말이고 뇌염이야 뇌염. 세브란스 입원해 있을 때 얼음찜질하고 있더라고. 그 와중에도 수염이 그렇게 자라드라고. 내가 석션해 주고

그랬는데. 참 멀쩡한 놈이 죽었지. 인성도 좋고 참 괜찮은 친구였는데. 아무튼 1968년이 우리 집안에 액운이 단단히 낀 해야. 어떻게 그렇게 한꺼번에 불운이 닥칠 수 있어. 큰형 죽고, 중락이 죽고.

차중락은 1968년 10월 중순, 청량리 동일극장 무대에서 고열을 동반한 뇌수막염으로 쓰러져 신촌 세브란스병원으로 이송되었다. 열성 여성 팬과 모친의 정성스런 간호도 아랑곳없이 전신 마비 혼수상태로 있다 11월 10일 젊은 나이에 요절하고 말았다. 이 충격으로 막내 이모는 이때부터 담배를 피우기 시작했다. 그리고 한국이 싫어서 사업을 하는 둘째 아들 따라 미국으로 떠나 버렸다. 차중락이 잠든 망우리공원 묘지엔 사후 20년이 지나도록 이름 모를 팬들이 보낸 눈물의 팬레터가 쌓여 갔으며, 꽃바구니가 장장 20년간 바쳐졌다는 전설이 지금도 전해져 내려오고 있다. 차중락은 라이벌이었던 배호와 더불어 요절 가수로 대중의 가슴에 영원히 각인되어 있다.

조선일보사

1967년이 다 저물어 갈 무렵인 12월 28일, 『조선일보』는 '세모시론'란에 이어령의 「'에비'가 지배하는 문화—한국문화의 반문화성」이라는 글을 게재한다. 이 시론에서 이어령은 "오늘날의 정치 권력이 점차 문화의 독자적 기능과 그 차원을 침해하는 경향이 있다 할지라도 '문화의 침묵'은 문화인 자신들의 소심증에 더 많은 책임이 있는 것이다. 어린애들처럼 존재하지도 않는 막연한 '에비'를 멋대로 상상하고 스스로 창조의 자유를 제한하고 있다."라고 하면서 "'정치 권력의 에비', '문화 기업가들의 지나친 상업주의 에비', '소피스트케이트해진 대중의 에비'. 이것이 오늘날 문화계의 압력인 모든 반문화적 '에비'의 무드이다."라고 결론적으로 말하였다. 그러자 김수영은 1968년 『사상계』 1월호에 발표한 「지식인의 사회참여—일간신문의 최근 논설을 중심으로」라는 글에서 이어령의 글을 비판했다. 김수영은 "내가 생각하기에는 오늘날의 '문화의 침묵'은 문화인의 소심증과 무능에서보다도 유상무상의 정치 권력의 탄압에 더 큰 원인이 있다."라고 핵심을 말하였다.

김수영의 비판을 받은 이어령은 『조선일보』 1968년 2월 20일자 지면에 신설된 '문예시평'란에 「오늘의 한국문화를 위협하는 것」이라는 시평을 게재하여 김수영의 반론에 재반론을 펼쳤다. 1968년 벽두를 장식한, 김수영과 이어령이 '문학의 사회참여'를 두고 벌인 그 유명한 논쟁이 『조선일보』 지상에서 불이 붙은 것이다. 필자는 초등 2년 나이에 지방 소도

조선일보 옛 사옥
1935년 6월 준공 때 모습. 건축가는 박동진이었다. 이 사옥은 내내 본래의 모습을 유지하다가 1969년에 헐리고 그 자리에 코리아나호텔이 들어섰다. (『조선일보』 1935년 7월 6일자.)

시에서, 아버지가 일제강점기부터 『동아일보』만 구독한 탓에, 그 논쟁 소식을 형님들로부터 들은 기억이 난다. 당시 이 논쟁이 얼마나 대중적 관심의 초점이 되었는지 알 수 있는 대목이다. 이어령은 반론에서 "문화의 위기는 단순한 외부로부터 받는 위협과 그 구속력보다는 자체 내의 응전력과 창조력의 고갈에서 비롯되는 것이라고 할 수 있다. 즉, 문예의 조종은 언제나 문예인 스스로가 울려 왔다는 사실에 좀 더 주목해 둘 필요가 있다."라고 하면서 예를 해방 직후와 4·19혁명 직후로 들었다. 그는 "해방 직후와 4·19 직후의 문인들이 우리에게 보여 준 것은 한국의 문화는 관보다도 대중의 검열자에게 더 약했다는 증거였으며, 갑작스러운 정치적 자유를 누리기 위해서 도리어 문화를 정치 활동의 예속물로 팔아넘겼다는 증거였다."라며 문인들이 갑자기 주어진 정치적 자유 속에 대중의 눈치를 보느라 작품다운 작품을 내지 못하고 오히려 문학을 정치의 예속물로 팔아넘겼다고 주장했다.

이어령의 2월 20일 글에 대해 김수영도 이번에는 『조선일보』 2월 27일 지면을 통해 「실험적인 문학과 정치적 자유」라는 제목으로 반론을 가했다. 김수영은 "모든 실험적인 문학은 필연적으로 완전한 세계의 구현을 목표로 하는 진보의 편에 서지 않을 수 없게 되는 것이다. 모든 전위문학은 불온하다. 그리고 모든 살아 있는 문화는 본질적으로 불온한 것이다. 그것은 두말할 것도 없이 문화의 본질이 꿈을 추구하는 것이고 불가능을 추구하는 것이기 때문이다."라고 주장했다. 이에 대해 이어령은 1968년 3월 10일자 『조선일보』 지면에 「문학은 권력이나 정치이념의 시녀가 아니다」라는 좀 더 자극적인 제목으로 반론을 가했다. "김수영 씨의 그 글은 '진보'가 곧 '불온'이고, '불온'은 곧 '전위적'이고, 전위적인 것은 곧 훌륭한 예술이라는 산술적인 이데올로기의 편견에 가득 차 있다. 이러한 편견은 그 자신이 스스로 말했듯이 예술가에게 '하나의 이데올로기'만을 강요하는 결과를 가져온다."라고 주장했다. 김수영은 모든 문화는 꿈을 추구하고, 불가능을 추구하기에 '불온'하다 했는데, 이어령은 '불온'이란 단어를 '이데올로기'로 치환해서 '하나의 이데올로기'를 강요하는 결과를 가져온다고 공격한 것이다. 이에 대해 김수영은 3월 26일자 『조선일보』 지면에 「'불온성'에 대한 비과학적인 억측」이라는 글에서 재반론을 가했다. 김수영은 인류 역사에서 새로운 문화는 처음에 전부 '불온하다'는 취급을 받았다며 재즈가 그랬고, 베토벤과 소크라테스와 세잔이 그랬고, 고흐와 키르케고르와 마르크스가 그랬고, 사르트르가 그랬고, 에디슨이 그랬다고 예시를 들었다. 그러고서 "이러한 불온성은 예술과 문화의 원동력이 되는 것이고 인류의 문화사와 예술사가 바로 이 불온의 수난의 역사가 되는 것이다. 이런 간단한 문화의 이치를 이어령 씨 같은 평론가가 모를 리가 없다고 생각된다."라고 강력한 한 방을 날렸다.

김수영은 세계 미술사, 세계 문화사를 펼쳐 보기만 해도 알 수 있는 상식을 이어령이 애써 외면하고 '불온'이라는 말 자체를 '불온시'하여 이데올로기화한다고 비판했다. 하지만 이어령은 '불온성 여부로 문학을 평가하는 것은 부당하다'는 자신의 주장을 끝까지 굽히지 않았다. 김수영의 입장에서는 1967년 중앙정보부가 서울대의 민족주의비교연구회를 반국가단체로 규정하고 관련자들을 구속한 사건과 1967년 7월에 일어났던 동베를린을 거점으로 하는 대남 공작단 사건, 소위 동백림 사건으로 주로 예술인, 학자들이 대부분인 관련자 315명을 중앙정보부가 혹독하게 조사한 사건 같은 인권유린이 수시로 일어나는 엄혹한 시국 상황을 염두에 두고 발언 수위를 조절할 수밖에 없었다. 여차하면 『조선일보』 지면상의 글 때문에 자신이 필화 사건을 겪을 수 있는 위험성이 농후한 시대 상황이었다. 사실 이어령은 할 말 다 할 수 있는 논쟁이었지만 김수영은 가려서 할 수밖에 없었다. 1963년 서정주와 신동문의 '순수-참여' 논쟁 이후, '순수-참여' 논쟁 제2탄이라 할 수 있는 이 논쟁은 좀 더 대중적인 관심 속에 이번에는 가장 많은 부수를 가진 신문 지면을 통해 벌어져 세인의 관심을 더 집중시켰다. 김수영의 입장에서는 속 시원하게 다 말하지 못한 한계는 있지만 '참여'의 문제와 '불온'이라는 단어를 대중 속에 환기시켰다는 의미에서 성과라면 성과라고 할 수 있는 논쟁이었다.

서빙고 대공분실

1968년 3월 26일 『조선일보』 지면에 게재한 글을 끝으로 한 달 넘게 이어령과 벌인 '문학의 사회참여' 논쟁이 조금 찜찜하게 일단락된 후 10여 일이 지났을 때, 찜찜한 정도가 아니라 뒷덜미를 확 낚아채이는 사건이 일어났다. 일본 조총련 쪽에서 보낸 편지가 도봉동 집으로 온 것이다. 넷째 동생 수경의 편지였다. 편지 내용 중 수경의 새끼손가락 다친 이야기가 들어 있었다. 이 이야기는 본인이 아니면 할 수 없는 이야기였다. 경기고등학교 야구부 4번 타자를 할 때 새끼손가락을 다쳤다는 사실은 가족 모두가 알고 있었다. 북한에서 관현악단 간부로 잘 지내고 있다는 내용도 들어 있었다. 편지를 보면서 본가 가족들은 넷째 동생이 북쪽에 살아 있다는 것을 6·25전쟁 이후 처음으로 확인했다. 하지만 도봉동 집 김수영 동생들은 일본에서 온 편지에 담긴 요구가 향후 문제가 될 것으로 판단하고 일절 응답하지 않았다. 아니나 다를까 편지가 오고 나서 얼마 있지 않아 육군 '보안사령부' 전신인 육군 방첩부대 기관원들이 구수동 집과 도봉동 집을 급습했다. 구수동으로 기관원 십여 명이 새벽같이 쳐들어가 동행을 요구했다. 속옷 바람으로 자고 있었던 김수영 부부는 놀라고 겁에 질려 부들부들 떨면서 옷을 챙겨 입을 수밖에 없었다. 김수영이 기관원에게 "조선일보 땜에 오셨소?"라고 물었다고 최하림의 『김수영 평전』에 나온다. 기관원은 말이 없었다. 기관원이 다시 동행을 요구해 김수영은 지프차에 몸을 실었다.

같은 시간 도봉동 집에도 기관원이 탄 지프차 여러 대가 몰려왔다. 새벽같이 집을 에워싸 김수영의 동생들을 연행해 갔으므로 당시 성황당 동네 사람들도 크게 놀랐다고 한다. 김수영과 동생들이 연행된 곳은 악명 높았던 서빙고 대공분실이었다. 도봉동에 살고 있던 동생들은 다 연행되어 갔다. 결혼해서 강릉에 살고 있는 둘째 여동생만 제외하고 둘째 수성, 큰누이 수명, 막내 남동생 수환, 그리고 막내 여동생 송자까지 다 연행되어 갔다. 막내 남동생은 큰형이 기관원에게 큰소리치는 소리를 들었다. "너희들이 시를 알기나 알어?" 기관원들이 이어령과 논쟁한 내용에서 나오는 '불온한 시'가 무슨 시냐고 취조를 한 모양이었다.

일본 조총련 쪽에서 온 편지에 대해 도봉동 집에서 동생들이 잘 대처한 덕에 서빙고 대공분실의 무시무시한 군인들도 조사할 내용이 많지가 않았다. 김수영과 동생들은 저녁이 되기 전에 전부 풀려나왔다. 막내 남동생은 이태원삼거리에 기관원이 지프차에서 떨궈 주어 도봉동 집으로 돌아왔다. 김수영과 형제들은 각자 다른 곳에서 집으로 향해야 했다.

서빙고 대공분실은 국군 보안사령부 소속의 대공 수사 시설 중 하나이다. 박정희 군사정권과 전두환 군사정권 시절 '빙고호텔'로도 불리며 공포정치의 대명사로 통했다. 서빙고 대공분실은 국군 보안사 소속의 시설이지만 민간인 대공 수사에도 적극 개입했다. 민간인 대공 관련 수사에서 간첩 만들기 고문을 자행하는 것으로 악명이 높았다. 군사정권에 비협조적인 민주 인사를 끌고 와 회유와 협박을 자행하는 일은 비일비재했다. 1957년에 설치해서 1990년까지 존속했다. 위치는 경의중앙선 서빙고역 1번 출구로 나와 길을 건너면 나오는 대원서빙고아파트 자리에 있었다.

김수영은 직감했다. 앞으로 글쓰기가 더 힘들어지겠다는 생각이 더 큰 압박감으로 다가왔다. 염무웅도 필자와의 인터뷰에서 이렇게 말했다.

> 내 생각에 김수영의 내면을 평생 지배한 것은 두려움이에요. 그는 공포감에 시달리면서 살았어요. 아까 내가 '공안과'라고 하니까 대뜸 공안과公眼科 병원 아닌 수사기관의 공안과公安課를 떠올리셨죠? 그게 국가보안법 아래 살아온 우리의 무의식입니다. 김수영의 무의식 속에는 오늘의 우리보다 훨씬 더 심한 공포감이 잠재되어 있었다고 나는 봅니다. 그는 6·25전쟁 때 의용군으로 잡혀갔다가 죽을 고비를 넘겼고 포로수용소의 수난을 겪은 사람입니다. 그런 치명적 경험의 소유자예요. 의용군으로 붙들려 올라갔던 넷째 동생 김수경이 일본을 통해 본가로 편지를 보내온 사실 때문에 십여 명의 기관원이 구수동으로 김수영을 데리러 왔을 때 그는 대뜸 (조선일보에서 이어령과 일종의 사상논쟁 벌인 것을 떠올리며) "조선일보 땜에 오셨소?"라고 물었다고 하잖아요.

이어령과 논쟁하면서도 김수영이 얼마나 압박감에 시달렸는지는 "조선일보 때문에 오셨소?"라는 말에 다 농축되어 있다. 김수영의 매력은 압박감에 짓눌려 밀실로 도망쳐 발언을 삼가는 것이 아니라 바람보다도 빨리 일어나는 풀처럼 일어나서 발언을 멈추지 않는다는 데 있다. 그러고 보면 김수영의 마지막 시 「풀」은 밟혀도 밟혀도 다시 일어서는 '잡초' 같다는 생각이 든다. 어떤 압제의 바람이 불어와도 바람보다 먼저 일어서는 '풀'의 이미지는 잡초처럼 불굴의 의지로 일어서는 김수영의 자화상 같다는 생각도 든다. 김수영은 어떤 상황 속에서도 '지식인의 사회참여'에 대한 고민과 글쓰기를 포기하지 않았다. 그래서 '모든 살아 있는 문화는 본질적으로 불온한 것'이라고 외쳤고, 박정희 군사정부 위정자들을 향해서 "무식한 위정자들은 문화도 수력발전소의 댐처럼 건설하는 것이라고 생각하고 있는 것 같지만, 최고의 문화 정책은, 내버려 두는 것이다. 제멋대로 내버려 두는 것이다."라고 외친 것이다. 21세기가 20년이 넘게 지난 지금 시점에서 읽어도 김수영의 글이 낡아 보이지 않는 이유는 서빙고 대공분실의 무지막지한 공포도 다 덮지 못하는 '생생한 불온성'이 살아 있기 때문이다.

부산 미화당백화점

마른하늘 날벼락 같은 넷째 동생의 편지 사건을 당하고 당황스러움과 놀람과 우울함이 겹치는 회색빛 하늘 같은 여러 날을 보낸 김수영에게 하고 싶은 말을 하고 기분을 전환할 수 있는 기회가 찾아왔다. 1968년 4월 13일 부산의 『국제신보』와 팬클럽에서 주관하는 문학 세미나가 개최된 것이다. 이 자리에서 김수영은 우리나라 시론 중 가장 유명한 「시여, 침을 뱉어라—힘으로서의 시의 존재」를 발표한다. 필자도 중학교 다닐 때 집안 책장에 셋째 형님이 사다 놓은 『시여 침을 뱉어라』(민음사, 1975) 산문집 제목을 보고 '왜 더럽게 시 보고 침을 뱉으라 하나?', 책 제목을 볼 때마다 '이상한 책 제목도 다 있구나.' 하는 의구심이 들었던 기억이 난다.

부산 세미나 정황은 『현대문학』 1968년 8월호에 실린 안수길의 김수영 추모 글 「양극의 조화」에 묘사되어 있다.

> 지난 4월 부산에서 열린 펜클럽 주최, 문학 세미나에 주제 발표자의 한 사람으로 참석했다가 경주, 대구를 거쳐 돌아온 여행이 김수영 씨에게 무척 즐겁고 인상이 깊었던 모양이었다. 참화를 당하기 얼마 전까지도 친한 벗을 만나면 술자리 같은 데서 그 여행담을 신명이 나서 자랑삼아 이야기한 듯했고, 나를 만날 때마다 "한 번 더 그런 여행을 합시다." 하고 진심으로 즐거웠던 일을 되새기고 있었다. 수영뿐 아니

부산 미화당백화점 예전 모습
현재는 이 건물에 'ABC마트 GS 부산 광복점'이 들어서 있다. (『부산일보』 2014년 10월 11일자.)

라 나에게 있어서도 그 여행은 근래에 없었던 즐겁고 인상적인 것이었고 또 일행이었던 다른 분들의 심경도 마찬가지인 줄로 알고 있다. 일행은 사회를 맡은 백철, 모윤숙 정·부위원장과 주제 발표자로 이헌구, 김수영 씨, 나 다섯이었다.

부산 세미나에 참석하고자 서울에서 내려온 사람은 총 다섯 명으로 백철과 모윤숙이 사회를 맡고, 이헌구·안수길·김수영이 주제 발표를 하였다. 김수영은 모던 사회에 사는 시인은 전근대적 정신이 아닌 모던한 정신을 갖추고 모던한 시를 써야 한다고 생각했다. 그리고 모던한 정신을 가진 시인이 쓰는 모던한 시는 언제나 끊임없이 새로움 앞에 서 있어야 한다는 신념을 가지고 있었다. 그래서 김수영은 "현대에 있어서는 시뿐만이 아니라 소설까지도 모험의 발견으로서 자기 형성의 차원에서 그의 '새로움'을 제시하는 것이 문학자의 임무로 되어 있다."라고 시론에서 주장했다. 그러므로 시인은 시를 쓸 때, "시작詩作은 '머리'로 하는 것이 아니고 '심장'으로 하는 것도 아니고 '몸'으로 하는 것이다. '온몸'으로 밀고 나가는 것이다."라고 시를 쓰는 사람이라면 누구나 입에 늘 외우고 다니는 유명한 말을 발표하게 된다. 이 말은 시론 발표 마지막에 다시 한번 되풀이된다.

1968년 4월 13일에 열린 부산 문학 세미나 장면
왼쪽부터 김수영, 이헌구, 백철, 안수길. (김현경, 『김수영의 연인』, 책읽는 오두막, 2013.)

> 시는 온몸으로 바로 온몸을 밀고 나가는 것이다. 그것은 그림자를 의식하지 않는다. 그림자에조차도 의지하지 않는다. 시의 형식은 내용에 의지하지 않고 그 내용은 형식에 의지하지 않는다. 시는 그림자에조차도 의지하지 않는다. 시는 문화를 염두에 두지 않고, 민족을 염두에 두지 않고, 인류를 염두에 두지 않는다. 그러면서도 그것은 문화와 민족과 인류에 공헌하고 평화에 공헌한다. 바로 그처럼 형식은 내용이 되고 내용은 형식이 된다. 시는 온몸으로 바로 온몸을 밀고 나가는 것이다.

김수영은 시의 형식은 내용에 의지하지 않고 그 내용은 형식에 의지하지 않는 시를 쓸 때, 그런 시를 온몸으로 밀고 나갈 때 시인은 항상 새로운 시를 쓸 수 있다고 주장한 것이다. 염무웅은 말했다.

그가 문단을 넘어 지식인 사회 전체의 주목을 받은 건 『조선일보』에서 이어령 씨하고 논쟁을 해서인데, 그때가 김수영 정신의 절정기였어요. 그 무렵 부산에서 강연한 「시여 침을 뱉어라」는 우리나라 문학사상 가장 탁월한 문건이에요. 제목도 근사하잖아요? '시여 침을 뱉어라'라는 제목이 어떤 사람에게는 "시인의 강연 제목이 이렇게 속되냐"라고도 할 수 있겠지만, 내가 볼 때는 최고로 멋있는 제목이에요. 「눈」이란 시에도 '젊은 시인이여 침을 뱉자'라는 구절이 있지요. 김수영의 생각의 구조에서 침을 뱉는다는 것이 단순한 행위가 아니에요.

어떤 안주도 거부하고 새로움 앞에 서는 두려움을 물리치지 않았던 김수영은 어떠한 전통에도 기대지 않았고, 어떠한 전원시도 쓰지 않았다. 안주하고 싶은 욕구는 인간이면 누구나 경험하는 유혹이다. 하지만 김수영은 '안주'를 평생 거부하면서 '살아 있는 정신'으로 살다 갔다. 김수영은 문학 세미나 주제를 발표한 후 밖에서 스승을 대접하겠다고 기다리고 섰던 김철의 손을 한참 동안 쥐고 있다가 일행과 함께 경주로 넘어갔다. 김철은 대학 졸업 후 입사한 삼호무역의 도산으로 부산에 잠시 내려와 있다가 김수영이 문학 세미나를 위해 내려온다는 소식을 듣고 스승을 대접하기 위해 문학 세미나가 열린 부산 미화당백화점으로 달려온 것이었다.

김수영이 세기적인 시론 「시여, 침을 뱉어라」를 발표한 미화당백화점은 현재 부산 지하철 1호선 남포역 1번 출구에서 5분 정도 걸어서 가면 광복로 패션거리에 들어서게 되는데, 그 삼거리 모퉁이에 있었다. 1968년의 미화당백화점은 이제 'ABC마트 GS 부산 광복점'으로 간판을 바꾸었는데 건물은 겉화장만 좀 바뀌었을 뿐 속은 그대로이다. 김수영이 가장 비참한 존재로 살아야 했던 포로수용소 생활, 설움을 설움으로 먹고 살아야 했던 피난 생활을 모두 기억하는 부산에서 자신이 하루 한시도 놓치지 않았던 고민을 깊은 두레박으로 끌어올려 '시론'을 발표했던 곳, '온몸의 시론'을 불같이 발표했던 옛 미화당백화점 건물이 오래 살아남기를 기원한다.

경주 불국사 청마 시비

1967년 2월 13일, 부산남여상 교장으로 있던 청마 유치환은 학교 일을 마치고 예총 일로 몇몇 문인을 만났다. 그들과 어울려 몇 군데 술집을 들렀다. 청마는 고혈압 때문에 술 대신에 사이다를 마셨다. 술값을 치르고 집으로 돌아가던 청마는 부산의 좌천동 앞길에서 버스에서 내려 길을 건너다가 한 시내버스에 치였다. 밤 9시 30분경이었다.

유치환은 1955년 2월부터 1959년 9월까지 4년 7개월 동안 경주고등학교에 교장으로 재직했고, 다시 1961년부터 경주여자중고등학교 교장직을 10개월간 맡았다. 유치환은 경주와 이런 인연을 가지고 있었다. 그래서 현대문학사 주관으로 불국사 옆에 청마 사후 1년 2개월 만에 청마 시비를 세운다고, 되도록 참가해 달라고 부산 세미나에 내려오는 5인 앞으로 초청장이 와 있었다. 백철은 급한 일이 있어 부산에서 서울로 바로 올라가고 나머지 일행 4인이 (이들은 4월 13일 오후 4시에 있었던 청마비 제막식에는 못 갔다.) 청마 비석에 참배하고자 불국사로 향했다. 불국사 청마 비석 참배 과정에 대해선 안수길의 「양극의 조화」가 가장 자세하다.

> 여장을 풀고 법주 아닌 '바가리' 정종과 함께 저녁 겸 밤참으로 피로를 푼 뒤에 미리 내놓았던 술주전자를 여관 아이에게 들리우고 청마의 시비를 찾아간 일이 인상 깊게 남아 있다. 음력으로 3월 보름이요, 양력으로 4월 13일 밤이었다. 하늘에는 구름 한 점 없었다. 노송 사이로

불국사 청마 시비
1968년 4월 13일 건립되었다. 이날 밤 김수영은 이 비를 참배하면서 비에 술을 따르고 비를 안고 통곡했다. (2019년 촬영)

달이 부드럽게 비쳐 주고 있었다. 달빛을 받으면서 주전자를 든 여관 아이의 인도로 일행 넷은 청마 시비를 찾아갔다. 청마 시비는 바로 이날 오후에 현대문학사 주관으로 제막되었다. 〈중략〉 조용히 술이나 붓고, 고요히 눈을 감고 청마의 넋을 위무하고 명복을 빌려는 것이었다. 그러나 수영이 울음을 터뜨리고 말았다. 그것도 엉엉 소리를 지르면서……. 그뿐이 아니었다. 주전자의 술을 비에 뿌리고 있었다. 그래도 가슴속의 것이 채 토로되지 않은 모양이었다. 비를 껴안고 몸부림을 치면서 절규에 가까운 목소리로 그냥 울고 있었다. 소천, 영운 두 분도 비를 어루만지면서 눈물지은 것으로 알고 있다. 나도 눈시울이 뜨거워진 것이 사실이었으나, 그때 수영은 왜 남달리 그렇게 몸부림을 치면서까지 울었을까? 지금 생각하면 그것이 어떤 예감에서 온 행동이 아니었던가 여겨져서 이 글을 쓰면서도 그때의 정경이 눈에 선해 가슴이 미어지는 듯하다.

정말 김수영에게 어떤 예감이 왔던 것일까? 왜 청마 시비를 껴안고 그렇게 통곡을 했을까? 1967년 2월 13일 유치환에게 닥친 비극적 운명이 1년 4개월 뒤 김수영에게 똑같이 되풀이되어 닥칠 줄이야? 김수영은 정말 자신에게 다가올 비극적 운명을 미리 감지했던 것일까?

광화문 발렌타인

김수영이 참변을 당하기 3일 전 1968년 6월 12일, 홍사중은 광화문 미국 대사관 뒤에 있는 술집 '발렌타인'으로 김수영을 불러내 술을 마셨다. 그 자리에는 큰누이 김수명도 같이 자리했다. 그때의 사정을 홍사중은 김수영을 추모하는 글 「탈속의 시인 김수영」(『세대』 1968년 7월호)에 기록해 놓았다.

> 그가 변을 당하기 사흘 전에 볼드윈의 소설을 번역 중이라는 그를 일부러 불러내어 함께 술을 마셨다. 그 자리에는 김수명 씨도 있었고 김영희 씨도 있었다. 밥벌이를 할 수 있다는 자신을 한 번도 가져 본 적이 없었다고 해설피 웃으면서도 그의 얼굴보다도 큰 두 눈은 한없이 맑았다. 술자리를 세 번 바꾸고, 그 사이에 마티니와 코냑을 마시면서도 역시 술은 쭉 들이키는 게 좋다면서 맥주로 바꿔 마신 그는 그저 더없이 기쁘게만 보였다. 통금 시간이 가까워 아쉬움을 안은 채 헤어지는 그의 등 뒤에서는 조금도 죽음의 그림자는 보이지 않았다.

김수영 시인은 우연찮게 마지막 3일 사이에 두 번이나 광화문 술집 '발렌타인'에 들렀다. 한 번은 홍사중과 함께, 한 번은 이병주와 함께. '발렌타인'을 찾은 첫날은 술자리를 세 번 바꾸고 마티니와 코냑을 마시고, 그리고 마지막 입가심으로 맥주까지 마셨지만 김수영은 기분 좋게 취하고 통금 시간이 다 되어서 안전하게 귀가했다. 하지만 '발렌타인'에 두 번째 간 날은 김수영의 심사가 처음부터 조금 꼬였다. 김판수의 『신동문 평전』(북스코프, 2011)에 1968년 6월 15일 사정이 자세히 나오는데 요약해 보면 다음과 같다.

김수영은 아내의 계 때문에 급전이 필요했다. 신구문화사 신동문에게 번역료를 받을 수 있는지 급히 전화를 돌렸다. 신동문이 의외로 순순히 된다고 했다. 김수영은 6월 15일 오후에 청진동 신구문화사에 들러 신동문에게서 번역료를 받아 따라온 부인 김현경에게 주고서 집으로 돌려보냈다. 김수영은 부인 김현경에게 번역료를 주기 전에 일부는 술값으로 남겨 놓아 신동문하고 한잔하려 했다. 매번 신동문의 술만 얻어먹다 오랜만에 자신의 돈으로 신동문에게 술 한잔을 사고 싶었던 것이다. 그런데 그날 신동문은 자신이 『세대』지에 늦깎이 데뷔시켜 주었던 「소설·알렉산드리아」 작가 이병주와 한잔하기로 이미 선약이 되어 있었다. 김수영은 자신과 술 한잔하는 대신 하동 지주 아들로 외제 차를 끌고 다니는 이병주와 한잔하려고 퇴근 시간을 계속 늦추는 신동문에게 심사가 비틀려 버렸다. 이병주가 신구문화사에 도착하자 김수영, 신동문, 이병주, 한국일보 문화부 기자 정달영은 청진동 곱창집 골목으로 향했다. 평소 외제 차를 끌고 다니는 이병주가 마음에 들지 않았던 김수영은 이병주를 '잘난 체하는 작가', '작품에 울림이 없는 작가', '딜레탕트'라 조롱하며 술자리에서 이병주와 자꾸 다투었다. 1차 술자리가 끝나고 김수영은 이병주와 '발렌타인'으로 2차를 갔다. 평소 양주 마시는 것을 좋아하는 이병주가 좋아하는 술집이었다. 김수영에게는 하필 3일 전에 홍사중과 같이 왔던 곳이었다. 3일 전에는 마티니와 코냑을 섞어 마셔도 멀쩡했는데 역시 술은 기분 따라 취하는 속도가 달라지는 오묘한 물건이었다. 기분 나쁜 상태에서 술을 마시니 김수영의 취기도 빨리 올랐다. 취한 김수영을 향해 이병주가 자신의 차로 집까지 데려다주겠다고 했지만 김수영은 이병주를 향해 경멸의 뜻으로 주먹 감자를 한 대 날리고는 마포 구수동으로 가는 버스를 을지로 입구에서 탔다. 밤 11시 20분쯤 마포 구수동 버스 종점 근처에서 내린 김수영은 길을 건너다가 좌석 버스에 치여 치명상을 입었다. 기분 나쁜 술자리의 뒤끝이 너무나 비극으로 끝나 버렸다.

『동아일보』 1968년 6월 18일자 「아깝게 가버린 늘 젊은 시인 김수영」이라는 추도문에서 신동문은 "평화를 사랑하던, 그러기에 자유를 열망해오던, 그리고 횡행하는 기계주의를 저주하던 이 시인이 나와 같이 하던 주석酒席에서 '이젠 자네도 시를 쓰게, 이거 외로워서'라는 나에게의 충고를 유언으로 남겨 놓은 채, 태워 주겠다는 자가용 차를 그의 생애 마지막으로 거부하고 사라지더니 뜻밖에 들려온 비보 얼마나 허무하고 아이러니한 죽음인가. 그의 죽음은 우리가 두려워하며 아끼던 한 시인의 죽음만이 아니라, 살아서 더 일해 줘야 할 전도가 양양한 47세 중견의 죽음뿐 아니라, 끊임없이 싸우고 저항해 오던 우리 시 정신의 일각이 무너짐을 의미하는 것이다."라고 말했다. 염무웅은 신동문이 1965년 신구문화사 주간으로 오면서 상사로 모셨고, 1969년 신동문이 『창비』 발행인이 된 뒤부터 1974년 필화로 신동문이 『창비』를 떠날 때까지 같이했다. 한 사람과 10년을 같이 일하면 그 사람의 내밀한 부분까지 대부분 알게 된다. 염무웅도 6월 15일 '발렌타인' 술자리 이야기를 뒤에 들었다. 염무웅의 말이다.

> 신동문 선생이 내 앞에서는 그런 말을 하신 적이 없습니다. 사고가 있던 날 김수영 선생은 신구문화사에서 번역료를 받았어요. 그래서 신

동문 선생에게 한잔하자고 했다지요. 그런데 마침 소설가 이병주 씨가 찾아왔고요. 이병주 씨는 김수영 시인과 동갑이지만 두 분은 스타일이 정반대예요. 김수영은 창녀촌에는 갔지만 그 사실을 숨기지 않았고 나름으로 도덕적 염결성이 있었어요. 이병주는 화려한 여성 순례에 온갖 부르주아적인 행태를 마다하지 않았고 고급 술집에서 양주 마시는 것을 좋아했대요. 그런데 그날은 김수영, 이병주, 신동문, 그리고 한국일보 기자 정달영 이렇게 네 사람이 이병주 씨가 내는 고급 술자리를 같이했다더군요. 김수영 선생으로서는 그 술자리가 역겨웠는지, 이병주라는 사람 자체가 못마땅했는지, 그건 모르겠습니다. 아무튼 술자리에서도 김 선생은 계속 이병주 씨에게 시비를 걸었고, 이병주가 자기 차로 집까지 태워다 주겠다는 것도 뿌리치고는 버스를 타고 갔어요.

김수영의 심정은 이해가 됩니다. 취중에도 자기를 지키고자 하는 몸부림이 보이죠. 하지만 이병주의 입장은 그런 게 아니었어요. 사실 이병주는 호인이고 대인이에요. 통이 큰 사람이지요. 거기에 비하면 김수영은 작은 것에도 타협 못 하는 날카로운 사람이었고요. 신경이 늘 곤두서 있는 사람이지요. 무어 하나 대범하게 넘어가지 못하는 사람이었던 것 같아요. 기질적으로 두 사람은 극단적으로 대조적이었죠. 거기에 문제가 있었던 거지요. 그러니까 신동문 선생으로서는 그날 이병주의 부르주아 취향을 따르는 대신 조촐하게 김수영하고 막걸리나 소주를 마셨더라면 하는 후회, 그러지 않았기 때문에 김수영 선생이 돌아가신 것 아닌가 하는 자책이 들었던 거지요. 그렇지만 신동문에게도 책임은 없어요. 그날의 교통사고와 김수영의 죽음이라는 사건에 김수영 본인과 이병주, 신동문 세 사람 모두 관여되어 있으면서도 그 누구에게도 책임을 묻기 어려운 딜레마가 있는 셈이죠.

선의는 있지만 서로 안 맞는 사람들이 있다. 김수영과 이병주가 그랬다.

"이제 자네도 시를 쓰게."라는 말이 김수영이 신동문에게 남긴 마지막 유언이 되었지만 신동문은 그 뒤 죽을 때까지 시를 쓰지 못했다. 대신 고향에서 공동체 운동에 자신의 생의 후반기를 투여했다. 영원히 가장 좋아했던 사람 김수영의 유언을 집행하지 못한 아쉬움은 크게 남았었으리라. 신동문은 그 뒤에도 "만약 그때 내가 술을 사겠다는 김수영을 곧바로 따라나섰더라면……" 하고 자책하는 말을 하곤 했다. 살다 보면 꼬이는 날이 있다. 신동문에게 일이 가장 꼬이는 날, 신동문은 가장 좋아하는 사람의 소박한 소원을 들어주지 못한 채 떠나보내게 되었다. 달콤한 이름을 가진 술집 '발렌타인', 3일 간격으로 한 번은 기분 좋게 취하고, 한 번은 거칠게 취하고 거기에 따라 김수영의 운명도 극과 극으로 갈려 버렸다. 어느 장소든 삶의 아이러니가 숨어 있다. 삶의 끝, 죽음의 한 치 앞까지 몰리고서도 기적적으로 생환해 왔던 김수영도 그 장소가 주는 삶의 아이러니를 피해 가지 못했다.

예총회관 광장

김수영의 장례식은 1968년 6월 18일 오전 10시 예총회관 광장에서 문인장으로 거행되었다. 예총회관은 1964년 12월 6일 개관한 8층짜리 건물로 1968년에는 지금의 세종문화회관 자리에 시민회관과 나란히 서서 세종로를 장식했다. 김세중 조각가의 부조가 측면에 새겨진 이채로운 건물이었다. 현재 동숭동에 있는 예총회관보다 훨씬 예총회관다운 외관을 가지고 있었다. 장례식이 열렸던 장소는 예총회관 광장이 아니라 사실 시민회관 앞 광장이었다. 예총회관 건물에는 그런 광장이 없었기에 시민회관 광장에서 장례식을 엄수했던 것인데 언론과 사람들이 그냥 부르기 쉽게 예총회관 광장이라 부른 것이다. 절친한 친구 유정의 사회로 거행된 장례식에서 박두진은

김수영 형! 김수영 형!
지금 우리는 김 형을 마지막 보내고
김 형은 우리 앞을 마지막 떠나려 합니다.
그러나 아직도 우리는 이 사실
김 형과 우리의 이 마지막 고별을
믿을 수가 없습니다. 김 형도 그러시겠지요.

라고 시작하는 절절한 조사를 읊었고, 김수영이 가장 사랑한 후배라고

소개된 염무웅은 자신이 김수영 시 중 최고라고 생각하는 「사랑의 변주곡」을 추모시로 낭독했다. 이날 참석한 고은은 김수영과 논쟁한 지 얼마 되지 않아 어색함을 느끼는 이어령이 눈치 보지 않고 장례식에 참석할 수 있게 자신의 자리 옆에 앉혔다. 고은은 김수영이 어렵게 부인과 재결합해서 과거에 연연하지 않고 부인의 뒷바라지 속에 불의의 사고로 갔지만, 그래도 행복한 결혼생활을 꾸리면서 이승을 하직했다고 속으로 생각했다고 회고했다. 장례식은 불교식으로 거행되어 서대문구 백련산에 있는 백련사 스님이 김수영의 장례식과 하관식에 끝까지 참석했다. 삼우제와 사십구제도 백련사에서 제를 올렸다. 김수영 어머니가 독실한 불교도이기에 어머니 의견이 충분히 반영된 것이라 생각된다. 이날 장례식 분위기를 전달하는 글로는 홍사중의 「탈속의 시인 김수영」(『세대』 1968년 7월호)만 한 글이 없다. 홍사중의 장례식 묘사이다.

> 김수영 씨의 영결식은 예총광장에서 있었다. 바람이 현막을 날릴 뻔했고 거기를 질주하는 자동차 소리가 요란했고 천체 박물관을 견학하러 온 국민교 아동들의 웃음소리가 조사를 삼켜 버렸고 비 올 듯하던 하늘이 갑자기 밝아지고 또 갑자기 어두워지고…… 그런 속에서 김수영 씨의 영결식은 있었다. 그런 것은 모두 시인 김수영 씨를 장송하는 식전으로서는 너무나 어울리지 않는 것들이었다. 그러나 그런 것은 어찌 보면 그에게는 가장 어울리는 것이었는지도 모른다. 자기 자신을 포함해서 모든 것을 희화화시키지 않고서는 그의 너무나도 날카로운 감정을 달랠 길이 없던 그로서는 그것은 기막히게 우스꽝스러운 장송의 자리라고 여기면서 마지막 웃음을 배알았는지도 모른다. 이렇게 애써 마음을 달래어 보아도 역시 샘솟듯 솟아오르는 슬

세종로 시절 예총회관 모습
1963년 6월에 기공하여 1964년 12월 6일에 준공했다. 측면에 김세중 조각가의 부조 조각이 특징적인 건물이었다. 1973년 세종문화회관을 지으면서 헐린 것이 못내 아쉽다. (한국예술문화단체총연합회 편, 『예총삼십년사』, 한국예술문화단체총연합회, 1988.)

픔을 달랠 길이 없다.

유종호 평론가는 뒤에 홍사중의 '샘솟듯 솟아오르는 슬픔'의 의미를 우리나라 문학사 전체를 조망하면서 적확한 언어로 풀이하여 김수영의 죽음을 규정했다.

1968년 6월 18일 예총회관 광장에서 열린 김수영 장례식
사회를 보는 사람은 김수영과 절친인 유정 시인이고, 상복을 입고 앉아 있는 이가 상주인 장남 준이다. 그리고 그 옆에 백련사 스님이 나와 있다. (『김수영 전집』, 민음사, 1981.)

30대에 맞은 김소월의 죽음보다도 40대 후반에 당한 김수영의 그것을 더욱 요절로 느끼게 하는 것은 거푸 태어날 수 있었던 그의 젊음 때문이다. 그 점 김수영은 탕진됨을 모르는 가능성이자 안타까운 미완성이다.

김수영 시인 묘

김수영의 유해는 예총회관 광장에서 장례식을 문인장으로 마친 후 명절이면 조상들에게 제사 지내러 가던 길을 따라 장례식 당일 오후 장지인 도봉동 집 옆 조상들이 묻혀 있는 선산 언덕에 안장되었다. 선후배 문인들은 김수영 1주기인 1969년 6월 16일, 시비를 김수영 시인 묘 옆에 세웠다. 김수영의 마지막 시 「풀」을 김수영의 시 원고 필체 그대로 옮긴 시비는 시비 오른쪽 귀퉁이에 김수영 청동 부조를 새겨 넣은 것이 가장 큰 특징이었다. 지금 보아도 전국 어디에 세워진 김수영 시비보다 격조 있다. 김수영 시비는 디자인에도 성공한 시비이다. 살아생전에 미적 판단이 까다로웠던 김수영이 봐도 "괜찮은 시비네!"라고 말할 정도의 시비라는 생각이 든다. 김수영 시인 묘를 생각하면 역시 황동규의 시 「김수영 무덤」이 떠오른다. 이 시에는 '첫째 갈피'와 '둘째 갈피'가 있는데, 읽는 사람조차 스산한 분위기의 가을날 모광暮光에 휩싸이게 만드는 '첫째 갈피'가 좋다.

김수영 무덤

황동규

나무들이 모두 발을 올린다.

지루하고 조용한 가을비

내리며 내리며 저녁의 잔광을
온통 적신다.

우산을 잠시 묘비에 세워 놓고
젖은 마음을 잠시
땅 위에 뉘어 놓고
더 붙들 것이 없어 우리는
빗소리에 몸을 기댔다.
등에 등을 대어 주는 빗소리.

빗소리 속에도 바람이 부는지
풀들이 흔들리는 것이 보인다.
나뭇잎들이 흔들리고
가지들이 흔들리고
이 악물고 그대가 흔들리고
마지막으로 다시 풀들이 흔들린다.

뿌리 뽑힌 것들은 흔들리지 않는다.

1994년 김수영 어머니가 돌아가시고 나서 1998년 도봉동 집을 팔고 정리할 때 선산도 다 정리되고 김수영 시인 묘도 정리되어 도봉산길 도봉서원 아래로 옮겨졌다. 김수영 시인의 묘가 있었던 옛 자리에 황동규의 「김수영 무덤」을 새긴 조촐한 시비라도 서면 좋겠다. 비라도 부슬부슬 뿌리다 그치다 바람 불다 하는 스산한 가을 날씨 속에 우산을 접어 두고

김수영 시비 건립 기념사진
김수영 시비는 1주기인 1969년 6월 16일에 세워졌다. 중간에 검은 한복을 입은 이가 최정희 소설가다. (『김수영 전집』, 민음사, 2018.)

김수영 시인 묘와 시비
(김수명 제공)

황동규 시인처럼 마지막으로 다시 흔들리는 풀들을 바라보며 이 악물고 흔들리는 김수영을 마음으로 그려 보고 싶어지는 그런 조촐한 시비라도 김수영 시인의 옛 묘가 있었던 자리를 지켜 주면 좋겠다.

김수영 시인이 도봉동 본가 선산 언덕에 묻힌 그해, 공교롭게 새 생명을 얻어 태어난 이가 김수영의 조카 김민이다. 김민은 김수영 막내 남동생의 둘째 아들이다. 김민은 아버지가 사업상 가장 어려운 시기에 불행히도 뇌성마비 장애를 가지고 태어났다. 성황당 마을 외딴집이었던 도봉동 본가에서 형님과 누나가 다 학교에 갔을 때 동네로 나가 친구들과 놀기보다 큰아버지 무덤가에서 홀로 노는 시간이 많았다. 김민은 말한다. "아무것도 없는 다른 무덤보다 '풀'이라는 큰아버지 친필 시가 새겨진 시비가 있어 그림으로 그려 보기도 하며 친구 삼아 놀기 좋았다."라고. 화가가 되고 싶었으나 손이 자유롭지 못해 동국대 국어교육학과를 나와 시인이 되었다. 수학적인 머리가 없어 대입 수학을 통째로 외워 대학에 들어간 사연은 전설로 남아 있다. 2001년에 등단해서 올해 세 번째 시집 『신神 주머니에서 꺼낸 꽃말사전』(달아실, 2021)을 큰아버지 탄생 100주년에 대한 헌정이자 자신의 등단 20주년을 자축하며 출간했다. 큰아버지 명성의 앞가림과 크기의 무게 짓눌림도 이겨 내고 이제 한국 시단에서 한 줄 시 대표 시인으로 자리 잡아 가고 있는 중이다. 김민에게 올해는 무척 의미 있는 해이다. 53세 생애 처음으로 부모를 떠나 홀로서기를 했기 때문이다. 지금 경북 경산시 소재 포니힐링농원에서 마련한 소월열림학교 시인마을 초대 촌장으로 초빙받아 내려가 있다. 김민 시의 장점은 일반적인 사람이 그냥 흘리기 쉬운 장면을 인간적 지극함으로 바라보기라는 생각이 든다. 청각이 약해 부모님과 통화로 안부를 주고받지도 못하고, 근시·원시·난시·사시인 눈의 불편함, 오른손의 불편함, 온통 불편함 뿐이지만 그의 한 줄 시에 농축된 지극함의 정서는 남다르게 우리들의 폐부로 파고든다. 3집에 실린 「비」라는 시 전문이다.

> 치렁치렁 내리는 가을

가을날, 비라도 오는 날 우리가 김수영 시인 옛 무덤 터에 서고 싶은 이유가 또 하나 세워졌다. 황동규 시인처럼 우산을 접고 김수영 시인 옛 무덤 터에 섰을 때, 우리의 가슴에는 어떤 가을비 한 줄기가 한 줄 시로 바람에 흩날릴까?

김수영문학관

이동진 도봉구청장은 대학에서 영문학을 전공했다. 대학 다닐 때 김수영 시인의 시를 무척 좋아한 문학 지망생이었다. 정치를 하면서도 시집을 항상 들고 다닐 정도로 시를 좋아했다. 2010년 지방선거에서 도봉구청장이 되고 나서 도봉구에 김수영 시인 본가가 있었고, 김수영 시인 유족이 살고 있다는 사실을 듣고 나서 당시 문화체육과장에게 지시해서 서둘러 김수영 시인 유족을 만나게 했다. 구청장이 되고 나서 가장 먼저 한 사업 중 하나였다. 사람은 자신이 평소에 좋아하던 것을 가장 먼저 하게 되어 있다. 평소에 땅 파는 것을 좋아하던 사람은 대통령이 되어서도 토목사업에 가장 먼저 눈과 관심이 가는 것처럼 말이다. 구청장의 특별한 의지가 실린 사업을 성사시키기 위해 문화체육과장은 김수영 시인 유족을 만나 열심히 설득했다. 그리고 김수영 시인의 작품을 지속적으로 출간해 온 출판사와도 다방면으로 연락을 시도했다. 구청장의 문학관 건립 의지가 남다름을 확인한, 현대문학 편집장을 역임한 김수영 시인의 큰누이 김수명 여사를 비롯한 유족들은 김수영 시인의 육필 원고와 유품 기증을 약속했다. 이때 기증받은 육필 원고는 전국 시인 문학관 중 김수영문학관이 시인 본인의 육필 원고를 가장 많이 소유하게 만드는 자산이 되었다.

구청장은 도봉구 내에 문학관을 건립할 만한 장소를 물색하기 시작했다. 마침 2008년 방학3동과 방학4동이 방학3동으로 행정 통합이 되면서

▶ 2013년 11월 27일에 개관한 김수영문학관
(2013년 촬영)

▼ 김수영 시인이 쓰던 책상
시인은 책상 위에 항상 '상주사심常住死心(늘 죽을 각오로 살아라.)'이라는 액자를 걸어 놓고 자신을 다잡았다 한다. 시에 모든 것을 건 한 사람의 좌우명으로 어울린다는 생각이 든다. (김수영문학관 제공)

방학4동 주민센터로 운영하다가 문화센터로 사용되고 있는 건물이 있다는 것을 알았다. 주민들을 설득해서 그 건물을 김수영문학관으로 리모델링하기로 결정했다. 구청장의 적극적인 사업 의지 덕분에 국비와 서울시비 지원을 받아 건물 리모델링 경비를 충당할 수 있었다. 2012년에 진행된 건물 리모델링을 맡은 첫 번째 업체는 유족의 마음에 들지 않았다. 이때, 마치 기다렸던 것처럼 도봉구 둘리박물관 사업을 하던 시공테크와 연결이 되었다. 시공테크는 우리나라 전시 관련 건물 수주 1위의 업체였다. 그렇게 시공테크와 연결이 가능했던 것은 김승태 부사장이 있었기 때문이었다. 시공테크 입장에서 경제적 관점으로만 보면 김수영문학관 일을 맡아 봐야 이익이 남을 수 있는 사업이 아니었다. 하지만 김승태 부사장은 김수영문학관 사업에 경제성만 따지는 사람이 아니었다. 사람에 따라서는 경제적 동기 너머도 있을 수 있다. 김승태 부사장이 그런 사람이었다. 독문과 출신으로 김수영 시를 무척 좋아하는 사람이었다. 사업비에서 한 푼의 이익도 남기지 않고 전부 문학관 공사비에만 쏟아 넣었다. 시공테크와 연결된 디자이너는 김혜자 신안산대학교 실내디자인과 교수였다. 김혜자 교수는 유족이 탄복할 만큼 열성적으로 휴일에도 머리를 질끈 묶고 나와서 현장 시공 과정을 꼼꼼하게 체크했다. 김혜자 교수가 제시한 유물 전시 디자인 안은 유족들에게도 만족스러운 안이었다. 김혜자 교수는 자신의 안을 고집스

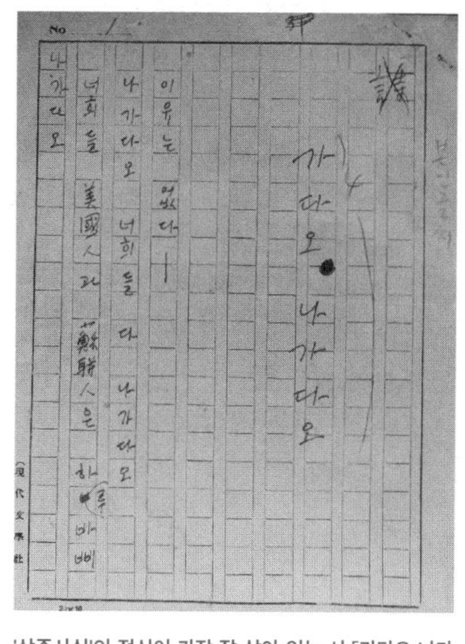
가다오 나가다오

이유는 없다—
나가다오 너희들 다 나가다오
너희들 美國人과 蘇聯人은 하루바삐
나가다오

'상주사심'의 정신이 가장 잘 살아 있는 시 「가다오 나가다오」 육필 원고
(김수영문학관 제공)

렵게 관철시켰다. 구청장이 미리 받아 놓은 유명 서예가의 김수영문학관 간판 글씨도 끝내 거부하면서 자신의 안을 관철시켰다. 구청장도 처음에는 불쾌한 감정이 들었지만 완공시켜 놓고 보니 김혜자 교수 안을 따른 것이 올바른 선택이었다는 것을 인정할 수밖에 없었다. 결과는 대만족이었다. 김수영문학관은 디자이너가 어려움을 뚫고 자신의 안을 어떻게 관철시켜 가는지 모범 답안을 제시한 사업이었다고 생각된다.

그리고 실무를 맡은 주임이 여러 차례 방문 끝에 김수영 시인 부인 김현경 여사로부터 김수영 시인이 쓰던 책상과 유물을 기증받을 수 있었다. 이렇게 해서 김수영문학관은 유물을 가진 핵심 당사자의 협조를 모두 얻을 수 있었다. 이런 많은 사람들의 열과 성의 속에 김수영 시인 탄생 92주년 되는 2013년 11월 27일, 김수영문학관은 서울에서 최초로 서울 출신 문인을 서울에서 기리는 문학관으로 출발할 수 있게 되었다.

김수영문학관의 주소는 '서울시 도봉구 해등로 32길 80'이다. 매주 월요일과 1월 1일, 설날, 추석 연휴를 빼고는 언제든지 김수영의 시 원고를 직접 보면서 시와 분투한 시인의 시 정신을 돌아볼 수 있다. 김수영이 자신의 서재에 항상 붙여 놓았던 말인 '상주사심常住死心', 즉 '늘 죽을 각오로 살아라.'처럼 항상 모든 것을 바쳐 죽을 각오로 시를 썼던 김수영의 시 정신을 배울 수 있는 곳이 김수영문학관이다.

부록

김수영 시비

서울 도봉구

서울 도봉산 도봉서원 터 아래에 있다. 도봉동 선산에 있던 시비를 1998년에 옮겼다. (2021년 촬영)

서울 도봉구 방학동에 있는 「풀」 시비. 김수영공원에 세워져 있다. (2021년 촬영)

서울 도봉구 방학동 김수영공원 내에 있는 「푸른하늘을」 시비 (2021년 촬영)

서울 용산구

서울 용산구 선린인터넷고 진입로 변에 세워져 있는 「풀」 시비 (2021년 촬영)

인제 시집박물관 김수영 시비

강원도 인제 시집박물관 야외 공원에 세워져 있다.
(2018년 촬영)

김천 직지문화공원 김수영 시비

경북 김천시 직지사 입구에 조성된 직지문화공원 내에 있다. 돌 선택과 새김체가 「풀」 시와 잘 어울린다. (2021년 촬영)

양산 워터파크 김수영 시비

경남 양산시 워터파크 내에 세워져 있다. 배경돌과 새김돌의 흑백 대조가 어울리는 준수한 시비이다. (2021년 촬영)

장성 문화예술공원 김수영 시비

전남 장성군 장성호 옆에 조성된 「풀」 시비. 문화예술공원 안에 있다. 전국 김수영 시비 중 조각적 정성이 가장 많이 들어간 시비이다. 접근성이 떨어지는 것이 아쉽다. (2021년 촬영)

군산 진포시비공원 김수영 시비

전북 군산시 진포시비공원 안에 있는 「풀」 시비. 접근성이 떨어지는 것이 아쉽다. (2021년 촬영)

홍성 민족시비공원 김수영 시비

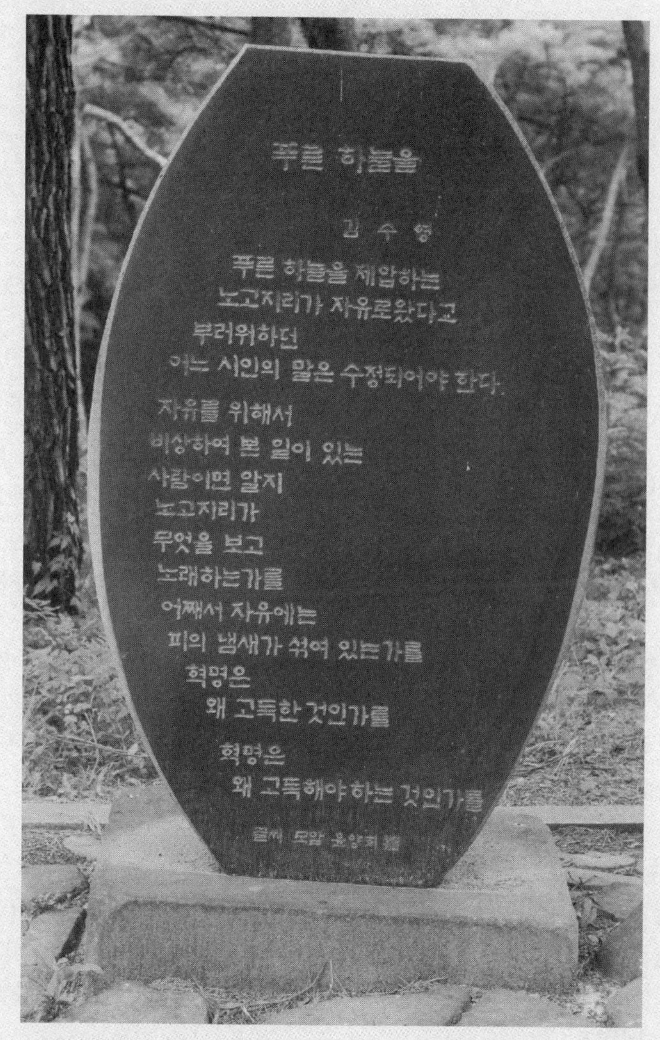

홍성 한용운 시인 생가 뒷산에 조성된 민족시비공원에 세워져 있다. 민족시비공원 위치가 한용운 시인 생가 옆에 조성된 잔디밭으로 옮겨진다면 접근성이 훨씬 좋아질 것으로 생각된다. (2021년 촬영)

종로2가 김수영 생가

이방원, 『한말 정치변동과 중추원』 (혜안, 2010).

『승정원일기』 (http://sjw.history.go.kr/)

종로6가 집

이영준 엮음, 『김수영 전집 2 산문』 (민음사, 2018).

조양유치원

『동아일보』 1925년 1월 29일자, 2면.

고춘섭 편저, 『연동교회100년사』 (연동교회, 1995).

계명서당

조영임 주해, 『학어집』 (지식과교양, 2011), 74쪽.

어의동보통학교

서울효제국민학교 편, 『효제92년사』 (서울효제초등학교, 1987).

동묘

이영준 엮음, 『김수영 전집 2 산문』 (민음사, 2018), 423쪽.

이영준 엮음, 『김수영 전집 1 시』 (민음사, 2018), 299쪽.

『뿌리깊은나무』, 1977년 12월호, 126쪽.

적십자병원, 순화병원

고은, 『1950년대: 그 폐허의 문학과 인간』 (향연, 2005).

이영준 엮음, 『김수영 전집 2 산문』 (민음사, 2018), 40쪽.

최하림, 『김수영 평전』 (실천문학사, 2001), 39쪽.

선린상업학교

선린동문회 편, 『선린80년사』 (제일정판사, 1978), 317쪽.

이영준 엮음, 『김수영 전집 2 산문』 (민음사, 2018), 72쪽.

용두동 집

최하림, 『김수영 평전』(실천문학사, 2001), 49쪽.

현저동 집

서울특별시시사편집위원회 편, 『서울교통사』(서울특별시, 2000).

최하림, 『김수영 평전』(실천문학사, 2001), 48쪽.

일본 도쿄

이영준 엮음, 『김수영 전집 2 산문』(민음사, 2018), 53쪽.

최하림, 『김수영 평전』(실천문학사, 2001), 57쪽.

박수연 외 7인, 『세계의 가장 비참한 사람이 되리라』(서해문집), 106쪽.

스가이 유키오, 『쓰키지소극장의 탄생』, 박세연 옮김, (현대미학사, 2005).

진명고등여학교

일제강점하강제동원피해진상규명위원회 편, 『갑자·을축생은 군인에 가야 한다』(2006), 328쪽.

김윤식, 『일제말기 한국인 학병세대의 체험적 글쓰기론』(서울대학교출판부, 2007), 435쪽.

송우혜, 『못생긴 엄상궁의 천하』(푸른역사, 2011).

진명여자중고등학교 편, 『진명75년사』(정문사, 1980).

김현경, 「내 남편 시인 김수영」, 『월간조선』 1985년 5월호.

김현경, 『낡아도 좋은 것은 사랑뿐이냐』(푸른사상, 2020), 34쪽.

부민관(현 서울시의회)

박영정, 『한국 근대연극과 재일본 조선인 연극운동』(연극과 인간, 2007).

유민영, 『한국연극운동사』(태학사, 2001).

만주 길림

최하림, 『김수영 평전』(실천문학사, 2001), 71쪽.

마리서사

윤석산, 『박인환 평전』(모시는사람들, 2003).

맹문재 엮음, 『박인환 전집』(실천문학사, 2008).

김학동, 『오장환 평전』(새문사, 2004).

연희전문학교(현 연세대학교)

연세대학교백년사편찬위원회 편, 『연세대학교백년사』(연세대학교출판부, 1985).

한청빌딩

임화문학연구회 편, 『임화문학연구 1~6』(소명출판사, 2019).

『동아일보』 1935년 5월 22일자, 1면.

사종민, 『이방인의 순간포착, 경성 1930』 (서울청계문화관, 2011).

충무로4가 집

김경린, 『한국 모더니즘 시운동 대표 동인 시선』 (앞선책, 1994).
이봉구, 『그리운 이름 따라-명동20년-』 (유신문화사, 1966).
김규동, 『나는 시인이다』 (바이북스, 2011).

전전 명동

서울역사박물관 편, 『명동: 공간의 형상과 변화』 (서울역사박물관, 2011).
서울 중구문화원 편, 『명동변천사』 (중구문화원, 2003).
서울역사박물관 편, 『명동 이야기』 (서울역사박물관, 2012).

성북구 돈암동 신혼집

김현경, 「내 남편 시인 김수영」, 『월간조선』 1985년 5월호.
『조선일보』 1947년 5월 13일자, 2면.

일신국민학교

김명인, 『조연현, 비극적 세계관과 파시즘 사이』 (소명출판, 2004).
맹문재 엮음 『박인환 전집』 (실천문학사, 2008).

개천, 북원, 순천, 평양

김병륜, 「다시 쓰는 6·25전쟁-숙천·순천 공수작전」, 『국방일보』 2010년 11월 3일자 13면.
국사편찬위원회 편, 『자료대한민국사 18, 1950년 5~9월』 (국사편찬위원회, 2004).

해군본부, 중부서

해군본부 편, 『바다로 세계로: 사진으로 본 해군50년사: 1945-1995』 (해군본부, 1995).
해군본부 해군역사기록관리단 편, 『대한민국해군 창군사』 (해군본부, 2016).

이태원 육군형무소, 인천 포로수용소

전갑생, 『인천과 한국전쟁이야기』 (글누림, 2020).
전갑생, 「한국전쟁기 인천의 미군기지와 전쟁포로수용소」 (『황해문화』 2016년 12월호).

부산 서전병원, 부산 거제리 포로수용소, 거제도 포로수용소

조성훈, 『한국전쟁과 포로』 (선인, 2010).
박태균, 『한국전쟁』 (책과함께, 2005).
박태일, 「김수영과 부산 거제리 포로수용소」 (『근대서지』 2010년 12월호).
김시규, 「'전쟁포로' 맹의순이 기록한 〈일기〉에 나타난 그의 '목회'-한국전쟁 기간 부산 포로수용소에서」(장로회신학대학교 석사논문, 2018).
부산상업고등학교, 『부상釜商80년사』(부산상업고등학교, 1975).

경기공립여중학교

경기여고동창회 엮음, 『경기여고 100년사』(경운회, 2009).

경기도 화성군 사랑리

이상호, 『맥아더와 한국전쟁』(푸른역사, 2012).
김옥준, 『한국전쟁과 중국』(계명대학교 출판부, 2017).

영등포 I

서울시 영등포구 편, 『영등포구지』(영등포구, 1991).

국립온양구호병원

온양시지편찬위원회 편, 『온양시지』(온양시, 1989).
김일환, 『아산의 역사 문화 연구』(보고사, 2021).

영등포 II

조영미 편, 『박태진 관련 자료집』(시와산문사, 2012).

부산 초량동 판잣집

표용수, 『부산 역사의 현장을 찾아서』(선인, 2010).
진로50년사발간위원회 편, 『진로50년사』(진로, 1975).

신당동집 I

서울특별시사편찬위원회 편, 『서울건축사』(동강기획, 1999).

전후 명동

서울 중구청 편, 『명동예술극장과 낭만명동』(서울 중구청, 2009).
최불암, 『인생은 연극이고 인간은 배우라는 오래된 대사에 관하여』(샘터사, 2007).
김규동, 『나는 시인이다』(바이북스, 2011).
윤석산, 『박인환 평전』(모시는사람들, 2003).
『동아일보』 1956년 8월 21일자, 3면.

현대문학사

현대문학 편집부 편, 『현대문학 50년』(현대문학, 2005).
고은, 『나, 고은』(민음사, 1991).

종삼

홍성철, 『유곽의 역사』(페이퍼로드, 2007).

군산 전원다방과 군산YMCA

고은, 『나, 고은』(민음사, 1991).

구수동 집

서울시 마포구청 편, 『마포: 어제와 오늘, 내일』(마포구청, 1992).

서울특별시사편찬위원회 편, 『한강의 어제와 오늘』(서울특별시, 2001).

마포 종점

서울역사박물관 편, 『서울의 전차』(서울역사박물관, 2019).

정재정·염인호·정규식, 『서울 근현대 역사기행』(혜안, 1998).

김이석, 『김이석문학전집7, 섬집아이들』(동서문화사, 2019).

망우리 박인환 시인 묘

윤석산, 『박인환 평전』(모시는사람들, 2003).

박태진, 『박태진 시전집』(시와산문사, 2012).

공보관 공보실

민현식, 『서울 감성 여행: 미래유산에 담긴 서울을 만나다1, 2, 3』(서울연구원, 2018).

도봉동 집 I

서울시 도봉구 편, 『도봉구지』(도봉구, 1999).

동아일보사

김성한 편, 『동아일보사사 제2권』(동아일보사, 1978).

민족일보사

원희복 저, 『조용수와 민족일보』(새누리, 2004).

도봉동집 II

한국은행 편, 『한국은행60년사』(한국은행, 2010).

예총회관

한국예술문화단체총연합회 편, 『예총삼십년사』(한국예술문화단체총연합회, 1988).

신구문화사

우촌이종익추모문집간행위원회 편, 『출판과 교육에 바친 열정』(우촌기념사업회출판부, 1992).

민음사

박맹호, 『책: 박맹호 자서전』(민음사, 2012).

창작과비평사

백낙청, 「새로운 창작과 비평의 자세」, 『창작과 비평』 1966년 겨울호.

창비 50년사 편찬위원회 엮음, 『한결같되 날로 새롭게-창비 50년사』(창비, 2016).

신당동 집 II

김영식, 『그와 나 사이를 걷다: 망우리 비명으로 읽는 근현대인물사』(골든에이지, 2009).

최규정, 『대중가요LP가이드북: 음반으로 보는 대중가요의 역사』(안나푸르나, 2014).

조선일보사

조선일보사 편, 『조선일보100년사』(조선일보사, 2020).

이어령, 「'에비'가 지배하는 문화」, 『조선일보』 1967년 12월 28일자, 5면.

김수영, 「지식인의 사회참여」, 『사상계』 1968년 1월호.

이어령, 「누가 그 조종을 울리는가? -오늘의 한국문화를 위협하는 것」, 『조선일보』 1968년 2월 20일자, 5면.

김수영, 「실험적인 문학과 정치적 자유」, 『조선일보』 1968년 2월 27일자, 5면.

이어령, 「문학은 권력이나 정치이념의 시녀가 아니다」, 『조선일보』 1968년 3월 10일자, 5면.

김수영, 「'불온성'에 대한 비과학적인 억측」, 『조선일보』 1968년 3월 26일자, 5면.

이어령, 「불온성 여부로 문학평가는 부당」, 『조선일보』 1968년 3월 26일자, 5면.

서빙고 대공분실

김정인 외, 『간첩시대: 한국현대사와 조작간첩』(책과 함께, 2020).

김병진, 『보안사』(이매진, 2013).

부산 미화당백화점

안수길, 「양극의 조화」, 『현대문학』 1968년 8월호.

경주 불국사 청마 시비

오세영, 『유치환』(건국대학교출판부, 2000).

광화문 발렌타인

홍사중, 「탈속의 시인 김수영」, 『세대』 1968년 7월호.

예총회관 광장

한국예술문화단체총연합회 편, 『예총삼십년사』(한국예술문화단체총연합회, 1988).

김수영 시인 묘

황동규, 「김수영 무덤」, 『삼남에 내리는 눈』(민음사, 1975).

김민, 「비」, 『신神 주머니에서 꺼낸 꽃말사전』(달아실, 2021).